Sabrina Heilmann
Ein Winter in Paris

AF202221

Montlake
Romance

Das Buch

Ein schlimmer Vorfall überschattet Julies Leben. Um ihren Eltern und Schwestern nicht das Fest zu verderben, beschließt sie, Weihnachten in ihrer Wahlheimat Paris allein zu verbringen. Als sie im Schneegestöber durch die Straßen läuft, begegnet ihr ein rätselhafter, aber attraktiver Mann. Nur wenig später kreuzen sich erneut ihre Wege, dieses Mal auf beruflicher Ebene. Zwischen Jean und Julie sprühen anfänglich die Funken, doch diese Begegnung scheint unter keinem guten Stern zu stehen, denn auch Jean quälen düstere Geheimnisse der Vergangenheit...

Die Autorin

Ihre Leidenschaft zum Schreiben entwickelte Sabrina Heilmann bereits in jungen Jahren. Die 23-jährige wuchs in einem kleinen Dorf in Sachsen auf und lebt nun in Dresden, wo sie neben dem Schreiben Kunstgeschichte studiert.

Bevor Sabrina Heilmanns Debütroman *Am Ende des Horizonts* erschien, veröffentlichte sie vier Kurzgeschichten in verschiedenen Anthologien und arbeitete nebenbei an ihrem zweiten Roman *Ein Winter in Paris.*

»Ein Leben, ohne zu schreiben, könnte ich mir nicht vorstellen. Ich schreibe, weil ich meine Leser in eine neue Welt entführen möchte und ihnen dabei die schönen, traurigen und herzerwärmenden Seiten der Liebe zeigen möchte.«

SABRINA HEILMANN

Ein Winter in Paris

ROMAN

Montlake
Romance

Die Erstausgabe erschien 2015 unter dem Titel
»Ein Winter in Paris« im Selbstverlag.

Veröffentlicht durch
Montlake Romance, Amazon Media EU Sárl
5 Rue Plaetis, L-2338, Luxembourg
November 2015
Copyright © der Originalausgabe 2015
By Sabrina Heilmann
All rights reserved.

Umschlaggestaltung: bürosüd⁰ München, www.buerosued.de
Umschlagmotiv: © GettyImages, 167463431, Tom Merton
Lektorat, Korrektorat und Satz:
Verlag Lutz Garnies, Haar bei München
www.vlg.de
Printed in Germany
By Amazon Distribution GmbH
Amazonstraße 1
04347 Leipzig, Germany

ISBN 978-1-503-95447-2

www.amazon.de/montlakeromance

Für Tante Christel,
weil ich weiß, dass du über uns alle wachst.

Prolog

»Madame Roché?« Eine junge Stimme riss die ältere Dame aus ihren Gedanken. »Ist es möglich, dass ich mich einen kurzen Moment zu Ihnen setze?«

Bedächtig nickte die Dame und schluckte schwer. Madame Roché betrachtete das junge Mädchen, das zu ihr gekommen war. Sie war höchstens Mitte zwanzig. Sie hatte seidenglattes brünettes Haar, freundliche grünblaue Augen und ein herzliches Lächeln. Ihr schmales, herzförmiges Gesicht wirkte kerngesund. Eine schlichte Jeans und ein violettes Top unterstrichen ihren schlanken, sportlichen Körper. Wehmütig dachte die ältere Dame, dass dieses Mädchen überhaupt nicht den Eindruck machte, hierherzugehören.

»Was kann ich für dich tun, Liebes?«

»Wenn ich ehrlich bin, flüchte ich mich vor der Ruhe. Ich habe Sie zufällig gesehen und mich an Ihre Geschichte erinnert«, antwortete das Mädchen und ließ nachdenklich den Kopf hängen.

»Wenn ich gewusst hätte, wie lange sie mir nachhängt, hätte ich sie vielleicht nicht aufgeschrieben«, scherzte die Dame.

»Glauben Sie, dass die Geschichte sich wiederholen kann?« Hoffnungsvoll suchte das junge Mädchen Madame Rochés weise und lebenserfahrene Augen.

»Es geht um deinen Bruder, richtig?«

»Aber woher wissen Sie …?«

»Ich weiß es einfach, Kindchen.« Die alte Dame griff nach

ihrer Hand und drückte sie sanft. »Glaubst du, wir haben die Möglichkeit, die Dinge auf der Erde zu beeinflussen?«

»Ja«, hauchte sie.

»Dann lass uns keine Zeit verlieren.«

Eins

Paris lag unter einer dicken Schicht aus frisch gefallenem Schnee. Der Himmel war mit dichten grauen Wolken verhangen, die der Nacht Einhalt geboten und die Sterne versteckten.

Julie umschlang ihren Körper, den sie in einen mollig warmen Mantel gehüllt hatte, und rieb sich die schlanken Arme. Es war in der französischen Hauptstadt bitterkalt geworden, doch Julie empfand es nicht als unangenehm. In den letzten Tagen hatte sie sich verloren und einsam gefühlt.

»Julie«, hörte sie eine liebliche Stimme ihren Namen rufen und sah sich erschrocken um. An der Kreuzung entdeckte sie eine junge Frau mit schimmernden roten Locken. Sie sah direkt in ihre Richtung und lief weiter, als Julie sie entdeckte.

Julie legte den Kopf leicht schief und folgte der Unbekannten, die ihr so vertraut vorkam. Der frische Schnee knirschte unter ihren Füßen. Der kühle Nordwind schob die schweren Wolken beiseite und gab endlich einen Blick auf die Sterne frei, die magisch vor dem malerischen Dunkelblau des Himmels leuchteten und ein einheitliches, harmonisches Muster bildeten.

Woher kenne ich dich?

Julie bog ebenfalls in die Allée Adrienne Lecouvreur ein und überlegte angestrengt, wo sie die junge Frau schon einmal gesehen hatte.

Aber das kann doch nicht…

»Julie, folge mir, bitte«, hörte sie die vertraute Stimme, und plötzlich fiel ihr ein, wo sie die Frau schon einmal gesehen hatte. Vor Julies Augen tauchte ein abgegriffenes Hochzeitsbild auf. Es zeigte eine verschmitzt lächelnde Frau mit roten Locken und einen Mann mit ausdrucksstarken, freundlichen Augen. Ihre Großeltern.

Wie konnte es möglich sein, dass diese Frau hier ihren Namen kannte und dazu noch aussah wie Mamie, ihre Großmutter mütterlicherseits, in jungen Jahren?

Julie lief ihr weiter nach. Es war still ringsum, und sie vermisste die Menschen, die ihr normalerweise entgegenkamen und die Hauptstadt belebten. Heute waren die Straßen wie ausgestorben. Nur sie und die Fremde, die mit ein paar Metern Abstand vor Julie her lief und sich immer wieder abwartend zu ihr umdrehte, waren draußen unterwegs.

Es war Heiligabend. Man saß bei einem guten Abendessen und einem fruchtigen Wein zusammen und sprach über die Dinge, die einem schon so lange auf dem Herzen brannten. Man spielte mit den Kindern, deren Augen im Licht des Weihnachtsbaumes funkelten, aß ein paar Kekse oder schaute einen besinnlichen Weihnachtsfilm.

Die Magie, die dieser wunderbare Abend mit sich brachte, konnte Julie nicht mehr empfinden. Auch wenn sie ihre Familie, zu der sie an diesem Weihnachtsfest nicht gefahren war, vermisste, das gute Essen ihrer Mutter und den Baum, den ihr Vater im Wald geschlagen hatte und der sicher nach frischem Tannengrün duftete. Ja, sogar das schrille Lachen ihrer anderen Großmutter fehlte ihr, aber Julie wollte niemanden mit ihrer niedergeschlagenen Stimmung herunterziehen.

Das Weihnachtsfest fühlte sich für Julie nicht mehr richtig an. Schon in den letzten drei Jahren war es mehr Kampf als besinnliches Fest gewesen. Daher hatte Julie beschlossen, dass sie in ihrer neuen Heimatstadt Paris bleiben und dieses Weihnachten das erste Mal allein verbringen würde. Es lag nicht an ihren Eltern oder an den Traditionen. Nicht einmal am Funkeln der Weihnachtslichter, die seit Wochen in der ganzen Stadt leuchteten und sie beinahe wahnsinnig machten. Es lag ganz allein an ihr selbst. Schuld waren ihre zerrütteten Gefühle und der beständige Druck in ihrem Herzen, der sie an jemanden erinnerte, der viel zu früh gegangen war.

Julie hatte die Hoffnung auf Glück fast vollständig verloren, und auch ihre Mutter konnte sie von ihrer Trübsinnigkeit nicht abbringen. Bevor Julie nach draußen gegangen war, hatten die beiden ein langes Telefonat geführt. Doch nichts und niemand konnte ihr ein Lächeln auf die Lippen zaubern.

Julie zog den Schal etwas dichter an ihren Hals und ließ sich von den bunten Lichtern der Straße gefangen nehmen. Die Fenster der Wohnhäuser leuchteten gold und rot, ab und zu wechselten sich grelle Farben ab und kontrastierten den klassischen Weihnachtsschmuck.

Julies Situation trug einen aussichtslosen Beigeschmack mit sich, gegen den sie jedoch ankämpfen wollte. Als sie am Morgen die Augen aufgeschlagen hatte, hatte sie sich plötzlich an ein Weihnachtsmärchen erinnert, das ihre Mutter ihr immer erzählte, als sie noch kleiner gewesen war: *L'histoire magique de Aurélie.* Dieses Märchen war nicht nur viele Jahre Julies ganz persönliches Weihnachtsritual am Heiligen Abend gewesen, sondern auch das Tausender anderer junger Mädchen in ganz Frankreich. Und als Julie sich ein paar Stunden später ein zweites Mal an das Weihnachtsmärchen erinnerte, gelang es der Geschichte sogar, ihr ein Lächeln auf die Lippen zu zaubern. Zum ersten Mal an diesem Abend fühlte Julie sich nicht trostlos, sondern blickte dem Abend hoffnungsvoll entgegen.

Ist es möglich, dass sie mir den Weg zeigt?

Angeführt von der Unbekannten, bog Julie in die Avenue

Gustave Eiffel ein, und vor ihr tauchte wie in Gold getränkt der Eiffelturm auf. Seine Lichter strahlten so hell, seine Kraft war so stark, dass Julie einen Moment erschauderte und das Lichtspektakel auf sich wirken ließ. Eine kleine Träne lief ihr über die Wange, als die atemberaubende Schönheit der Lichter sie einfing.

Die Rothaarige stand einige Meter von Julie entfernt und beobachtete sie neugierig. Als Julie das spürte, wischte sie sich schnell die Tränen von den Wangen und schluckte. Ihre seltsame Führerin nickte ihr glücklich zu. Julie blinzelte nur eine winzige Sekunde, dann war sie wieder allein. Irritiert sah sie sich um, suchte überall nach der Frau mit den roten Locken, doch sie war spurlos verschwunden. Nur ein paar weitere Passanten standen ringsum.

Julie legte den Kopf in den Nacken und sah in den Himmel. Einer der Sterne leuchtete heller als alle anderen und entlockte ihr ein trauriges Lächeln. Das war die Magie des Weihnachtsabends, die das Fest mit sich brachte. Die Magie der Stadt, die immer ein Auge auf jeden hatte. Die gleiche Magie, die sie für sich verloren geglaubt hatte.

»Verrückt!«, dachte Julie, als sich plötzlich eine Schneeflocke auf ihre Nase setzte. Irritiert wischte sie sich über die Stelle und betrachtete den kleinen Kristall auf ihrem schwarzen Handschuh, der in Sekundenschnelle schmolz.

Die Schneeflocken wirbelten um die Köpfe der wenigen Menschen und tanzten ihren verspielten Tanz. Das helle Licht des Eiffelturms stand wie ein riesiger Stern in Kontrast zum dunklen Nachthimmel, und doch verwischten sich die Farben durch die tänzelnden Eiskristalle.

Ergriffen von dem Augenblick und dem unerwarteten Glücksgefühl, das Julie plötzlich erfüllte, drehte sie sich um die eigene Achse, während sie ihre Arme befreit vom Körper streckte. Sie stoppte und legte ihre beiden Hände vor der Brust zu einer kleinen Schale zusammen. Weitere Flocken ließen sich auf ihren Handschuhen nieder. Eine kleine Eisrose nach der anderen fand ihren Platz und schmolz nach kurzem Verbleib dahin. Dass es pünktlich zu Heiligabend begonnen hatte zu schneien, konnte Julie kaum glauben. Weiße Weihnachten waren mit den Jahren immer seltener geworden. Sie erinnerte sich noch an das letzte Jahr, als sie Weihnachten bei ihrer Familie in der Bretagne gefeiert hatte. Julie hatte mit ihren Schwestern eine Wette darüber abgeschlossen, wer es am längsten in den kurzen roten Kleidern im Garten aushalten würde. Bei beinahe siebzehn Grad Celsius war es zwar frisch, aber diese Wette gewann Julie mit Leichtigkeit. Vielleicht auch, weil ihre Schwestern den selbst zubereiteten Glühwein ihrer Großmutter im Inneren des Hauses gerochen hatten; und hinzu kam, dass Julie seit einiger Zeit Kälte kaum noch wahrnahm. Die Erinnerung an das vergangene Fest machte Julie traurig. Sie vermisste ihre quirligen Schwestern, die immer für einen Scherz zu haben waren und sie, ohne es zu ahnen, auf andere Gedanken brachten.

Julie war völlig hin und her gerissen von ihren Gefühlen. Vielleicht war es doch ein Fehler gewesen, nicht in die Bretagne zu fahren.

Ganz langsam ließ sie die Hände nach unten sinken und sah sich mit verschwommenem Blick um. Nicht viele Leute hatte es an diesem Abend zum Wahrzeichen der Stadt getrieben. Nur ein paar einsame Seelen, wie sie selbst eine war.

Einige Pärchen hatten sich für einen romantischen Spaziergang entschieden und standen nun dicht aneinandergerückt in dem wunderschönen Schneetreiben. Da war auch ein älteres Ehepaar, das sich verliebte Blicke zuwarf wie am ersten Tag und mit Liebkosungen seine bedingungslose Liebe zueinander zeigte. Julie entwich ein gerührtes Seufzen, das schlagartig verstummte, als sie den herrischen und hochnäsigen Blick einer

Frau wahrnahm, die heftig an einem Mann zerrte, der sich bereits zum Gehen umgedreht hatte.

Julie runzelte die Stirn und wandte ihren Blick unbeeindruckt ab, während ihr einige Worte ihres Vaters durch den Kopf schossen: »Es kostet zu viel Zeit, darüber nachzudenken, was die anderen Leute über dich denken könnten«, hatte er immer wieder gepredigt. »Du sollst für den Moment leben – und wenn dir danach ist, im Regen auf einer Brücke zu tanzen, dann tanz im Regen auf einer Brücke.«

»Coco, verdammt, bleib stehen!«, rief plötzlich eine hektische Stimme und holte Julie aus ihren Gedanken zurück ins Hier und Jetzt. Geistesgegenwärtig realisierte sie die Lage und griff aus einem Reflex heraus nach der blauen Leine des Golden-Retriever-Welpen, der tapsig eine Pfote vor die andere setzte, plötzlich stolperte und mit der hellbraunen Schnauze voran in den Schnee fiel. Der kleine Welpe nieste herzergreifend und schüttelte sich kräftig, dann trafen Julie seine treuen großen Augen. Es war Liebe auf den ersten Blick.

»Oh, Gott sei Dank«, ertönte die aufgeregte Stimme der Besitzerin. Neben Julie tauchte eine Frau auf, die kaum älter als Julie selbst war. Ihr lockiges blondes Haar, das ihr ovales Gesicht umrahmte, war mit glitzernden Schneeflocken bedeckt, die es zum Leuchten brachten. Ihre Augen strahlten in facettenreichem Grün, und in dem schwarzen, eng anliegenden Mantel, der ihre schlanke Figur zur Geltung brachte, sah die Fremde aus wie ein unnahbares Model. »Coco, was machst du denn mit mir?« Sie strich ihrem Schützling liebevoll über den Kopf, dann richtete sie sich wieder auf und nahm Julie die Leine ab. »Danke, dass du die Leine erwischt hast. Man glaubt gar nicht, was diese kleinen Monster für eine Kraft besitzen. Da passt man einen Moment nicht auf, und schon sind sie weg. Ich bin übrigens Geraldine«, plapperte sie drauflos und brachte Julie für einen kurzen Augenblick zum Lächeln. Julies

Anfangsgedanke schien sich nicht zu bewahrheiten. Diese Frau war alles andere als unnahbar.

»Mein Name ist Julie.«

»Was machst du an Heiligabend allein hier?« Geraldine musterte ihren Welpen, der mit seinen Pfötchen in dem Schneehaufen wühlte, in welchen er vor wenigen Sekunden mit der Nase getaucht war.

»Ich bin unbewusst einer Kindheitserinnerung nachgegangen«, gab Julie leise als Antwort. Sie richtete ihren Blick in den Himmel und fixierte den Stern, dessen helles Leuchten das der anderen ausstach. Er funkelte und glänzte, als wolle er Julie zuzwinkern, und verblasste dann um einige Nuancen. Julie sah zu Geraldine. »Und du?«

»Ich denke, wir haben die gleiche Kindheitserinnerung«, flüsterte Geraldine mit mystischer Stimme. *»L'histoire magique de Aurélie.«*

Zwei

»Unsere Mütter haben uns damals mit der Geschichte ganz schön den Blick auf die Realität getrübt, oder?«, fragte Julie und richtete ihren Blick nachdenklich auf den Eiffelturm.

»Und trotzdem bist du noch Kind genug, um daran zu glauben und heute hierherzukommen. Genauso wie ich, oder wie das junge Mädchen auf der anderen Seite, das seit einer Stunde wie paralysiert auf die Aussichtsplattform starrt.«

Julie musste wieder an die junge Frau denken, die sie hierhergeführt hatte. Ob die Ähnlichkeit zu ihrer Großmutter nur ein Zufall war oder ob die bunten Weihnachtslichter lediglich eine Art Wahnvorstellung hervorgerufen hatten? Sie suchte Geraldines grüne Augen und musste sich eingestehen, dass es vielleicht doch ihr Unterbewusstsein gewesen war, das sie an diesem Abend hierhergeführt hatte. Sie hatte daran geglaubt, dass es möglich sei, Aurélies Märchen wahr werden zu lassen.

»Also, sehen wir unserem Schicksal in die Augen und machen uns noch einen schönen Abend zusammen? Denn um ehrlich zu sein, Julie, ich laufe mit Coco seit einer Stunde um den Platz. Ich habe auf jeder gottverdammten Seite gestanden und gewartet. Mir ist kalt, und ich habe Hunger.«

Julie stimmte dem Abend mit Geraldine sofort zu, denn er schien Ablenkung zu versprechen. Die einzige Sache, die das Fest erträglich machen würde.

»Warst du schon einmal im Le Troquet?«

»Nein, noch nie«, antwortete Julie.

»Der Wein ist fantastisch«, zwinkerte Geraldine, und zusammen machten sich die beiden Frauen auf den Weg in das zwanzig Minuten entfernte Restaurant. »Bist du in Paris geboren?«

»Nein«, sagte Julie und schüttelte mit dem Kopf. »Ursprünglich komme ich aus Saint-Suliac, einem kleinen Dorf in der Bretagne, das vom Fischfang lebt.«

»Es muss dort im Sommer traumhaft schön sein.«

»Das ist es. Ich liebe es, wie die Sonne sich im Meer spiegelt und dabei ein einzigartiges Muster auf die Hausfassaden wirft. So etwas siehst du hier in Paris natürlich nicht.«

»Ich war lange nicht mehr am Meer. Wie kommt es, dass du in Paris bist und nicht bei deiner Familie?« Coco tapste zielsicher vor den beiden Frauen her und zog Geraldine dabei von einem Schneehaufen zum nächsten, schnupperte kurz und entdeckte einen neuen Abenteuerplatz. »Ach, Coco!«

»Ich habe den Kopf voller Arbeit und bin deswegen freiwillig hiergeblieben.« Julie wusste, dass sie sich selbst belog. Diese Ausrede hatte sie auch ihrer Mutter erzählt.

»Und aus diesem Grund schaust du so traurig?« Geraldine bemerkte sofort, dass etwas nicht stimmen konnte. Sie verfügte über eine gute Menschenkenntnis und registrierte immer gleich, wenn jemand sich etwas vormachte. »Wir kennen uns noch nicht lange, aber wenn du darüber spr...«

»Nein«, schnitt Julie ihr das Wort ab und verdrängte die schmerzenden Erinnerungen, die sich ihren Weg an die Oberfläche bahnten. »Es ist eine lange Geschichte.«

»Entschuldige, ich wollte dir nicht zu nahe treten.« Geraldine legte Julie eine Hand auf die Schulter und schenkte ihr ein gutmütiges Lächeln.

Kurz darauf öffnete sie die Tür des Le Troquet. »Bitte, nach dir.« Julie huschte durch die Tür in das einladend warme Restaurant. Ihre Wangen reagierten auf die behagliche Temperatur und färbten sich zartrosa. Geraldine folgte ihr samt Coco, die sich leicht schüttelte und sich zufrieden unter dem Tisch zusammenrollte. Die beiden jungen Frauen setzten sich an den kleinen Tisch aus dunklem Holz, auf dem eine dunkelrote Tischdecke lag. Es war einer der beliebten Fensterplätze des Lokals.

Julies Blick wanderte durch das typisch französische Restaurant, das in kräftigen Rot- und Brauntönen gehalten war und sich vor allem durch seine Schlichtheit auszeichnete.

»Guten Abend, darf ich Ihnen schon etwas zu trinken bringen?«, wollte die Kellnerin gelangweilt wissen. Sie sah unzufrieden aus, was Julie bei dem Gedanken daran, dass sie an Heiligabend arbeiten musste, sehr gut verstehen konnte.

»Wir hätten gern eine Flasche Bordeaux Sauvignon«, bestellte Geraldine, und die Kellnerin übergab die Speisekarten. Während Geraldine die Karte durchsah, hatte Julie sich schnell für einen Salat mit Putenbrust entschieden. Mehr würde sie auch nicht hinunterbekommen.

»Ziemlich voll heute«, murmelte Julie.

Es grenzte an ein Wunder, dass sie noch einen Platz bekommen hatten, denn alle anderen Tische waren entweder besetzt oder mit einem Reserviert-Schildchen versehen. Julie beobachtete die Gäste, die unterschiedlicher nicht sein konnten. Einen Mann und eine Frau, die frisch verliebt wirkten und sich mit ihren Blicken beinahe auszogen. Sie musterte eine junge Familie mit ihren beiden Kindern, deren kleine Münder mit Tomatensoße verkleckst waren. Vier Männer in Anzügen und zwei Frauen in Abendkleidern betraten das Restaurant und setzten sich an den vorbestellten Tisch gegenüber. Sofort begannen sie, wie wild über Geschäfte und Geld zu diskutieren. Gescheiterte Transaktionen, ausstehende Rechnungen, halb fertige Projekte. Nicht einmal an Weihnachten schien die Arbeit stillzustehen.

»Madame, haben Sie gewählt?«, wiederholte die ungeduldige Kellnerin, nachdem Julie auf die erste Frage nicht reagiert hatte.

»Ich nehme den Salat mit Putenbrust.« Die Kellnerin drehte nickend ab.

»Was machst du beruflich, Julie?« Geraldine schwenkte ihr Weinglas.

»Möchtest du unseren Tischnachbarn Konkurrenz machen?« Julies Lippen umspielten ein Lächeln. »Ich bin Bloggerin und schreibe nebenberuflich für das Magazin *Élémentaire* eine monatliche Kolumne. Das Geld reicht natürlich vorn und hinten nicht, deswegen helfe ich manchmal in dem Café unter meiner Wohnung aus, wenn es eng wird.«

»Du schreibst für *Élémentaire*?« Julie nickte. Ehrfürchtig weiteten sich Geraldines grüne Augen und sahen ihre neue Bekanntschaft bewundernd an. »Moment, du bist aber nicht Julie Renouard, oder?«

»Ist es ein gutes oder ein schlechtes Zeichen, dass du meine Artikel kennst?« Julie zuckte ein unsicheres Lächeln über die Lippen, während sie versuchte, Geraldines fassungslosem Blick standzuhalten.

»Ein gutes Zeichen. Deine Texte sind ergreifend. Man fühlt mit den Geschichten der Menschen mit, man leidet mit ihnen, man lacht mit ihnen. Julie Renouard, du bist inspirierend.« Geraldine riss dramatisch die Arme in die Luft.

»Danke«, entgegnete die junge Journalistin verlegen.

»Ich wusste überhaupt nicht, dass du einen Blog hast. Wenn ich das gewusst hätte …«

Seit Julie denken konnte, schrieb sie. Anfangs kindliche Kurzgeschichten, bis sie während ihrer Schulzeit eine Stelle bei der Schülerzeitung bekam und begann, sich für ihr Gegenüber zu interessieren. Julie wollte keine skandalösen Geschichten aufdecken. Ihre Intention war es schon immer gewesen, den Menschen hinter der Maske zu entdecken und zu verstehen. Während ihres Studiums gründete Julie den Blog Rencontre Émotionnelle, auf welchem sie über ihren Alltag, ihre Lieblingsbücher oder einzigartige Menschen, die ihr begegnet waren, schrieb. Was anfangs nur ein Hobby war, entwickelte sich zunehmend zu einem richtigen Job. Julie bekam Anfragen von Leuten, die sie bezahlten, damit sie deren persönliche Geschichten aufschrieb und in die Welt sendete. Sie setzte sich in ihrem Blog für Kinderheime ein, denen sie gelegentlich eine selbst geschriebene Geschichte zukommen ließ und ihnen in guten Monaten regelmäßig einen Teil der Blog-Einnahmen spendete. Nach ihrem Studium bekam Julie ein Angebot des kleinen Pariser Magazins *Élémentaire*, dessen Chefin Marie-Claire Bonnet auf den besonderen Blog aufmerksam geworden war. Sie wollte Julie als Kolumnistin und bot ihr im Gegenzug einen Sponsorenvertrag für Rencontre Émotionnelle. Marie-Claires Magazin selbst befasste sich nicht mit Stars und Sternchen der Pariser High Society wie tausend andere Magazine auf dem Markt, sondern mit völlig normalen Menschen, die alle ihre eigene spannende Geschichte zu erzählen hatten. Im Vordergrund standen wie in Julies Blog die Persönlichkeiten der Menschen und ihre emotionalen Geschichten. Für Julie gab es keine Frage, das Angebot anzunehmen und umzuziehen. Diese Chance war einzigartig und auch ihre Familie hatte sie damals bekräftigt, Marie umgehend zuzusagen.

Julie begann es zu lieben, völlig wahllos Pariser Telefonnummern zu wählen und Monat für Monat einen Menschen zu finden, der ihr so viel Vertrauen entgegenbrachte, dass er einer eigentlich völlig Fremden seine bewegende Lebensgeschichte erzählte. Julie lebte die Philosophie von Marie-Claires kleinem Magazin. Sie verlor sich nicht wie die vielen Journalisten der großen Tageszeitungen. Sie musste keiner großen Geschichte nacheifern, um die Auflage zu steigern. Sie war glücklich mit ihrem Job, auch wenn sie damit nicht das große Geld verdiente und Jacques, den aufgeschlossenen Cafébesitzer, gelegentlich um ein paar Stunden als Aushilfe anbetteln musste. Sie arbeitete nicht für Geld, sondern für sich selbst.

»Ich muss deinen Blog unbedingt lesen. Ist doch verrückt, dass ich davon nichts wusste.«

»Geraldine, darf ich dich mal etwas fragen?«, wollte Julie das Thema wechseln, weil es ihr unangenehm war, im Mittelpunkt zu stehen. Sie sah ihre neue Freundin unsicher an. Die Frage brannte ihr schon auf der Seele, seit sie sich am Eiffelturm getroffen hatten.

»Ja, natürlich.« Geraldine nippte an ihrem Wein.

»Warum bist du heute allein?«

Geraldine umriss kurz, wie sie mit achtzehn Jahren nach Paris gezogen war und welche Probleme das familiär nach sich gezogen hatte. Ihr Ziel war die Modewelt gewesen. Eine Welt, in der ihre Eltern Geraldine noch heute nicht sahen. Eine Welt, die in Verruf gekommen war. Drogen, Magermodels, finanzielle Unsicherheit. Doch Geraldine hatte sich von alldem nicht abschrecken lassen. Nach einer abgeschlossenen Ausbildung als Schneiderin hatte sie begonnen, Modedesign zu studieren, und hatte mit ihren sechsundzwanzig jungen Jahren alles erreicht, was sie sich jemals gewünscht hatte. Sie arbeitete als Modebloggerin für ein Onlineportal – weswegen sie sich noch mehr ärgerte, Rencontre Émotionnelle nicht zu kennen –, entwarf und schneiderte selbst Kleidung und vertrieb die Sachen mit zunehmendem Erfolg im Internet. Das Einzige, das Geraldine sich jetzt noch erträumen konnte, war eine eigene kleine Boutique.

»Meine Eltern haben damals den Fehler gemacht und versucht, mich zu halten, daraufhin habe ich völlig abgeblockt. Sie hatten Angst, dass ich mich in Paris völlig verändere und dass sie mir zu unglamourös werden könnten, also haben sie selbst den entscheidenden Schritt gemacht und den Kontakt nach und nach abebben lassen. Nun hören wir uns nur noch kurz zu Geburtstagen und an den Feiertagen. Deine Familie ist großartig. Sie scheinen dich zu unterstützen und deine Entscheidungen zu akzeptieren.«

Julie sah Geraldine mitfühlend an, und ihr wurde einmal mehr bewusst, was sie an ihrer Familie hatte, doch die quirlige Französin goss sich nur lachend ein weiteres Glas Wein ein. »Nein, du musst nicht so mitleidig dreinblicken, Liebes. Ich habe gelernt, das Leben so zu nehmen, wie es ist. Wenn ich das nicht tun würde, wäre ich vermutlich in eine tiefe Depression gerutscht, als ich meinen Mann vor einem halben Jahr mit seiner Sekretärin erwischt habe. C'est la vie, Julie.«

»Hast du endlich ausgeschlafen?«, fragte Geraldine liebevoll, als sie das Restaurant verlassen hatten. Sie nahm Cocos Kopf zwischen die Hände und kraulte sie hinter den Ohren. Der kleine Welpe sprang aufgeregt auf und ab, drehte sich im Kreis und schmiegte sich an seine Besitzerin. Geraldine richtete sich auf und sah Julie eine Sekunde nachdenklich an. »Lass den Kopf nicht hängen. Der Zauber von Paris ist Entschädigung genug für jeden miserablen Moment. Vielleicht hat Aurélie uns heute Abend nicht das gegeben, was wir uns am meisten gewünscht haben, aber vielleicht das, was wir im Augenblick am dringendsten brauchen«, sagte Geraldine mit sanfter Stimme.

»Eine gute Freundin?«, fragte Julie flüsternd, und ihr Magen zog sich schmerzlich zusammen, als die Erinnerungen wieder versuchten, sich nach oben zu wühlen. Sie schluckte sie schnell wieder hinunter.

»Ja, eine gute Freundin«, nickte sie und schloss Julie fest in die Arme. Dann beugte sich Julie zu Coco und strich dem kleinen Welpen behutsam über den Kopf.

»Bis bald. Pass auf, dass du dir keine Erkältung holst, du

kleiner Schneehase.« Julie richtete sich auf, und Coco sprang freudig auf und ab. Mehrmals tänzelte sie mit großen, tapsigen Schritten um Julies Füße.

»Coco, komm. Wir sehen Julie bald wieder. Deine Handynummer habe ich ja.« Geraldine zog etwas fester an der Leine, die Coco bei ihrem Tanz mehrmals unbemerkt um Julies Füße gewickelt hatte. Julie zog die Luft scharf ein, als die Leine sich überraschend um ihre Knöchel festzog, und sie drohte das Gleichgewicht zu verlieren. Geraldine versuchte die aufgeregte Coco festzuhalten, doch das machte die Situation nur schlimmer, denn nun verhakten sich Julies Absätze. Panisch ruderte sie mit den Armen, um sich auszubalancieren, doch die Schwerkraft bewies wieder einmal ihre Stärke und zwang Julie Richtung Boden.

Mitten im Fall wurde sie plötzlich aufgefangen. Orientierungslos sah Julie nach oben und traf zwei ausdrucksstarke grün-blaue Augen und ein entwaffnendes Lächeln. Wie vom Blitz getroffen verfing sie sich im Blick des Fremden. Ihr Herz setzte einen Takt aus und schlug dann mit doppelter Geschwindigkeit weiter. Ihre Haut begann unter seiner Berührung zu kribbeln und schickte empfindliche Blitze durch ihren Körper. Der Moment dauerte nur zwei kurze Sekunden, doch es kam Julie vor wie eine halbe Ewigkeit.

Drei

»*Vorsicht*«, *flüsterte der Unbekannte mit leiser Stimme* und half Julie auf, wobei sie seinen einzigartigen Duft aufnahm. Es war eine Mischung aus einer herben Note Parfüm und blumiger Leichtigkeit. Julie löste ihre Füße aus der Leine und stellte sich etwas unbeholfen vor den jungen Mann, während Geraldine die Situation aus dem Hintergrund genau beobachtete.

Der Fremde hatte hellbraunes, mittellanges Haar, das wirr in alle Richtungen abstand, und ein markantes Gesicht mit ausgeprägten Wangenknochen. Sein Dreitagebart verlieh ihm eine gefährliche Ausstrahlung, die er mit seinem geheimnisvollen Lächeln noch einmal verstärkte. Selbst in der Dunkelheit der Nacht strahlten seine Augen in diesem einzigartigen Grünblauton. Er trug einen schwarzen Mantel, der sich perfekt an seine wohlproportionierte Figur anpasste, darunter einen grauen Anzug, den Julie bereits im Restaurant gesehen hatte.

Als Julie bemerkte, dass sie an der Reihe war zu antworten, verfärbten sich ihre Wangen zartrosa.

»Danke«, gab sie schüchtern zurück.

»Kein Problem. Joyeux Noël!«

»Joyeux Noël!«, erwiderte Julie und blickte ihm nach, bis er mit seinen Begleitern in der Dunkelheit verschwand.

»Attention, attention, Paulette«, flüsterte einer der anderen Männer, doch Julie nahm die Worte kaum wahr. Langsam drehte sie sich zu Geraldine und sah sie mit geweiteten Augen an. »Ich…«, stammelte sie unsicher.

»Du bist ein Glückskind, Julie. Bis bald.« Geraldine zwinkerte ihr ein letztes Mal zu und verschwand dann ebenfalls in der Dunkelheit.

Zu Hause angekommen, zog Julie den Mantel und die Schuhe aus und ging in ihr Wohnzimmer, wo sie sich auf dem Sofa in ihre weiche Fleecedecke kuschelte und die Beine dicht an ihren Körper zog. Die letzten Stunden waren so schnell an Julie vorbeigezogen, dass sie überhaupt keine Zeit gehabt hatte, darüber nachzudenken, warum sie diesen Tag allein verbringen wollte. Die Erinnerungen waren noch immer zu frisch und schmerzten wie am ersten Tag, doch dieses Jahr schien es weit weniger wehzutun. Seufzend schüttelte Julie den Kopf und griff zu ihrem Telefon. Sie musste mit jemandem sprechen, der sie weiterhin auf andere Gedanken bringen konnte. Niemand schien prädestinierter für den Job als ihre ältere Schwester Élise.

»Weihnachten ohne dich ist so lahm«, waren die Worte, mit denen Élise sich meldete. Die Siebenundzwanzigjährige seufzte theatralisch ins Telefon. »Warte einen Moment, ich hole Madlaine dazu.«

»Ja, gerne.« Im Hintergrund hörte Julie ihre Schwester nach der fünfundzwanzigjährigen Madlaine rufen.

»Sie kommt gleich«, meldete sich Élise zurück. »Alles in Ordnung bei dir, kleine Schwester?«

»Ich habe Angst nachzudenken.« Julies Worte klangen niedergeschlagen.

»Was hast du den ganzen Tag gemacht? Sag mir bitte, dass du nicht den ganzen Tag zu Hause gesessen hast.«

»Julie, salut«, kam nun auch Madlaine zu dem Telefonat dazu. »Was hast du auf dem Herzen, petite?«

»Ich dachte, wenn ich allein in Paris bleibe, verderbe ich euch das Fest nicht, aber es ist allein noch schlimmer. Ich bin zum Eiffelturm gegangen.«

»Und? Wie heißt er? Wie sieht er aus? Was macht er beruflich? Wie gut ist sein Konto gedeckt?« Die beiden bombardierten ihre jüngere Schwester abwechselnd mit den unmöglichsten Fragen.

»Ich habe keinen Mann kennengelernt, sondern eine Frau.«

Ein resigniertes Raunen ging durch den Apparat.

»Vielleicht ist das ein Zeichen, dass du das Ufer wechseln solltest«, entgegnete Madlaine trocken, und Élise lachte herzlich.

Julie schlug sich die freie Hand vor die Stirn und schüttelte den Kopf. Das war typisch Madlaine, sie sprach immer, bevor sie dachte. »Nein, ich glaube nicht, dass ich das werde. Geraldine ist eine attraktive Frau, aber ich habe mich schon in ihren kleinen Welpen Coco verliebt. Ich denke, ich kann keine Dreiecksbeziehung führen.«

»Lass unbedingt die Finger davon«, antwortete Élise lachend. »Aber jetzt mal ernsthaft, Julie, war wirklich kein Mann in Sicht?«

»Nein.« Nervös spielte sie mit ihrer Decke und drehte die Ecke immer wieder zwischen ihren Fingern, während sie an den Unbekannten dachte, der sie vor dem Restaurant aufgefangen hatte. Für wenige Sekunden schloss sie die Augen und hatte mit einem Mal wieder seinen einzigartigen betörenden Duft in der Nase. Sie spürt seine Hände an ihrer Taille, die sie behutsam fingen und vorsichtig wieder aufrichteten. Und sie sah seinen Blick, der ihren in sich aufnahm und festhielt. Diese einzigartigen Augen.

»Julie, bist du noch dran?« Madlaine klang ungeduldig.

»Ja, Entschuldigung. Was habt ihr gesagt?«

»Wir wollten fragen, ob du noch oft an Zoé denkst? Es ist

sicher schwer für dich, so allein und … und an diesem Tag.«
Élises Stimme klang belegt.

Julie seufzte. »Das meinte ich damit, ich habe Angst nachzudenken. Geraldine hat mich auf andere Gedanken gebracht,
aber …« Julies Stimme brach.

»Du weißt, dass dich keine Schuld trifft.«

»Manchmal weiß ich das eben nicht …«

Vier

Mit kleinen kreisenden Bewegungen schwenkte er den tro-ckenen Rotwein in seinem Glas und folgte dabei der leuchtenden Flüssigkeit mit seinem Blick. Es beruhigte ihn, obwohl er sich eigentlich nicht aufgeregt fühlte. Er hörte auf, sein Handgelenk zu bewegen, und sah gebannt auf den noch schwingenden Wein. Als würde eine Erkenntnis in dem Glas auf ihn warten. Doch nichts geschah. Seine Gedanken waren nach wie vor durcheinandergewirbelt.

Jean-Alain Voltaire war eigentlich ein zufriedener Mann. Im Alter von siebenundzwanzig Jahren gehörte ihm bereits die bekannte Marketingfirma Sourire, die in einem Jahr Summen von mehreren Millionen einbrachte und dank der er ein unbeschwertes Leben in Paris führen konnte. Finanziell lag ihm die Welt zu Füßen, doch er ruhte sich nicht auf seinen Millionen aus. Er sah das viele Geld, das er besaß, weder als selbstverständlich, noch hortete es. Regelmäßig ließ er Kinderheimen Spenden zukommen oder unterstützte Organisationen, die in seinen Augen seriös wirkten.

Er trank einen Schluck Wein und sah über die Schulter nach draußen. Die Glasfront im Wohnzimmer seines Appartements bot eine einzigartige Aussicht. Ihm lag das verschneite Paris zu Füßen. Am Horizont der Eiffelturm, dessen Lichter in der Weihnachtszeit noch heller zu leuchten schienen als an normalen Tagen. Im Rücken der Jardin du Luxembourg. Ganz Paris war ein einziges Lichtermeer an den Feiertagen. Jean liebte die Stadt, obwohl sie so viel Unglück über ihn gebracht und ihm so viel genommen hatte. Man verzieh es ihr, wenn man erst einmal Teil der Magie geworden war, die dieser Ort besaß.

Jean wandte den Blick ab und lehnte sich zurück. Er sank erschöpft in die Kissen seiner grauen Couch und rieb sich die Schläfen. Er hatte trotz des Feiertages gearbeitet, wie er es seit Jahren tat. Es sollte ihm Ablenkung verschaffen, denn egal, wie vehement Jean versuchte vorzugeben, dass es ihm gut ging, die Tage vor dem Jahreswechsel waren die schwersten für ihn. Weihnachten machte ihn melancholisch, und in den Nächten zwischen den Jahren versuchte er jahrein, jahraus, sich mit Wein zu betäuben. Es brachte nie den gewünschten Erfolg. Leise begann sein Handy auf dem Couchtisch zu summen. Als er sah, wer ihn anrief, atmete er laut aus und drückte den Anruf weg. Er wollte mit niemandem sprechen. Als das Telefon erneut klingelte, schaltete er es aus und warf es zwischen die Kissen seines Sofas.

Jean leerte sein Weinglas und stand auf, um sich aus der Küche neuen Wein zu holen. Im Vorübergehen fiel sein Blick plötzlich auf ein Bild, das er seit Jahren nicht mehr angesehen hatte. Mit schnellen Schritten eilte er zu seinem Bücherregal und nahm den schwarzen Bilderrahmen in die Hand, die unbemerkt begonnen hatte, zu zittern.

»Das darf doch nicht…« Jeans Stimme war nicht mehr als ein schmerzerfülltes Wimmern. Panisch sah er sich in seinem riesigen Wohnzimmer um, als wollte er denjenigen finden, der sich diesen üblen Scherz mit ihm erlaubte. Doch niemand war da. »Warum tauchst du gerade jetzt wieder auf?« Brennend heiße Tränen sammelten sich in Jeans Augen, und er ballte die freie Hand zur Faust, als er einen Luftzug spürte und glaubte eine liebliche Stimme zu hören. Du weißt, warum, schien sie zu sagen, und Jean wusste es wirklich.

»Du willst, dass ich die ganze Geschichte erzähle…«

Jeans Gedanken arbeiteten auf Hochtouren, als er am nächsten Tag in seinem Büro saß. Der gestrige Abend saß ihm noch immer in den Knochen. Er konnte sich nicht erklären, wie ein Bild, das er vor Jahren in der tiefsten Ecke seines Dachbodenabteils versteckt hatte, plötzlich ohne Vorwarnung wieder in seinem Bücherregal auftauchen konnte.

Jean rieb sich seine spannenden Schläfen. Er hatte in der letzten Nacht kein Auge zugetan, weil die Geister der Vergangenheit ihn erneut zu überrollen drohten. Seine Vergangenheit hatte er so erfolgreich verdrängt, dass er wusste, es würde ihn erneut zu Boden ziehen, wenn sie wieder ans Tageslicht käme.

Es klopfte leise an der Glastür seines Büros, und seine Sekretärin betrat mit einem Stapel Zettel den Raum.

»Monsieur Voltaire, der Chanel-Vertrag kam gerade per Mail. Ich habe es Ihnen ausgedruckt.« Sie legte den ersten Schwung Zettel auf seinen Schreibtisch. »Das sind einige Rechnungen, die Sie bitte unterschreiben müssen.« Der zweite Stapel landete daneben. »Und hier ist die neue *Élémentaire* für Sie.« Sie überreichte ihm das Magazin.

»Danke, Adriana.« Nickend verließ sie das Zimmer, und Jean schob die ganzen Zettel beiseite und legte das Magazin auf seinen Schreibtisch. Seit einem kleinen Werbedeal mit Marie-Claire Bonnet las Jean-Alain die *Élémentaire* regelmäßig. Er bewunderte die Menschen, die so offen über ihr Leben erzählten und dabei völlig zu vergessen schienen, dass sie eigentlich mit einem Fremden sprachen. Ob er dazu auch in der Lage war?

Jean schlug die erste Seite auf und überflog das Inhaltsverzeichnis, das ihn wie immer zuerst zur Kolumne von Julie Renouard führte. Es war ihr Stil, der ihn faszinierte, die Art, wie sie mit den Worten spielte und mit ihnen jonglierte, als wären sie federleichte Bälle. Ihre Texte erzählten die Geschichten anders. Sie waren weicher und einfühlsamer als die der anderen Journalisten des Magazins. Sie kitzelte ganz andere Emotionen und Gedanken aus dem Leser. Sie fing einen in der Geschichte und machte aus jedem Moment ein besonderes Leseerlebnis.

Jean wusste, wenn es jemand schaffen konnte, seine Geschichte aus der richtigen Sichtweise und mit der richtigen Einfühlung zu erzählen, dann war es diese Frau.

Ohne lange darüber nachzudenken, öffnete Jean-Alain das E-Mail-Programm und suchte nach Madame Bonnets gespeicherter Mailadresse. Dann begann er zu schreiben:

Von: Jean-Alain Voltaire
An: Marie-Claire Bonnet, Élémentaire

Betreff: Interview

Sehr geehrte Madame Bonnet,

ich erinnere mich noch sehr gut an Ihre Worte, als Sie mir anboten, meine Geschichte mit Ihrer Leserschaft zu teilen. Als ich sagte, ich hätte keine Geschichte zu erzählen, bin ich Ihnen gegenüber vermutlich nicht ganz ehrlich gewesen.

Ich habe eine Geschichte zu erzählen und bin nun bereit, dies auch zu tun.

Natürlich steht dafür nur Ihr Magazin zur Wahl. Es gibt jedoch eine Bedingung, vielleicht sogar einen Herzenswunsch, der damit einhergeht.

Ich verfolge seit längerer Zeit die Kolumne Ihrer Journalistin Julie Renouard. Ich bin der festen Überzeugung, dass Madame Renouard meine Geschichte mit den richtigen Worten zu Papier bringen wird.

Wenn Sie meinem Wunsch Folge leisten können, würde ich

Sie bitten, im neuen Jahr einen Interviewtermin mit mir zu vereinbaren.

Hochachtungsvoll,
Jean-Alain Voltaire

Als er auf das Senden-Feld geklickt hatte, fühlte Jean sich wenige Sekunden frei und hoffte, diesen Schritt nicht zu bereuen.

Fünf

Julie überflog die letzten Beiträge auf ihrem Blog und musste mit Erschrecken feststellen, dass sie seit zwei Wochen nichts Neues geschrieben hatte. Ihre Abonnenten beschwerten sich schon und schickten besorgte Nachfragen, weil Julie normalerweise täglich einen kleinen Beitrag brachte. Zwei Wochen gähnende Leere und ein Drittel der Abonnenten weniger waren das schmerzende Ergebnis ihres persönlichen Tiefpunktes.

Weihnachten war vorbei, doch Julie hing das flaue Gefühl in ihrem Magen immer noch nach, welches das Fest und die damit einhergehenden Gedanken an Zoé mit sich gebracht hatte.

Seufzend öffnete Julie ein kleines Fenster und tippte eine kurze Entschuldigung an ihre Leser.

Es tut mir leid, dass es in den letzten Wochen so still um mich war. Das Jahr neigt sich dem Ende zu, und eigentlich müsste ich nun darüber nachdenken, was mir die vergangenen zwölf Monate gebracht haben. Doch im Moment wirbeln so viele Gedanken durch meinen Kopf, dass ich nicht in der Lage bin, auch nur ein vernünftiges Wort mit Euch zu teilen.

Wir treffen uns im nächsten Jahr.
Julie

Als Julie den Beitrag in die Weiten des Internets schickte, wusste sie, dass sie noch mehr Abonnenten verlieren würde.

Doch es ging nicht. Sie hatte nichts zu erzählen. Nichts schien momentan wichtig genug, es mit anderen Menschen zu teilen; zudem hatte sie der letzte Artikel für *Élémentaire* einige Nerven gekostet. Sie hatte eine Frau interviewt, die ihren Sohn verloren hatte, als er gerade drei Jahre alt geworden war. Der Vater hatte ihn entführt, und als er spürte, dass sein Plan scheitern würde, hatte er das Kind umgebracht. Die Frau hatte sich schreckliche Vorwürfe gemacht und sich immer wieder die Schuld dafür gegeben, weil sie so unachtsam gewesen sei. Julie ging dieses Schicksal gewaltig an die Nieren. Sie hatte zusammen mit der Frau während des gesamten Interviews geweint. Der Schmerz der Frau war in sie übergegangen, ihre Ängste und ihre Vorwürfe. Vielleicht war auch das der ausschlaggebende Punkt, warum Julies Gefühle dieses Weihnachten besonders verrücktspielten. Doch sosehr Julie das Schicksal der jungen Mutter mitgenommen hatte, ihrer Arbeit hatte das noch einmal eine andere Note verliehen. Sie hatte den besten Artikel ihrer jungen Laufbahn geschrieben. Marie hatte sie in den höchsten Tönen gelobt.

Julie stand von ihrem Schreibtisch auf und wollte gerade in die Küche gehen, als das Telefon wie wild zu klingeln anfing.

»Renouard«, meldete sie sich und setzte ihren Weg in die Küche fort, um sich ein Glas Wasser zu holen.

»Julie, mein Kind.« Die durchdringende Stimme ihrer Chefin schallte durch das Telefon.

»Marie?«

»Ich habe großartige Neuigkeiten. Wir haben eine neue Interviewanfrage bekommen, und sie richtet sich speziell an dich. Es scheint, als hättest du einen Fan unter der Elite Frankreichs.«

Julie zog die Augenbrauen nach oben, erinnerte sich aber, dass Marie sie nicht sehen konnte und sie deshalb antworten musste. »Das heißt?«

»Vielleicht sagt dir der Name Jean-Alain Voltaire etwas?«

»Nein, sollte er?« Julie holte ein Glas aus dem Schrank, während sie den Lautsprecher des Telefons einschaltete und es auf der Arbeitsfläche abstellte.

»Jean-Alain Voltaire ist einer der begehrtesten Junggesellen der Stadt. Er besitzt eine Marketingfirma, die erfolgreichste ins ganz Paris, um genau zu sein, und offensichtlich hat er auch noch ein finsteres Geheimnis.«

»Und er soll mein Fan sein?«

»Augenblick, ich zitiere: ›Ich bin der festen Überzeugung, dass Madame Renouard meine Geschichte mit den richtigen Worten zu Papier bringen wird.‹«

»Oh«, sagte Julie überrascht.

»Er bittet um einen Interviewtermin im nächsten Jahr. Nutze das doch als neuen Aufhänger für deinen Blog. Ich habe gesehen, dass du Abonnenten verloren hast.«

»Es ist eine private Sache, Marie.«

»Das interessiert dein Konto nicht, Julie«, erinnerte ihre lebenserfahrene Chefin.

»Ich weiß, ich weiß. Vielleicht hast du recht; wenn er so einen hohen Bekanntheitsgrad in der Stadt hat, wird es sicher den ein oder anderen Leser anlocken.«

»Kindchen, ich vereinbare einen Termin, und dann gebe ich dir wieder Bescheid.«

»Moment, Marie, wie kann ich ihn denn errei...« Doch da hatte Marie schon aufgelegt. Julie trank einen Schluck Wasser und wurde das ungute Gefühl nicht los, dass sie sich gerade auf etwas völlig Verrücktes eingelassen hatte.

Aus Neugier setzte sie sich noch einmal an ihren Laptop, öffnete eine Suchmaschine, tippte »Jean-Alain Voltaire Marketing« und erhielt 14 983 Treffer.

Nach und nach rief Julie die ersten Seiten auf, doch das Ergebnis war enttäuschend, mehr als einen spärlichen *Wiki-*

pedia-Eintrag ohne Bild fand sie nicht. Es gab keinerlei familiäre oder persönliche Informationen über den Geschäftsführer der Marketingfirma Sourire. Auch wenn es allgemein bekannt war, dass Voltaire nur selten persönliche Interviews gab und meist alles in öffentlichen Pressekonferenzen klärte, so verwunderte es Julie doch, dass einer der reichsten Junggesellen der Stadt wie ein Phantom durch die Straßen zu geistern schien. Das Einzige, was Julie in Erfahrung bringen konnte, war, dass Jean-Alain Voltaire nach seinem Schulabschluss Marketing und BWL studiert hatte, um im direkten Anschluss die Firma seines Vaters zu übernehmen. Julie erfuhr weder, wie Voltaire aussah, noch, wie alt er war. Vielleicht Mitte vierzig mit dunklen, grau melierten Haaren? Ein Geschäftsmann, wie man ihn sich vorstellte. Warum gab es keine Bilder von ihm?

Julie beendete ihre Suche; damit wollte sie sich erst auseinandersetzen, wenn sie einen Termin für das Interview hatte.

*W*ie jeden Samstagabend ging Julie in das Restaurant unter ihrer Wohnung, in dem sie gelegentlich jobbte.

Das im Stadtteil Montparnasse gelegene Café Le Dôme war ein beliebtes Restaurant bei Touristen, das nicht nur für seine ausgezeichneten Fischgerichte bekannt war, sondern vor allem durch die Nähe zum Eiffelturm und seine bedeutende Geschichte. Als es 1898 eröffnet wurde, versammelten sich sofort ausgewählte Persönlichkeiten in dem Restaurant. Zu seinen Stammgästen zählten viele Maler, Bildhauer, Schriftsteller und Dichter. Ernest Hemingway und Pablo Picasso waren nur zwei der berühmten Besucher, die das Le Dôme vorzuweisen hatte.

Julie und der neue Inhaber Jacques Durand kannten sich, seit Julie vor ungefähr einem Jahr ihre Wohnung direkt über dem Lokal bezogen hatte. Seitdem nutzten sie die Samstagabende, um ein Glas Wein zu trinken und sich über all die Dinge auszutauschen, die sie in der Woche erlebt hatten.

»Ich dachte schon, du kommst nicht mehr«, sagte Jacques mit einem Blick auf die Uhr zu Julie, nachdem er gerade ein Pärchen abkassiert hatte. Der dreißigjährige Inhaber des Restaurants wischte sich die Hände an einem weißen Tuch trocken, bevor er sich durch seine dunklen Haare fuhr. Jacques war ein attraktiver Mann mit trainierter Figur, eindringlichen dunklen Augen und betörendem Lächeln. Julie war nicht entgangen, wie die Frauen ihn ansahen, wie sie heimlich tuschelten und dass auch gelegentlich die Frage fiel, ob sie wohl seine Freundin sei, weil sie so vertraut miteinander umgingen. Doch er war lediglich wie ein großer Bruder für sie. Julie vertraute sich ihm an. Er war ihr einziger Freund in Paris, ihre Bezugsperson, wenn es Probleme gab. Ein bester Freund, den man necken konnte, mit dem man über Probleme sprach und der einem niemals zu nahe kam.

»Ich habe die Zeit vergessen, als ich überlegt habe, wie ich meinen Blog retten kann.« Julie ließ sich auf einen Barhocker am Tresen sinken, während Jacques ihr ein Glas halbtrockenen Weißweins eingoss. Erst in den frühen Herbstmonaten hatte Jacques das Restaurant renovieren lassen, um die im Jugendstil versunkene Lokalität etwas zu modernisieren.

»Was ist passiert?«

Julie nahm einen kräftigen Schluck aus dem Weinglas.

»Ich habe ein Drittel meiner Abonnenten verloren, weil ich zwei Wochen abstinent war.«

»Du hattest doch nicht etwa eine heiße Affäre. Nichts anderes würde das entschuldigen.« Jacques sah Julie mit durchdringendem Blick an, doch sie verdrehte nur die Augen.

»Nein, ein Rendezvous mit der Vergangenheit.«

Jacques wusste sofort, wovon sie sprach. Er kannte ihr Geheimnis.

»Ich bin immer noch der Meinung, du solltest mit jemandem darüber sprechen, der sich mit solchen Situationen auskennt.«

»Ich beginne langsam wirklich, diesen Schritt in Betracht zu ziehen. Therapien sind heutzutage nicht mehr so verschrien wie früher, oder?« Julie sah von ihrem Weinglas auf.

»Nein. Unbeteiligte Menschen haben immer einen anderen Blick auf die Situation.«

Julie nickte und trank das Weinglas leer.

»Sag mal, kennst du eigentlich Jean-Alain Voltaire?« Julies Neugier war geweckt. Vielleicht, weil Marie sie so überrumpelte. Vielleicht aber auch, weil der Marketingchef explizit nach ihr verlangte. Sie wollte herausfinden, wer sich hinter dem Mysterium Jean-Alain Voltaire verbarg, hinter dem Mann, von dem es nicht ein einziges Bild im Internet gab und der sein Privatleben hütete wie ein Staatsgeheimnis.

»Dem gehört doch diese Marketingfirma, oder? Ich lese manchmal was in der Zeitung davon.«

»Hast du jemals ein Bild von ihm gesehen?«

Jacques überlegte kurz, schüttelte dann aber entschieden den Kopf. »Nein, jetzt, wo du es sagst. Warum interessiert dich das eigentlich?«

»Ich werde ihn interviewen. Er hat wohl Leichen im Keller, die nur ich ausgraben kann.«

Jacques riss die Augen weit auf. »Das klingt nach einer großen Aufgabe.«

»Ich habe ein komisches Gefühl, wenn ich ehrlich bin.«

Sechs

Orientierungslos versuchte Julie die Augen zu öffnen und aus ihren Kissen zu lugen, doch es gelang ihr nur mühsam. Irgendwoher kam ein schrilles Läuten, doch sie konnte das fremdartige Geräusch noch nicht zuordnen. »Es wird schon irgendwann nachlassen«, dachte sie und wollte wieder in den sanften Traum gleiten, der sie noch immer umschlungen hielt. In ihrer Traumwelt war es bereits Frühling. Die Bäume öffneten ihre Knospen, und die Vögel sangen. Die Bienen trauten sich langsam nach draußen, und die Raupen verwandelten sich Schritt für Schritt in wunderschöne Schmetterlinge. Die Blumen dufteten herrlich frisch und lieblich, und die ersten Strahlen der Sonne waren betörend. Julie liebte den Winter, aber diese Welt wollte sie unter keinen Umständen gegen die Realität tauschen. Alles war so idyllisch und wirkte im Einklang mit der Welt. Nichts bereitete Probleme und ließ auch nur einen traurigen und trüben Gedanken zu. Es war perfekt. Und es war still…

Das schrille Geräusch war nur kurz verstummt und setzte wenige Sekunden später mit einem neuen, aber ähnlich nervtötenden Ton wieder ein. Julie kannte diesen Ton. Sie hatte ihn schon einmal irgendwo gehört. Doch wo? Das Geräusch griff immer fester nach ihr, versuchte sie aus ihrer Traumwelt zu zerren, doch auf Frühlingsseite hielt plötzlich eine neue Kraft dagegen. Erfolgreich entwand sich Julie der Seite, die versuchte, sie in die Realität zu ziehen, und blickte tiefer in ihren Traum.

Ein junger Mann mit bestechenden grünblauen Augen und wirrem hellbraunem Haar hielt ihren Arm. Er warf ihr ein entwaffnendes Lächeln zu und lud sie ein, zu bleiben. Sie wollte seine Einladung annehmen und sich von ihm begleiten lassen. Sie wollte seine Nähe spüren, seine Hände an ihrem Körper, die …

Julie schreckte panisch auf und saß sofort in ihrem Bett. Sichtlich verwirrt von ihrem Traum, versuchte sie sich zu orientieren, als das penetrante Läuten sich wieder bemerkbar machte. Julie identifizierte es endlich als ihre Türklingel. Sie rieb sich leise gähnend das Gesicht und stand auf. Mit langsamen, schlurfenden Schritten ging Julie zur Tür und meldete sich mit einem müden Oui an der Gegensprechanlage.

»Madlaine, sie schläft noch, oder? Hast du gehört?«

»Ja, eindeutig. Sie pennt. Im Stehen. Während sie versucht, die Tür zu öffnen.«

»Guten Morgen, Schwesterlein«, riefen Madlaine und Élise fröhlich im Chor ins Mikrofon der Gegensprechanlage an der weißen Hausfassade.

Julie traute ihren Ohren nicht, sie war schlagartig blitzwach. Ohne zu antworten, drückte sie den Türsummer. Das musste sie mit ihren eigenen Augen sehen. Nie und nimmer hatten ihre Schwestern freiwillig einen Fuß nach Paris gesetzt, schließlich traute sich keine der beiden den Pariser Stadtverkehr zu.

»Bevor ich nach Paris komme, friert das Höllenfeuer zu«, hatte Élise gesagt, als Julie ihr vorschlug, ein Wochenende bei ihr zu verbringen.

Als Julie die Schritte und das leise Klicken zweier High-Heels-Paare im Treppenhaus hörte, begann ihr Herz schneller zu schlagen. Sie hatte ihre Schwestern seit beinahe vier Monaten nicht gesehen. Je lauter die Schritte wurden, desto ungeduldiger starrte Julie ins Treppenhaus. Am liebsten wäre sie ihnen sofort entgegengelaufen, doch als sie bereits einen Fuß aus der Tür gesetzt hatte, bemerkte sie, dass sie lediglich ein Shirt und ihre Pantys trug. Definitiv zu wenig, um durch den Hausflur zu laufen und ihre Schwestern zu begrüßen. Auch wenn Julies nackte schlanke Beine sich durchaus sehen lassen konnten und ihr Aufzug auch sonst nur ihre Vorzüge betonte, wollte sie ihre Nachbarn am Morgen nicht mit einem derartigen Auftritt aus der Fassung bringen. Also wartete sie brav hinter der leicht geöffneten Tür, den Körper versteckt, und tippte nervös mit den Nägeln gegen den Türrahmen.

Als Madlaine und Élise plötzlich auf der Etage auftauchten, eingepackt in ihre dicken Wintermäntel, in der linken Hand eine kleine Tasche, in der rechten jeweils eine Flasche Wein, vergaß Julie all ihre Hemmungen und rannte halbnackt in den Hausflur. Sie schloss ihre Schwestern stürmisch in die Arme und verteilte erst an Madlaine ein Bisou und dann an Élise.

»Mir wird kalt, wenn ich dich sehe.« Élise schüttelte sich.

»Nein, das macht sie, um ihre perfekten jungen Beine zu zeigen und es ihren alten Schwestern so richtig unter die Nase zu reiben.«

Julie verdrehte die Augen. Die Renouard-Schwestern unterschieden sich optisch kaum. Ihre brünetten Haare, die den gleichen warmen Farbton hatten wie die Haare ihrer beiden Schwestern, fielen bei Julie in großen, geschwungenen Locken weit über die Schulter. Élise trug ihr Haar in Kinnlänge und Madlaine stets richtig lang und glatt. Julies haselnussbraune Augen, die sich ebenfalls kaum von denen ihrer Schwestern unterschieden, strahlten. Die Gesichtszüge hatten die Mädchen von ihrer Mutter geerbt, auch wenn Julies Züge etwas feiner waren als die ihrer Schwestern. Julie war die Kleinste der drei, Madlaine überragte nicht nur sie um mindestens fünf Zentimeter, sondern auch Élise, die regelmäßig darüber schimpfte, dass sie als Älteste nicht auch die Größte war. Die Gene meinten es nicht schlecht mit den Schwestern aus der Bretagne. Während Élise ihren schlanken Körper am liebsten in schlichte Jeans, Shirts und elegante Blazer steckte, vertraute Madlaine auf sinnliche und romantische Kleider. Julie, deren Körper zwar ebenfalls schlank war, aber an den richtigen Stellen weibliche Kurven besaß, kleidete sich nicht nach einer bestimmten Vorgabe. Sie liebte es gemütlich, mit Leggins, sportlich mit Jeans und T-Shirt, aber auch elegant im Kleid oder Hosenanzug. Julie kleidete sich so, wie sie sich im jeweiligen Augenblick gerade fühlte.

»Wenn ihr Sprüche klopfen wollt, dürft ihr mir gern den Wein geben und wieder zurück zu Maman fahren.«

»Auf keinen Fall. Maman hat das halbe Dorf eingeladen.«

Julie ließ ihre Schwestern in ihre kleine Wohnung und schloss die Tür hinter ihnen.

»Das erklärt, warum ihr es vorzieht, nach Paris zu kommen. Ich muss euch noch einmal umarmen«, sagte Julie überschwänglich und drückte ihre Schwestern, die gerade ihre Taschen in dem winzigen Flur abgestellt hatten und ihre dunkelblauen Mäntel ausziehen wollten. »Ich habe euch ja so vermisst.« Julie spürte, wie kleine Freudentränen in ihren Augen brannten, die sie schnell wegblinzelte.

»Wir dich auch, Kleine. Aber kannst du dir jetzt bitte etwas anziehen, mir wird immer noch kalt, wenn ich dich ansehe. Außerdem bekomme ich Komplexe«, sagte die älteste der drei Schwestern.

In weinrote Leggings und einen viel zu großen schwarzen Pullover gehüllt, ging Julie zurück zu ihren Schwestern, die in der Küche bereits Kaffee gekocht hatten. Julie lehnte sich an die Arbeitsplatte und beobachtete sie dabei, wie sie ein kleines

Frühstück auf den Tisch zauberten, als wäre Julie bei ihnen zu Besuch und nicht andersherum.

»Ihr hättet das ganze Essen nicht mitbringen müssen.« Élise drückte Julie eine Kaffeetasse in die Hand.

»Wir dachten uns schon, dass dein Kühlschrank nicht mehr viel hergibt. Sieh es als nachträgliches Weihnachtsgeschenk.« Madlaine stellte den Teller mit dem Lachs auf den Tisch und begann etwas Obst vorzubereiten.

»Maman hat uns deine Geschenke mitgegeben. Sie hat sich Sorgen um dich gemacht.« Élise drapierte die Brötchen und Croissants in den Brotkorb.

»Jetzt fühle ich mich schlecht, weil ich es völlig vergessen habe, etwas für euch alle zu besorgen.« Seufzend ließ Julie den Kopf hängen und starrte in ihren Kaffee.

»Zu Hause wissen alle, wie du dich fühlst. Niemand hat dir abgenommen, dass du nur wegen der Arbeit in Paris geblieben bist. Wir hätten viel schneller reagieren müssen.«

»Schon vor Jahren«, ergänzte Madlaine den Satz ihrer Schwester.

»Der letzte Artikel, den ich für *Élémentaire* geschrieben habe, hat alles wieder hochgebracht. Zoés Tod ist für mich immer noch so aktuell. Sie fehlt mir bei den kleinsten Dingen.«

»Julie, das ist ganz normal. Sie war deine beste Freundin.«

* * *

»Julie, ich sehe dich dreifach, wie kann das sein?« Jacques kniff die Augen zusammen, als Julie am Abend in das Restaurant kam und zwei junge Frauen im Schlepptau hatte, die ihr wie aus dem Gesicht geschnitten waren.

»Hallo, Jacques.« Sie umarmte den Kellner kurz und nahm sofort ihren Stammplatz ein. Madlaine und Élise setzten sich neben sie. »Darf ich dir meine Schwestern Madlaine und Élise vorstellen?«

Die beiden begrüßte Jacques jeweils mit einem Küsschen auf die Wange. »Die beiden berühmten Schwestern. Von euch habe ich ja schon jede Menge gehört.« Jacques legte den Kopf leicht schief und zwinkerte.

»Wir hoffen, nur Gutes?«

»Selbstverständlich. Was wollt ihr in dieser magischen Silvesternacht trinken?« Jacques lehnte sich lässig auf den Tresen und sah die drei Frauen abwechselnd an.

»Dreimal Rotweinschorle?« Julie suchte den Blick ihrer Schwestern, die nur zustimmend nickten. »Aber stell ein viertes Glas schon einmal bereit. Geraldine müsste jeden Moment hier sein.«

»Noch eine Schwester?«, fragte Jacques und mischte Rotwein und Mineralwasser.

»Nein, eine Freundin.« Kaum hatte Julie die Worte ausgesprochen, schwebte Geraldine elegant wie eine schwedische Prinzessin in das Café.

»Julie!«, rief sie freudig aus und steuerte auf ihre Freundin an der Bar zu. Sie und Julie begrüßten sich mit einer herzlichen Umarmung, dann fiel Geraldines Blick auf Madlaine und Élise. »Lasst mich raten, ihr seid Julies Schwestern?« Sie nickten. »Salut, ich bin Geraldine. Julies Eiffelturm-Date.« Lachend schüttelte Julie den Kopf und setzte sich wieder. Geraldine nahm den letzten freien Platz am Tresen ein. »Unfassbar, wie ähnlich ihr euch seht. Ich bin total neidisch.«

*N*ach einigen Weinschorlen machte sich das Vierergespann mit dem Taxi auf den Weg zur Cocktailbar Sherry Butt, die Julie zufällig im Internet gefunden hatte. Ihr hatte der dunkle irische Pubcharakter gefallen. Das Sherry Butt schien die perfekte Location für einen entspannten Silvesterabend zu sein, denn Julie hatte die schrillen, lauten Partys satt, die einen gut in das neue Jahr bringen sollten. Was würde sich im nächsten Jahr schon groß ändern? Außer dass sie vermutlich mit starken Kopfschmerzen aufwachen würde, weil sie zwei Cocktails zu viel hatte.

Die Frauen stiegen aus dem Taxi und betraten die Cocktailbar, die sie sofort in eine andere Atmosphäre trug. Die Silvesterparty, die hier stattfand, war schlicht und dunkel, aber elegant und ruhig. Es war keine Schickimickiveranstaltung, aber auch keine Party für die Komafraktion. Julie wusste, sie hatte die richtige Entscheidung getroffen. Hier konnte sie in Ruhe ein paar Drinks mit ihren Schwestern und ihrer Freundin genießen und ohne größere Missverständnisse ins neue Jahr starten. Es war einfach perfekt.

»Julie, das ist irgendwie trostlos«, platzte es aus Madlaine heraus, ohne dass sie über ihre Worte nachgedacht hatte. »Es ist dunkel, die Leute gucken komisch und trinken Whiskey.«

»Ich finde es ganz nett. Ich habe auch keine Lust auf eine überfüllte Silvesterparty«, unterstützte Geraldine Julie, die überhaupt nicht wusste, was sie auf Madlaines Kommentar erwidern sollte.

»Ich bin kurz auf der Toilette«, zog Julie sich aus der Situation, der die Abneigung ihrer Schwester gegen das Sherry Butt nicht gut bekam.

»Habe ich jetzt etwas Falsches gesagt?« Madlaine blickte Julie nach, die einer Kellnerin auswich und plötzlich mit ihren High Heels auf einer Kante umknickte. Mit rudernden Armen wurde sie von einem Unbekannten aufgefangen, und auf Geraldines Lippen erschien ein zufriedenes Lächeln.

»Ladys, der Abend ist gerade interessant geworden. Wir müssen hierbleiben.«

Sieben

Als Julie das Tablett der Kellnerin auf sich zufliegen sah, war es eigentlich schon zu spät. Entweder ließ sie Whiskey und eine Mischung aus verschiedenen Cocktails ihr Kleid ruinieren, oder sie sprang schnell zur Seite und musste damit rechnen, vor allen Gästen auf den Hintern zu fallen.

Julie entschied sich für Option Nummer zwei, übersah eine Kante und befand sich plötzlich im freien Fall. Sie hielt den Atem an, stellte sich darauf ein, hart zu landen, als ihr Sturz erstaunlich vertraut von zwei starken Armen abgefangen wurde. Genauso überrascht wie an Heiligabend, als sie über Cocos Leine gestolpert war, sah Julie zu ihrem Retter auf und zog die Luft scharf ein. Zwei freundliche grünblaue Augen sahen sie an, die ein gleichfalls vertrautes Kribbeln zurückbrachten.

»Zweimal innerhalb so kurzer Zeit. Entweder möchte uns das Schicksal etwas sagen, oder Sie haben einfach nur wahnsinniges Glück.« Der Unbekannte, der Julie schon Heiligabend vor dem Restaurant aufgefangen hatte, half ihr ein weiteres Mal, sich aufzurichten.

Julie war die Situation unangenehm. Mit geröteten Wangen strich sie ihr Kleid glatt und sah schließlich auf. »Merci«, murmelte sie verunsichert und wünschte sich, dass der Erdboden sich auftat.

»Sie müssen sich nicht bedanken. Sind Sie allein hier?«

»Nein, mit meinen Schwestern und einer Freundin.« Julie

deutete auf die drei Frauen, die wild tuschelnd den Unbekannten musterten.

»Darf ich Ihnen etwas zu trinken ausgeben?«

Julie schüttelte leicht den Kopf. »Ich sollte zurückgehen«, gab sie unsicher als Antwort.

»Ja, natürlich. Vielleicht kommen Sie im Laufe des Abends noch auf meine Einladung zurück.«

Sie nickte und lächelte schüchtern, bevor sie sich schnell abwandte und mit hochrotem Kopf zurück zu ihren Schwestern und Geraldine ging. Als sie Madlaines und Élises schelmisches Lachen sah, wusste sie sofort, dass Geraldine ihn erkannt und sich nicht davor gescheut hatte, alles auszuplaudern.

»Können wir uns einfach einen Platz suchen?«, fragte Julie, die völlig überfordert mit der Situation war.

»Ich weiß nicht, was ich lustiger finde. Dass du diesem heißen Kerl zweimal in die Arme fällst oder dass er dich dein Vorhaben völlig vergessen lassen hat, dass du eigentlich auf die Toilette gehen wolltest.« Madlaine legte einen Arm um die Schultern ihrer kleinen Schwester.

»Täusche ich mich, oder schwirrt er dir schon eine Woche lang im Kopf rum?« Élise zog wissend die Augenbrauen hoch.

Doch Julie schüttelte nur abwehrend den Kopf und steuerte, ohne ihrer Schwester eine Antwort zu geben, auf einen freien Platz am Fenster zu.

Julie blockte jeden Versuch ab, über den gut aussehenden Unbekannten zu sprechen. Sie war nicht in der Stimmung, zu schwärmen oder mit den Mädels auszudiskutieren, welche Stelle an seinem Körper am attraktivsten ist. Er war einfach nur ein Mann, der sie zweimal aufgefangen hat. Zufällig. Wie in einem dummen Kitschfilm.

»Diese Bar ist frustrierend«, schimpfte Madlaine wieder. »Wir sind jetzt seit eineinhalb Stunden hier, und es hat nicht einmal *ein* Mann in unsere Richtung gesehen. Ich hatte mir das in Paris irgendwie leichter vorgestellt.«

»Warum ergreifst du nicht selbst die Initiative?«, wollte Geraldine wissen und trank einen Schluck von ihrem Cocktail, einer süß-klebrigen roten Flüssigkeit, deren Namen sie schon wieder vergessen hatte. Madlaine begann sich umzusehen. Sie hatte schon vorhin einen jungen Mann ins Auge gefasst, der einsam an der Bar saß und seit einer halben Stunde an einem doppelten Whiskey nippte.

»Warum eigentlich nicht.« Madlaine stand auf, richtete ihr himmelblaues Kleid, legte ihre Haare elegant über eine Schulter und atmete tief durch. »Wünscht mir Erfolg.«

Mit jedem weiteren Cocktail sank Julies Laune. Es war ihr schon immer ein Rätsel gewesen, warum Alkohol sie nachdenklich machte, anstatt sie vergessen zu lassen.

»Hast du den Punkt wieder erreicht?«, fragte Élise, die Julies missmutigen Blick bemerkt hatte.

»Welchen Punkt?«, fragte Geraldine irritiert.

»Den Punkt, an dem der Alkohol beginnt zu wirken und ich mich mit Selbstvorwürfen bombardiere. Und ja«, flüsterte Julie und umklammerte ihr leeres Glas fest.

»Meinst du, es hört irgendwann auf?«

»Könnt ihr mir mal bitte erklären, in welcher Trauerstimmung ihr gerade seid?« Geraldine verstand nicht, warum die Stimmung am Tisch plötzlich ohne Grund umschwenkte. Julies deprimierter Blick war der jungen Designerin ein Rätsel, ebenso der besorgte Blick von Julies Schwester. »Klärt ihr mich bitte auf?«

*E*r konnte den Blick nicht von ihr abwenden. Sosehr er auch versuchte, an den Gesprächen seiner Freunde teilzunehmen, seine Konzentration erlaubte es ihm nicht. Ihr nachdenklicher Blick ließ ihn nicht los. Die traurigen haselnussbraunen Augen und die leicht nach unten hängenden Mundwinkel konnte das elegante Make-up nicht verbergen. Auch ihre braunen Locken und das atemberaubende rote Kleid mit der schwarzen Spitze lenkten nicht von ihrer niedergeschlagenen Haltung ab. Aus irgendeinem Grund fragte er sich, woran sie wohl dachte und was sie so unglücklich machte. Es überraschte ihn selbst, dass eine völlig fremde Frau, der er zufällig zweimal aus der gleichen Situation geholfen hatte, seine Gedanken völlig auf den Kopf stellte. Normalerweise interessierte es ihn nicht, was andere Menschen dachten oder wie sie sich fühlten. Er hatte jeden Tag mit seinen eigenen Problemen zu kämpfen und musste schwierige Alltagssituationen meistern. Was also war an der Frau mit den weichen Gesichtszügen, der kleinen Stupsnase und den sinnlichen Lippen anders? Sie war hübsch, ohne Frage, doch auf Äußerlichkeiten allein hatte er sich noch nie verlassen. Fühlte er sich möglicherweise verantwortlich, weil er sie zweimal davor bewahrt hatte, hart auf den Boden zu prallen? Es war absurd. Warum sollte er sich für sie verantwortlich fühlen? Er kannte sie doch überhaupt nicht.

»Warum starrst du die Kleine immer wieder an?«, fragte sein Kumpel Pascal, der seinem Blick gefolgt war und die Brünette abschätzend musterte. »Sie ist nicht mein Typ.«

»Sie geht dich auch gar nichts an«, zischte er und spürte ein Stechen in der Magengegend.

»Ihre blonde Freundin könnte mir gefallen.« Pascal trank sein Glas leer und stellte es auf den Tresen der Bar.

»Sie ist nicht deine Liga.« Er trank sein Glas ebenfalls aus, als er bemerkte, dass die junge Frau aufstand und die Cocktailbar verließ. Er hatte mitbekommen, wie sie sich die Augenwinkel mit dem Handrücken gewischt hatte, bevor sie aus der Tür verschwand. Ohne zu wissen, was er tat, folgte er ihr und eilte zur Tür. Die frische Luft umhüllte ihn, während kleine Eiskristalle um seinen Kopf tanzten. Der Winter meinte es dieses Jahr offensichtlich ernst. Stumm suchte er die Gegend mit seinen Augen ab und entdeckte sie nur wenige Meter entfernt auf einem Vorsprung in der Hauswand des Gebäudes. Sie hatte sich gerade gesetzt und rieb sich die schlanken Arme.

»Sie werden sich den Tod holen«, sagte er und versuchte dabei lässig zu klingen, während er sich neben ihr niederließ.

»Nein, Sie werden sich den Tod holen, weil Sie keine Jacke tragen«, antwortete sie schlagfertig.

Das gefiel ihm. »Ja, Sie könnten recht haben.«

»Steht Ihr Angebot mit dem Drink noch?« Hoffnungsvoll sah sie ihn an, und ihre Lippen verzogen sich kaum merklich zu einem Lächeln.

»Wenn Sie es nicht nur als Vorwand nutzen, um zu verschwinden, ja.«

»Ich warte.«

»Was möchten Sie trinken?«, erkundigte er sich, als er aufstand.

»Überraschen Sie mich.«

Er nickte.

*J*ulie seufzte leise, als der Unbekannte wieder in die Bar ging. Sie wusste, dass es eine schlechte Idee war, noch mehr zu trinken, doch immerhin trank sie in attraktiver Gesellschaft. Auch wenn sie es vor ihren Schwestern und Geraldine nicht zugeben wollte, er hatte ihr bereits an Heiligabend gewaltig den Kopf verdreht. Sie hatte ihn immer wieder heimlich beobachtet, ohne dabei mitzubekommen, dass auch sein Blick ausschließlich auf ihr ruhte. Er hatte irgendeine Ausstrahlung an sich, die Julie anziehend und spannend fand, die sie sich aber nicht erklären konnte.

»Sie sind tatsächlich noch da.« Er wirkte überrascht, als er mit zwei Gläsern Sherry Fino, einem trockenen, hellen Wein, zurückkehrte.

»Das hatte ich Ihnen doch versprochen.«

Er reichte ihr das Glas und setzte sich erneut neben sie.

»Merci.«

»Viele Frauen halten ihr Versprechen nicht.«

»Sie können von Glück reden, dass ich nicht eine von vielen Frauen bin.« Sie stießen lächelnd die Gläser aneinander und tranken einen Schluck. »Was machen Sie eigentlich hier draußen?«

»Halten Sie mich für einen verrückten Stalker, wenn ich Ihnen sage, dass ich Ihnen gefolgt bin?«

»Nein«, antwortete Julie und schüttelte den Kopf.

»Das beruhigt mich. Ich habe mir Gedanken um Sie gemacht.« Julie senkte ihren Blick. »Ich habe gesehen, wie Sie sich die Augenwinkel trocken gewischt haben, als Sie nach draußen gegangen sind. Ich weiß, es geht mich nichts an, aber ist alles in Ordnung?«

Julie überlegte einige Sekunden, was sie antworten sollte, ob sie überhaupt antworten sollte. Doch dann erinnerte sie sich an Jacques' Worte, wie gut es sich anfühlt, mit unbeteiligten Personen über eine Situation zu sprechen, die einen belastet. Julie wusste nicht, warum sie in diesem Moment begann, einem Fremden ihre größte Seelenqual zu erzählen. Sie schob es auf den Alkohol. Die Weinschorle bei Jacques, die süßen Cocktails im Sherry Butt und auch das Getränk, das sie in diesem Augenblick in den Händen hielt.

»Nein, es ist nicht alles in Ordnung. Ich ertrage es nicht so gut, wenn die Jahre zu Ende gehen.« Sie nahm noch einen kräftigen Schluck Sherry. Er machte sie mutiger.

Der Unbekannte merkte, dass es ihr nicht leichtfiel, mit ihm darüber zu sprechen, und glaubte einen Schritt zu weit gegangen zu sein. »Wenn ich zu neugierig bi…«

»Nein«, schnitt sie ihm das Wort ab. »Ich habe vor ein paar Jahren an Heiligabend einen sehr wichtigen Menschen verloren. Kennen Sie das Gerücht, dass es mit den Jahren besser werden und nicht mehr ganz so wehtun soll?« Er nickte. »Das ist eine bösartige Lüge. Es tut mit jedem Jahr mehr weh.«

»Ich weiß«, flüsterte er mitfühlend. Sie wusste gar nicht, wie gut er sie verstand. »Es ist nie leicht, einen Menschen gehen zu lassen.«

»Ich bin in dieser Jahreszeit keine gute Gesellschaft. Meine Schwestern haben sogar so viel Mitleid mit mir gehabt, dass sie heute Morgen überraschend vor meiner Tür standen.«

»Aber das ist doch eine schöne Überraschung, oder nicht?«

»Natürlich, aber deswegen haben sich meine Gefühle nicht geändert. Meine Schwestern sind in Feierlaune, und ich habe Angst, dass ich ihnen das vielleicht ruiniere, nur weil ich der Vergangenheit nachhänge. Deswegen habe ich vor einer Woche sogar entschieden, Weihnachten allein zu verbringen. Ich wollte niemandem das Fest zerstören.«

»Also haben Sie es sich selbst zerstört?«

»Wenn man es so will, ja. Es muss ziemlich dumm für Sie klingen. Ich weine mich bei Ihnen aus, dabei kennen wir uns kaum.«

»Ich verstehe Sie besser, als Sie vielleicht denken.«

Julie lächelte zaghaft und ließ einen zufälligen Blick über die Armbanduhr ihrer Gesellschaft gleiten. »Nur noch zwei Minuten bis Mitternacht«, sagte sie.

»Dann wird hier draußen die Hölle losbrechen.« Julie trank ihren Sherry aus, stand auf und stellte das Glas auf den Wandvorsprung. Er tat es ihr gleich und stellte sich unsicher vor sie. »Glauben Sie an Zufälle?« Für einige Sekunden sah Julie in den dunklen Nachthimmel zu ihrem Stern, der wieder versuchte, die anderen mit seiner Leuchtkraft auszustechen. Sie musste schmunzeln. Seit Heiligabend kontrollierte sie regelmäßig den Himmel, ob er noch hoch oben am Himmel stand.

»Manchmal glaube ich an Zufälle, ja«, gab Julie als Antwort und sah ihm wieder direkt in seine grünblauen Augen, die wie Ozeane schimmerten.

»Das ist gut«, sagte er mit leiser Stimme und näherte sich ihr. »Ich fange auch gerade an, daran zu glauben. Weißt du, vielleicht hatte es ja doch etwas zu bedeuten, dass du mir zweimal in die Arme gefallen bist.«

Julies Herz machten einen kleinen Sprung, als er die Förmlichkeiten wegließ und sich ihr immer weiter näherte. Das warme Gefühl, das sich in ihrem Magen ausbreitete, hatte sie schon lange nicht mehr gefühlt. Eigentlich hatte sie es in dieser Intensität noch nie gefühlt. Was auch immer der Mann, dessen Namen sie bislang immer noch nicht kannte, in ihr auslöste, es fühlte sich erschreckend gut an.

»Vielleicht hat es das ja«, hauchte sie. Er trat noch einen kleinen Schritt auf sie zu und legte seine Hand auf ihre Wange. Das Gefühl in ihrem Magen wurde stärker. Mit jedem Millimeter, um den er den Abstand verringerte, schlug ihr Herz schneller.

»Wenn das Schicksal uns etwas sagen will, dann werden wir uns wiedersehen«, flüsterte er kaum hörbar, zog Julie zu sich und presste seine Lippen auf die ihren. Julie hielt für einen Augenblick die Luft an und hielt den Augenblick fest.

Als leuchtende Raketen in den Himmel schossen und ein prächtiges Farbenspiel boten, löste er sich von Julie, lächelte ihr ein letztes Mal zu und ging.

»Julie?«

Leicht verwirrt drehte sie sich zu ihren Schwestern und Geraldine um, wobei sich ihre Wangen zartrosa färbten und ein sanftes Lächeln ihre Lippen umspielte.

*E*twas irritiert über seine eigene Reaktion ließ er sie zurück. Er wusste nicht, ob er das Richtige tat. Wenn das Schicksal es gut mit ihnen meinte, würde es eine dritte Chance geben. Dann würde er sie nach ihrem Namen fragen und auch nach einem Date.

Hoffentlich meinte das Schicksal es gut mit ihm.

Acht

»Bitte sagt Maman, dass ich euch bald besuchen komme und wie sehr es mir leidtut, dass ich Weihnachten nicht da war«, verabschiedete Julie am Nachmittag des 1. Januar ihre beiden Schwestern.

»Julie, sie ist dir nicht böse. Sie weiß, wie du dich fühlst. Auch wenn die Geschichte mit Zoé über drei Jahre her ist, ist die Zeit immer noch zu kurz, um sie zu verarbeiten. Du kannst einen Menschen, mit dem du beinahe dein ganzes Leben verbracht hast, nicht in drei Jahren einfach aus deinem Gedächtnis streichen. Du kannst nur nach vorn sehen und schauen, was die Zukunft für dich bereithält«, erklärte Élise und schloss ihre jüngste Schwester fest in die Arme.

»Oh, nach vorn gesehen hat sie gestern Abend«, schmunzelte Madlaine spitzbübisch, und Julies Wangen färbten sich wieder zartrosa.

»Ich werde ihn vermutlich nie wiedersehen.« Julie sah verlegen auf den schneebedeckten Gehweg und kratzte mit ihren Boots etwas schmutzigen Schnee beiseite.

»Geraldine hat uns erzählt, du bist ihm zweimal in die Arme gefallen. Meinst du nicht, du könntest nicht auch ein zweites Mal zufällig an seinen Lippen hängen?« Madlaine zog wissend die Augenbrauen nach oben, doch Julie wich ihrem Blick aus.

»Um ehrlich zu sein … nein!« Julie sah auf und versuchte, den drängenden Blicken ihrer Schwestern etwas entgegenhalten zu können. Sie scheiterte auf ganzer Linie. Man hatte sie ertappt. Seit dem Kuss vor einigen Stunden konnte Julie an nichts anderes denken. Sie bekam den hübschen Unbekannten nicht aus ihrem Kopf. Sie konnte seinen Blick nicht vergessen, als er ihr zugehört hatte. Sie konnte sein Lächeln nicht vergessen und auch nicht den besorgten Ausdruck in seinen Augen. Als er ihre Lippen mit seinen berührt hatte, war es um Julie geschehen. Für einen kurzen Moment hatte sie an das Schicksal geglaubt, doch schon eine Sekunde später war ihr schmerzlich bewusst geworden, dass sich der Unbekannte mit seinem Abgang vielleicht einfach nur die Situation erleichtern wollte. Die Tradition des Silvesterkusses war lange nicht mehr so verbreitet. Julie ärgerte sich bereits darüber, da hatte sie an diesem Morgen die Augen noch gar nicht richtig aufgeschlagen. Das Hochgefühl war verschwunden, und sie musste sich eingestehen, was für eine dumme Gans sie doch war.

»Also, ich glaube an das Schicksal!«, verkündete Madlaine und schloss Julie ebenfalls noch einmal fest in die Arme.

»Fahrt vorsichtig und meldet euch, wenn ihr zu Hause angekommen seid.«

Die beiden Schwestern verdrehten die Augen. »Du hast so viel von Maman.« Mit diesen Worten stiegen sie ein und fuhren davon.

»Bezaubernd, deine Schwestern.« Erschrocken drehte sich Julie zu Jacques um, der schon wieder wie ein Wirbelwind durch das Café fegte, um seine Gäste glücklich zu machen.

»Sie sind anstrengend.« Julie ging wenige Schritte auf den Kellner zu und rieb sich die Arme. Die Luft war noch immer bitterkalt und roch überraschend klar und sauber wie in den Bergen. Es würde sicher bald neuen Schnee geben.

»Hast du zufällig Zeit? Hélène hat sich krank gemeldet.«

»Ich muss noch ein Interview vorbereiten. Ansonsten hätte ich dir gern geholfen.«

»Ach ja, dein wirklich wichtiger Marketingchef.«
Julie nickte. »Genau der.«

$\mathcal{E}$s fiel Julie schwer, ein paar konkrete Fragen für das Interview mit Jean-Alain Voltaire auszuarbeiten, da sie nicht das Geringste über ihn zu wissen schien. Auch bei ihrer zweiten Suche bot das Internet keine zuverlässige Informationsquelle. Es gab noch immer keine Bilder, keine persönlichen Artikel oder auch nur den kleinsten Hinweis darauf, was er so plötzlich mit der Welt teilen wollte. Der Mann war ein Phantom, das im Schatten zu leben schien und nur zum Arbeiten nach draußen kam. Wie eine Fledermaus, die sich nur in der Nacht zeigte.

Etwas entmutigt griff sie nach zwei Stunden vergeblicher Internetrecherche zu ihrem Telefon und wählte die Nummer ihrer Chefin Marie-Claire.

»Julie, Kindchen?« Marie klang nicht überrascht, stattdessen machte sie den Eindruck, als hätte sie bereits auf diesen Anruf gewartet.

»Marie, ich habe deine Nachricht gelesen. Der Termin morgen ist nicht zu zeitig, aber kannst du mir sagen, was dieser Voltaire für ein Typ ist? Ich finde nichts. Und mit nichts meine ich rein gar nichts!«

»Liebes, was soll ich da jetzt machen?«

Julie klappte die Kinnlade nach unten. »Gib mir eine verdammte Telefonnummer von ihm oder eine E-Mail-Adresse, auf der ich ihn sofort erreiche, oder irgendetwas. Ich weiß ja noch nicht einmal, wie der Mann eigentlich aussieht.« Aus Julie sprach die reine Empörung.

»Julie, ich glaube nicht, dass du bei Monsieur Voltaire mit deinem üblichen Ablaufplan vorankommst. Ich habe ihn als sehr verschlossenen Menschen erlebt. Lass dich überraschen.«

»Mich überraschen lassen? Marie, bist du von allen guten Geistern verlassen?«

»Das frage ich mich auch, wenn ich auf deinen Blog schaue. Du hast die Hälfte deiner Abonnenten verloren. Ich weiß nicht, ob es dir bewusst war, aber du hattest einen der zehn erfolgreichsten Blogs in Frankreich. Die Betonung liegt auf *hattest*!«

»Marie, das hat…«

»… persönliche Gründe. Julie, wir sollten uns dringend in den nächsten Tagen im Büro treffen und reden. Ich muss jetzt noch etwas erledigen.« Julie wollte etwas erwidern, doch da hatte Marie schon aufgelegt.

»Verdammt«, knurrte Julie und warf das Telefon in die Ecke.

*M*it Magenschmerzen gab die junge Journalistin am nächsten Tag die Adresse von Jean-Alain Voltaire in ihr Navigationsgerät ein. Das Interview sollte in seinem Appartement mitten in der Stadt stattfinden, in einer Straße, von der sie nie gehört hatte und deren Namen sie sofort wieder vergaß.

Nach zehn Minuten Autofahrt erreichte Julie das 6. Arrondissement und wurde von ihrem Navi in das Quartier Notre-Dame-des-Champs geführt. Die Straße, in der Voltaires Appartement lag, grenzte direkt an den Jardin du Luxembourg. Als sie ihr Auto parkte und ausstieg, stand Julie vor einem nüchternen Haus mit moderner weißer Fassade, in die schlichte Fenster eingelassen waren. Dieses Haus passte augenscheinlich überhaupt nicht nach Paris, doch Julie wollte nicht von dem Haus auf den Marketingchef schließen. Sie musste unvoreingenommen an die Sache gehen.

Julie atmete noch einmal tief durch und überquerte die Straße. Sie fühlte sich schlecht vorbereitet, und das ungute Gefühl in ihrem Magen war noch nicht gewichen. Stattdessen hatte es sich immer weiter ausgebreitet und ihr Bauchschmerzen bereitet.

Als Julie das Klingelschild drückte, rutschte ihr Herz in

die Hose. Eigentlich war sie kein Mensch, der sich leicht einschüchtern ließ, doch es machte ihr Angst, schlecht vorbereitet zu einem Interview zu gehen. Vielleicht wäre es auch etwas anderes gewesen, wenn sie sich nicht gerade mit einem der einflussreichsten Männer der Stadt hätte treffen müssen. Doch der Gedanke, dass es sicher nur einen Anruf von Voltaire brauchte, um ihre Zukunft zu ruinieren, hing wie ein Damoklesschwert über der jungen Französin.

»Ja?«, meldete sich eine männliche Stimme an der Gegensprechanlage, und Julie zuckte merklich zusammen.

»Julie Renouard. Wir haben einen Termin«, antwortete sie mit piepsiger Stimme.

»Dachgeschoss«, kam als knappe Antwort zurück, dann erklang der Türöffner.

Julie nahm die Treppe, obwohl das Haus auch über einen Fahrstuhl verfügte. Sie wollte sich noch ein bisschen mehr Zeit verschaffen. Der Treppenaufgang war genauso nüchtern und modern wie das Haus selbst. Die Wohnungstüren, an denen Julie vorüberging, waren aus teurem dunklem Holz und machten einen weitaus sichereren Eindruck als ihre eigene.

Je näher Julie dem besagten Stockwerk kam, desto lauter schlug ihr Herz. Sie nahm die letzten Treppenstufen und entdeckte eine leicht geöffnete Tür. Dort musste er wohnen. Zaghaft klopfte Julie und wartete, dass der Marketingchef an die Tür kam.

Schnell wühlte sie in ihrer Handtasche nach ihrem Handy, um den Ton auszuschalten, als sie schon Schritte hörte.

»Das darf doch nicht wahr sein«, ertönte plötzlich eine vertraute Stimme, und Julie sah erschrocken auf. Sie traf auf grünblaue Augen, die sie erschrocken und ungläubig ansahen. Augen, in die sie in der magischen Silvesternacht tief geblickt hatte.

»Sie sind … du bist … ich verstehe nicht«, stammelte Julie unsicher.

»Das Schicksal hat eine ziemlich komische Art, zwei Menschen zusammenzuführen, Madame Renouard«, sagte Jean-Alain Voltaire spitzbübisch lächelnd und bat die Journalistin ins Innere der Wohnung.

»Monsieur Voltaire«, erwiderte sie sein Lächeln und betrat das Appartement. Es handelte sich um eine modern eingerichtete, überraschend große Wohnung. Jeans Stil schien ebenso schlicht zu sein, wie es das Haus vorgab. Alle Wände waren weiß gestrichen, die Einrichtung bestand aus einer stilvollen und teuren Mischung aus schwarzen, grauen und weißen Möbeln. An einigen Wänden hingen Kunstwerke in eleganten Rahmen. Dekoration gab es kaum, dafür aber einige Zimmerpflanzen, die nicht den Eindruck machten, als würde man sich schlecht um sie kümmern.

Jean führte Julie in sein Wohnzimmer und bot ihr einen Platz auf der Couch an, beinahe so, als wäre sie eine gute Freundin, die einfach zum Kaffeetrinken vorbeikam.

»Möchtest du etwas trinken?«

»Ein Glas Wasser, danke.« Es dauerte nicht lang, dann war er zurückgekehrt und setzte sich neben seinen Gast. »Merci.«

Jean sah Julie einige Sekunden an, dann begann er zu sprechen: »Um ehrlich zu sein, hatte ich geglaubt, dass sich hinter Julie Renouard eine vierzigjährige Frau verbirgt, die schon einiges im Leben durchgemacht hat und sich deswegen so gut in die Menschen hineinfühlen kann.«

»Ich dachte auch, du wärst einer von diesen Fernsehgeschäftsleuten um die vierzig, grau meliertes Haar, eigensinnig und verschlossen, aber trotzdem ein Frauenheld. Sollen wir gleich anfangen? Ich muss zugeben, dass ich nicht wirklich gut vorbereitet bin, weil ich über dich nichts gefunden habe. Marie wollte mir auch keine Informationen geben.«

»Lass uns einfach mit irgendetwas beginnen. Ich bin nicht der große Interviewtyp, wenn ich ehrlich bin.«

»Stört es dich, wenn ich das Diktiergerät nebenbei laufen lasse? Manchmal schreibt man nicht so schnell mit.«

»Nein«, sagte er und schüttelte leicht den Kopf.

»Gut, dann versuchen wir erst einmal ein Gespräch aufzubauen. Erzähl mir etwas über dich. Etwas Familiäres, etwas, das damit zu tun hat, was du den Lesern erzählen möchtest. Wenn ich normalerweise ein Interview führe, habe ich im Voraus schon mit meinen Interviewpartnern am Telefon gesprochen. So konnte ich bereits spezielle Fragen entwickeln. Ich bin mir, ehrlich gesagt, nicht sicher, ob wir alles in einem Gespräch auf den Punkt bringen können. Ich rede schon wieder zu viel, entschuldige.«

Jean sah Julie fasziniert an. Sie war in ihrem Element, das merkte er sofort. Vor Jean saß eine völlig andere Person als die, die er in der Silvesternacht kennengelernt hatte. Sie blühte in ihrer Arbeit auf, war wissbegierig auf seine Geschichte, doch genau das war der Punkt, der ihm Angst machte.

»Das ist jetzt der Moment, in dem du etwas über dich erzählen musst«, erinnerte Julie mit einem entspannten Lächeln, nachdem Jean nicht sofort antwortete. »Wie bist du aufgewachsen? Wie ist deine Familie? Hast du Geschwister? Hattest du eine glückliche Kindheit?«

Jean nickte, auch wenn er auf keine dieser Fragen konkret antworten wollte. In seinem Herzen hatte sich gerade etwas zusammengeschürt, das ihn einengte und ihm die Luft zum Atmen nahm.

»Ich …«, stammelte er unsicher. Julie sah ihn irritiert an und bemerkte sofort, dass etwas nicht stimmte. »Ich bin in Paris geboren und aufgewachsen. Meine Eltern wohnen seit einigen Jahren in Grimaud an der Côte d'Azur. Geschwister habe ich keine.« Mit diesem letzten Satz, einer einzigen großen Lüge, entschied Jean-Alain Voltaire, seine Geschichte an diesem Tag nicht zu erzählen.

»Hast du ein gutes Verhältnis zu deinen Eltern?«, bohrte Julie noch einmal nach, weil sie glaubte, Jean habe die Frage einfach überhört.

»Wir haben ein gutes Verhältnis.«

»Seht ihr euch oft?« Julie war sichtlich irritiert über Jeans kurze Antworten und seine plötzlich distanzierte Haltung, doch sie wollte es sich nicht anmerken lassen.

»Ja.« Julie machte sich keine Notizen.

»Habt ihr Weihnachten zusammen verbracht? Sind deine Eltern nach Paris gekommen, oder bist du…« Julie erinnerte sich an Heiligabend und wusste, dass sie sich diese Frage selbst beantworten konnte. »Ihr habt euch nicht gesehen?«

»Ich möchte nicht, dass du darüber schreibst«, sagte er eiskalt und ohne Emotionen in seinem Blick.

Julie lief ein Schauer über den Rücken. Vor ihr saß ein völlig anderer Mann als der, dem sie in der Silvesternacht nähergekommen war.

»In Ordnung«, sagte sie kleinlaut und blickte auf ihren leeren Notizblock. »Die Leser möchten einen Eindruck von dir haben. Sie möchten dich kennenlernen. Du scheinst in Paris sehr beliebt zu sein und…« Julie sah auf. Das Feuer in ihrem Blick war entfacht. Sie konnte sich überhaupt nicht erklären, warum sie wie ein unsicheres Schulmädchen vor dem jungen Firmenchef saß und versuchte, sich für das Interview und ihre Fragen zu rechtfertigen. Er hatte um das Interview gebeten, nicht sie. »Wie sieht dein Alltag aus?«, stellte sie ihm die nächste Frage in der Hoffnung, vielleicht auf diesem Weg ein ordentliches Gespräch aufbauen zu können.

»Ich stehe morgens auf, frühstücke, und dann fahre ich zur Arbeit. Abends komme ich nach Hause und gehe ins Bett.«

»Wie wichtig ist dir die Arbeit?«

»Die Arbeit spielt die größte Rolle in meinem Leben.«

»Du hast die Firma damals noch ziemlich jung von deinem Vater übernommen. War das dein Wunsch?« Vielleicht konnte sie auf diesem Weg ein paar wertvolle Informationen bekommen.

»Es ging dabei nicht um meine Wünsche, sondern darum, was getan werden musste.«

»Also war es für dich immer klar, dass du irgendwann im Marketingbereich arbeiten wirst?«

»Ja.«

»Du hast gesagt, dein Alltag besteht fast nur aus Arbeit. Ist da überhaupt Platz für ein Privatleben?«

»Ich brauche kein Privatleben, Julie. Ich habe mit der Firma so viel zu tun, dass es absolut keine Rolle spielt, was ich privat mache. Deine albernen Fragen über Wünsche und meine Familie haben überhaupt nichts mit mir zu tun.«

Julie seufzte laut. Sie legte ihren Stift und den Notizblock auf den Tisch, verschränkte die Arme vor der Brust und suchte Jeans Blick.

»Was soll das? Habe ich etwas Falsches gesagt? Ist es dir unangenehm, dass wir uns Silvester geküsst haben? Steht das jetzt wie eine unsichtbare Mauer zwischen uns, oder war das mit dem Interview nur ein Witz, um dem Magazin zu schaden?«

»Julie, so ist es nicht.« Jeans Blick wurde weicher, als er die Mischung aus Wut und Enttäuschung in ihren Augen entdeckte.

»Dann erklär es mir. Ich verstehe es nämlich nicht.«

»Ich spreche nicht gern über mich. Vielleicht sollten wir das Interview an einem anderen Tag weiterführen.«

»Aber ich habe absolut keine Informationen. Wie stellst du dir das vor? Du hast mir keine einzige Frage richtig beantwortet.«

»Weil ich es nicht kann«, sagte er noch einmal mit Nachdruck und stand auf. Jean stellte sich an das Fenster und verschränkte die Arme vor der Brust.

»Darf ich fragen, warum du Marie kontaktiert hast? Warum du ihr irgendetwas von einer Geschichte erzählt hast, die du erzählen musst? Wusstest du, wer ich war, und hast das Interview nur als Vorwand benutzt?«

»Julie, es geht hierbei nicht um dich. Ich wusste Silvester genauso wenig, wer du bist, wie andersherum. Es war ein riesiger Fehler...«

»Okay«, gab Julie leise zurück und wusste nun, was sie von Silvester zu halten hatte. Es war ein magischer Moment ohne Bedeutung gewesen. Ein riesiger Fehler, wie er selbst sagte.

»Dann tut es mir leid, dass ich deine wertvolle Zeit verschwendet habe, in der du hättest arbeiten können. Ich werde Marie mitteilen, dass es nicht möglich war, ein Interview mit dir zu führen, weil unsere private Begegnung ein professionelles Zusammenarbeiten nicht möglich gemacht hat. Entweder vereinbarst du mit Marie einen neuen Termin, damit du das Interview mit einem anderen Journalisten führen kannst, den du Silvester nicht geküsst hast, oder du sagst es ganz ab.« Eilig packte Julie ihre Sachen zusammen, zog ihre Jacke über und machte sich auf den Weg nach draußen. Jean beobachtete jeden ihrer Schritte mit einem Ziehen im Herzen. In der Wohnzimmertür drehte sie sich noch einmal zu Jean um. »Ich wünsche dir alles Gute. Ich werde mich jetzt mit der Leiterin des Kinderheims in Verbindung setzen, deren Artikel wegen dir gestrichen wurde. Schade, dass in dir mehr gesehen wurde, als es letztendlich war.« Dann ging sie und ließ Jean zurück.

»Verdammt«, zischte er und rieb sich angestrengt das Gesicht. Er musste dringend mit Marie-Claire Bonnet telefonieren. Gerade als er zu seinem Telefon greifen wollte, blendete ihn eine kleine Kostbarkeit. Julie hatte etwas verloren.

Neun

Von: Marie-Claire Bonnet, Élémentaire
An: Julie Renouard

Betreff: Interview Voltaire

Julie,
Voltaire hat mich gerade angerufen und mir von dem Desaster berichtet. Er bittet um ein zweites Interview mit Dir. Melde Dich bei ihm!!
Gruß
Marie

Julie las die E-Mail wieder und wieder. Sie haderte bereits seit einer Woche mit sich. Wenn sie sich nicht endlich mit Voltaire in Verbindung setzte, riskierte sie ihre Stelle bei *Élémentaire*. Doch auch Julies Stolz meldete sich regelmäßig und ließ sie das Telefon wieder zurücklegen, nachdem Marie ihr Voltaires Privatnummer in gefühlten hundert Ausrufezeichen in die E-Mail eingefügt hatte. Sie konnte es nicht. Jean-Alain Voltaire war ein Mensch, der nicht in das Magazin passte. In Wirklichkeit hatte er nichts mit dem Mann gemein, den Julie zu Silvester kennengelernt hatte. Er war ein arroganter, verschlossener und sturer Idiot, der wahrscheinlich überhaupt keine nennenswerte Geschichte zu erzählen hatte. Julie wusste nicht, was er mit dem vereinbarten Termin beabsichtigt hatte, doch ein Interview hatte er offensichtlich schon zu Beginn nicht führen wollen.

In der letzten Woche hatte Julie damit begonnen, detaillierte Fragen an die Leiterin des Kinderheims auszuarbeiten, die mit Herzblut und Liebe für ihren Job einstand und versuchte, den Kindern ein gutes Leben zu bieten. Julie war sofort begeistert gewesen, als sie die Frau kurz vor Weihnachten zufällig am Telefon hatte.

Kein Jean-Alain Voltaire dieser Welt konnte gegen so eine Geschichte ankommen. Das wusste Julie, das wusste Marie-Claire, und auch Voltaire selbst war das bewusst.

Julie zog ihren Mantel an und machte sich spontan auf den Weg zum Kinderheim. Vielleicht hatte die Leiterin, Lucie Maronne, etwas Zeit, ihr die Einrichtung zu zeigen und einige ihrer Fragen zu beantworten, damit Julie darüber nachdenken konnte, in welche Richtung sich die Geschichte entwickeln konnte.

* * *

»*M*onsieur, Sie sehen, Ihr Geld ist gut angelegt. Wir konnten das Spielzimmer mit Ihrer letzten Spende erneuern, und auch Weihnachten konnte dank Ihnen etwas üppiger für die Kinder ausfallen.« Lucie Maronne sah ihren Besucher bewundernd an. Er sah gut aus in seinem schwarzen Anzug, und er war überraschend jung. Die fast fünfzigjährige Heimleiterin war verwundert gewesen, als ihr Hauptsponsor sie plötzlich anrief und um ein persönliches Treffen bat. Es war genau eine Woche her. Lucie Maronne hatte Jean-Alain Voltaire nie persönlich kennengelernt; umso stolzer war sie nun, ihn durch ihre Einrichtung zu führen und den bewundernden Ausdruck in seinen Augen zu sehen.

»Madame Maronne, ich bin beeindruckt. Sie genießen einen sehr guten Ruf, und Ihre Einrichtung bestätigt mir alles, was ich gehört habe. Der Grund, warum ich Sie zu sehen wünschte, ist nicht der, dass ich kontrollieren wollte, ob Sie mein Geld für die richtigen Zwecke einsetzen. Ich würde gern meinen monatlichen Spendenbetrag erhöhen, verdoppeln, wenn ich genau sein soll.«

Lucie Maronnes Augen weiteten sich. »Monsieur Voltaire, Ihre Spende hat mir bis jetzt schon sehr geholfen. Aber mit viertausend Euro im Monat habe ich endlich die Möglichkeit, weitere Kinder aufzunehmen. Das ist großartig. Ich weiß nicht, was ich sagen soll.«

»Ich wusste, dass Sie mehr Kinder aufnehmen möchten, Madame. Aus diesem Grund möchte ich Ihnen gern noch ein größeres Haus anbieten. Es liegt nicht weit von hier und hat eine Etage mehr. Ich bezahle den Umbau, die neue Einrichtung, den Umzug und alles, was anfällt.«

»Monsieur Voltaire, das Angebot kann ich nicht annehmen. Das ist zu viel.«

»Nein, das ist es nicht. Ich werde Sie unterstützen, Madame, Sie werden mich von diesem Plan nicht abbringen.« Jean setzte ein jungenhaftes, freches Lächeln auf. Er wusste um die entwaffnende Wirkung seines Lächelns bei Frauen, und er wusste es einzusetzen.

»Dann weiß ich nicht, wie ich Ihnen danken soll.«

»Sie danken mir, indem Sie es den Kindern so schön wie möglich machen.«

Lucie Maronne führte Jean langsam zur Tür. Sie konnte nicht fassen, was ihr Sponsor gerade verkündet hatte. Sie liebte das Haus, aber wenn sie neue Kinder aufnehmen wollte – und das konnte sie mit der Erhöhung der Spende –, würde es doch ziemlich eng werden.

»Sie können sich nicht vorstellen, wie glücklich Sie mich

damit machen.« Lucie überlegte eine Sekunde, ob sie dem Geschäftsmann vor Freude in die Arme fallen sollte, doch dann entschied sie sich dafür, ihm nur höflich die Hand zu schütteln. »Merci, Monsieur.« Gerade als Lucie ihre Hand zurückziehen wollte, um Jean-Alain Voltaire die Tür zu öffnen, klingelte es an ebendieser. Irritiert öffnete Lucie sie, und eine junge Frau stand vor ihr, deren entsetzter Blick sich auf den Marketingchef heftete.

»Julie«, brachte dieser atemlos hervor, und Lucie sah die Veränderung in Voltaires Blick. All seine Härte und Distanz war Schmerz gewichen. Er wirkte unglücklich und angreifbar, während die junge Frau, die Lucie aus irgendeinem Grund bekannt vorkam, wie ein scheues Reh seinem Jäger gegenüberstand.

»Entschuldigung, Madame Maronne; wenn Sie beschäftigt sind, komme ich zu einem anderen Zeitpunkt wieder.«

Jetzt fiel es Lucie wieder ein. Das musste die junge Journalistin sein, die sie vor einiger Zeit angerufen hatte.

»Madame Maronne, ich muss mich von Ihnen verabschieden. Ich muss mit Madame Renouard noch etwas Wichtiges besprechen.« Er deutete auf Julie, die eilig versuchte, Abstand zwischen Jean und sich zu bringen. »Ich melde mich wieder bei Ihnen, dann klären wir alles Weitere. Einen schönen Tag noch!«, rief er ihr im Gehen zu, und Lucie nickte irritiert. »Julie, verdammt, warte!«

Doch Julies Beine trugen sie, so schnell sie konnten. Auf die Konfrontation mit Jean war sie nicht gefasst. Jetzt zumindest noch nicht.

»Julie, bitte.« Jean beschleunigte seinen Schritt, blickte kurz nach links und rechts und überquerte die Straße rennend. Anerkennend musste Jean bemerken, das Julie trotz der hohen Absätze ihrer schwarzen Stiefel und des vereisten Bodens ein rekordverdächtiges Tempo an den Tag legte.

Als er sie endlich einholte, schnellte seine Hand nach vorn und griff ihr Handgelenk.

»Julie, bitte bleib stehen und hör mir zu.«

Wütend fuhr sie zu Jean herum und zog ihre Hand schnell zurück. »Jean, es ist in Ordnung. Ich habe dir meine Meinung unmissverständlich klar gemacht, und ich halte daran fest. Ich weiß, dass Marie darauf besteht, dass wir dieses Interview wiederholen, aber …«

»Nein, es ist nicht Madame Bonnet, die darauf besteht. Ich bin es.«

»Du?« Ungläubig zog Julie die Augenbrauen nach oben und verschränkte abwehrend die Arme vor der Brust.

»Julie, ich möchte es dir gern in Ruhe erklären. Ich habe mich dumm verhalten, das weiß ich.« Unsicher sah der Marketingchef zu Boden. »Und unser Silvesterkuss hat rein gar nichts damit zu tun. Gib mir nur eine Minute.« Jean sah ungeduldig auf.

»Du hast noch achtundfünfzig Sekunden«, drängte sie, musste aber ein sanftes Schmunzeln unterdrücken. Es schmeichelte ihr, dass er sich solche Gedanken machte und sie förmlich anflehte, auch wenn sie ihm das noch nicht zeigen wollte.

»Als ich sagte, es sei ein Fehler gewesen, meinte ich damit nicht Silvester, sondern das Interview an sich. Ich hätte die Zeitung niemals kontaktieren dürfen.«

»Aber du hast es getan, das heißt in irgendeinem Moment warst du bereit, darüber zu sprechen.« Julie fasste Jean genau in ihren Blick. Sein Haar war etwas wilder, er wirkte blasser, und unter seinen Augen zeichnete sich ein dunkler Schatten ab. Er wirkte gestresst.

»Ja, vielleicht war ich das, und vielleicht bin ich es immer noch, aber in diesem Moment war ich es noch nicht. Julie, du musst wissen, dass damals alles darangesetzt wurde, diese Geschichte so diskret wie möglich zu behandeln.«

»Warum möchtest du ausgerechnet jetzt darüber sprechen?«
Julies Frage ging etwas im Verkehrslärm unter. Jean hatte sie an
einer stark befahrenen Kreuzung endlich eingeholt. Links und
rechts donnerte der Pariser Berufsverkehr an ihnen vorbei und
spritzte schmutzigen Schneematsch auf die Fußwege.

»Du würdest es mir nicht glauben, wenn ich es dir sage.«
Ein sanftes Lächeln umspielte seine Lippen, und Julie erwiderte
es. Sie schaffte es nicht, die Mauer zwischen ihnen aufrechtzu-
halten. Seine Nähe und sein Lächeln wirkten wie eine Droge
auf sie, die sie alles um sich herum vergessen ließ. So wütend
sie auch in der letzten Woche auf ihn gewesen war, mindestens
genauso oft musste sie an Silvester denken und spürte dabei
seine weichen Lippen auf ihren.

»Julie, ich möchte dir wirklich die ganze Geschichte erzählen, und ich möchte, dass die ganze Welt die Wahrheit kennt,
aber ich kann dir nicht versprechen, dass ich all das auf Anhieb
kann.«

»Was soll das bedeuten?«

»Ist es möglich, dass wir das Interview in mehreren
Abschnitten führen? Ich würde für eventuelle finanzielle Aus-
fälle aufkommen.«

»Jean«, zog Julie seinen Namen ungewollt lang und schüttelte den Kopf. »Es geht nicht ums Geld. Weißt du, was dein
Problem ist? Du blockierst dich selbst, deswegen konnten wir
kein Gespräch über dich aufbauen. Ich bin mir nicht sicher, ob
ein zweiter Versuch sinnvoll ist.«

»Können wir es nicht versuchen? Ganz neutral bei einem
Essen. Vielleicht nächste Woche Samstag?«

Julie war hin und her gerissen. Sie wusste nicht, ob ein pro-
fessioneller Umgang mit Jean nach Silvester und dem misslungenen Interview überhaupt möglich war. Auf der anderen
Seite musste sie diesen Termin wahrnehmen, wenn sie ihren
Job bei *Élémentaire* nicht verlieren wollte. Und auch ihr Blog,

der sich schlicht und ergreifend im Tiefflug befand, könnte davon profitieren.

»Ich stimme unter einer Bedingung zu.«

Jean sah plötzlich auf, hoffnungsvoll und mit einem glücklichen Strahlen in den Augen. »Alles, was du möchtest.«

»Lass diese verdammten Anzüge einmal im Schrank hängen, bitte. Sei einmal du selbst.«

* * *

Zur gleichen Zeit ging eine junge Frau in der Wohnung des Marketingchefs auf und ab. Sie war unruhig und ungeduldig. Das neue Jahr hatte für sie gut begonnen, doch ihre ganz persönliche Kirsche auf dem Eisbecher fehlte noch. Mit langsamen Schritten schlich sie um Jeans Schreibtisch und strich über das massive Holz. Sie nahm einige Zettel in die Hand und sah sie an, ohne auch nur ein Wort darauf zu lesen. Sie legte die Zettel wieder hin und ging um den Schreibtisch, um sich in den schwarzen Bürostuhl aus Leder zu setzen. Sie drehte sich elegant vom Schreibtisch weg und sah durch den Raum. Ja, ihr Leben war schlicht und ergreifend perfekt. Zumindest redete sie sich das regelmäßig ein.

In Wirklichkeit war es nur fast perfekt.

Es gab zu viele Geheimnisse, zu viel von den Dingen, die nicht ausgesprochen wurden. Niemand schien zu dem zu stehen, was er tat. Sie wusste nicht, ob es Angst war oder einfach nur eine Marotte. Sie wusste allerdings, dass es ihr unheimlich auf die Nerven ging.

Mit einer sachten Berührung stieß sie die Computermaus an, und der Computer sprang aus dem Stand-by. Vor ihr tauchte eine E-Mail auf, die ihr Bauchschmerzen bereitete.

Von: Marie-Claire Bonnet, Élémentaire
An: Jean-Alain Voltaire

Betreff: Interview für Élémentaire

Monsieur Voltaire,
* sollte Madame Renouard sich nicht selbst melden, finden Sie im Anhang meiner E-Mail ihre Kontaktdaten.*
* Ich verstehe Ihre Bedenken, aber Julie ist eine professionelle Journalistin, die das Private nicht mit dem Beruflichen vermischen wird. Was also auch immer zwischen Ihnen und ihr vorgefallen ist, wird sie diskret behandeln.*
* Herzlichst,*
* Marie-Claire Bonnet*

Die junge Frau starte auf den Computerbildschirm und las die Nachricht wieder und wieder. Während ihr Bauch heftig rebellierte und sie vor Wut begann, die Fäuste zu ballen, wusste sie, dass sie der Sache nachgehen musste. Was auch immer hier vor sich ging und wer auch immer diese Schnepfe Julie Renouard war, sie würde es herausfinden und dafür sorgen, dass niemand ihr fast perfektes Leben kaputtmachen konnte.

Zehn

Die neue Woche begann für Julie mit Kopfschmerzen. Als sie sich aus ihrer Bettdecke schälte, dröhnte ihr Kopf, als würde jemand mit dem Vorschlaghammer darauf einschlagen. Julie wusste nicht, wo die Kopfschmerzen herkamen, der Alkohol war definitiv nicht schuld, auch wenn das wöchentliche Treffen am Samstagabend mit Jacques in dieser Woche etwas länger ausfiel.

Als dann auch noch ihr Handy ansetzte, schrill zu klingeln, drohte Julies Kopf gänzlich zu explodieren. Sie hatte nicht oft Kopfschmerzen, aber wenn der liebe Gott sie damit bestrafte, dann war sie unausstehlich und wollte am liebsten sterben.

Mit müden, langsamen Schritten schlurfte Julie zu ihrem kleinen Nachtschränkchen und nahm das Handy in die Hand: Marie-Claire Bonnet.

Julie nahm den Anruf entgegen. »Marie?«

»Du hast noch mickrige siebzig Abonnenten, Herzchen«, prasselten Maries laute, klagende Worte direkt auf die junge Bloggerin ein. »Kannst du bitte in die Redaktion kommen?«

»Marie, können wir das morgen machen? Ich habe Kopfschmerzen.«

»Dein Blog hat auch Kopfschmerzen, und ich bekomme auch welche, wenn ich mir versuche vorzustellen, was Voltaire und du in der Silvesternacht angestellt haben. Sieh zu, dass du in spätestens einer Stunde hier bist.«

Marie legte auf, und Julie ließ fassungslos das Handy in der Hand nach unten sinken. Sie hatte ihre Chefin noch nie so ungehalten erlebt. Entweder war sie wirklich sauer und enttäuscht, oder Julie hatte dem Magazin ernsthaft geschadet. Ein mulmiges Gefühl breitete sich in ihrem Magen aus. Am liebsten wäre sie zurück in ihr warmes Bett und die weichen Kissen gefallen, aber sie wollte das Schicksal nicht noch mehr herausfordern, als sie es schon getan hatte.

Paris lag noch in einem dämmrigen Licht, Eiffelturm und Straßenlaternen warfen einen warmen Ton über die Stadt, während der Himmel mit dichten Wolken behangen war. Es würde ein grauer Januartag werden, kalt, windig, möglicherweise würde es auch wieder Schnee geben.

Planlos wühlte Julie in ihrem Kleiderschrank und zog ein schlichtes graues Strickkleid und schwarze Leggings hervor. Mit einem Gähnen schloss sie die Badtür und duschte die Müdigkeit aus ihren Knochen. Angezogen band sie sich die Haare zu einem lockeren Zopf zusammen, warf einen blauen Mantel über, schlüpfte in ihre flachen Stiefel und verließ ohne Frühstück das Haus. Lediglich eine Kopfschmerztablette hatte sie genommen, bevor sie sich auf den Weg zur Metrostation machte, die nur wenige Gehminuten von ihrer Wohnung entfernt lag. Wie jeden Morgen fuhren wieder viel mehr Menschen mit, als Sitz- und Stehplätze zur Verfügung standen. Dicht an dicht gedrängt, quälten sich die Leute erst nach drinnen und dann wieder nach draußen. Auch Julie sicherte sich einen Stehplatz in der Menge und versuchte sich wenigstens mit einer Hand festzuhalten.

Nach drei Stationen verließ sie die Metro erleichtert und atmete zunächst einmal tief durch. In wenigen Minuten würde sie eine Standpauke ihrer Chefin erhalten, die sich vermutlich gewaschen hatte. Ihr Blog war ruiniert, das geschäftliche Verhältnis zu Voltaire war durch ihren Kuss gefährdet, und Marie tobte sicher vor Wut, weil Julie das Magazin zu viel Geld kostete.

Vorsichtig stieg Julie die glatten Treppenstufen nach oben und hielt sich mit einer Hand am kühlen Stahl des Geländers fest. Immer wieder rutschte sie mit den profilfreien Sohlen ihrer Stiefel über die glatten Schneereste.

Von der Metro aus gelangte man schnell zu den Büroräumen von *Élémentaire*, die Marie stilecht in einem riesigen Geschäftsgebäude angemietet hatte. Julie fragte sich bis heute, wie Marie sich die Miete in dem komplett verglasten Gebäude leisten konnte. Wahrscheinlich würde sie es nie erfahren.

Das mulmige Gefühl begleitete Julie auch, als sie den Bürokomplex betrat und die Treppen zum ersten Stockwerk nach oben stieg.

»Guten Morgen«, begrüßte sie ihre Kolleginnen, die sie alle mit diesem einen Blick ansahen. Julie runzelte die Stirn. War das etwa Mitleid, oder hatte sie ihren Mantel verkehrt herum an? Julie sah an sich herab. Nein, alles war normal.

»Bonjour, Julie, Marie hat gesagt, ich soll dich gleich zu ihr schicken«, richtete Andrea ihrer Kollegin aus. Julie nickte stumm und steuerte zielsicher durch die nüchternen Büroräume auf Marie-Claires geschlossene Tür zu. Dieser Weg kam ihr vor wie der Gang auf den Scheiterhaufen. Sie spürte die stechenden Blicke ihrer Kollegen in ihrem Rücken und wollte sich am liebsten übergeben.

Mit zitternden Fingern klopfte Julie an die Tür und hörte Marie etwas sagen, das so klang wie »Herein«. Zaghaft öffnete Julie die Tür und trat ein.

»Bonjour, Marie.«

»Setz dich!«, bellte diese sofort unfreundlich, und Julie sank auf den Stuhl vor ihre Chefin, die angestrengt in der letzten Ausgabe des Magazins las.

Ohne Vorwarnung traf sie der kühle Blick ihrer Verlegerin, der keinerlei Gefühlsregungen erkennen ließ. Man konnte nicht klar sagen, ob sie wütend auf Julie war oder einfach nur enttäuscht. Marie-Claire war schon immer eine unergründbare Frau gewesen mit ihren eiskalten blauen Augen und den eingefrorenen Gesichtszügen, die von halblangen hellbraunen Haaren eingerahmt wurden. Manchmal kam sie Julie vor wie eine zweite Anna Wintour, was in diesem Business durchaus Vorteile brachte, Julie aber meistens Angst einjagte.

»Du hast erfolgreich deinen Blog auf dem Gewissen, du hast dich bei einem Interview mit einem wichtigen Kunden unprofessionell verhalten und eigensinnig eine Geschichte wiederaufgenommen, die ich bereits abgesagt habe.« Julie sah betreten zu Boden. »Julie, du weißt, dass ich deine selbstständige Art sehr schätze. Du besitzt ein Einfühlungsvermögen beim Schreiben, von dem die meisten Journalisten nur träumen können. Aber du lässt dich zu leicht von deinen Gefühlen lenken, und deswegen ist das mit Voltaire schiefgegangen.«

»Marie, er hat sich mir völlig verschlossen. Er wollte dieses Interview an dem Tag nicht führen, das hat er mich spüren lassen. Aber es ist alles geklärt. Wir holen das Interview an diesem Wochenende nach, vielleicht in mehreren Sitzungen. Er hat es so gewünscht.« Julie hatte das Gefühl, sich um Kopf und Kragen zu reden und dass es eigentlich überhaupt nicht von Bedeutung war, was sie sagte.

»Julie, du verstehst nicht, was ich dir sagen will. Dein Blog könnte vor Besuchern überquellen, wenn du nur eine Sekunde daran gedacht hättest, Voltaires Geschichte mit der ganzen Welt zu teilen. Stattdessen himmelst du ihn an und schiebst irgendwelche privaten Probleme vor. Ich weiß überhaupt nicht, womit du dich den ganzen Tag beschäftigst. Ist dir dein Blog so egal?« Marie redete sich völlig in Rage. Julie wartete darauf, dass sie sie anschreien und vor Wut ihren Schreibtisch mit einer schnellen Handbewegung abräumen würde, doch Marie versuchte, sich wieder zu besinnen. »Du warst eines meiner talentiertesten Küken in der Redaktion. Keine Bewerberin nach dir konnte dir das Wasser reichen.«

»War und konnte?«, fragte Julie verunsichert, und ihre Finger begannen merklich zu zittern, als sie Maries Enttäuschung mit voller Wucht zu spüren bekam.

»Julie, ich kann dich und deinen Blog nicht länger finanzieren. Ihr spielt die Kosten nicht ein, die ich ausgebe. Voltaire hätte dir noch mehr Erfolg gebracht. Dein Blog wäre in ganz Frankreich in aller Munde gewesen, aber du hast deine Chance verspielt. Es tut mir leid, aber wir müssen die Verträge lösen.«

Für einen kurzen Moment hörte Julie nichts außer einem eintönigen Fiepen. Ihr Blick war tränengefüllt, auf ihrem Herzen lag ein unendlich schwerer Druck, während ihr Kopf gefährlich nach unten sackte. Das war es. Ihre Traumkarriere war in einem unscheinbaren Büro in einem Luxusbürokomplex zerstört worden, ohne dass sie etwas dagegen tun konnte. Sie sah ja ein, dass sie ihren Blog vernachlässigt hatte und dass auch die Angelegenheit mit Jean unprofessionell war, doch sie hatte doch nicht wissen können, wer er war. Sie hatte es doch nicht mit Absicht getan, beides nicht. Und sie hatte noch nicht einmal eine Chance, sich zu erklären.

Als Julie den Blick hob, sah Marie-Claire sie besorgt an. Der Verlagschefin war nicht entgangen, dass ihrem einstigen Schützling die Farbe aus dem Gesicht gewichen war und ihr die Nachricht spürbar zu schaffen machte.

»Julie, du weißt, dass es nicht am Schreiben selbst liegt, sondern ein paar andere Faktoren, die mich in dieser Situation jedoch nicht anders entscheiden lassen können. Was das Interview mit Voltaire betrifft, würde ich dich bitten, einen letzten Artikel für uns zu verfassen. Er beharrt darauf, dass du seine Geschichte schreibst, und ich kann diese Chance nicht einfach so vergeuden. Er wird uns gute Werbung bringen. Du bekommst noch einmal volles Geld dafür, im Gegenzug sind die Verträge mit sofortiger Wirkung aufgehoben.«

»Das ist nicht rechtens«, zischte Julie kaum hörbar, aber mit ansteigender Wut.

»Wir werden es schriftlich vereinbaren, dann sind alle Probleme vom Tisch.« Marie schob Julie einen Zettel und einen Stift zu.

Selbst das hatte sie schon vorbereitet.

Julie sah Marie direkt in die Augen, eiskalt, unberechenbar wie eine Bombe, von der man nicht wusste, wann genau sie hochgehen würde.

»Ein volles Gehalt für einen lächerlichen Artikel? Habe ich das richtig verstanden? Plus das Gehalt für diesen Monat, das mir noch zusteht?« Marie nickte, und Julie ballte die Fäuste unbemerkt unter dem Tisch. Ihre Augen waren noch immer glasig, doch ihre Gesichtszüge und ihre Haltung hatten sich merklich angespannt. »Ich muss nur unterschreiben?«

»Ja«, sagte Marie und schob ihr den Zettel noch ein Stück entgegen.

Julie war kein kalter Mensch. Vielleicht war sie manchmal voreingenommen und, wenn sie verletzt war, abweisend, aber kalt war sie nie. In dem Augenblick, in dem Marie ihre letzten Worte gesprochen hatte, hatte die Kälte zum ersten Mal Einzug in Julies Herz gehalten. Sie hatte sich noch nie so verraten und hintergangen gefühlt wie in dieser einen Sekunde. Und es war ihr egal, wie dieser Tag für sie ausgehen würde oder welche Möglichkeit sich Marie noch offenhielt. Julie spielte ihre erste und letzte Karte. Eine Karte, die dem Magazin schaden und ihr, wenn auch nur einen kurzen Moment, das Gefühl von Gerechtigkeit geben würde.

»Ich weiß dein Angebot zu schätzen, Marie. Wir haben über ein Jahr zusammengearbeitet. Wir hatten viele gute Ideen, und wir haben an vielen Geschichten geschrieben. Ich habe dich immer sehr geschätzt, und ich würde es noch immer tun, wenn ich dir nicht so deutlich ansehen würde, dass du lügst. Ich weiß nicht, was für ein Spiel du spielst, aber ich bin gern bereit mitzumachen. Ich werde das Interview mit Voltaire nicht für *Élémentaire* schreiben. Dementsprechend ist dieses Blatt hier völlig umsonst bedruckt worden.« Julie nahm die Vereinbarung in die Hand und riss sie, ohne auch nur ein Wort zu lesen, in winzig kleine Stückchen. »Vielleicht wird es nie einen Artikel geben. Vielleicht lässt Voltaire sich doch noch auf dich ein. Und vielleicht ist es mir einfach egal, was aus dir und deinem Magazin wird, weil es dir genauso egal ist, was aus mir wird.« Julie stand auf und schob den Stuhl wieder ordentlich an den Schreibtisch. »Verändere dich nicht für das Geld. Das, was zählt, bist du und die Geschichten, die du zu erzählen hast. Erinnerst du dich an die Worte? Die hast du mir gesagt, als ich die ersten bezahlten Aufträge bekommen habe. Schade, dass du offensichtlich selbst daran gescheitert bist. Ich wünsche dir alles Gute, Marie.«

Ohne auf eine Antwort zu warten oder Marie noch einmal anzusehen, verließ Julie das Zimmer und schmiss die Tür mit einem lauten Knall hinter sich zu. Ihre komplette Anspannung löste sich, und das schlechte Gefühl und die Tränen gewannen wieder die Oberhand.

Mit tränennassen Augen stürmte Julie an ihren kleinen Schreibtisch, den sie nur selten benutzte, mit dem Gefühl, von jedem Einzelnen ihrer Kollegen angestarrt zu werden. Vermutlich wussten sie alle Bescheid. Gesteuert von Wut und Enttäuschung, packte sie ihre wenigen Sachen zusammen, als Marie-Claire mit besorgtem Gesichtsausdruck auftauchte.

»Julie, es tut mir leid«, versuchte sie Julie zu besänftigen.

»Nichts tut dir leid«, zischte die junge Frau, zog sich an und nahm ihre Tasche. »Und jetzt lass mich in Ruhe.« Julie nahm die kleine Kiste mit ihren Sachen in die Hand.

»Lass uns doch noch einmal über Voltaire sprechen. Ich bin sicher, wir finden eine Lösung.«

Ohne auf Marie zu reagieren, steuerte Julie auf den Ausgang zu, vorbei an ihren Kollegen, die sie mit ihren mitleidigen Blicken beinahe erschlugen.

»Julie«, murmelte Andrea traurig, doch Julie sah sie nur an und schüttelte mit dem Kopf. »Wir wussten es nicht.«

»Das spielt keine Rolle, Andrea.« Julies Stimme war nicht mehr als ein leises Flüstern.

Julie stieß die Tür auf und eilte auf die Straßen des kühlen Paris, wo ein frischer Windzug durch ihre Glieder fuhr und sie frösteln ließ. In diesem Moment wünschte sie sich nichts mehr, als schnellstmöglich nach Hause zu kommen, sich in eine warme Decke einzuwickeln und nie wieder rauszugehen. Auf wackligen Beinen ging Julie zurück zur Metrostation und betete dafür, nicht auszurutschen. Das würde ihrer Situation die Krone aufsetzen. So langsam wie möglich stieg sie die Treppenstufen wieder nach unten und erreicht den Bahnsteig ohne größere Unfälle. Mit einem Seufzen stellte Julie die kleine Kiste mit ihren Sachen auf eine der Bänke und platzierte sich daneben, den Kopf gesenkt.

Wäre sie allein in der Metrostation gewesen, hätte sie begonnen zu weinen, doch Julie trug in der Öffentlichkeit eine Maske. Egal, wie schrecklich sie sich fühlte, sobald auch nur ein anderer Mensch in ihrer Nähe war, zeigte sie ihre wahren Gefühle nicht. In solchen Momenten fühlte sie sich so verletzlich, dass sie niemand anderem die Chance geben wollte, eine solche Situation auszunutzen.

Donnernd fuhr die Metro in den Bahnhof und kam zum Stehen. Menschen drängten sich in und aus den Wagen, während Julie mit gesenktem Blick ihre Sachen nahm und einstieg. Wie auch schon vor zwei Stunden, war die Bahn brechend voll, und sie musste sich mit einem Stehplatz zufriedengeben. Drei

Stationen musste sie durchhalten, dann war sie nicht mehr weit von zu Hause entfernt und konnte ihren angestauten Gefühlen endlich freien Lauf lassen.

Als die Bahn zum dritten Mal zum Stehen kam, versuchte Julie aus der Masse zu kommen. »Entschuldigung, können Sie mich bitte rauslassen … danke … Entschuldigung … danke«, sagte Julie und sprang schnell durch die sich bereits schließenden Türen, wobei die ihr fast noch den Fuß einklemmten.

»Verdammtes Paris!«, fluchte Julie, und ein drückender Schmerz durchzog ihr Bein. »Großartig, wirklich großartig. Merde!«

Konnte dieser Tag eigentlich noch schlimmer werden?

Julie stieg die Treppen der Metro nach oben, eilte, so schnell es ging, durch die kleinen Straßen und rauschte schließlich am Café Le Dôme vorbei. Jacques, der gerade ein älteres Ehepaar abkassiert hatte, bemerkte die junge Frau und lief skeptisch nach draußen.

»Julie?«, rief er ihr nach, und sie fuhr erschrocken herum. Mit großen, glasigen Augen sah sie ihren guten Freund an und kniff die Lippen zusammen, damit sie nicht anfing zu weinen. »Muss ich damit rechnen, dass du dich heute Abend wieder betrinkst? Soll ich noch eine Schicht dranhängen?« Jacques Blick war besorgt wie der eines großen Bruders, der genau weiß, dass seiner Schwester irgendetwas passiert ist.

»Ja«, hauchte Julie, und die Tränen drohten sie zu übermannen. Schnell wandte sie sich ab, lief zum Hauseingang neben dem Café und öffnete die Tür. Ihr Bein schmerzte noch immer, deswegen wollte Julie den Fahrstuhl benutzen, doch so fest sie die Knöpfe auch drückte, nichts geschah.

»Der funktioniert schon eine Weile nicht mehr«, sagte die ältere Dame aus dem ersten Stock und lächelte Julie freundlich zu, bevor sie sich auf den Weg zu ihrem täglichen Spaziergang machte.

»Danke«, antwortete Julie niedergeschlagen und stieg die Stufen unter stechenden Schmerzen nach oben. Sie verfluchte die verdammten Metrotüren, die ihr das eingebrockt hatten.

Lieblos landete der Karton mit ihren Sachen auf dem Boden, als sie ihr Stockwerk erreicht hatte, während sie nach dem Wohnungsschlüssel suchte. Glücklich, ihn schnell gefunden zu haben, öffnete sie die Tür und schob den Karton mit dem gesunden Fuß über die Schwelle. Mit einem lauten Knall fiel die Tür ins Schloss, und Julies Schuhe landeten unachtsam auf dem Parkettboden. Ohne auch nur einen Blick auf Karton und Schuhe zu werfen, verschwand Julie im Wohnzimmer, umklammerte ihr Telefon und ließ sich auf die Couch fallen. Ebenso schnell wie der Gedanke, ihre Mutter anzurufen, kamen auch die Enttäuschung und Verletzung, die sie in den letzten Stunden erfahren musste und die ihr die Tränen in die Augen trieben. Endlich konnte sie ihren Gefühlen freien Lauf lassen, ohne auf ihre Maske achten zu müssen.

Je länger Julie weinte, desto kraftloser und ruhiger wurde sie. Irgendwann waren ihre Tränen aufgebraucht, auch wenn sie sich noch immer fühlte, als hätte sie gerade einen erfolglosen Boxkampf hinter sich gebracht.

Langsam begannen ihr das Ausmaß der Konsequenzen von Maries Handeln bewusst zu werden. Julie verdiente nicht nur mit dem Blog nichts mehr, wofür sie sich die alleinige Schuld gab, sie bekam auch keine Unterstützung mehr vom Verlag. Keine Zahlungen vom Verlag bedeuteten kein Geld. Kein Geld bedeutete, sie konnte keine Miete zahlen. Und keine Miete bedeutete, sie würde Paris verlassen müssen. Diese Wohnung war für die junge Journalistin eigentlich viel zu teuer. Es kam ihr zugute, dass ihre Vermieterin Madame Milet eine entzückende ältere Dame war, die sich immer mal wieder über Julies Gesellschaft beim Kaffeetrinken freute. Die beiden Frauen verstanden sich großartig. Julie liebte es, ihr vorzulesen, während Madame Milet es genoss, ihre Mieterin ein wenig in Sachen Männern aufzuziehen. Es war mehr als eine Freundschaft, vielmehr die Liebe einer Großmutter für ihre Enkelin, die Élodie für Julie empfand. Ihre eigenen Kinder wohnten alle weit weg und hatten zeitig entschieden, sich ihrem eigenen Leben zuzuwenden. In Paris hatte die rüstige Dame nur noch ihren Sohn, der allerdings auch nur zu ihr kam, wenn er etwas brauchte.

Als Julie bewusst wurde, dass selbst Madame Milet ihr nicht helfen könnte, weil die Dame schließlich auch von etwas leben musste, begann sie wieder zu weinen und griff letztendlich doch zum Telefon. Julie hatte eine Entscheidung getroffen, wenn auch eher unfreiwillig.

Mit zitternden Fingern versuchte sie, die Nummer ihrer Mutter zu wählen. Leise Schluchzer unterbrachen den Freizeichenton, bis sich schließlich die warme, besorgte Stimme ihrer Mutter meldete: »Julie, Liebling?«

»Maman«, drang ein herzzerreißendes Schluchzen durch den Apparat, das Jané Renouard das Blut in den Adern gefrieren ließ. Ihre Tochter hatte schon als Kind nur selten geweint, und wenn, dann nicht einmal vor ihrer Mutter.

»Julie, was ist passiert?«

»Maman, ich … mein Blog und die Artikel für die Zeitung … ich habe keinen Job mehr. Marie-Claire … sie hat …« Julies Stimme brach ab. »Der Blog ist ruiniert … und Marie hat die Verträge … gelöst.«

»Du wurdest gekündigt? Warum? Du machst doch hervorragende Arbeit. Deine Artikel sind witzig und charmant. Sie hat dich doch immer gelobt.«

»Mein Blog steht schlecht da … also muss ich gehen … Maman, ich will nach Hause kommen.« Wieder brach ein entsetzlicher Schluchzer aus der Kehle der verletzten jungen Frau, der ihrer Mutter einen Stich ins Herz versetzte.

»Du kannst jederzeit nach Hause kommen. Gib Bescheid, und wir werden dir helfen, und dann finden wir gemeinsam eine Lösung. Julie, Schatz, du bist nicht allein, wir stehen alle hinter dir. Wir schaffen das.«

»Danke, Maman.«

»Nein, du musst mir nicht danken. Die letzten Jahre waren schwer für dich, und wir haben alle verstanden, warum du dieses Weihnachten allein sein wolltest. Deine Schwestern haben es mir auch noch einmal erklärt. Aber du darfst jetzt nicht aufgeben. Du bist stark, mein Kind. Such dir bis zu deinem Umzug eine Aufgabe. Schreib doch mal wieder eine Geschichte. Ich habe sie immer so geliebt.«

»Ich habe noch eine Aufgabe.« Julie hörte das kurze Stutzen ihrer Mutter und begann sofort zu erklären: »Ich muss diesen Artikel über Jean-Alain Voltaire noch schreiben. Zumindest, wenn er das noch möchte. Der Artikel könnte meinen Blog retten, aber ich weiß gar nicht, ob ich das noch möchte.«

»Jean-Alain Voltaire? Dieser attraktive Marketingmogul? Darüber bist du doch bestimmt nicht böse.«

»Er ist … das ist eine lange Geschichte.« Langsam versiegte der Fluss aus bitteren Tränen, und Julie beruhigte sich.

»Die du mir erzählen wirst, wenn du hier bist. Mach dir keine Gedanke, Petite, wir bekommen das hin. Liebes, ich muss erst einmal Schluss machen, dein Vater will in zwanzig Minuten etwas zu essen auf dem Tisch haben. Melde dich bitte bald wieder, damit wir alles besprechen können. Und viel Glück mit Monsieur Voltaire.« Julie spürte förmlich, wie ihre Mutter kokett die Augenbrauen nach oben zog.

»Danke.«

»Au revoir, Liebes.«

»Salut, Maman.«

Stumm ließ Julie das Telefon in der Hand nach unten sinken und atmete tief durch. So sah er also aus, der Tiefpunkt ihres Lebens. Sie saß allein und weinend auf ihrer Couch und suchte Trost bei ihrer Mutter.

⁎ ⁎ ⁎

*M*arie-Claire Bonnet saß an ihrem Schreibtisch. Es war ruhig. Ihre Mitarbeiter waren alle nach Hause gegangen, während sie sich die angespannte Stirn rieb und wusste, dass sie das erste Mal in ihrem Leben die falsche Entscheidung getroffen hatte. Sie hatte nicht nur das Leben einer jungen Frau ruiniert, die sie sehr schätzte, sie hatte auch ihre Seele verkauft.

Plötzlich klingelte ihr Telefon. Die Nummer, die angezeigt wurde, bereitete der resoluten Magazinchefin Bauchschmerzen.

»Bonnet?«, meldete sie sich und wartete auf Antwort.

»Haben Sie alles erledigt?« Die Frauenstimme klang verbissen und ungeduldig.

»Ja, das habe ich. Sie wissen, dass ich dank Ihnen eine meiner besten Journalistinnen entlassen musste?«

»Das ist mir egal«, bellte die Stimme. »Ich sichere Ihnen dafür Rechte zu, von denen andere Magazine nur träumen können. Seien Sie lieber dankbar, anstatt einer mittelklassigen Komödienschreiberin nachzutrauern.«

»Madame Renouard ist weit mehr als das.«

»Das ist mir egal. Ich melde mich in Kürze wieder bei Ihnen, dann klären wir alles Weitere wegen des Interviews. Und bis dahin hatten wir nie Kontakt. Haben Sie das verstanden?«

»Ja«, antwortete Marie kleinlaut und legte auf. Sie nahm den Umschlag in die Hand, der heute mit der Post kam, und zog vorsichtig den kleinen Zettel heraus, der sich darin befand.

1.000.000 €

Eine Million Euro. Seufzend legte Marie den Umschlag in eines ihrer Schreibtischfächer, löschte das Licht und machte sich auf den Weg nach Hause.

Sie hatte nie an Karma geglaubt, doch das Gefühl, dass sich ihr Handeln dieses Mal rächen würde, wurde mit jeder Sekunde stärker.

Elf

Als Julie sich am Samstagabend für das Essen mit Jean-Alain Voltaire fertig machte, wusste sie nicht, ob sie ihm nicht lieber telefonisch abgesagt hätte. Wahrscheinlich ging er noch immer davon aus, dass Julie für *Élémentaire* einen Artikel über ihn schreiben würde. Sie wusste nicht, wie er reagieren würde, wenn er erfuhr, dass Julie ihre Stelle verloren hatte und eigentlich nur noch in Paris war, weil sie das Gefühl hatte, dass zwischen Jean und ihr noch etwas ungeklärt war, das sie schnellstmöglich aus der Welt räumen wollte.

Frisch geduscht und in ein Handtuch gewickelt, ging Julie aus dem Bad und machte sich in ihrem Kleiderschrank auf die Suche nach einem Outfit. Das Le Bristol, in welches er sie einladen wollte, war eines der besten und teuersten Restaurants der Stadt, dementsprechend musste sie sich auch kleiden. Julie entschied sich für ein rotes Kleid, legte eine verspielte Blütenkette und ein goldenes Set dünner Armreifen an. Ihre Haare steckte sie an den Seiten nach oben und ließ sie lockig über ihre linke Schulter fallen. Julie entschied sich nur für ein dezentes Make-up, schließlich wollte sie Jean nicht verführen, sondern ihm lediglich klarmachen, dass es eventuell keine weitere Zusammenarbeit mit ihr geben würde.

Ein Blick auf die Uhr verriet ihr, dass ihr noch zehn Minuten blieben, bis es an der Tür klingeln und man sie abholen würde. Auch wenn sie es übertrieben fand, dass er einen Wagen schickte, der sie zum Restaurant bringen würde, war Julie dankbar, den Weg nicht selbst mit dem Auto oder der Metro zurücklegen zu müssen.

Gerade als sie die letzten Handgriffe machte, läutete es an der Tür. Julie meldete sich an der Gegensprechanlage, gab dem Fahrer Bescheid, dass sie in wenigen Augenblicken bei ihm sein würde, und zog sich ihren Mantel und die Schuhe an.

Nach einem letzten prüfenden Blick in den Spiegel verließ sie ihre Wohnung und ging die Treppen langsam nach unten. Vor der Tür stand ein schwarzer Mercedes-Benz, neben ihm ein schwarz gekleideter Mann, der sie freundlich anlächelte.

»Bonsoir, Madame Renouard«, begrüßte er die junge Frau und öffnete ihr bereits die Autotür.

»Merci, Monsieur.« Julie setzte sich auf die Rückbank des leeren Wagens und legte den Gurt um. Sie blickte aus dem Fenster, während die einzigartigen Wohnhäuser an ihr vorbeizogen, deren Architektur sie schon immer bewundert hatte. In Gedanken versunken betrachtete sie die Menschen, die hektisch nach Hause eilten. Die Fahrt zum Restaurant dauerte lediglich neun Minuten, eine sehr kurze Fahrt auf die andere Seite der Seine.

Voltaires Fahrer, der sich nicht mit Namen vorgestellt hatte, parkte den Wagen vor dem Haupteingang des Le Bristol, das nicht nur Restaurant, sondern vor allem ein Hotel war. Als Julie die Autotür geöffnet wurde, erstarrte sie. Es war Jean persönlich, der sie begrüßte und sie mit einem liebevollen Blick ansah. Wenn sie es nicht besser wüsste, hätte sie das Essen für ein extravagantes Date gehalten.

»Du siehst umwerfend aus«, sagte er und küsste sie sanft auf die Wange.

Julie war nicht fähig, sich von dem Geschäftsmann abzuwenden. Er wirkte jugendlicher und nicht ganz so hart, völlig anders als bei dem misslungenen Interview in seinem Appartement. Jean trug einen dunkelblauen Anzug, dazu ein weißes

Hemd und dunkle Schuhe. Seine Augen strahlten, seine Lippen zeigten ein Lächeln, während seine Haare den Eindruck machten, als wäre er vor zwei Minuten erst aufgestanden.

»Du hast meinen Dresscode missachtet«, sagte Julie mit einem sanften Lächeln und dachte an ihre Bitte, dass er zu dem Essen mal nicht im Anzug erscheinen sollte.

»Du weißt, dass wir dann niemals in dieses Restaurant gekommen wären. Lass uns nach drinnen gehen, du musst doch frieren in diesem winzigen Stück Stoff.« Behutsam legte Jean eine Hand auf den Rücken seiner Begleitung und führte sie ins Innere. Sofort umgab sie eine angenehme Wärme, und Julie befreite sich aus der unangenehmen Berührung des Mannes, der sie seit Wochen um den Verstand brachte.

Das Le Bristol hatte drei der berühmten Michelin-Sterne und eine ausgezeichnete Lage in der Stadt der Liebe. Stumm musterte Julie den imposanten Eingangsbereich, der – ähnlich wie das gesamte Restaurantinventar – an einen prächtigen Schlosssaal denken ließ. Am Tage hell und freundlich, bei Nacht romantisch und edel. Alles leuchtete in schimmerndem Gold und warmen Rottönen. Julie war selten sprachlos, doch in diesem Moment war sie sichtlich überwältigt. Wäre das ein romantisches Date gewesen, hätte der Mann ihr Herz sofort erwärmt. Aber es war kein Date, und Jean war nicht der Mann, der sie zu einem romantischen Dinner ausführte.

Ein Kellner brachte die beiden zu ihrem Tisch. Es war ein ruhiger Platz in Fensternähe, der den Blick auf den verschneiten dunklen Garten preisgab.

Jean trat hinter Julies Stuhl und half ihr beim Setzen, dann nahm auch er Platz, während der Kellner die Karten brachte und eine Getränkebestellung entgegennahm.

»Wir hätten gern eine Flasche Ihres besten Châteauneuf-du-Pape, danke«, bestellte Jean, und Julie wurde ganz schwindlig, als sie den Preis für eine Flasche sah.

»Hundertdreißig Euro für eine Flasche Wein? Ist das dein Ernst? Ein Wasser für mich hätte genügt.«

»So bescheiden, meine Liebe? Du bist mein Gast, und meine Gäste bekommen kein gewöhnliches Wasser, sondern nur das Beste.«

Verlegen blickte Julie wieder auf die Karte und studierte die verschiedenen Gerichte, die alle ihre Preisvorstellungen sprengten.

Es dauerte nur wenige Minuten, dann kehrte der Kellner mit dem Wein zurück und füllte die leeren Gläser.

»Haben Sie sich entschieden, Monsieur Voltaire?« Julie stutzte nicht darüber, dass man Jean hier offensichtlich besser zu kennen schien. Sie wusste schließlich, dass er genug Geld hatte, um regelmäßig hier essen zu gehen.

»Als Vorspeise hätten wir gern die Jakobsmuscheln. Dann die Entenbrust, dazu die Käseplatte und zum Dessert die Crêpe Suzette.«

Julie blickte angespannt nach oben. Sie hatte nicht damit gerechnet, dass er über ihren Kopf hinweg entschied.

»Sehr gern.« Der Kellner nickte Jean zu und zog sich zurück, dann sah der Marketingchef zu seiner Begleitung.

»Ich hoffe, es ist okay, dass ich für dich bestellt habe.« Julie klappte die Karte zusammen und legte sie an die Tischkante. »Ich hatte Angst, die Preise könnten dich eventuell abschrecken. Ich wollte nicht, dass du nur einen Salat aus Anstand nimmst.«

»Selbst ein Salat wäre mir zu teuer.« Julie musste sich ein Lachen verkneifen, weil sie es für unangemessen hielt.

Als Jean dann jedoch begann, herzlich zu lachen, und nach seinem Weinglas griff, um mit ihr anzustoßen, traute sich Julie doch, ihre Mundwinkel zu einem Schmunzeln zu verziehen.

»Lass dich einfach überraschen.«

Julie nickte, und die beiden stießen klirrend die Weingläser zusammen. Sie trank einen winzig kleinen Schluck und stellte das Glas auf den Tisch. Sie wusste, dass sie mit Jean nun über die Auflösung ihrer Verträge sprechen musste und über das Interview, das eventuell nie geführt werden würde.

»Jean, wir müssen etwas Wichtiges besprechen. Ich weiß nicht, ob Marie-Claire dich schon kontaktiert hat?« Julie sah ihm unsicher in die Augen und erkannte seine Verwirrung sofort.

»Nein, hätte sie mich denn kontaktieren sollen?« Auch Jean stellte sein Glas ab. Auf seiner Stirn bildeten sich kleine Falten.

»Angesichts der Lage hätte sie das tun müssen, ja.« Julie knetete nervös ihre Finger, atmete noch einmal tief durch und sprach dann weiter: »Erinnerst du dich noch an Silvester und dass ich erzählt habe, dass es mir in den letzten Wochen nicht so gut ging?«

»Wie könnte ich Silvester jemals vergessen?« Er versank kurz in der Erinnerung ihres leidenschaftlichen Kusses, der noch Stunden danach auf seinen Lippen brannte.

»Ich habe meinen Blog vernachlässigt und immer mehr Leser verloren. *Élémentaire* hat meinen Blog unterstützt, mir monatlich etwas Geld gezahlt und mich außerdem in jedem Magazin eine Kolumne schreiben lassen.« Jean nickte. »Jetzt, wo mein Blog aufgrund meiner unfreiwilligen Abwesenheit viele Abonnenten verloren hat, hat Marie die Verträge aufgelöst. Ich bekomme keine Unterstützung mehr, und die Kolumne darf ich auch nicht länger schreiben. Sie wollte, dass ich dich benutze, um wieder auf den Blog aufmerksam zu machen.«

»Was du aber nicht hast?«

»Nein«, erwiderte Julie und schüttelte mit dem Kopf. »Das wäre nicht meine Art gewesen, genauso wenig, wie Maries Angebot anzunehmen, nachdem sie mir bereits gekündigt hatte.«

»Welches Angebot?«

»Ich hätte für das Interview mit dir noch einmal ein volles Gehalt bekommen.«

»Du hättest es annehmen sollen«, sagte Jean, ohne eine Gefühlsregung zuzulassen.

Entsetzt sah Julie den Marketingchef an. »Ich hätte es annehmen sollen?«, fragte sie und hob ihre Stimme merklich. »Diese Frau bereichert sich mit deinem Namen. Sie hat mir dieses Angebot nicht gemacht, weil sie Mitleid mit mir hatte oder weil sie mir irgendetwas Gutes tun wollte. Sie hat mir dieses Angebot gemacht, weil sie ihrem Magazin nicht schaden will.« Jean streckte die Hand aus und berührte sanft Julies weiche Haut. Erschrocken über die plötzliche Berührung, vergaß sie einen Moment, was um sie herum geschah, schreckte aber schon in der nächsten Sekunde auf und zog ihre Hand zurück.

»Julie, wenn du eins im Geschäftsleben lernen musst, dann, dass du andere manchmal benutzen musst, um das Beste für dich herauszuschlagen«, erklärte Jean mit ruhiger, gelassener Stimme. »Du musst dir eine gewisse Härte zulegen. Du darfst nicht immer darauf achten, wer Freund und wer Feind ist. Wenn mein Name dir hilft, wieder Erfolg mit deinem Blog zu haben, oder Marie dir ein volles Gehalt für meinen Namen bietet, dann darfst du nicht Nein sagen. Das sind Chancen, die dein Leben in der Stadt sichern, die dir deinen Erfolg sichern. Meinst du, ich hätte es so weit gebracht, wenn ich nicht über Leichen gegangen wäre?« Jean lehnte sich lässig zurück und griff nach seinem Weinglas. »Mein Vater hat mir eine fast ruinierte Firma zurückgelassen. Ich hatte nichts außer dem Vertrauen, das irgendwelche Idioten in mich gesteckt haben. Was soll ich sagen, Julie, wenn ich sie nicht ausgenommen hätte wie eine Weihnachtsgans, um meinen Arsch zu retten, würden du und ich jetzt nicht hier sitzen.« Er prostete ihr zu und nippte am Weinglas.

Angewidert verzog Julie das Gesicht. Sie hatte gehofft, von

seiner hässlichen Seite an diesem Abend nichts zu sehen. Doch bei Jeans abfälligen Bemerkungen hatte ihre Hoffnung das Restaurant verlassen. Es widerte sie an, wie er über das Geschäft sprach und wie er sie mit sich gleichstellte. Julie benutzte niemanden, um Erfolg zu haben.

»Mir wird schlecht, wenn du auch nur noch einen Satz sagst«, knurrte sie leise und sah auf die Tischdecke.

Gerade als Jean etwas erwidern wollte, brachte der Kellner die Vorspeise: Jakobsmuscheln in Orangensoße auf Orangensalat.

»Merci«, bedankte sich Julie bei dem jungen Kellner und suchte ausdruckslos die Augen ihres Begleiters. Jean würdigte den Kellner keines Blickes, stattdessen suchte er Julies dunkle Augen, die ihn enttäuscht ansahen. Keiner der beiden begann zu essen.

»Dein vorwurfsvoller Blick tut weh«, flüsterte Jean.

»Er kann dir nicht wehtun, Jean. So abwertend und gleichgültig, wie du gerade über deine Geschäftspartner gesprochen hast, könnte man meinen, dass du überhaupt keine Gefühle besitzt. Es mag sein, dass es in der Geschäftswelt anders abläuft und dass jeder den anderen ausnutzt. Von mir aus. Doch nur weil es so etwas gibt, heißt das noch lange nicht, dass ich mich damit identifizieren muss. Ich bin immer dafür beneidet worden, dass ich an meinen Prinzipien festhalte. Ich werde mich nun nicht verbiegen, um vielleicht noch einen Monat länger in Paris bleiben zu können.«

Jean bemerkte die zweideutige Bemerkung, und sein Magen zog sich ungewollt schmerzhaft zusammen.

»Was soll das bedeuten, Julie?«

»Ich werde zurück zu meinen Eltern gehen.«

»Du gibst auf, ohne gekämpft zu haben«, sagte Jean, berührte Julies Kinn sanft mit dem Zeigefinger und drückte ihr Gesicht behutsam nach oben, damit sie ihn ansehen musste.

»Ich kenne dich kaum, und ich weiß auch nicht, was Paris für dich so besonders macht, aber ich spüre, dass du das doch überhaupt nicht willst.«

»Du hast recht, du kennst mich kaum«, erwiderte sie leise und drehte ihren Kopf weg. »Und ja, Paris war immer mein großer Traum, aber wenn ich ihn mir nur erfüllen kann, indem ich andere Menschen benutze, dann verzichte ich darauf.« Endlich nahm Julie Messer und Gabel in die Hand, halbierte eine Jakobsmuschel und zog sie vorsichtig durch die Orangensoße. »Es schmeckt köstlich«, sagte sie leise und probierte von dem Salat.

»Ich kann dir einen Job in meiner Firma anbieten«, ging Jean nicht auf Julies Versuch ein, das Thema fallen zu lassen.

»Einen Job in deiner Firma?« Julie legte das Besteck auf den Teller und tupfte mit einer Serviette über ihren Mund, dann sah sie Jean kühl an.

»Ja, meine Pressechefin ist schwanger. Ich suche schon seit einem Monat einen passenden Ersatz für sie. Du könntest es für den Übergang machen, und danach könnten wir überlegen, ob du nicht…«

»Jean«, schnitt Julie ihm das Wort ab und schüttelte nur leicht mit dem Kopf. »Ich möchte das nicht. Ich möchte deine Presseabteilung nicht leiten, und ich möchte auch nicht, dass du dir Gedanken um mein Berufsleben machst. Ich werde zurück zu meinen Eltern ziehen und von dort aus versuchen, meinem Blog wieder Leben einzuhauchen. Vielleicht orientiere ich mich auch ganz neu. Ich weiß es nicht. Das Einzige, was ich dir mit hundertprozentiger Sicherheit sagen kann, ist, dass ich mit Paris fertig bin. Akzeptier das bitte.«

Julie hatte schon früher ein Problem damit, Hilfe anzunehmen. Schon im Kindergarten baute und malte sie lieber allein. Sie hasste Gruppenarbeit in der Schule, und auch während des Studiums war sie Einzelgängerin. Seit sie denken konnte, schlug sie sich ohne fremde Hilfe durch und wuchs an ihren Aufgaben. Dadurch stand Julie schnell auf eigenen Beinen und entwickelte den nötigen Kampfgeist, dadurch erst wurde sie der Mensch, der sie jetzt war. Die Kontrolle über ihr Leben aus der Hand zu geben, das würde sie nicht zulassen, ganz gleich, was passieren würde, ganz gleich, mit welchen Konsequenzen sie leben musste, und ganz gleich, was sie danach wieder aufbauen musste. Es fühlte sich für sie nicht richtig an, dass Jean ihr einen Job anbot.

»Solange ich mein Leben noch in meinen eigenen Händen halte, werde ich...«

»Julie«, unterbrach Jean sie. »Du hast dein Leben in dem Moment in meine Hände gelegt, als ich dich erst Heiligabend und dann Silvester aufgefangen habe. Ohne mich hättest du zwei blaue Flecke am Hintern. Also lass mich jetzt dafür sorgen, dir auch noch den dritten zu ersparen.«

»Das reicht«, zischte sie und sprang empört auf. An dieser Stelle war der Abend für sie beendet.

»Setz dich wieder, Julie, bitte.«

Julie überlegte und spürte die Blicke der anderen Gäste auf ihrer Haut prickeln. Sie machte sich in einem der besten Restaurants der Stadt vollkommen lächerlich. Ihre Wangen brannten. Leicht verlegen ließ sie sich wieder auf den Stuhl sinken, während der Kellner ihren kaum angerührten Teller abräumte und ein anderer nur wenige Sekunden später den Hauptgang servierte: Entenbrust mit Trüffel-Kartoffelpüree und karamellisierten Karotten.

»Es tut mir leid, Julie, wenn ich dich in irgendeiner Form verletzt habe. Wir sollten noch einmal pragmatisch darüber sprechen, weswegen wir eigentlich hier sind«, versuchte Jean die Situation zu entspannen, die innerhalb von wenigen Minuten zu eskalieren drohte. »Möchtest du das Interview über mich trotzdem machen, wenn auch nicht mehr für *Élémentaire*?«

»Bist du bereit, deine Geschichte zu erzählen?«, beantwortete sie seine Frage mit einer Gegenfrage.

»Ich ...«

»Ja oder nein?« Julie brauchte endlich eine endgültige Antwort.

»Du kennst die Geschichte nicht. Du weißt nicht, wie schwer es für mich ist, darüber zu sprechen. Ich habe Jahre damit verbracht, es zu verdrängen und nicht an mich heranzulassen. Wir haben damals alles getan, damit die Öffentlichkeit nichts erfährt, und jetzt verlangst du von mir, dass ich dir mal eben schnell alles erzähle?«

»Das habe ich nie verlangt. Aber es ist in Ordnung, Jean. Ich verstehe, was du mir eigentlich damit sagen willst. Nein, ich möchte das Interview nicht mehr führen. Ich werde meinen Blog löschen. Wahrscheinlich hätte ich mich nie in das Leben anderer Menschen hängen sollen. Ich wünsche dir alles Gute.« Mit diesen letzten Worten stand Julie auf und verließ das Restaurant endgültig. Jeans Fahrer stand noch immer vor dem Restaurant und öffnete Julie sofort die Tür, als er sie entdeckte, doch sie winkte dankbar ab.

»Ich wünsche Ihnen noch einen schönen Abend, und vielen Dank, dass Sie mich hergebracht haben«, sagte sie freundlich, und der Fahrer lächelte sanftmütig. »Lassen Sie sich nicht tyrannisieren. Wenn er schlechte Laune hat, bin ich schuld.«

»Er ist kein Tyrann, Madame. Wenn man seine Geschichte kennt, wird so vieles eindeutiger. Ihnen auch einen schönen Abend, und geben Sie auf sich acht.« Der Fahrer nickte ihr noch einmal zu, dann machte sie sich zu Fuß auf den Weg.

*J*ean bezahlte die Rechnung. Ihm entgingen die mitleidigen Blicke der Restaurantgäste und der Belegschaft nicht, doch sie interessierten ihn auch nicht. Er hatte von Anfang an gewusst, dass in Julie ein stilles Feuer loderte und dass sie eine Frau war, die ihren Prinzipien treu blieb. Damit, dass sie ihn in einem Restaurant jedoch einfach sitzen lassen würde, hatte er allerdings nicht gerechnet. Jean wusste, dass er seine Bemerkungen unklug gewählt hatte und vielleicht auch über das Ziel hinausgeschossen war, aber Julies plötzliche Abneigung gegen ihn verletzte ihn mehr, als er sich eingestehen konnte.

Es war zum Verrücktwerden. Irgendetwas hatte diese Frau an sich, das seinen Verstand völlig vernebelte und das ihn seit Weihnachten völlig aus der Fassung brachte. Vielleicht waren es ihre braunen Augen, die ihm stets zeigten, was sie gerade über ihn dachte. Vielleicht aber auch ihre sinnlichen Lippen, die er nur zu gern endlich wieder berühren würde. Vielleicht war es auch ihre Art zu sprechen, ihre weise gewählten Worte und der Hang zur Einhaltung ihrer Prinzipien.

Jean verließ das Restaurant, wo sein Fahrer ihm bereits die Türen des Wagens öffnete.

»Warum hast du sie nicht nach Hause gefahren, André?« Jean stützte sich erschöpft auf das Autodach auf und sah seinen langjährigen Freund und Chauffeur an.

»Sie wollte nicht, und sie hat auch nicht den Eindruck gemacht, als hätte ich sie zwingen können.« Jean rieb sich kurz die Schläfen und lehnte sich rücklings an die schwarze Limousine.

»Nein, zwingen lässt sie sich nicht. Und helfen auch nicht. Wenn ich nur wüsste, wie ich sie davon abhalten kann, zurück in die Bretagne zu gehen.«

»Du hast doch immer einen Masterplan.«

»Das funktioniert bei ihr alles nicht. Sie ist so stur. Die Bonnet hat sie aus dem Magazin geworfen und ihre Sponsorenverträge für ihren Blog gekündigt.«

»Ohne Grund?«

»Das muss ich noch herausfinden. Ich habe ein ungutes Gefühl bei der Sache. Irgendetwas passt nicht zusammen.«

Seufzend sah Jean in den Himmel. Ihm entging das Funkeln eines einzigen hellen Sterns nicht.

Gibst du mir recht?

Der Himmel antwortete mit einem sanften Windhauch, der Jean durch die Glieder fuhr und seine Haare leicht zurückwehte.

Zwölf

»Meinst du, dass sie ihre Meinung ändert, wenn du mit ihr sprichst?« André sah Jean nachdenklich an und parkte die Limousine vor dem Bürogebäude von *Élémentaire*.

»Nein, die Bonnet wird ihre Meinung nicht ändern, auch wenn sie natürlich versuchen wird, mich davon zu überzeugen, dass ich Julie doch überreden soll, ihr Angebot anzunehmen.«

»Das wirst du natürlich nicht tun?«

»Nein, das könnte ich auch gar nicht tun, weil Julie nicht mehr mit mir spricht, wie du dich vielleicht erinnerst. Ich will einfach nur wissen, was hier für ein Spiel gespielt wird. Julie würde auch nicht zurück zur *Élémentaire* wollen, und wenn sie mitbekommt, dass ich meine Finger im Spiel habe, erst recht nicht.«

»Deine Julie scheint eine starke Persönlichkeit zu haben.«

»Oh ja, die hat sie, aber auf der anderen Seite ist sie dieses schwache, verletzliche Mädchen, das irgendein Geheimnis mit sich trägt. Sie war so traurig an Silvester, dass ich jetzt noch ein schlechtes Gefühl bekomme, wenn ich nur an den Ausdruck ihrer Augen denke. Sie muss irgendetwas Schlimmes erlebt haben.«

»Du wirst es nur herausfinden, wenn du sie danach fragst.«

»Womit wir wieder bei meinem Problem wären, dass sie nichts mehr mit mir zu tun haben will.« Jean öffnete die Tür des Wagens und stieg aus. »Bis gleich«, sagte er zu André, der seinem Freund mit einem komischen Bauchgefühl nachsah. Er hatte Jean seit Jahren nicht mehr so erlebt.

Als Jean-Alain Voltaire die Redaktionsräume des Magazins *Élémentaire* betrat, schienen für einen Augenblick alle Geräusche zu verstummen. Seine Aura erfüllte den ganzen Raum. Die Frauen tauschten einen vielsagenden Blick, während die Männer versuchten, etwas von seiner Ausstrahlung abzubekommen.

Doch Jean interessierte all das nicht. Er war wütend, und wenn es sein musste, würde er das ganze Büro auseinandernehmen. Auch wenn er Julie ihren Job nicht zurückholen wollte, musste er für sie zumindest herausfinden, was in Wirklichkeit hinter ihrer Kündigung steckte.

Er klopfte heftig an die Bürotür von Marie-Claire Bonnet und stürmte in das Zimmer, ohne eine Antwort abzuwarten. Erschrocken sah sie den Geschäftsmann an und legte den Kugelschreiber beiseite, mit dem sie gerade einige Dokumente unterschrieben hatte.

»Monsieur Voltaire«, brachte sie mühevoll hervor und stand auf, doch Jean deutete an, dass sie sich gleich wieder setzen könne.

»Wir müssen uns unterhalten, Madame Bonnet.« Jean schloss die Tür hinter sich und setzte sich vor die Verlagschefin, deren Gesichtsfarbe einen leicht gräulichen Ton angenommen hatte.

»Sie hätten anrufen können.« An ihrer Unsicherheit merkte Jean sofort, dass sie genau wusste, warum er hier war.

»Ja, das hätte ich. Aber Sie haben Julie auch nicht gewarnt, als Sie ihre gesamten Verträge aufgelöst haben.«

»Sie hat es Ihnen gesagt?«

»Natürlich hat sie das. Wir haben uns am Wochenende zum Essen getroffen, um ein zweites Interview zu führen. Sie hat mir von Ihrem Angebot erzählt und davon, dass sie es nicht angenommen hat.«

»Wird sie das Interview für ihren Blog verwenden?«

»Warum haben Sie Julies Verträge aufgelöst?«, ignorierte Jean die Frage und verschränkte die Arme vor der Brust. Sein Gesicht war eingefroren und seine Züge eiskalt.

Marie-Claire wusste, dass sie ihn gegen sich aufgebracht hatte, doch ihr war keine andere Wahl geblieben. »Ich musste es tun. Ich kann es Ihnen nicht erklären, Monsieur.«

»Und wie Sie das können! Ich werde Ihr Büro nicht eher verlassen. Sie wissen genauso gut wie ich, dass Sie mit Julie ein großes Talent gehen ließen. Ich weiß, dass sie Ihnen vermutlich den meisten Gewinn gebracht hat. Ich kenne viele Leute, die Ihr Magazin nur wegen Julies Kolumne gekauft haben. Also, was hat Sie plötzlich dazu bewegt, Ihre größte Einnahmequelle auf die Straße zu setzen?«

»Ich hatte keine andere Wahl.« Marie stützte die Ellbogen auf den Tisch und vergrub ihr Gesicht in ihren Händen. Energisch rieb sie sich die Schläfen. »Sie stand plötzlich in meinem Büro und hat irgendetwas davon geredet, dass Julie verschwinden muss. Ich habe sie natürlich weggeschickt und gesagt, dass ich Julie nicht einfach entlassen kann. Sie hat getobt und mir gedroht, dann ist sie gegangen. Ein paar Tage später bekam ich einen Anruf und im gleichen Augenblick einen Brief per Post zugestellt. Sie hat mir einen wahnsinnig hohen Scheck ausgestellt – mit Geld, das ich zudem unbedingt brauche. Alles, was ich dafür tun musste, war ...«

»... Julie zu entlassen.« Jean lehnte sich zurück und rieb sich ebenfalls die Stirn. »Wer war die Frau? Hat sie sich vorgestellt?«

»Nein, ich weiß nicht, wer sie war. Monsieur Voltaire, ich ...«

»Wie sah sie aus?«

»Sie war blond und schlank, hatte Maße wie ein Model. Sie trug einen roten Mantel und hatte eine Chanel-Tasche. Ich hatte das Gefühl, sie beide könnten sich vielleicht kennen.« Es arbeitete in Jeans Kopf, als es plötzlich klick machte und er ohne Vorwarnung aufsprang. Mit schnellen Schritten verließ er die Redaktion, während seine Hände vor Wut zitterten.

»André, ich weiß jetzt, was hier gespielt wird. Bring mich sofort zu ihr.«

* * *

»*J*a, Madame Milet, ich komme morgen bei Ihnen zum Kaffee vorbei. Es gibt etwas Dringendes, das wir besprechen müssen«, erklärte Julie mit ruhiger Stimme.

»Oh, Julie, das klingt nach schlechten Neuigkeiten.«

»Wir klären morgen alles. Machen Sie sich noch einen schönen Abend.«

»Danke, Kindchen.« Leise seufzend legte Julie auf und bekam Panik bei dem Gedanken, ihrer Vermieterin am nächsten Tag mitteilen zu müssen, dass sie Paris verlassen würde. Vermutlich für immer.

Ihre Vermieterin Élodie Milet war eine verständnisvolle und großherzige Dame von achtundsiebzig Jahren, die Julies Gesellschaft in vollen Zügen genoss und die, um der jungen Frau ihren Start in Paris zu erleichtern, sogar ihre Miete reduziert hatte. Für die Dame war Julie ein Segen, eine willkommene Ablenkung von ihrem einsamen Alltag. Auch für Julie waren die regelmäßigen Kaffeebesuche keine Pflichtveranstaltung. Madame Milet bemutterte sie und kümmerte sich rührend, wenn Julie nicht weiterwusste. Es war ein ständiges Geben und Nehmen zwischen zwei Frauen, die sich schätzten.

Doch so schwer Julie dieser Schritt auch fiel, der weit härtere stand ihr erst noch bevor. Ihr Handy vibrierte leise, und eine Nachricht ging ein.

Julie las sie mit einem Schmerz in der Brust.

Geraldine:
Jacques hat den Wein schon eingegossen, wo bleibst du?

Seufzend steckte sie das Handy in die Hosentasche ihrer Jeans, zog sich ihren cremefarbenen Cardigan über und verließ ihre Wohnung. Wie sagt man zwei Menschen, die man überhaupt nicht verlassen will, dass man sich wahrscheinlich nur noch selten zu Gesicht bekommen werde? Das man sich vielleicht überhaupt nicht mehr sah?

Als Julie das Wohnhaus verließ und die benachbarte Eingangstür aufschob, drang ihr ein buntes Stimmengewirr entgegen. Das Café Le Dôme war an diesem Abend viel voller als gewöhnlich. Sofort entdeckte sie Geraldine an der Bar, die sich angeregt mit Jacques unterhielt. Die Augen des Besitzers strahlten mit jedem Wort, das Geraldine sagte. Ein sanftes Lächeln huschte über Julies Lippen. Dann entdeckte Jacques sie und winkte sie eifrig heran. Julie nickte und setzte sich neben Geraldine, die sie sofort stürmisch umarmte und auf die Wange küsste.

»Ich verstehe nicht, warum wir uns so lange nicht gesehen haben, obwohl wir in derselben verdammten Stadt wohnen«, prasselten lieb gemeinte Vorwürfe auf Julie ein, die nur leicht den Kopf schüttelte.

»Weil mein Leben völlig aus dem Ruder läuft.« Jacques schob ihr liebevoll das Glas Wein zu, und Julie trank einen Schluck.

»Was ist passiert?«, erkundigte sich Geraldine.

»Mein Blog ist am Ende, Voltaire ist ein Arschloch, und, ach ja, ich habe meinen Job verloren und werde zurück zu meinen Eltern ziehen.« Julies Stimme klang gleichgültig, als würde sie vom schlechten Wetter erzählen, das sie sowieso nicht ändern konnte, während Geraldine und Jacques in der gleichen Sekunde die Kinnlade hinunterklappte.

»Was soll das bedeuten?«, wollte Jacques wissen.

»Das bedeutet, dass ich am Wochenende meine Sachen packe und in die Bretagne fahre.«

»Aber du kommst doch wieder?« Geraldine griff Julies Hand und sah ihre neue Freundin hoffnungsvoll an. »Ich habe dich gerade erst gefunden. Du kannst mich hier jetzt nicht hängen lassen.« Geraldine schluckte schwer und spürte das unangenehme Brennen in ihren Augen, das Tränen ankündigte.

»Ich weiß es, ehrlich gesagt, nicht.«

»Wenn es wegen des Geldes ist, stelle ich dich natürlich sofort fest ein«, bot Jacques an, doch Julie schüttelte mit dem Kopf.

»Nein, ich möchte mich völlig neu orientieren. Vielleicht bin ich von Anfang an in eine Sackgasse gelaufen und habe einer vagen Idee nachgejagt, die zum Scheitern verurteilt war. Ich denke, ich muss jetzt einfach nach Hause zurückgehen, um den Kopf freizubekommen und nachzudenken, was ich wirklich will. Meine Eltern unterstützen mich, und meine Schwestern werden mich schon beschäftigen.«

»Ja, vermutlich mit Wein und gackernden Gesprächen unter Hühnern.« Jacques polierte ein Glas auf Hochglanz.

»Also genau wie du an unseren Samstagabenden«, konterte Julie, und Jacques verdrehte die Augen.

»Wir sehen uns einmal in der Woche, Liebes, nicht täglich«, zwinkerte er.

Während Julie und Jacques kleine Scherze machten, arbeitete es in Geraldines Kopf fieberhaft. Sie war unter keinen Umständen bereit, ihre Freundin einfach so gehen zu lassen. Wie konnte sie Julie nur davon abhalten?

»Meinst du nicht, du könntest es dir noch einmal überlegen?« Traurig sah die Modebloggerin auf. »Meine Wohnung ist groß genug für zwei. Du könntest erst einmal zu mir kommen, und wir könnten zusammen überlegen, ob es nicht eine andere Möglichkeit gibt.«

»Paris hat mir bislang kein Glück gebracht, außer an den beiden Tagen, an denen ich euch getroffen habe. Vielleicht brauche ich einfach ein bisschen Abstand. Vielleicht muss ich über die letzten Monate und Jahre noch einmal genau nachdenken, bevor ich irgendetwas Neues anfangen kann. Ich weiß es nicht…«

»Julie.« Geraldine konnte ihre Tränen nicht länger zurückhalten. Sie begann zu schluchzen wie ein kleines Kind, das seinen Lolli nicht bekommt. Verzweifelt umarmte sie ihre Freundin und schwor sich, sie nie wieder loszulassen. »Ich lasse dich nur gehen, wenn du mir versprichst, dass wir mindestens jeden zweiten Tag telefonieren und dass du irgendwann zurückkommst. Bitte nicht erst mit achtzig, das könnte zu spät sein. Außerdem werden wir mindestens einmal im Jahr zusammen Urlaub machen, das bedeutet aber nicht, dass wir uns nur einmal im Jahr sehen. Geburtstage sind Pflichtveranstaltungen und…«

»Geraldine«, röchelte Julie. »Wenn du mich noch fester drückst und noch schneller redest, wird mein Kreislauf gleich zusammenbrechen. Ich akzeptiere jede Regel, die du gerade aufgestellt hast oder noch aufstellen wolltest.«

»Braves Kind.« Geraldine tätschelte Julie den Kopf und wischte sich die Tränen aus den Augen. »Jacques, können wir bitte etwas Stärkeres bekommen? Einen hochprozentigen Likör oder so was?«

»Wenn die Damen das wünschen? Was darf es denn sein? Ich habe selbst gemachten Kirsch- oder Pfirsichlikör, oder dieses ganze ekelhafte Zeug aus dem Großhandel?«

»Pfirsich«, waren die beiden Frauen sich einig, und Jacques goss ihnen zwei kleine Likörgläser ein.

»Die Flasche kann gleich hier stehen bleiben, wir schenken

uns selbst nach«, flötete Geraldine und nahm dem Restaurantbesitzer im Handumdrehen die Flasche aus der Hand. »Merci.«

*D*ie Stunden zogen dahin, während Julie die letzten gemeinsamen Momente mit Geraldine und Jacques förmlich in sich aufsog. Sie genoss jede Sekunde, aber ihr wurde auch schmerzlich bewusst, dass sie diese beiden wunderbaren Menschen nur noch selten sehen würde.

»Julie, du solltest dir noch einmal Erinnerungen schaffen, bevor du Paris verlassen wirst. Gib mir dein Handy«, befahl Geraldine, und Julie zog ihr Smartphone aus der Tasche. »Komm her, Jacques.« Der Kellner gesellte sich auf die andere Seite des Tresens, und die drei schossen einige Erinnerungsfotos.

»Vielleicht hast du recht«, überlegte Julie und spielte mit dem Gedanken, ihr Paris noch einmal einzufangen, wie sie es in Erinnerung behalten wollte. »Wir sollten uns morgen hier zum Frühstück treffen.«

»Frühstück klingt ausgezeichnet!«

Dreizehn

*Partir, c'est toujours
un peu mourir.*

»Abschied nehmen bedeutet immer ein wenig sterben«, sagt ein bekanntes französisches Sprichwort und beschreibt damit Julies Gefühle am Morgen ihres vorletzten Tages in Paris.

Nachdem sie sich im Bad etwas frisch gemacht hatte, schlüpfte sie in ihre schwarze Lieblingsjeans und einen weinroten Pullover und ging zur Garderobe im Flur, wo sie ihren royalblauen Mantel und farblich passende Stiefeletten dazu anzog. Sie nahm eine Handtasche, kontrollierte, ob sie ihr Handy hatte, und verließ ihre Wohnung, um den ersten Punkt ihrer fiktiven Erinnerungsliste abzuhaken: das Frühstück mit Geraldine und Jacques im Café Le Dôme.

Als Julie vor dem Restaurant stand, stutzte sie. Keine Menschenseele war zu sehen, nur ein kleines Schild an der Tür wies darauf hin, dass das Restaurant wegen einer Familienfeier bis zwölf Uhr mittags geschlossen sei. Irritiert drückte Julie die Türklinke nach unten, doch nichts geschah. Wollte Jacques sich einen schlechten Scherz erlauben? Sie klopfte energisch gegen die Glasscheibe und presste ihr Gesicht so dicht daran, dass sie ins Innere schauen konnte.

Plötzlich sah sie Jacques aus der Küche kommen und verschwörerisch grinsen. Er eilte zur Eingangstür und schloss seiner irritierten Freundin auf.

»Was um alles in der Welt ist hier los?«, wollte Julie wissen und betrat das Restaurant. Sofort stieg ihr der Duft von frischem Kaffee und warmem Gebäck in die Nase.

»Geraldine und ich dachten, wir wollen lieber ungestört mit dir sein, wenn wir dich schon gehen lassen müssen.«

»Weißt du, weil wir dich nämlich nicht gehen lassen wollen«, fügte Geraldine hinzu, die mit einer Obstplatte aus der Küche kam und sie auf einen üppig beladenen Tisch stellte, der für drei Personen gedeckt war. Julie traute ihren Augen nicht. Es gab Kaffee, Orangensaft, Croissants, Baguette und Weizenbrötchen. Auf verschiedenen kleinen Tellern lagen Käse, Wurst und Lachs, selbst Marmelade stand in kleinen Schälchen auf dem Tisch. Geraldines Obstplatte leuchtete in herrlichen Farben, grün, orange, rot und gelb. Das Rührei dampfte noch, als wäre es gerade frisch aus der Pfanne gekommen. Dieser Tisch war der wahr gewordene Traum eines jeden Frühstücksfans.

»Oh mein Gott, wer soll das alles essen?«, fragte Julie und setzte sich begeistert. Geraldine und Jacques taten es ihr gleich.

»Ich bin mir sicher, wir schaffen das«, sagte Jacques lächelnd. »Ich zumindest habe riesigen Hunger.«

Glücklich steckte sich Julie den letzten Bissen ihres Croissants mit Marmelade in den Mund und lehnte sich zurück, während sie sich behutsam über ihren schmerzenden Bauch strich.

»Ich kann sicher hundert Jahre lang nichts mehr essen«, scherzte sie.

Auch Geraldine und Jacques lehnten sich schwer atmend zurück.

»Ich sollte öfter frühstücken.« Geraldine steckte sich noch eine Weintraube in den Mund und liebäugelte mit dem letzten Croissant. »Ich weiß überhaupt nicht, warum ich nie frühstücke.«

»Nun nimm es schon!« Jacques grinste Geraldine verschwörerisch an.

»Was?«, wollte sie irritiert wissen.

»Na, das Croissant. Nimm es, du hast es mit deinen Blicken schon förmlich ausgezogen. Iss das arme Ding.«

»Aber nur, weil du es von mir verlangst«, grinste Geraldine, griff danach und tauchte es in die Marmelade. Dann biss sie genüsslich hinein.

»Verdammt«, entfuhr es Julie plötzlich, und ihre Freunde sahen sie verwundert an.

»Was?«

»Ich habe vergessen, ein Bild zu machen, können wir das morgen bitte noch einmal wiederholen?« Julie setzte ihren unschuldigsten Hundeblick auf und erweichte das Herz ihrer beiden Freunde.

»Aber nur, weil du es bist.«

Das zweite Ziel auf Julies gedanklicher Liste war das Gelände des Louvre. Sie liebte es, sich in den Park des Museums zurückziehen und die Ruhe zu genießen. Auch wenn es auf dem Gelände ständig von Menschen wimmelte, verlor der Platz seinen Charme nie. Es beruhigte Julie, auf einer Bank an einem der Brunnen zu sitzen und zu beobachten, wie die verschiedenen Menschen verschiedener Nationalitäten miteinander agierten.

Sicher lenkte Julie den Wagen durch die Stadt und kam bereits zwölf Minuten später an ihrem Ziel an. Sie parkte ihren Wagen auf einem der wenigen freien Parkplätze, stieg aus und atmete die frische Winterluft ein. Es war ein sonniger Januartag geworden, nur vereinzelt hing eine kleine Wolke am Himmel; die Luft war kühl, und doch wärmten die Strahlen der Sonne merklich. Sie schob die Tür zu, schloss den Wagen ab und überquerte die Straße. Dann betrat sie das Gelände des Louvre. Zielsicher steuerte sie auf die Glaspyramide zu, suchte einen geeigneten Blickwinkel und schoss ein Foto. Sie verweilte nicht lange an diesem Punkt und ging stattdessen in die angrenzende Parkanlage, um einen Moment zum Nachdenken zu haben.

Julie suchte sich eine Bank an einem der Brunnen, setzte sich und schloss die Augen, während die Sonne ihr Gesicht kitzelte und wirre Stimmen in unterschiedlichen Sprachen die Umgebung füllten.

Paris hatte Julie viel gegeben und jetzt viel genommen. Sie durfte im letzten Jahr großartige Menschen kennenlernen, die sie freundlich und ehrlich aufgenommen hatten. Aber Julies Menschenkenntnis war erschüttert. Sie hatte der falschen Person vertraut. Normalerweise konnte sie Menschen in der ersten Sekunde einschätzen. Sie lag nur selten daneben, doch was ihre Chefin anging, hatte sie sich getäuscht. Marie-Claire hatte Julie eine Chance gegeben und ihr immer wieder ein ungewöhnliches Talent bestätigt. Sie hatte ihr sogar Aufgaben gegeben, die erfahrene Journalisten in ihren Augen nicht erfüllen konnten. Marie war ihre Heldin, ihr Vorbild, und jetzt hatte sie sich für Geld verkauft.

Warum verändert Geld die Menschen? Warum werden Freunde für ein paar läppische Zahlen auf Papier verraten? Was hat Geld an sich, dass man sich so hintergeht?

Julie öffnete die Augen und seufzte leise. Zufällig fiel ihr Blick auf ein junges Pärchen, das verzweifelt versuchte, ein romantisches Bild von sich zu machen. Lächelnd stand Julie auf und ging auf die beiden jungen Menschen zu. Das Mädchen hatte blondes Haar und leuchtend blaue Augen, die ihren Freund immer wieder glücklich fixierten. Der Junge hatte kurzes, dunkles Haar und mit jedem Blick auf seine bezaubernde Freundin ein Strahlen in den Augen, das selbst der Sonne Konkurrenz machte.

»Soll ich ein Bild von euch machen?«, fragte Julie freundlich, und die beiden nickten erleichtert. Der Junge gab ihr sein

Handy, Julie instruierte die beiden und machte ein wunderschönes Bild mit dem Louvre im Hintergrund.

»Es ist wunderschön. Danke«, sagte das Mädchen freudig und küsste Julie zum Dank auf die Wange.

»Ihr seid bezaubernd«, schmunzelte Julie. »Ihr habt etwas ganz Besonderes, vergesst das nie.« Julie wandte sich ab, spürte aber den sanften Ausdruck in den Augen der beiden und genoss das Glücksgefühl in ihrem Magen. Bisher hatte sie noch nie so etwas gefühlt. Sie war nie so glücklich gewesen wie das junge Pärchen. Sie hatte noch nie einen Menschen gefunden, mit dem sie verliebt romantische Bilder machen wollte. Vielleicht hatte es bislang aber auch nur deshalb niemanden für sie gegeben, weil sie sich nie die Mühe gemacht hatte, nach jemandem Ausschau zu halten, der dafür infrage kam.

Julie stieg nach einiger Zeit wieder in ihr Auto und machte sich auf den Weg zur nächsten Station. Es war ein ruhiges kleines Plätzchen in der Nähe des Friedhofs Père Lachaise, das sie ganz zu Beginn ihrer Zeit in Paris entdeckt hatte. Knappe zwanzig Minuten dauerte die Fahrt, in der Julie ihren Gedanken nachhing. Die Uhr zeigte mittlerweile 13.37 Uhr, ihr blieben noch eineinhalb Stunden, bis sie bei Madame Milet zum Kaffee eingeladen war.

Julie parkte ihren Wagen am Straßenrand und traute ihren Augen beim Aussteigen nicht. Sie ließ plötzlich von ihrer ursprünglichen Idee ab und eilte in Richtung Friedhof. Hatte sie richtig gesehen? War das gerade Jean, der mit einem Strauß Blumen den Ort der Ruhe und des Friedens betreten hatte?

Figuren und aufwendige Gräber zierten das Friedhofsbild, eingebettet in eine Oase aus verblasstem Grün mit weißen Schneehauben und weißen Marmorgrabsteinen. Die Sonne brachte diesen Ort zum Leuchten. Der Schnee funkelte magisch, und die kleinen Kristalle, die eine sanfte Brise von den Ästen wehte, funkelten wie wertvolle Diamanten im Sonnenschein.

Von Weitem sah sie, wie Jean einen kleinen Seitenweg einschlug und wenige Meter danach vor einem wunderschönen Grabstein stehen blieb. Er beugte sich leicht nach vorn und legte seine Blumen nieder, dann blieb er wenige Minuten stehen und wandte sich schließlich zum Gehen. In einer schnellen Bewegung verschwand Julie hinter einem breiten Baum und hoffte, dass er sie nicht entdeckte.

Sie atmete erleichtert aus, als Jean das Gelände verlassen hatte, und überlegte kurz, ob sie seine Privatsphäre verletzte, wenn sie nachsehen ging, auf welches Grab er seine Blumen niedergelegt hatte. Sie hatte ein ungutes Gefühl in der Magengegend, als sie sich dazu entschloss und mit langsamen Schritten an den Gräbern vorbeiging. Mit schwerem Herzen las sie die unterschiedlichen Namen:

Bernard Depois.
Jolandé Rodin.
Therese Madaè.
Béatrice Voltaire.

Julie stoppte, sah auf den liebevoll gestalteten Marmorstein und las den Namen noch einmal. War dieser Grabstein etwa Jeans Geheimnis, über das er nicht sprechen konnte?

Unvergessen!

Béatrice Voltaire
20. Juli 1990 – 31. Dezember 2009

In ewiger Liebe
Maman, Papa und Jean-Alain

Julie stockte der Atem. Sie hatte hier wirklich den Grund vor sich, warum der Geschäftsmann so verschlossen war. Hatte er sich zurückgezogen, weil er seine Schwester verloren hatte? Hatte er etwa ein ähnliches Schicksal erlebt wie sie selbst?

Gerade einmal neunzehn Jahre war Béatrice geworden. Sie war in der Nacht des Jahreswechsels gestorben. Was war passiert? War der Tod seiner Tochter der Grund, warum Berthe Voltaire die Firma an seinen Sohn abgab und mit seiner Frau in den Süden zog?

Etwas benommen und irritiert ließ Julie sich auf eine der Friedhofsbänke sinken und atmete die frische Luft tief ein. Ihr war schwindlig, ihre Knie zitterten. Sie wusste genau, wie es sich anfühlte, einen geliebten Menschen zu verlieren. Sie kämpfte selbst seit Jahren gegen die Trauer an. Wahrscheinlich war sie sogar diejenige, die ihn am besten verstand.

Eine Stunde blieb Julie auf der Bank sitzen und bekam ihre Gefühle nicht in den Griff. Ihre eigene Geschichte kreiselte immer wieder in voller Präsenz durch ihren Kopf. Es ging nicht, sie musste zu ihm.

Während Julie aufsprang, griff sie zu ihrem Telefon und wählte die Nummer ihrer Vermieterin. Im gleichen Augenblick rief die ältere Dame bei Julie an.

»Madame Milet?«, meldete sie sich verwundert.

»Kindchen, bist du schon auf dem Weg? Es ist so, ich muss leider absagen.«

»Oh …«

»Besteht die Möglichkeit, dass wir schnell am Telefon besprechen, was du mir sagen wolltest? Meine Tochter hat angerufen, sie ist wohl in zehn Minuten bei mir. Es tut mir wirklich leid.«

»Es ist kein Problem, Madame Milet, wirklich. Wir können gern am Telefon sprechen, auch wenn ich es Ihnen lieber persönlich gesagt hätte.« Julie schloss ihr Auto auf, setzte sich hinein und klemmte ihr Telefon in die Freisprecheinrichtung ihres Autos.

»Bitte sag, was los ist.«

»Ich habe meinen Job bei *Élémentaire* verloren, und ich muss die Wohnung zum nächsten Monat leider kündigen. Ich werde schon morgen zurück nach Hause zu meinen Eltern nach Saint-Suliac fahren.« Julie startete den Wagen und fuhr in Richtung Jardin du Luxembourg.

»Julie, meine Liebe, das tut mir so schrecklich leid.« Die ältere Dame klang ehrlich bestürzt und auch ein bisschen sprachlos.

»Es muss Ihnen nicht leidtun, Madame Milet. Wenn sich eine Tür schließt, öffnet sich woanders eine neue. Vertrauen wir darauf, dass dies eins der wenigen Sprichworte ist, die stimmen.«

»Aber du schreibst doch weiter, Julie, oder?« Madame Milet schaffte es immer wieder, Julie ein Lächeln auf die Lippen zu zaubern. Sie war so herzlich und unvoreingenommen. Der Traum eines jeden jungen Mädchens, das allein und hilflos in einer völlig fremden Stadt ankommt und nach Hilfe sucht.

»Ich weiß es, ehrlich gesagt, nicht. Vielleicht muss ich einen völlig anderen Weg einschlagen. Möglicherweise war das Schreiben nie das, was ich eigentlich machen sollte.«

»Und wie es das ist. Du weißt genau, wie dein neuer Weg aussehen muss. Du solltest Romane schreiben, Julie. Diese ganzen Zeitungen und Magazine haben dich doch gar nicht verdient. Du hast so viel Talent.«

»Danke, Madame Milet.«

»Wie sollen wir das mit den Unterlagen und der Wohnungsabnahme machen? Ich möchte dich überhaupt nicht gehen lassen.« Julie hörte ihr leises Seufzen und den verzweifelten Unterton in ihrer Stimme.

»Ich weiß nicht so recht. Ich weiß nur, dass ich erst einmal

Abstand zu Paris gewinnen muss. Ich werde vor dem 28. Februar definitiv noch einmal zurückkommen, schließlich sind meine ganzen Sachen noch hier. Ist es in Ordnung, wenn ich mich in den nächsten Wochen bei Ihnen melde und wir dann alles Weitere klären? Dieses Mal vielleicht wirklich bei einem Kaffee und einem Stück Ihres leckeren Apfel-Zimt-Kuchens?«

»Das ist in Ordnung, Julie. Lass den Kopf nicht hängen, und denk daran, mir etwas zum Lesen zu schicken«, sagte die alte Dame mit einem herzlichen Lächeln in der Stimme. »Au revoir, Julie.«

»Au revoir, Madame.«

*E*twa zwanzig Minuten später parkte Julie ihren Wagen vor Jeans Haus. Stumm sah sie durch die Windschutzscheibe und knetete nervös ihre Hände. Tat sie wirklich das Richtige? Würde Jean endlich offen mit ihr reden, wenn er wusste, dass sie es wusste? Oder würde er sich nur weiter verschließen, weil er es nicht gut fand, dass sie ihm nachspioniert hatte?

Nachdenklich warf sie einen Blick auf ihr Handy. Es war kurz nach fünfzehn Uhr. Das ungute Gefühl in ihrer Magengegend wurde immer lauter. Sollte sie den Wagen wieder starten und nach Hause fahren? Doch irgendetwas sagte ihr, dass sie mit Jean reden musste. Sie musste ihm klarmachen, dass sie ihn verstand und dass sie vielleicht etwas überreagiert hatte. Vom Mut gepackt, stieg Julie aus, überquerte die Straße und drückte die Klingel. Es dauerte einen Moment, bis Jeans Stimme ertönte.

»Ja?«

»Jean, ich bin es, Julie.« Sie brauchte sich nicht weiter zu erklären, da betätigte er schon den Türsummer. Sie eilte die Treppen hinauf ins Dachgeschoss und fand wieder eine angelehnte Tür vor. Sie klopfte zaghaft, trat ein und schloss sie hinter sich.

»Jean?«, rief sie in die Wohnung, und plötzlich tauchte er im Türrahmen zum Wohnzimmer auf. Stumm musterte sie ihn und stellte überrascht fest, dass er schlichte Jeans und ein schwarzes Shirt trug. Er wirkte gleich viel jugendlicher und normaler, nicht wie der harte, kalte Geschäftsmann, den Julie schon so oft erleben musste. »Du siehst gut aus. Jeans und T-Shirt stehen dir.«

»Wolltest du mich nicht eigentlich nie wiedersehen?«, fragte er mit leiser Stimme.

»Ja, eigentlich«, erwiderte sie unsicher. »Ich muss aber mit dir sprechen.«

»Möchtest du in Paris bleiben?«

Sie schüttelte mit dem Kopf. »Nein, ich fahre morgen nach Hause.«

»Okay.«

»Es ist so… Ich habe dich vorhin auf dem Friedhof gesehen.«

»Du warst das? Ich wusste, ich habe jemand im Augenwinkel gesehen.« Jeans Blick verfinsterte sich merklich.

»Ich war zufällig da. Es gibt in der Nähe des Friedhofs ein ruhiges Fleckchen, an das ich mich gern zum Nachdenken zurückziehe. Ich wollte Erinnerungsbilder machen«, erklärte sie.

»Und als du mich gesehen hast, hast du mir nachspioniert?« Die Barriere, die Jean gerade begann aufzubauen, wuchs weiter.

»Ich wollte dir nicht nachspionieren, aber ich verstehe jetzt besser, warum du dich so verhältst.«

»Also hast du doch spioniert?«

»Jean, warum konntest du mir nicht sagen, dass… Ich weiß, wie du dich fühlst.«

»Du weißt überhaupt nichts«, zischte er verächtlich und drehte sich von Julie weg. Er ging ins Wohnzimmer und lehnte sich auf das Fensterbrett, während er wütend nach draußen sah. Julie hatte überhaupt keine Ahnung, wie er sich fühlte. Niemand hatte ihn je verstanden.

Wie versteinert stand Julie vor der Eingangstür und wusste nicht, ob sie besser gehen oder Jean folgen sollte. Sie entschied sich für die zweite Option, auch wenn sie vermutlich alles schlimmer machen würde, als es ohnehin schon war.

»Jean …«

»Nein!«, schrie Jean und fuhr wütend herum. »Ich finde es zum Kotzen, dass du in meinem Privatleben rumschnüffelst. Du selbst hast entschieden, diesen Artikel über mich nicht zu schreiben, und trotzdem sammelst du dir deine Informationen zusammen. Was möchtest du machen, wenn du die ganze Geschichte kennst? Sie in deinem Blog veröffentlichen? Möchtest du dir damit deine Abonnenten zurückholen und Marie begeistern? Vielleicht ist es nur ein Vorwand, dass du zu deinen Eltern zurückgehst? Wirklich, Julie, du hast deutlich klargemacht, dass es besser ist, wenn wir nichts mehr miteinander zu tun haben, aber trotzdem folgst du mir auf den Friedhof. Das ist geschmacklos.«

»Jean, es tut mir leid.« Ihre Wangen begannen zu glühen und ihre Augen zu brennen. Seine Worte verletzten sie viel tiefer, als sie dachte. »Ich möchte deine Geschichte nicht in meinem Blog veröffentlichen. Er existiert schon gar nicht mehr. Ich bin hergekommen, weil ich …«

»Ich will es nicht wissen.« Jeans Wut über das Eindringen in seine Privatsphäre war viel größer als der Verlustschmerz, den er nach dem missglückten Essen gespürt hatte. Er mochte Julie nach wie vor, und er würde sich jedes Mal wieder für sie einsetzen, doch sie war einen Schritt zu weit gegangen. Sie hatte sein Geheimnis erfahren, und das nicht von ihm selbst, sondern weil sie ihre Nase in fremde Angelegenheiten gesteckt hatte. »Du widerst mich an«, sagte er und versetzte Julie damit den finalen Stoß.

Julie gehörte nicht zu den Menschen, die sich leicht aus der Fassung bringen ließen. Sie schrie selten. Manchmal gab es jedoch Menschen, die selbst ihr gutes Gemüt verletzten. Menschen wie Jean, die erst sprachen, bevor sie nachdachten.

»Ich widere dich an?« Julies Stimme klang so fest wie noch nie. »Du widerst mich an, Jean, weil du mich nicht aussprechen lässt. Ich versuche die ganze Zeit, dir etwas zu erklären, aber du blockst mich ab. Du hörst nur das, was du hören willst. Ja, ich bin in deine Privatsphäre eingedrungen, und es tut mir leid, aber ich verstehe dich trotzdem besser als jeder andere. Auch ich habe einen wichtigen Menschen verloren! Erinnerst du dich an Silvester? Und noch heute mache ich mir Gedanken, ob ich es nicht hätte verhindern können. Bilde dir nicht ein, dass du der einzige Mensch auf der Welt bist, der einen Verlust hinnehmen musste. Du bist nur einer von vielen.« Wütend drehte Julie ab und verließ die Wohnung mit einem lauten Knall.

Jean sah auf die Haustür, und auf einmal kehrten die Worte des Silvesterabends in sein Gedächtnis zurück.

»Ich habe vor ein paar Jahren an Heiligabend einen sehr wichtigen Menschen verloren. Kennen Sie das Gerücht, dass es mit den Jahren besser werden und nicht mehr ganz so wehtun soll? Das ist eine bösartige Lüge. Es tut mit jedem Jahr mehr weh.«
»Ich weiß.«

Wie hatte er es nur vergessen können?

Er stürmte aus seiner Wohnung, hetzte die Treppenstufen nach unten und rannte schnell über die Straße. Julie war gerade in ihren Wagen eingestiegen und wischte sich die Augenwinkel trocken. Sie weinte. Das wollte er nicht. Ohne nachzudenken, öffnete Jean die Beifahrertür und setzte sich neben sie.

»Es tut mir leid.« Julie sah ihn ausdruckslos an.

»Steig aus!« Ihr enttäuschter Blick traf ihn wie tausend Messerstiche.

»Nein. Lass uns reden. Jetzt und hier. Bei dir zu Hause. Oder komm noch einmal mit nach oben. Bitte.«

»Nein. Ich fahre zu meinen Eltern. Jetzt sofort. Steig aus!« Julie kämpfte mit aller Macht gegen die Tränen an, doch sie war nicht stark genug.

»Nein.«

»Okay«, sagte sie mit leiser Stimme und startete den Wagen. »Du willst reden? Dann haben wir jetzt vier Stunden Zeit zum Reden.«

Vierzehn

In rasantem Tempo lenkte sie das Auto durch die Pariser Straßen aus der Stadt hinaus. Julie wusste nicht, was sie zu dieser Kurzschlussreaktion geführt hatte, sie wusste nur, dass jetzt der richtige Moment war, Paris zu verlassen. Sie konnte nicht mehr. Sie war es leid, dass diese Stadt all diese schrecklichen Dinge geschehen ließ und all diese furchtbaren Worte offenbarte, die niemals hätten gesagt werden müssen.

»Julie, das ist jetzt nicht dein Ernst?« Jean wirkte überrascht. Er hätte niemals damit gerechnet, dass sie wirklich einfach losfahren würde. »Fahr bitte langsamer.« Julie beschleunigte das Tempo auf der Landstraße, und Jean sah stumm nach vorn. Natürlich hörte sie nicht auf ihn. Warum sollte sie auch? Er hatte es total vermasselt. »Julie, halt an.« Ihr rechter Fuß drückte das Gaspedal weiter durch. »Julie, bitte halt an!«

Sie schwieg. Die Tachonadel stieg auf hundertdreißig Kilometer pro Stunde. Julies Enttäuschung verpuffte mit jedem Meter, den sie zwischen sich und Paris brachte. Jetzt war sie nur noch wütend.

Wütend auf Marie, die sich kaufen ließ.

Wütend auf Jean, der nicht nachdachte und sich als Opferlamm präsentierte, nur weil sie sich Gedanken um ihn gemacht hatte.

Aber vor allem war sie wütend auf sich selbst, weil sie so dumm gewesen war, überhaupt zu glauben, sie könnte es in Paris schaffen. Überhaupt nichts hatte sie geschafft.

Julies Miene verfinsterte sich weiter, während Jean langsam unruhig wurde. Sie schien außer sich, wie in einer Art Ohnmacht, die sie erfasst hatte und die sie nicht klar denken ließ.

»Julie, halt endlich an. Verdammt!«, schrie er plötzlich.

Sie kam zu sich und drückte erschrocken auf die Bremse. Mit quietschenden Reifen kam sie auf einer verlassenen Landstraße außerhalb von Paris zum Stehen und sah Jean ängstlich an, bevor sie den Blick starr auf ihr Lenkrad richtete und Tränen in ihren Augen aufstiegen.

»Es tut mir leid… Ich wollte nicht…«, stammelte sie und krallte sich mit beiden Händen fest in das Lenkrad. »Wir sollten vielleicht zurückfahren… Ich habe überhaupt keine Sachen mit und… und du kannst ja nicht…«

»Julie, hey…« Jean nahm vorsichtig ihre rechte Hand vom Lenkrad und drückte sie behutsam. »Komm, steig aus. Ich fahre.« Julie nickte, stieg aus und wechselte mit Jean die Seiten. Sie schnallte sich an, während Jean es ihr gleichtat und weiterfuhr. Irritiert darüber, dass er nicht umdrehte, sah sie ihn an.

»Du fährst in die falsche Richtung.«

»Nein, wir müssen wirklich dringend reden. Außerdem wolltest du zu deiner Familie, also fahren wir zu ihnen.« Jeans Lippen umspielten ein sanftes Lächeln.

»Aber musst du nicht…«

»Kümmere dich nicht um mich. Mir tut es leid, was ich vorhin gesagt habe. Ich habe vergessen, was du mir Silvester erzählt hast. Ich habe überhaupt nicht dran gedacht, dass du auch jemanden verloren hast.«

»Ich habe mir einfach Gedanken gemacht, nachdem ich das Grab gesehen habe. Ich bin nicht zu dir gekommen, um dir unter die Nase zu reiben, dass ich dein Geheimnis kenne, sondern weil ich weiß, wie man sich fühlt. Du weißt, dass ich niemals über jemanden schreiben würde, der mich nicht ausdrücklich darum bittet.« Julie knetete nervös ihre Hände.

»Das weiß ich, Julie, ich habe einfach in diesem Augenblick schwarzgesehen. Ich kann mich nicht beherrschen, wenn es um meine Schwester geht. Entweder verschließe ich mich komplett, oder ich drehe völlig durch. Dieses Geheimnis bringt mich völlig um den Verstand, deswegen wollte ich unbedingt mit jemandem darüber sprechen. Vielleicht war es doch Schicksal, dass gerade du diejenige warst, die ich mir herausgesucht habe.«

»Und doch wird es diesen Artikel niemals geben.«

»Es muss diesen Artikel wirklich nicht geben. Ich kann auch ohne ihn mit dir über Béatrice sprechen. Du hast recht, niemand würde mich besser verstehen als du.«

»Ja.«

Dann trat Stille im Wagen ein. Eine Stunde waren sie bereits unterwegs, und es begann langsam zu dämmern. Julie wandte ihren Blick wieder von Jean ab und sah aus dem Fenster. Häuser und Menschen zogen an ihr vorbei, ebenso verschneite Bäume und weiße Felder. Paris entfernte sich immer weiter, während Julie erstmals realisierte, dass sie einen Mann, den sie selbst kaum kannte, mit nach Hause bringen würde. Ihre Mutter würde vermutlich ganz aus dem Häuschen sein, während ihr Vater skeptisch wäre und ihre beiden Schwestern gackernd über Silvester sprechen würden. Es war eine merkwürdige Situation, die sie meistern musste, wobei erschwerend hinzukam, dass niemand wusste, dass Julie auftauchen würde. Niemand hatte auch nur die geringste Ahnung, dass sie bereits in wenigen Stunden mit einer ziemlich attraktiven Begleitung vor der Tür stehen würde.

* * *

Nachdem die halbe Strecke zurückgelegt war, unterbrach Jean die Stille.

»Sollen wir an der nächsten Raststätte eine Pause machen? Ich bekomme langsam Hunger.«

»Gern. Ich kann die restlichen zwei Stunden auch fahren, wenn du möchtest? Du siehst erschöpft aus.«

»Mindestens genauso erschöpft wie du. Das restliche Stück schaffe ich jetzt auch noch. Außerdem bin ich lange nicht mehr selbst gefahren.« Jean drückte auf das Gaspedal und fuhr kurz darauf auf den Parkplatz der nächsten Raststätte, die nach wenigen Kilometern in der Dunkelheit erschienen war. Er hielt an, stellte den Motor ab und löste den Sicherheitsgurt.

»Soll ich dir etwas zu Essen mitbringen?«, fragte er fürsorglich.

»Nein, ich habe keinen Hunger.«

»Wann hast das letzte Mal etwas gegessen?«

»Heute Morgen ein imposantes Frühstück im Café Le Dôme. Dagegen hätte dein Le Bristol einpacken können«, sagte sie, und ein spitzbübisches Lachen umspielte ihre Lippen.

»Ich bringe dir trotzdem etwas mit.« Er stieg aus und verschwand in die Dunkelheit.

Julie lachte leise auf, öffnete ihre Autotür und stieg aus, um sich die Beine zu vertreten und etwas frische Luft zu schnappen.

Wenn ihr jemand am Morgen dieses Tages gesagt hätte, dass sie am Abend mit Jean-Alain Voltaire an einer Raststätte irgendwo im Nirgendwo stehen würde, hätte sie diese Person wohl ausgelacht. Vielleicht fanden sie beide auf irgendeiner völlig verdrehten Ebene doch zusammen. Vielleicht musste sie ihm einfach nur eine Chance geben, sich langsam zu öffnen, und durfte ihn nicht immer wieder dazu drängen. Wenn Jean ihr die ganze Geschichte erzählen wollte, würde er es machen. Schließlich hatte er den Wagen nicht gewendet und war nicht zurückgefahren. Er ließ sich auf ein Abenteuer in einem abgeschiedenen kleinen Dorf in der Bretagne ein. Warum also, wenn es nicht doch eine besondere Verbindung zwischen ihnen gab?

Julies Gedanken wurden unterbrochen, als Jean hinter ihr auftauchte und sich neben sie an das Auto lehnte.

»Ein schöner Abend, nicht? Der Himmel ist ganz klar, man sieht sogar mal wieder ein paar Sterne.«

Julie sah in Jeans funkelnde Augen. Seit sie unterwegs waren, wirkte er befreit und nicht so angespannt wie in der Firma oder bei ihrem Essen.

»Ich habe ein Käsebaguette für dich. Ich hoffe, das ist in Ordnung?«

»Ja, danke«, sagte Julie, nahm die Papiertüte und bemerkte erst jetzt das leichte Grummeln in der Magengegend.

Stumm lehnten die beiden am Auto unter dem romantischen Sternenhimmel und aßen ihr Baguette, bis Jean nach einer Weile fragte: »Weiß deine Familie, dass wir kommen?«

»Nein.« Julie nahm einen weiteren Bissen und kaute genüsslich.

»Willst du ihnen nicht Bescheid geben?« Kauend schüttelte sie mit dem Kopf. »Aber sollen sie nicht wissen, dass ich mit dir mitgekommen bin?«

»Das werden sie schon früh genug erfahren.«

»Erzähl mir etwas über deine Familie«, bat Jean, und Julie sah lächelnd zu ihm. Sie knüllte die Papiertüte in der Hand zusammen und warf sie elegant in den Mülleimer, der nicht weit neben ihnen stand.

»Meine Mutter ist eine großartige Frau. Sie ist der herzlichste und unvoreingenommenste Mensch, den ich in meinem ganzen Leben je kennenlernen durfte. Mein Vater wird skeptisch sein, aber sicher findet ihr ein gemeinsames Thema.«

»Du willst mir nicht zufällig verraten, welches das sein könnte?«

»Nein, nicht unbedingt. Meine beiden Schwestern kennst du ja schon vom Sehen. Sie werden ohne Pause auf Silvester herumreiten und uns in Verlegenheit bringen. Ich habe, ehrlich gesagt, schon ein bisschen Angst davor.«

»Das klingt durchaus nach einer Gefahrenquelle«, sagte Jean lachend.

»Oh ja. Sollen wir weiterfahren?« Jean nickte, und die beiden stiegen ein, bereit, die letzten Kilometer hinter sich zu bringen.

*　*　*

»*J*ulie, wach auf, wir sind da.« Leicht benommen kam Julie zu sich, gähnte leise und richtete sich verschlafen auf. Sie blickte sich um, erkannte durch die Dunkelheit allerdings nicht viel.

»Welches Haus ist es?«

Julie versuchte sich zu orientieren und rieb sich die Augen. »Das kleine, dort links, wo das Licht brennt. Halt einfach vor der Einfahrt.«

Jean lenkte den Wagen vor die winzige Hofeinfahrt und scannte dabei die Gegend mit einem faszinierten Blick. Zwischen Paris und Saint-Suliac lagen Welten. Paris war quirlig, laut und hell. Saint-Suliac hingegen still, historisch und dunkel.

Julie stieg aus, und Jean folgte ihr. Er musterte das kleine Steinhaus, das einen rustikalen und doch sehr gemütlichen Eindruck auf ihn machte. Das Haus stand nicht im Kern des Örtchens, sondern am östlichen Rand in der Nähe eines dichten Waldes, was seinen Charme noch einmal unterstrich. Jean war fasziniert und fühlte sich schlagartig wohl. Er freute sich darauf, Julies Familie kennenzulernen. Wie würden ihre Eltern ihn wohl aufnehmen? Obgleich er oft den harten Geschäftsmann gab, plagten auch ihn gelegentlich Zweifel, wie er auf sein Gegenüber wirken musste. Er fühlte sich wie vor dem ersten Treffen mit den Schwiegereltern, dabei waren er und Julie nicht einmal ein Paar, nicht einmal Freunde, sondern nur Bekannte.

Fünfzehn

»Habt ihr das gerade gehört?« Jané Renouard sah ihre beiden ältesten Töchter skeptisch an und warf einen Blick auf die Uhr. 21.02 Uhr.

»Nein, was denn?« Élise schüttelte den Kopf, und auch Madlaine zuckte nur mit den Schultern.

»Ich dachte, ich hätte ein Auto gehört.« Jané nippte an ihrer Teetasse.

»Maman, du hörst Gespenster«, sagte Madlaine lachend und wurde von dem Klingeln der Haustür unterbrochen. Jané sah ihre Töchter prompt mit einem »Ich hab es euch ja gesagt«-Blick an und stand auf. Leicht irritiert ging sie zur Haustür und öffnete diese, während sie sich fragte, wer um diese Zeit an ihrer Tür läutete. Jané traute ihren Augen nicht, als sie ihre Jüngste entdeckte.

»Julie, was machst du denn hier?« Sofort schloss die Mutter ihre Tochter in den Arm und presste sie fest an sich. So lange hatten sie sich nicht gesehen. Jané küsste sie immer wieder auf die Wange, betrachtete sie und drückte sie wieder an sich. Sie hatte Julie schrecklich vermisst.

»Maman, ich bin nicht allein hier«, murmelte Julie, und Jean trat aus der Dunkelheit in den warmen Hausflur. Sofort verschlug es Jané die Sprache, als sie den attraktiven Mann an der Seite ihrer Tochter sah. Sollte es möglich sein, dass …

Jané wagte es nicht, weiterzudenken.

»Das ist Jean-Alain Voltaire, Chef der Marketingfirma Sourire.«

»Der junge Mann, mit dem du das Interview führen solltest?« Julie nickte, während ihre Mutter die Augen nicht von ihrem attraktiven Begleiter losreißen konnte.

»Bonsoir, Madame Renouard, es freut mich, Sie kennenzulernen.«

»Es freut mich auch, Sie kennenzulernen, Monsieur Voltaire. Ich habe schon viel von Ihnen gehört.« Jané umarmte ihn sofort gastfreundlich.

»Ich hoffe doch, nichts Schlechtes?« Jané Renouard schüttelte den Kopf, während ihre beiden älteren Töchter neugierig in den Flur kamen. Mit einem verschwörerischen Grinsen auf den Lippen und vor der Brust verschränkten Armen sahen sie erst Jean und dann Julie an und nickten sich selbst am Ende wissend zu.

»Sie sieht ihn vermutlich nie wieder, hat sie gesagt.« Madlaine nickte zustimmend.

»Wie oft hat sie wohl mittlerweile an seinen Lippen gehangen?« Élise überlegte angestrengt.

»Am Tag mindestens zehn Mal, und das in einem Monat. Da kommt schon ein nettes Sümmchen zusammen.«

»Haltet die Klappe«, zischte Julie verlegen, und ihre Wangen färbten sich tiefrot. »Jean, das sind Madlaine und Élise, du wirst sie nur kurz kennenlernen, morgen früh sind sie leider tot.«

Jean lachte herzlich. »Dann bin ich ja froh, dass ich euch noch kennenlernen darf.« Er begrüßte die jungen Frauen jeweils mit einem Küsschen auf die Wange, das sie schlagartig ruhig werden ließ.

»Nettes Parfüm«, sagte Madlaine schwärmerisch und räusperte sich schnell. »Habt ihr Sachen mit? Sollen wir euch etwas helfen?«

»Nein, ehrlich gesagt, haben wir überhaupt gar nichts mit. Es ist eine lange Geschichte«, erwiderte Julie und tauschte einen Blick mit Jean. »Maman, hast du vielleicht ein paar Sachen von Papa für Jean? Wo ist er überhaupt?«

»Er schläft schon. Er war den ganzen Tag mit deinem Großvater unterwegs. Ich habe keine Ahnung, was die beiden getrieben haben, aber es muss anstrengend gewesen sein. Ich gehe sofort nachsehen, ob ich ein paar Sachen finde. Setzt euch doch endlich ins Wohnzimmer.« Behutsam schob Jané die jungen Leute aus dem Flur und lächelte zufrieden.

* * *

»Ich glaube, ich lege mich hin«, sagte Julie leise gähnend und trank den letzten Schluck ihres Tees.

»Wo soll ich eigentlich schlafen?« Jean sah Julie fragend an.

»Ich zeige es dir, komm einfach mit. Schlaft schön.«

»Kommst du wieder her, oder legst du dich auch hin, Jean?« Élise und Madlaine, die Jean seit zwei Stunden bei einem guten Rotwein mit Fragen gelöchert hatten, sahen den jungen Geschäftsmann hoffungsvoll an.

»Ich trinke meinen Wein noch aus.« Er lächelte die beiden an. Julie war ihren Schwestern sehr ähnlich, auch wenn er glaubte, dass sie in einigen Situationen viel emotionaler reagieren würde als Madlaine oder Élise. Doch um Vergleiche zu ziehen, kannte er alle drei noch zu wenig.

Jean folgte Julie, die ihn die Treppe in den ersten Stock nach oben führte und eine Zimmertür öffnete. Jean trat ein und staunte nicht schlecht.

Julies ehemaliges Jugendzimmer war ein großer Raum, der in Weiß gehalten war und durch seine violetten Akzente hervorstach. Der Traum einer jeden jungen Frau und dabei nicht zu kitschig, sondern überraschend erwachsen und stylish. Das Zimmer war optisch in drei Bereiche geteilt. In einen Schlafbereich mit gemütlichem Bett, einen Arbeitsbereich mit Schreibtisch und Regalwand und einem kleinen Wohnbereich, bestehend aus einer Couch und zwei Sitzsäcken. Von außen machte das Haus einen kleinen Eindruck, doch jeder Raum, den Jean bisher gesehen hatte, war viel größer, als er vermutet hatte.

»Die Couch gehört dir. Maman hat schon eine Decke und ein Kissen hingelegt. Die Sachen liegen auf dem Sitzsack. Wenn du das Badezimmer suchst, es ist der Raum links neben meinem Zimmer. Meine Schwestern haben ihr Reich auf dem ausgebauten Dachboden, und das Schlafzimmer meiner Eltern ist am Ende des Gangs. Wenn du noch etwas trinken möchtest, lass dir von den beiden Hühnern unten zeigen, wo alles steht«, plapperte Julie drauflos, ohne richtig Luft zu holen. Sie wollte schnell wieder allein sein. In den wenigen Stunden, die sie nun wieder in ihrem Elternhaus war, hatte sie erst richtig realisiert, was es bedeutete, aus Paris weggegangen zu sein.

»Ist alles in Ordnung bei dir?« Jean lege den Kopf leicht schief und sah ihr genau in die Augen.

»Ja, ich bin nur erschöpft. Ich habe vorhin mit meinen Freunden in Paris telefoniert. Eigentlich wollten wir morgen noch einmal zusammen frühstücken.« Julie senkte den Kopf. Sie bereute es, so überstürzt abgereist zu sein. Sie hatte nicht einmal das Wichtigste dabei. Sie hatte überhaupt nichts, außer ihrem Handy, auf dem sich ein paar nichtssagende Bilder befanden, und ihren Erinnerungen an die letzten Wochen, die zu ihrer persönlichen Hölle geworden waren.

»Hätte ich umdrehen sollen?«, fragte Jean besorgt, der Angst hatte, Julie würde ihn vielleicht für ihre Gefühle verantwortlichen machen.

»Nein, ich hätte vielleicht überhaupt nicht zu dir kommen sollen.« Seufzend ließ sie sich auf ihr Bett fallen und schlug die

Hände vor das Gesicht, um sich die brennenden Augen zu reiben. In ihrem Inneren tobte ein Sturm kontroverser Gefühle.

»Dann würden wir nicht miteinander sprechen, Julie.« Er setzte sich neben sie und legte ihr vorsichtig eine Hand auf den Rücken. Julie durchzogen sofort Tausende kleine Nadelstiche. Sie sah auf und verfing sich mal wieder in den wunderschönen grünblauen Augen, die ihr beinahe den Verstand raubten.

»Aber sprechen wir denn miteinander, Jean? Oder deuten wir immer nur an und klären nie, was uns bedrückt?« Es war ein stummer Angriff gegen ihn, aber auch gegen sich selbst. Er sprach nicht über seine Schwester, das akzeptierte sie, aber es bereitete ihr Bauchschmerzen. Seit über einem Monat begegnete sie diesem Mann immer wieder mehr oder weniger zufällig. Sie fühlte sich zu ihm hingezogen und wusste die merkwürdigen Gefühle ihm gegenüber nicht einzuordnen. Sie teilten beide das gleiche Schicksal, doch wirklich offen zueinander waren sie nicht. Sie versteckten sich hinter ihren Verlusten und ließen die Zeit verstreichen. Die Minuten und die Stunden zogen an ihnen vorbei. Mal kamen sie sich wieder näher, mal verloren sie den Halt und konnten sich gegenseitig nicht retten.

»Julie, manchmal muss man erst schweigen, um zu verstehen.«

»Aber ich verstehe nicht, Jean. Ich weiß nicht, was das zwischen uns ist oder was es nicht ist. Wir haben beide viel erlebt, und wir haben die Chance, darüber zu sprechen, und tun es doch nicht. Ich möchte einfach nur wissen, ob es an mir liegt, ob du mir nicht vertraust, weil ich ...«

»Julie.« Jean zog sie fest an sich und schüttelte den Kopf. »Ich vertraue dir, das musst du mir bitte glauben. Lass uns morgen endlich in Ruhe über alles sprechen.« Julie nickte, wusste in diesem Moment allerdings genau, dass es nicht dazu kommen würde. »Ich werde schnell meinen Wein austrinken gehen. Soll ich dir noch etwas von unten mitbringen?« Julie schüttelte zaghaft mit dem Kopf, und Jean strich ihr noch einmal liebevoll über den Rücken. »Bis gleich.«

»Bis gleich«, flüsterte sie und schluckte die Tränen ein weiteres Mal hinunter.

* * *

*J*n ihren Gedanken versunken lag Julie eine Stunde später noch immer wach in ihrem Bett und starrte an die dunkle Zimmerdecke. Jean lag ebenfalls schlaflos auf der Couch und lauschte Julies gleichmäßigem Atmen.

Julie drehte sich leise Richtung Wand und seufzte kaum hörbar. Ihre Gedanken galten Paris. Hätte sie gewusst, dass ihre eigene Entscheidung sie derart aus der Bahn werfen würde, wäre sie geblieben. Doch was hätte sie ausrichten können? Tag und Nacht im Café Le Dôme kellnern, um gerade so die Miete bezahlen zu können? Das war nicht die Zukunft, die Julie sich wünschte.

Die Tränen brannten schmerzhaft in ihren Augen, doch sie wollte nicht weinen. Nicht wenn Jean nur wenige Meter von ihr entfernt lag und es vielleicht mitbekommen konnte. Sie klammerte sich fest in ihr Kissen und atmete wieder und wieder tief durch. Sie durfte jetzt nicht weinen.

Doch es war Jean längst aufgefallen, dass etwas nicht stimmte. Er warf die Decke zurück, ging auf nackten Füßen leise durch das Zimmer und setzte sich auf ihre Bettkante. Mit einem gezielten Griff zog er Julie zu sich, lehnte sich an die kühle Wand und wickelte die Decke um sie beide.

»Es ist keine Schande, zu weinen«, flüsterte er und strich ihr vorsichtig durch die Haare.

In diesem Moment brachen Julies Dämme, und die Tränen liefen wie kleine Sturzbäche über ihre Wangen. Sie klammerte sich fester an ihn, krallte sich in seine Brust, während die andere Hand nach Halt suchend seine Schulter griff. Julie legte ihren Kopf auf Jeans Brustkorb, der sich gleichmäßig hob und senkte, was sie augenblicklich beruhigte. Etwas fester umklammerten seine starken Arme ihren schwachen Körper. Sie waren sich so nah. Nähe, die Julie in diesem Moment mehr brauchte denn je.

»Ist es, weil ich dir nicht alles erzähle? Ich möchte nicht, dass du wegen mir weinst.« Jean strich in rhythmischen Bewegungen über ihre Haare.

»Nein, es ist nicht wegen dir. Ich fühle mich gerade so schwach, weil ich kampflos aufgegeben habe. Es ist alles so endgültig. Ich hätte Paris niemals verlassen dürfen. Es war doch immer unser Traum.«

»Warum gerade diese Stadt? Ich bin in Paris geboren, ich weiß nicht, welchen Zauber die Stadt auf andere Menschen hat. Mich verzaubert zum Beispiel dieses wunderschöne Örtchen, weil es das genaue Gegenteil von Paris ist. Du siehst die Schönheit nicht mehr so detailreich wie ich, weil du hier aufgewachsen bist. Verstehst du, was ich meine?«, fragte er und drückte sie noch etwas enger an sich.

»Ich verstehe, was du meinst. Paris war für mich schon seit meiner Kindheit ein Fixstern, eigentlich nicht nur für mich, sondern auch für jedes andere Mädchen, das ich kannte. Kennst du die Geschichte von Aurélie?«, flüsterte Julie und wischte sich die Augen trocken.

»Nein, leider nicht. Erzähl sie mir …«

»Nein, meine Mutter kann das viel besser als ich. Ich möchte nicht, dass dir auch nur der kleinste Funken Magie vorenthalten wird.«

»Dann werde ich deine Mutter danach fragen.«

»Diese Geschichte war der ganze Auslöser. Paris hat sich als Möglichkeit in unseren Köpfen festgesetzt, und plötzlich wollten wir schnell unser Studium hinter uns bringen, um endlich nach Paris gehen zu können.«

»Mit ›wir‹ meinst du wen?«, fragte er behutsam.

»Meine beste Freundin Zoé und mich.« Julie schluckte. Das war der Moment, in dem sie ihm ihr Geheimnis erzählen würde. »Sie kam vor drei Jahren an Heiligabend ums Leben. Wir wollten nur noch etwas spazieren gehen, ein bisschen Abstand von der Familie haben, vielleicht irgendwo noch etwas Kleines trinken. Zoé war den ganzen Abend ziemlich aufgedreht. Das war eigentlich nicht ungewöhnlich, sie war schon immer lebhaft gewesen, und trotzdem hätten meine Alarmglocken schrillen müssen. Wir sind dann in eine kleine Bar gegangen und haben etwas getrunken.« Julie brach kurz ab. Sie erinnerte sich an den Moment, der ihr unbeschwertes Leben völlig aus der Bahn werfen sollte.

»Julie, du musst nicht …«, versuchte Jean sie zu unterbrechen, weil ihm nicht entgangen war, dass sie begonnen hatte, zu zittern.

»Doch, ich muss. Ich habe die ganze Zeit bemerkt, wie ein Typ aus einer kleineren Gruppe sie immer wieder ansah. Zoé und ich waren beide Single zu der Zeit und auch nicht wirklich von Angeboten überrannt. Wir liebten es, zu flirten und unsere Grenzen zu testen, aber an diesem Abend hätten wir das nicht machen sollen. Zoé verstand sich gut mit ihm, während ich mir einen Cocktail nach dem anderen bestellte.« Die Tränen bahnten sich ihren Weg über Julies Wange. »Ich hätte an diesem Abend nichts trinken dürfen.« Julie verlor völlig die Fassung und gab sich ihren Tränen hin. Ein schmerzerfülltes Schluchzen nach dem nächsten erfüllte die nächtliche Stille. »Sie ist mit dem Typen mitgegangen, während ich nach Hause ging, weil ich so betrunken war. Wäre ich das nicht gewesen, hätte ich sie niemals mitgehen lassen. Ich hätte es verhindern können.«

»Hat er sie …?«

»Ja, er hat sie missbraucht und letztendlich umgebracht. Er hat sie wie ein altes Taschentuch in den Wald geworfen und liegen lassen. Und er ist damit davongekommen.« Jean spürte, wie Julie die Faust ballte und vor Wut erschüttert wurde. »Zoé hatte an diesem Abend Drogen genommen, deswegen war sie so aufgedreht. Er war ihr verdammter Dealer. Sie kannten sich. Sein Anwalt hat es so aussehen lassen, als wäre der Mord in Notwehr geschehen. Als hätte sie sich ihm an den Hals geworfen und wäre aggressiv geworden, als er ihr keine neuen Drogen geben wollte.«

»Julie, es tut mir so leid.«

»Am Tag des Gerichtsurteils habe ich angefangen, meinen Blog zu schreiben. Ich musste mich ablenken, und ich musste darüber schreiben. Kurz danach bekam ich einen anonymen Brief.« Julie löste sich leicht von Jean, griff in einer schnellen Bewegung zwischen Bettgestell und Wand und zog einen kleinen Umschlag hervor. Sie machte eine kleine Nachttischlampe an und gab ihn Jean. Dieser sah sie nur fragend an, öffnete aber kurz darauf den Umschlag und las die wenigen Worte: *Es tut mir leid.*

»Danach habe ich mir geschworen, den Traum für uns beide lebendig werden zu lassen. Danach wollte ich erst recht nach Paris. Ich habe mein Studium beendet, habe mich ausführlich um meinen Blog gekümmert und habe währenddessen das Angebot von *Élémentaire* erhalten. Es lief perfekt.«

»Ich habe die *Élémentaire* schon vor einigen Jahren abonniert, aber irgendwie hat immer die besondere Nuance gefehlt. Und dann habe ich deinen ersten Artikel gelesen, über die junge Frau, die nur knapp einer Brandkatastrophe entkommen ist, weil ihr Hund ohne ersichtlichen Grund über die Terrasse abgehauen ist. Erinnerst du dich?«

»Wie könnte ich es jemals vergessen. Ich war so nervös, aber Ellá war einfach bezaubernd.« Ein erschöpftes leises Gähnen entwich Julie, und sie lehnte sich wieder an Jean. »Sie hat es mir wirklich leichtgemacht, einen guten Artikel zu schreiben.«

»Dein Artikel hatte endlich das besondere Etwas, das mir die ganzen Jahre gefehlt hat.«

»Aber das hatte offensichtlich keinen Wert«, flüsterte sie mit müder Stimme. »Weißt du, was das Schlimmste ist? Dass ich bereits nach einem Jahr alles ruiniert habe. Ich habe nicht nur meinen Traum ruiniert, ich habe auch Zoés Traum ruiniert. Ich bin eine absolute Versagerin.« Den letzten Satz verschluckte sie beinahe.

»Das bist du nicht, Julie. Du gehst als Gewinnerin aus der Sache hervor, auch wenn dir das vielleicht im ersten Moment nicht klar ist.« Julie gab ihm keine Antwort. »Julie?« Sie reagierte nicht, und auf Jeans Lippen zeichnete sich ein liebevolles Schmunzeln ab. Sie war eingeschlafen. Gleichmäßig hob und senkte sich Julies Brustkorb. Jean löschte das Licht, legte sich vorsichtig hin, ohne Julie loszulassen, und schloss selbst auch die Augen.

Sechzehn

Ein leises Gähnen entwich Jean, als er am nächsten Morgen wach wurde und sich vorsichtig auf die Seite drehte. Nachdem er Julie getröstet hatte und sie erschöpft eingeschlafen war, hatte es auch bei ihm nicht mehr lange gedauert, bis er in einen erholsamen Schlaf fiel. Er streckte sich leicht, löste sich vorsichtig von Julie und stand auf. Er nahm die Sachen, die Julie und ihre Mutter ihm auf dem kleinen Tisch bereitgestellt hatten, und verschwand leise im Bad, wo er sich zuerst eine angenehme Dusche gönnte. Er genoss es, wie das warme Wasser über seinen Körper rann und all die Anspannungen mit sich nahm. Er hielt sein Gesicht unter den Duschkopf und rieb sich die Stirn.

Jean wusste nicht, was ihm dieser Tag bringen würde. Julie forderte Antworten, und er konnte sie verstehen, aber gegen Julies Vergangenheit war seine Verlustgeschichte nahezu unwichtig. Seine Geschichte zog nur weitere soziale Kreise als ihre.

Jean stellte das Wasser ab und stieg aus der Dusche. Er wusste nicht, wie er nun mit Julie umgehen sollte. Es ging alles zu schnell, und er drohte daran zu ersticken. Die Gefühle, die er hatte, wenn er in Julies Nähe war, kannte er bisher nicht. Er wusste sie nicht zu deuten, und vielleicht wollte er das auch noch nicht. Vielleicht brauchten sie ein bisschen Abstand voneinander. Vielleicht brauchte er Abstand, um sich über alles klar zu werden. Oberkörperfrei und nur mit einem Handtuch bekleidet, trat er vor den Spiegel und musterte sich einen

Moment. Seine Züge waren in den letzten Jahren kühl geworden, er lachte selten, zeigte kaum noch seine wahren Gefühle. Früher war er locker, sah in allem einen Spaß, nahm das Leben auf die leichte Schulter. Früher hatten seine Augen diesen besonderen Glanz, den er manchmal für einen kurzen Augenblick wiederentdeckte, wenn er mit Julie zusammen war. Doch diese Augenblicke reichten noch nicht aus, um ihn vollständig zu reanimieren. Sie gaben ihm noch nicht das, was ihm fehlte.

Jean trocknete sich ab und schlüpfte in eine schlichte schwarze Jeans und ein hellblaues Shirt. Nachdem er Zähne geputzt und seine Haare noch einmal mit dem Handtuch getrocknet hatte, verließ er das Badezimmer und ging die Treppe nach unten. Sofort stieg ihm der Duft von frischem Kaffee, warmen Brötchen und Croissants in die Nase. Jané wirbelte in der Küche umher und bemerkte Jean im ersten Moment nicht.

»Guten Morgen, Madame Renouard.«

»Jean, was für eine Freude, guten Morgen.« Jean betrat die Küche und sah Julies Mutter über die Schulter.

»Kann ich Ihnen helfen?«, fragte er.

»Erst einmal, ich bin Jané, schenken wir uns doch bitte die Förmlichkeiten. Und du könntest die Croissants auf den Tisch stellen und die Marmelade aus dem Kühlschrank holen. Schläft Julie noch?«

»Ja, es ging ihr gestern Abend nicht so gut. Sie war ziemlich fertig.«

»Julie lässt es sich meistens nicht anmerken, aber sie leidet wirklich. Im Moment tut es ihr gut, dass du hier bist, vielleicht weil sie mit dir ein Stück Paris mitnehmen konnte.«

»Wir sind manchmal wie Feuer und Wasser. Es ist so schwer einzuschätzen, was sie über mich denkt«, bemerkte Jean und seufzte.

»Julie war nicht immer so. Das musst du wissen. Hat sie

dir von Zoé erzählt?« Jané trocknete sich die Hände an einem Küchentuch.

»Ja, gestern Abend, und davon, dass Paris ihr gemeinsamer Traum war wegen irgendeiner Geschichte.«

»Die Geschichte von Aurélie.« Janés Lippen umspielte ein Lächeln.

»Würdest du sie mir erzählen?« Jean stellte die Croissants und die Marmelade auf den Tisch und lehnte sich an die Arbeitsfläche.

»Wenn du dich noch zwei Tage gedulden kannst, werde ich sie an meinem Geburtstag erzählen.«

»Ja. Die Geschichte bedeutet euch allen sehr viel, oder?«

Träumerisch sah Jané Richtung Bücherregal und nickte. »Ja, sie hat einen sehr hohen emotionalen Wert für mich und meine Familie. Ich habe Julie diese Geschichte erzählt, als sie noch klein war, und seit diesem Tag hat sie ständig von Paris gesprochen, weniger wegen der Liebe, sondern weil die Stadt sie einfach fasziniert hat. Sie hatte Zoé damals regelrecht damit angesteckt. Es war relativ schnell klar, dass sie nach ihrem Studium nach Paris gehen würde. Sie wollte es für Zoé, das haben wir immer akzeptiert. Und sie gehört einfach nach Paris. Julie würde hier nicht glücklich werden.«

»Erzählst du wieder diese alte Geschichte?«, brummte eine männliche Stimme aus dem Hintergrund. Hinter Jean tauchte ein schlanker Mann mit grau melierten Haaren auf, der ihn durch seine Brille skeptisch musterte. Sollte ihm, Claude Renouard, der fremde Mann in der Küche zu denken geben?

»Jean, das ist mein Mann Claude. Claude, das ist Jean-Alain Voltaire, ein Freund von Julie.«

»Es freut mich, Sie kennenzulernen«, nickte Jean, und auch Claudes Kopf bewegte sich kurz.

»Julie ist hier?« Claudes Augen weiteten sich, und ein hoffnungsvoller Ausdruck huschte über sein Gesicht.

»Ja, sie ist gestern Abend zusammen mit Jean gekommen. Du hast schon geschlafen, und wir wollten dich nicht wecken.«

»Wo ist sie denn?«

»Noch im Bett. Ihr geht es wirklich nicht gut, aber sie spielt es runter. Wie immer«, seufzte Jané, die sich ernsthafte Gedanken, um ihre Tochter machte. Es hatte lange gedauert, bis Julie nach Zoés Tod wieder ins Leben zurückfand, und sie spürte, dass es in manchen Situationen selbst nach so langer Zeit noch schwer für ihre Tochter war.

»Wir bekommen die Kleine schon wieder hin.« Im Gegensatz zu seiner Frau war Claude zuversichtlich, dass seine Tochter sich innerhalb der folgenden Tage wieder gut erholen würde. Er wusste, sie war eine Kämpferin und würde, ähnlich wie er selbst, sich nicht von einer kleinen Niederlage unterkriegen lassen.

* * *

Leicht benommen kam Julie zu sich und schlug ihre Augen auf. Grelles Licht blendete die junge Frau, während sie gleichzeitig ein Kälteschauer durchzog und sie sich fester in ihre Decke kuschelte. Wann war sie überhaupt eingeschlafen? Sie drehte sich auf die Seite und blinzelte leicht.

Sofort kam ihr der gestrige Abend wieder in den Sinn. Jean hatte sie getröstet, und er hatte ihr zugehört. Ihr Blick fiel auf den Umschlag auf dem Nachtschränkchen, und ihr Herz schlug unmittelbar schneller. Sie fühlte sich leichter, jetzt, wo er die ganze Geschichte kannte. Wenn sie so darüber nachdachte, war es aber auch nicht ihr Geheimnis, das zwischen ihnen gestanden hatte. Und wenn sie ehrlich war, kam es ihr albern vor, dass überhaupt etwas zwischen ihnen stand. Keiner hatte Anspruch auf den anderen und seine Geschichte, und trotzdem quälte es Julie, dass Jean nicht mit ihr sprach. Seufzend drückte sie ihr Gesicht in das Federkissen und hielt für einen kurzen Augenblick die Luft an. Sie war verwirrt, und ihre Gefühle waren völlig durcheinandergewirbelt. War es möglich, dass sie begann, Gefühle für Jean zu entwickeln, und deswegen alles über ihn wissen wollte? Oder glaubte sie nur, Gefühle zu entwickeln, weil sie an Silvester einen dieser besonderen magischen Momente erlebt hatten?

»Merde!«, fluchte Julie leise in ihre Kissen und raffte sich auf. Sie musste dringend herausfinden, was das zwischen Jean und ihr war oder was es werden könnte.

Julie warf die Decke zurück, stand auf und wühlte in ihrem Schrank nach einigen Sachen. Sie schlurfte leise gähnend ins Bad. Im Flur roch es bereits verführerisch nach Kaffee und frischen Croissants. Ein Geruch, für den Julie töten würde. Sie war dem süßen Gebäck in allen Varianten und Geschmacksrichtungen verfallen, in Kombination mit heißem Milchkaffee wurden sie einfach himmlisch.

Im Bad stellte Julie sich schnell unter die Dusche und wusch sich den Stress der letzten Wochen von ihrem Körper. Rhythmisch prasselte das Wasser auf ihre nackte Haut, während Julie sich leicht den Kopf massierte. Die letzte Nacht war nicht gerade die erholsamste gewesen, auch wenn es ihr guttat, dass sich jemand um sie kümmerte und ihr zuhörte. Julie massierte Shampoo in ihre Haare und spülte es gründlich wieder aus. Sie drehte das Wasser ab, stieg aus der Dusche und wickelte ihre Haare in ein Handtuch ein, bevor sie sich abtrocknete und anzog. Julie schlüpfte in eine blaue Jeans, zog ein Shirt mit Blumendruck an und darüber einen apricotfarbenen Cardigan. Nachdem sie Zähne geputzt und ihre Haare geföhnt hatte, verließ sie das Bad und ging die Treppe nach unten.

Schon von Weitem hörte sie Jean mit ihrer Mutter sprechen und beobachtete die beiden einige Sekunden vom Türrahmen aus. Mit einem Lächeln auf den Lippen betrachtete sie Jean, der erholt und glücklich aussah. Julie wusste nicht, wie lange er schon wach war, aber dem gedeckten Frühstückstisch nach zu urteilen, hatte er ihrer Mutter wohl unter die Arme gegriffen. Sie saßen am Tisch, tranken ihren Kaffee und unterhielten sich. Wenn Julie es nicht besser gewusst hätte, dann hätte sie geglaubt, Jean sei ein Bekannter aus der Nachbarschaft, der öfter mal zum Frühstück vorbeikam.

»Bist du in Paris geboren, Jean?«, erkundigte sich Jané.

»Ja, aber ich möchte nicht immer in Paris leben. Dank meines Jobs konnte ich schon so viele schöne Orte entdecken, dass ich glaube, Paris ist nur der Anfang.« Julie entdeckte ein unbekanntes Funkeln in Jeans Augen.

»An welchen Orten warst du überall schon?« Jané nippte an ihrem Kaffee.

»Los Angeles ist eine wunderschöne Stadt, mir aber zu hektisch. Die Umgebung ist dafür aber umso schöner. Ich spiele schon länger mit dem Gedanken, mir dort ein Ferienhaus zu kaufen, aber aus irgendeinem Grund habe ich das bisher hinausgezögert. Ich war auch schon in Kapstadt, ein Ort mit einer großartigen Landschaft, den ich aber mit der richtigen Frau an meiner Seite noch einmal besuchen möchte. Das komplette Gegenteil von L.A., aber ebenfalls nicht der Platz, wo ich den Rest meines Lebens verbringen wollen würde.«

»Norwegen hat auch eine großartige Landschaft. Wir waren oft dort, als die Kinder noch klein waren. Die Mädchen hatten Platz zum Spielen, sie konnten sich austoben, und wenn sie einen Elch sahen, war das absolut das Größte für sie. Doch mittlerweile reisen mein Mann und ich gar nicht mehr. Seit ich meinen Job in der Schneiderei verloren habe und mein Mann allein für alle anfallenden Kosten aufkommen muss, sind wir eigentlich ganz glücklich, das Haus hier zu haben. Und die Landschaft von Saint-Suliac ist traumhaft schön und abwechslungsreich.«

»Das stimmt, es ist wirklich wunderschön hier. So ähnlich stelle ich mir den Ort vor, an dem ich alt werden möchte. Im Sommer muss es großartig hier sein.«

»Das ist es wirklich. Du bist im Sommer wieder recht herzlich bei uns eingeladen.«

»Danke, Jané, auf dieses Angebot werde ich zurückkommen.«

Mit einem sanftmütigen Lächeln trat Julie aus ihrer Deckung hervor. Ihr entging nicht, wie Jeans Blick sich sofort veränderte. Das Funkeln verschwand merklich, die Mauer fuhr hoch, und Jean verschloss sich. Irritiert wandte Julie ihren Blick zu Boden, während sich ein ungutes Gefühl in ihrer Magengegend ausbreitete. Unweigerlich schwirrte ihr die Frage durch den Kopf, ob die letzte Nacht überhaupt etwas bewirkt hatte, ob sie sich überhaupt nähergekommen waren? Oder ob Jean nur der stille Zuhörer war, dem es völlig egal war, was sie gesagt hatte.

»Guten Morgen«, flüsterte sie leise, während in ihrem Kopf ein Sturm tobte. »Ist Papa schon wach?«

»Guten Morgen, mein Liebling. Ja, er telefoniert im Wohnzimmer mit deiner Großmutter wegen meines Geburtstags.«

Julie nickte und ging von der Küche aus direkt ins Wohnzimmer, ohne Jean anzusehen. Ihr Vater hatte gerade das Gespräch beendet und steckte das Telefon in die Ladestation, um dann zurück in die Küche zu gehen.

»Julie!«, rief er freudig aus und schloss seine Tochter sofort fest in die Arme.

»Ich habe dich vermisst«, sagte sie und lächelte wehmütig.

»Wir dich auch, Petite.« Claude löste sich von seiner Tochter und bemerkte ihre hängenden Mundwinkel und den trüben Ausdruck in ihren Augen sofort. »Was ist los, Kleines? Ist es wegen Paris oder wegen dieses schnöseligen Sunnyboys in der Küche, der deiner Mutter gerade den Kopf verdreht.«

»Beides, aber ich möchte nicht darüber reden.« Julie kniff die Augen zusammen.

»Du kannst jederzeit zu mir kommen, wenn du doch reden willst.«

Julie nickte. »Ich muss mir erst einmal Gedanken darüber machen, wie es weitergehen soll und welche Möglichkeiten ich habe.«

»Du bist eine Kämpferin, das warst du schon immer. Du wirst deinen Weg gehen.«

* * *

Jeans Wohnung war leer. Irritiert blieb sie im Wohnzimmer stehen und sah sich um. Irgendetwas stimmte hier nicht, das wusste sie ganz genau. Aber was war es?

Auf dem kleinen Couchtisch stand noch ein halb volles Glas Wasser, die Wohnungstür war nur zugeworfen gewesen und nicht abgeschlossen.

»Was geht hier vor sich?«, murmelte sie und ging in Jeans Arbeitszimmer. Verwirrt ließ sie sich auf den Bürostuhl sinken und sah den Computer an.

Die Überwachungskameras. Natürlich.

Sie fuhr den Computer hoch, tippte das Passwort ein und suchte nach den Aufnahmen der Überwachungskameras, die an den Eingangstüren angebracht waren. Sie wurde schnell fündig und öffnete die Aufnahmen des letzten Tages.

Als die ersten Stunden keinen erkennbaren Grund zeigten, warum Jean verschwunden war, gab sie schon fast die Hoffnung auf. Doch dann entdeckte sie eine Frau an seiner Tür. Eine Frau, die den Groll zurückbrachte, den sie in den letzten Tagen versucht hatte zu verdrängen. Julie Renouard. Sie beobachtete, wie Jean ihr die Tür anlehnte und sie eintrat. Wenige Minuten später stürmte sie mit einer Mischung aus Wut und

Enttäuschung in den Augen nach draußen und stieg in ihr Auto.

Kurze Erleichterung machte sich breit, doch dann geschah etwas, das der Frau an Jeans Schreibtisch das Blut in den Adern gefrieren ließ. Nur wenige Sekunden, nachdem Julie die Wohnung verlassen hatte, folgte ihr Jean und stieg zu ihr in das Auto. Es sah aus, als würden sie sich unterhalten, dann fuhr Julie los.

»Das darf doch nicht wahr sein.« Für einen kurzen Moment gestand sie sich ihre Schwäche ein, lehnte sich nach hinten und rieb sich angestrengt das Gesicht. Sie hatte gehofft, den nächsten Schritt nicht machen zu müssen. Als sie Marie-Claire Bonnet bestochen hatte, Julie Renouard zu entlassen, hatte sie geglaubt, es würde reichen, um die attraktive Journalistin aus Jeans Leben zu entfernen. Doch offenbar hatte es das nicht.

Entschlossen griff sie zu ihrem Telefon, wählte die Nummer von Madame Bonnet und war bereit, Jean mit allen Mitteln von Julie Renouard zu trennen.

»Bonnet«, meldete sich die Chefin des Magazins.

»Ich habe eine Geschichte für Sie. Sie bekommen die Exklusivrechte, wenn Sie mir versprechen, diese Nachricht in jede gottverdammte andere Zeitung zu bringen.«

Siebzehn

Julie ging Jean aus dem Weg. Zumindest, wenn sie die Gelegenheit dazu hatte.

Seit drei Tagen waren sie nun bei ihrer Familie, und Jean zog es vor, sich entweder mit Julies Mutter über Gott und die Welt zu unterhalten oder ihren Schwestern von seinen Reisen zu erzählen. Stumm beobachtete Julie ihn, doch er schien es überhaupt nicht zu bemerken. Sie wusste nicht, ob sie irgendetwas falsch gemacht hatte oder ob die Geschichte ihrer besten Freundin vielleicht alte Wunden bei ihm aufgerissen hatte. Sie verstand nicht, was an ihrem ersten Abend in Saint-Suliac geschehen war, dass er sie plötzlich kaum noch beachtete.

Sie tauschte einen leidenden Blick mit ihrem Vater, weil er der Einzige war, der sie zu verstehen schien. Er nickte ihr zu, dann zog sie sich unbemerkt in ihr Zimmer zurück. Mit langsamen Schritten ging sie zu ihrem Fenster und sah nach draußen. Sie blickte genau auf den Wald, der an ein verschneites Feld angrenzte. Ihre einzige Fluchtmöglichkeit wie schon vor Jahren. Doch an diesem Tag war es nicht möglich. Ihre Mutter hatte Geburtstag, und ihre Großeltern würden jeden Augenblick zum Kaffeetrinken vorbeikommen.

Seufzend taumelte Julie zurück und ließ sich auf ihr Bett sinken. In ihrem Kopf herrschten Chaos und die pure Verwirrung. Am liebsten wäre sie zu Jean gerannt, hätte ihn geschüttelt und angeschrien, was sein verdammtes Problem sei. Doch dann sah sie das Strahlen in seinen Augen, wenn er mit ihrer Familie zusammen war, und stockte. Es passte einfach alles nicht zusammen. Sein ganzes Verhalten war von Anfang an wirr und unklar gewesen. An Weihnachten und Silvester hatte er einen aufgeschlossenen und liebevollen Eindruck gemacht. Bei ihrem ersten Interview hatte er eine meterhohe Mauer zwischen ihnen errichtet, dann bat er sie um Entschuldigung, um nur wenig später den arroganten Millionär raushängen zu lassen. Und jetzt schenkte er ihr nicht einmal einen Blick.

»Wo ist sie?«, ertönte Laines schrille Stimme auf der Suche nach ihrer geliebten Enkeltochter.

»Mamie«, flüsterte Julie erleichtert und rannte, so schnell es nur ging, die Treppe nach unten, um wenige Sekunden später ihre Großmutter in die Arme zu schließen.

»Seit wann bist du hier, Liebes?«

»Seit drei Tagen. Ihr habt mir so gefehlt.«

»Du hast uns Weihnachten gefehlt.« Laines Blick richtete sich auf ihre Schwiegertochter.

»Herzlichen Glückwunsch, Jané. Wir wussten nicht, was wir dir noch schenken können, also haben wir dir einen Gutschein für einen Spaaufenthalt geholt. Nimm deinen Mann mit, er bekommt Falten auf der Stirn.«

»Danke, Maman«, sagte Claude mit ironischem Unterton, doch Laines Aufmerksamkeit galt plötzlich jemand anderem. Sie ging auf Jean zu.

»Ich kenne Sie irgendwoher ... Warten Sie, ich komm gleich drauf.« Laines Gehirnzellen begannen zu arbeiten, dann fiel es ihr ein. »Ihr Vater ... er hat damals die Werbung für mein Kosmetikgeschäft gemacht. Sie waren immer mit dabei, wenn er bei mir war. Jean-Alain Voltaire.«

»Madame Renouard, natürlich«, erinnerte sich auch Jean plötzlich, und Laine ging sofort auf den mittlerweile erwachsenen Mann zu. Sie schloss ihn ebenso fest in die Arme wie vor wenigen Sekunden ihre Enkeltochter. »Sagen Sie Laine zu mir, wir kennen uns doch schon so lange.«

»Jean.« Die kleine, etwas kräftige Frau musterte ihn stumm, verglich ihn mit dem fröhlichen, aufgeschlossenen Jungen, den sie vor vielen Jahren kennengelernt hatte, und spürte sofort eine kleine Barriere.

»Aus dir ist wirklich ein attraktiver Mann geworden.«

»Muss ich mir Gedanken machen, weil meine Frau mit diesem attraktiven Jüngling kuschelt?« Julies Großvater Mathis trat in die Tür.

»Keine Angst, meine Frau hat er auch schon um den Finger gewickelt, nur deine Enkeltochter ziert sich noch.« Claude begrüßte seinen Vater, der auch Julie kurz darauf entdeckte. Er umarmte Julie ebenfalls.

»Schlaues Mädchen, gut aussehende Männer taugen nämlich nichts. Schön, dich wiederzusehen. Du bist noch viel hübscher geworden in den letzten Monaten. Paris hat dich erwachsen gemacht.«

Julie lächelte verlegen und löste sich von ihrem Großvater, der seiner Schwiegertochter zum Geburtstag gratulierte.

»Mathis, das ist Jean-Alain Voltaire. Erinnerst du dich noch? Der Sohn von Berthe«, stellte Laine ihn gleich vor.

Julie ließ ihre Familie im Eingangsbereich stehen und nahm im Vorbeigehen den Kuchen aus der Hand ihrer Mutter. »Ich weiß ja nicht, wie lange ihr noch im Eingangsbereich stehen wollt, aber ich glaube, der Kuchen schmeckt mir auch allein ganz gut.«

*M*it jeder Minute, die verstrich und in der Jean das Tischgespräch anführte, wurde Julie leiser. Er schien jeden um den Finger zu wickeln, egal, was er tat. Und ihre ganze Familie schien seinem Charme verfallen zu sein.

Mit jeder weiteren Minute zog sich Julie in sich zurück, bis

Laine ihren abwesenden Blick registrierte und sie unter einem Vorwand in die Küche lockte.

»Julie, kannst du mir kurz helfen, noch einmal Kaffee aufzusetzen. Ich kenne mich mit diesen neumodischen Maschinen nicht aus.«

Sie nickte und folgte ihrer Großmutter, die unauffällig die Küchentür etwas zuschob, damit niemand sie hören konnte.

»Julie, kann es sein, dass es etwas gibt, über das du sprechen möchtest? Dein trauriger Blick ist kaum auszuhalten.«

»Ich will nicht mehr, dass er hier ist. Ich will es einfach nicht«, seufzte sie und suchte die unergründlichen Augen ihrer Großmutter. Sofort plapperte Julie drauflos, erzählte ihrer Großmutter jedes kleine Detail ihres Kennenlernens vor ein paar Wochen und auch von dem Kuss an Silvester. Sie erzählte von dem misslungenen Interview, von dem Essen, selbst von der Autofahrt nach Saint-Suliac, bis sie letztendlich zu ihrer ersten Nacht in Saint-Suliac kam und dazu, dass sie sich ihm anvertraut hatte, woraufhin er sie kaum mehr ansah. Als Julie ihren Monolog beendet hatte, fühlte sie sich etwas befreiter, wenn auch der Druck in ihrer Brust und das ungute Gefühl blieben. »Was habe ich denn falsch gemacht?«

»Petite, du wirst zuerst einmal ganz, ganz, ganz tief durchatmen. Du bist ja völlig durch den Wind, so habe ich dich ja noch nie erlebt.«

»Ich kann nicht ruhig durchatmen, wenn dort ein Mann sitzt, der mich völlig ignoriert. Seit Heiligabend geistert er mir durch den Kopf, und mit jeder weiteren Sekunde, die ich mit ihm zusammen verbringe, frage ich mich, was genau ich eigentlich für ihn fühle und worauf alles hinausläuft. Aber wie soll ich das herausfinden, wenn ich noch nicht einmal die Chance dazu habe.« Julie brannten heiße Tränen in den Augen, die sie versuchte wegzublinzeln.

»Julie, schau mal«, seufzte Laine und zog ihre Enkeltochter zu sich. »Du hast Jean anders kennengelernt als ich. Als er vor Jahren mit seinem Vater in meinem Laden stand, war er ein aufgeweckter, fröhlicher Junge. Er war liebenswürdig und begeisterungsfähig, man musste ihn einfach lieben. Ich hatte nicht geglaubt, ihn je wiederzusehen, schließlich war nach der Werbung, die sein Vater für mich gemacht hat, der Auftrag beendet. Als er vor mir stand, habe ich sofort eine Veränderung in seinem Blick gespürt. Seine Augen haben früher gestrahlt, sie waren wie kleine Sonnen und so tief wie das Meer. Aber heute... Er war irgendwie... wie soll ich es ausdrücken? Er war zurückhaltender, verschlossener. Da ist kaum Strahlen, keine Tiefe. Und als ich ihn begrüßt habe, hat sein Körper sich merklich angespannt. Irgendetwas muss in den Jahren passiert sein, und ich würde mein gesamtes Erspartes darauf verwetten, dass er damit immer noch nicht ganz abgeschlossen hat.«

»Ich glaube, ich weiß, was dieses Ereignis war«, erwiderte Julie kaum hörbar und blickte wie gebannt auf den Saum ihres Shirts, den sie immer wieder nervös mit ihren Fingern bearbeitete. Ein fragender Blick ging von Laine aus, und Julie begann sofort zu erklären, was sie an ihrem letzten Tag in Paris entdeckt hatte. »Als ich meinen kleinen Rundgang durch Paris gemacht habe, bin ich zufällig an einem Friedhof vorbeigekommen. Jean war ebenfalls da. Er hat an einem Grab Blumen niedergelegt. Auf dem Grabstein stand der Name Béatrice Voltaire. Sie ist Silvester 2009 ums Leben gekommen.«

»Béatrice«, wiederholte Laine und wurde plötzlich aschfahl. »Nein.«

»Kanntest du sie auch?«

»Ja, sein Vater brachte sie nur einmal mit, aber sie war ein bezauberndes Kind voller Lebensfreude. Jean hat sie vergöttert. An dem Tag, als die beiden mit ihrem Vater in meinem Laden waren, hatte er sie rührend umsorgt und ganz lieb mit ihr gespielt. Er hat auf sie aufgepasst wie auf einen wertvollen Schatz. Er hat seine Schwester geliebt. Hast du ihn darauf angesprochen?«

»Ja, aber er öffnet sich nicht. Er dachte anfangs, ich wolle die Geschichte benutzen, um mir wieder einen Namen zu machen. Und ich dachte, wenn ich ihm von Zoé erzähle, dann…« Julie brach ab und schluckte die Tränen hinunter.

»Julie, auch wenn es dir gerade ausweglos erscheinen muss, es gibt immer einen Weg, obwohl er vielleicht etwas steiniger ist. Die Liebe ist leider kein Märchenfilm«, seufzte Laine und strich ihrer Enkeltochter behutsam über den Rücken.

»Dann hättest du mir nicht die ganzen Disney-Prinzessinnen-Filme schenken dürfen. Natürlich gehe ich dann automatisch davon aus, dass es so läuft.« Ein trauriges Lächeln huschte über Julies Züge.

»Selbst die Disney-Prinzessinnen hatten einen harten Weg, bevor sie in den Armen ihres Prinzen lagen.«

»Aber sie wussten im ersten Augenblick, wer der Richtige für sie war. Wenn ich wenigstens wüsste, wofür ich kämpfen soll, dann würde es mir auch leichtfallen.«

»Ich glaube, irgendwo tief da drin«, begann Laine und tippte ihrer Enkeltochter mit dem Zeigefinger auf die Stelle ihres Herzens, »weißt du genau, wofür du kämpfst. Und er weiß das auch, er braucht nur etwas mehr Zeit. Vielleicht fragst du ihn einfach, ob ihr nachher ein wenig nach draußen gehen wollt. Frag ihn, was los ist. Und jetzt lass uns wieder ins Wohnzimmer gehen. Sie vermissen uns sicher schon.«

Noch nie hatte Julie sich nach einem Gespräch so erschlagen gefühlt. Es hatte ihr jede Kraft geraubt, während die kleinen Zellen in ihrem Gehirn weiter arbeiteten und arbeiteten.

*N*achdem auch der Letzte seinen Kaffee ausgetrunken hatte, nahm Julie ihren Mut zusammen und wollte Jean fragen, ob er sie vielleicht einen kurzen Moment nach draußen begleiten konnte. Sie ging in Richtung Küche, wo er mit Élise das Geschirr in den Geschirrspüler räumte. Julie blieb ruckartig stehen, als sie bemerkte, dass über sie gesprochen wurde.

»Jean, sei ehrlich, was ist bei dir und Julie los? Ich sehe ihren geknickten Blick, und ich bemerke, wie du ihr aus dem Weg gehst.« Julies Schwester sah Jean durchdringend an, der nur leicht den Kopf schüttelte und sich auf die Arbeitsfläche stützte.

»Ich hätte nicht mit hierherkommen dürfen.«

Julies Herz machte einen kurzen Aussetzer, und sie schluckte schwer.

»Ich glaube, ich mache Julie Hoffnungen, die sie nicht haben dürfte. Es gibt für mich so viele wichtigere Dinge zu klären, stattdessen bin ich hier.«

»Wichtige berufliche Dinge?«, wollte Élise genauer wissen.

»Ja, aber auch privat. Ich muss zurück nach Paris, und ich werde auch spätestens morgen Abend abreisen.«

Julies Augen begannen schmerzhaft zu brennen, und ihr Herz drohte stehen zu bleiben.

»Jean, wenn du meine Schwester mit deinem Verhalten verletzt …« Élise hob drohend eine Augenbraue.

»Nein, das ist nicht meine Absicht. Ich denke nur, es ist so, dass ich nicht das fühlen kann, was sie fühlt. Unsere Beziehung zueinander ist konfus. Es ist eigentlich keine Beziehung … wir sind weder Freunde noch …«

Seine Worte verschwammen. Julies Knie wurden weich. Jedes Wort, das aus Jeans Mund kam, bohrte sich wie ein scharfes Messer in ihr Herz. Was versuchte er ihrer Schwester gerade klarzumachen? Mit gesenktem Blick trat Julie in die Küche und spürte Élises erschrockenen Blick sofort.

»Was versuchst du, Élise zu sagen?«, fragte Julie mit gebrochener Stimme. Sie hob ihren tränennassen Blick und traf Jeans geschockte Augen.

»Julie, ich … was du gerade gehört hast, das … ich wollte in Ruhe mit dir darüber sprechen.«

»So wie du in den letzten Tagen mit mir sprichst?«, fragte sie ironisch.

»Julie …«

»Wenigstens muss ich dir in einem Punkt jetzt recht geben. Du hättest niemals hiersein dürfen. Ich muss hier raus …« Weinend rannte Julie aus dem Haus und schwor sich, erst wiederzukommen, wenn Jean verschwunden war.

Achtzehn

Mit Sorge hatte Jané das Treiben in ihrem Haus beobachtet. Sie hatte Julies enttäuschten Blick gesehen und Jeans Ärger über sich selbst.

»Jean, können wir kurz reden?«, fragte Jané und setzte sich zu dem Bekannten ihrer Tochter. Er nickte nur stumm und blickte wieder nachdenklich aus dem Fenster.

»Ich habe mich so dumm benommen«, murmelte er und rieb sich die spannende Stirn. »Es tut mir leid, dass ich deinen Geburtstag ruiniert habe.«

»Jean, mein lieber Junge.« Laine tauchte in der Küche auf und setzte sich zu Jean und ihrer Schwiegertochter. »Ich weiß nicht, was genau zwischen Julie und dir vorgefallen ist, aber es gibt doch nichts, was sich nicht klären lässt.« Laine strich ihm mütterlich über die Schulter. »Man sollte die Hoffnung nie aufgeben.«

»Es wird manchmal Momente im Leben geben, die du gern rückgängig machen würdest, aber das Schicksal trifft seine eigenen Entscheidungen«, sagte Jané mit ruhiger Stimme. »Julie ist ein sehr emotionaler Mensch. Sie reagiert mit dem Herzen, aber gerade deswegen ist sie auch bereit zu verzeihen. Du musst ihr nur die Zeit geben, die sie braucht.«

»Das wird sie mir niemals verzeihen. Ich habe schreckliche Dinge gesagt, die ich doch überhaupt nicht so gemeint habe.«

»Ich wusste von Anfang an, dass du lügst.« Élise stand seufzend im Türrahmen, und auch Madlaine gesellte sich zu der kleinen Gruppe in der Küche.

»Ich wollte ... ich weiß nicht, was ich wollte. Ich bin ein kompletter Idiot«, seufzte er und hätte sich am liebsten selbst geohrfeigt.

»Oh ja, das bist du«, bestätigte Élise, und Jean lächelte traurig.

»Als Julie mir von Zoé erzählt hat, habe ich mich so schlecht gefühlt. Ich habe vor ihr so einen großen Aufriss wegen mir selbst gemacht, dass ich mir plötzlich dumm und töricht vorkam. Ich habe nur an mich gedacht, dabei ging es gar nicht um mich. Es ging die ganze Zeit um Julie. Sie ist in mein Leben gestolpert. Nicht ich sollte ihr meine Geschichte erzählen, sondern sie mir ihre«, sagte Jean etwas kryptisch. »Jané, kannst du mir die Geschichte von Aurélie erzählen? Ich muss endlich wissen, was Julie an Paris bindet.«

»Kommt, lasst uns einen Tee kochen und dann ins Wohnzimmer gehen. Für Aurélies Geschichte braucht man die richtige Atmosphäre«, erwiderte Jané.

Die magische Geschichte von Aurélie

Das Fest der Liebe allein verbringen zu müssen, ist für viele Menschen unvorstellbar. So war es auch viele Jahre lang für Aurélie unvorstellbar, am Weihnachtsabend allein zu sein.

Nachdem ihr Vater aufgrund einer schweren Lungenentzündung gestorben war, hat Aurélie im darauf folgenden Jahr auch noch ihre Mutter verloren. Sie war ohne ersichtlichen Grund tot zusammengebrochen, ein Herzinfarkt, wie ihre Tochter später erfuhr. Immer wieder machte sich Aurélie Gedanken darüber, ob sie ihre Mutter hätte retten können, wenn sie nur rechtzeitig nach Hause gekommen wäre. Das

Gefühl, nicht richtig aufgepasst zu haben, hämmerte in ihrer Brust mit jedem Tag quälender.

Aurélie war Einzelkind und hatte nach dem Tod ihrer geliebten Eltern keinen weiteren Kontakt zu anderen Verwandten. Sie vergrub sich völlig in ihrer Trauer. Tagein, tagaus weinte sie, lebte still vor sich hin und war in einer Welt aus Gleichgültigkeit und Ernüchterung gefangen.

Andere Menschen bemitleideten das arme Mädchen, das mit gesenktem Blick traurig durch die Straßen von Paris streifte. Aurélie lebte in ihrer eigenen Welt, war verschlossen und nachdenklich, während sie sich jeden Tag aufs Neue die Frage stellte, welchen Sinn das Leben noch für sie hatte.

»Mein kleiner Sonnenschein«, hatte ihre Mutter sie immer liebevoll genannt, doch die Sonne Aurélie schien zu verglühen und kreiste nun außerhalb ihrer Umlaufbahn.

Weihnachten hatte für Aurélie immer eine ganz besondere Bedeutung gehabt. Sie hatte das Zusammensitzen mit ihrer Familie geliebt, das gemeinsame Singen der Weihnachtslieder und das gute Abendessen, das ihre Mutter jedes Jahr serviert hatte. Schon als Kind war es Aurélie nie um die Geschenke gegangen, die sie bekommen hatte. Das allergrößte Geschenk hatte sie bereits erhalten: die Gegenwart ihrer geliebten Familie.

Ohne diese gab es für Aurélie jedoch kein Weihnachten mehr, und so behandelte sie die Feiertage in diesem Jahr eher stiefmütterlich. Es waren nur noch Tage wie alle anderen im Jahr.

Zur Mittagszeit quälte Aurélie sich aus dem Bett, weil sie sonst am Abend nicht einschlafen konnte. Sie aß nur noch selten, saß den halben Tag in ihrem Wohnzimmer herum und starrte an die kahlen Wände ihrer Wohnung. Der Reiz zu leben und etwas zu unternehmen fehlte ihr völlig. Hatte sie den Nachmittag hinter sich gebracht, zog Aurélie sich an und lief immer die gleiche Runde durch die Stadt: einmal zum Eiffelturm und wieder zurück.

Diesem sturen Trott sollte sie auch am Weihnachtstag folgen. Nachdem sie aufgestanden war, aß sie einen Apfel und begann ihren Tag mit einer heißen Dusche. Aurélie hatte jedes Gefühl für sich selbst verloren, saß in einer schmuddeligen Hose und einem ausgebeulten Pullover auf ihrer Couch und wechselte von einem Fernsehsender zum nächsten, weil sie die fröhlichen Weihnachtsfilme nicht ertragen konnte.

Nach einigen Stunden schaltete Aurélie den Fernseher aus und zog sich für ihren allabendlichen Spaziergang an.

Wie an jedem Abend lief Aurélie ohne Umwege ihre Route zum Eiffelturm. Doch dieses Mal machte sie etwas anders. Sie blieb einen Moment stehen, statt zurückzulaufen, und betrachtete die festlich beleuchtete Stahlkonstruktion. Nach Monaten huschte ihr ein zaghaftes Lächeln über die Lippen, das an eine wunderschöne Erinnerung geknüpft war. Sie dachte an ihre Familie und die glücklichen Heiligabende, die sie gemeinsam verbracht hatten.

»Niemand sollte an so einem schönen Abend allein sein«, riss eine fremde Stimme Aurélie aus ihren Erinnerungen. Neben ihr war ein junger Mann aufgetaucht, der ihren traurigen Blick bemerkt hatte und ihr Schicksal teilte. »Warum bist du allein hier?«, fragte er. Aurélie erzählte von ihrem katastrophalen Jahr, ließ jedoch einige Details aus. Sie sprach davon, wie sie ihren Job aufgegeben hatte und wie nutzlos sie sich fühlte. Ihre traurige Familiengeschichte jedoch behielt sie für sich. Nicolas, wie der junge Mann hieß, hörte dem aufgelösten Mädchen geduldig zu. Spontan lud er sie zum Essen ein, und auch wenn Aurélie im ersten Moment absagen wollte, stimmte sie der plötzlichen Idee zu. Den gesamten Abend neckten sie sich liebevoll und versuchten nicht daran zu denken, wie es ihnen in Wirklichkeit ging.

Die beiden trafen sich weiterhin, und aus den Sticheleien entwickelten sich mit der Zeit ernste Gespräche. Nicolas fasste Mut und erzählte von dem Streit mit seiner Familie. Aurélie versuchte eine Lösung zu finden, sagte ihm immer wieder, wie wichtig die Familie sei, doch Nicolas wusste, dass es dafür zu spät war.

Als Aurélie von Nicolas' schwierigem Verhältnis zu seiner Familie erfuhr, wurde sie zunehmend stiller.

Je länger sie Nicolas kannte, desto klarer wurde ihr eine Sache: Sie war dabei, sich immer stärker in ihn zu verlieben, doch gleichzeitig wuchs in ihr die Frage, ob sie ein Leben mit einem Menschen verbringen konnte, dem die Familie nicht an erster Stelle stand.

Eines Abends erwischte Nicolas Aurélie beim Grübeln und stellte sie zur Rede. Er hatte bemerkt, dass irgendetwas nicht stimmte, seit er sich geöffnet hatte, doch Aurélie wählte den falschen Weg und schwieg. Es kam zum Streit, und Nicolas verschwand noch am gleichen Abend.

Im Frühjahr stand Aurélie wieder allein da, doch die Zeit mit Nicolas wollte ihr nicht aus dem Kopf gehen. Sie hatte ihren Fehler bald erkannt, jedoch Angst vor Nicolas' Reaktion, wenn sie sich wieder melden würde. Aber all das durfte nicht zählen. Aurélie hatte seit langer Zeit endlich wieder einen Menschen kennengelernt, dem sie alles anvertrauen würde, was sie beschäftigte. Es war unfair ihm gegenüber, ihre Situation zu verschweigen.

Es stellte sich heraus, dass Aurélies Angst völlig unbegründet war. Nicolas war froh über ihren Anruf und darüber, dass sie ihn um ein Treffen bat. Sie wollte endlich ehrlich zu ihm sein, wollte ihm alles erzählen, was wirklich passiert war. Auch bei diesem Gespräch hörte Nicolas ihr geduldig zu und schloss sie in den Arm, als sie es am meisten brauchte. Endlich verstand Nicolas die Reaktion der jungen Frau, als er von dem Familienstreit erzählt hatte, und er versprach ihr, einen Versöhnungsversuch mit seiner Familie zu unternehmen.

Während Nicolas sein Versprechen einlöste, begann auch Aurélie wieder, das Positive im Leben zu sehen. Ihre Gefühle für Nicolas ließen sich nicht länger leugnen, und das wollte sie auch gar nicht. Als er den Familienstreit beigelegt hatte, nutzten die beiden ihre gemeinsame Zeit und planten zunächst im Spaß eine gemeinsame Zukunft. Aus dem Spaß wurde schnell Wirklichkeit.

Bereits nach wenigen Monaten Beziehung entschieden die beiden, in Aurélies Geburtsort umzusiedeln und das Haus ihrer Familie zu kaufen. Sie genossen die langen Abende am Meer und sahen Abend für Abend, wie die Sonne hinter dem Horizont unterging. Aurélie fand ihr Lachen wieder und die Liebe. Nach der Geburt ihrer Tochter, die das Glück der beiden Verliebten perfekt machte, heirateten Aurélie und Nicolas in einer kleinen Zeremonie am Meer.

Die Sonne Aurélie hatte eine neue Umlaufbahn ihres Lebens erreicht, die ihr Kraft und Durchhaltevermögen gab.

Seitdem heißt es, wenn einsame Herzen am 24. Dezember den Eiffelturm besuchen, finden sie ihre große Liebe, so wie sich einst Aurélie und Nicolas fanden.

»Danke, Jané. Ich glaube, ich muss jetzt erst mal nachdenken.« Ohne auf eine Antwort zu warten, stand Jean auf und zog sich in Julies Zimmer zurück. Die Geschichte von Aurélie war schön, aber sie funktionierte nur in der Fantasie.

Neunzehn

Jané blickte nach draußen. Es wurde bereits dunkel, und es hatte wieder angefangen zu schneien. Von Julie fehlte noch immer jede Spur. Verzweifelt stand Jané auf und machte sich auf die Suche nach Jean, der sich sofort nach Julies Verschwinden zurückgezogen hatte. Sie fand ihn in Julies Zimmer, wo er seine wenigen Sachen gerade zusammenpackte.

»Jean?« Die leise Stimme von Julies Mutter durchbrach die Ruhe. Sie stand im Türrahmen und wirkte ängstlich und nervös.

»Ist Julie zurück?«, erkundigte sich Jean sofort. Er wusste, er war zu weit gegangen und musste sich irgendetwas einfallen lassen, um sich bei Julie zu entschuldigen.

»Nein, ich weiß nicht, wo sie ist. Es… es wird schon dunkel und… Kannst du sie bitte suchen gehen?« Jané war völlig aufgelöst, sie schien sich wirklich Gedanken um ihre Tochter zu machen, die seit Stunden verschwunden war.

»Ja, natürlich, ich mache mich sofort auf den Weg. Gibt es irgendwelche Orte, an die sie sich immer zurückzieht?«

Jané überlegte kurz und erzählte Jean dann von dem abgelegenen kleinen Waldstück hinter dem Haus, in welchem eine alte Holzhütte stand, die Julie kurz nach Zoés Tod entdeckt hatte.

»Geh immer in Richtung Süden, du siehst den Wald schon von unserem Garten aus. Wenn sie dort nicht ist, dann komm erst einmal wieder nach Hause.« Janés Stimme war weinerlich.

»Julie hat ihr Handy nicht mit. Kannst du mich sofort anrufen, wenn du sie gefunden hast?«

»Ich habe mein eigenes Handy in Paris liegen lassen.«

Jané drückte Jean das Handy ihrer Tochter in die Hand.

»Ich werde mich sofort melden, sobald ich sie gefunden habe.«

Jané nickte hoffnungsvoll.

*J*ulie irrte mehrere Stunden ziellos und ohne klaren Gedanken durch ihr Heimatdorf. Nachdem sie an der Küste des kleinen Fischerörtchens entlanggelaufen war, steuerte sie die entgegengesetzte Richtung an. Mittlerweile hatte die Kälte ihren gesamten Körper eingenommen, aber nach Hause zu gehen kam nicht infrage. Sie wollte einfach nur ihre Ruhe, wollte verstehen, warum er sie immer wieder von sich schob.

Doch je mehr Zeit Julie damit verbrachte, planlos durch die Gegend zu laufen, desto leerer wurde ihr Kopf, und desto weniger verstand sie es. Julie hatte inzwischen das kleine Waldstück, das an ihr Grundstück grenzte, erreicht. Sie ließ sich auf einen Baumstumpf fallen und verschränkte die Arme. Es dämmerte bereits, und die Kälte fraß sich mehr und mehr in ihre Knochen. Julie zog ihre Jacke noch ein Stück fester zu, verschränkte die Arme und ließ den Kopf hängen. Warum konnte sie nicht einfach zurückgehen? Warum war sie nur immer so stolz?

»Verdammt«, nuschelte sie und wusste weder vor noch zurück.

Währenddessen versuchte auch Jean sich zu orientieren und steuerte zielsicher auf das kleine Wäldchen zu.

Kaum hatte er das Waldstück betreten, fühlte er sich plötzlich überfordert und hilflos. Es wurde immer dunkler und kühler, außerdem kannte er sich überhaupt nicht aus.

»Julie!«, rief Jean und bahnte sich weiter seinen Weg durch

die dicht stehenden Bäume. »Julie!« Er schob Äste beiseite und versuchte, in der Dämmerung nicht über hervortretende Wurzeln zu stolpern. »Verdammt, Julie? Wo bist du?« Jean beschleunigte seinen Schritt, als er plötzlich eine schmale Silhouette sah. »Julie!«, rief er erleichtert und rannte auf sie zu. Sie saß noch immer auf dem Baumstumpf.

Als Julie Jeans Stimme hörte und er plötzlich erleichtert vor ihr stand, sprang sie sofort auf.

»Julie, verdammt, warte doch!« Jean rannte ihr nach, packte sie am Arm und drehte sie schwungvoll zu sich.

»Verschwinde!«, schrie sie ihn an. »Du sollst endlich verschwinden. Ich habe die Nase gestrichen voll. Ich will dich weder sehen noch hören. Und verdammt, lass mich endlich los!« Julie schüttelte Jeans Hand ab und stapfte genervt weiter.

»Julie, es tut mir leid.«

»Spar es dir. Lass mich einfach nur in Ruhe und sieh zu, dass du endlich wieder nach Paris verschwindest. Das hattest du ja sowieso vor.« Julie lief immer tiefer in den Wald, während die Dunkelheit langsam die hellen Flecke am Himmel verschluckte.

»Julie, jetzt bleib doch stehen.« Jean packte sie wieder und zog sie fest in seine Arme. Sie versuchte sich zu wehren und loszureißen, immer wieder schlug sie auf ihn ein, versuchte ihn wegzuschieben, doch Jean war einfach stärker. »Können wir jetzt bitte nach Hause gehen? Deine Mutter macht sich Sorgen.«

Mit erschrockenem Blick sah sie ihn an und verlor sich einmal wieder in seinen Augen, die sie glücklich vor Erleichterung ansahen.

»Ich... um ehrlich zu sein, habe ich keine Ahnung, wo wir sind.« Julie löste sich leicht von Jean. Panik stieg in ihr auf, während sie wieder die Gegend absuchte.

»Sind wir nicht von dort gekommen?«, fragte Jean unsicher und zeigte in Richtung eines Baumes, der genauso aussah wie alle andern Bäume.

»Nein, ich weiß nicht, ich würde sagen, von dort?« Julie zeigte verunsichert in eine völlig andere Richtung.

»Was machen wir jetzt? Es wird immer dunkler.«

»Die Hütte. Lass uns erst einmal dahin gehen. Sie müsste … dort, ja, da ist sie«, seufzte Julie erleichtert.

Behutsam stieß Julie die Tür auf, die sich mit einem leisen Quietschen öffnete. Es war eine kleine, in die Jahre gekommene Holzhütte. Jean schloss die Tür hinter sich, während Julie sich auf die Suche nach dem Lichtschalter machte und hoffte, dass die Lampen noch funktionierten. Es dauerte einen Moment, dann fand sie den Schalter und legte ihn um. Auch wenn die Lampe noch funktionierte, spendete sie nur einen schwachen Lichtschein. Stumm sah Julie sich einen Moment um. Seit über einem Jahr war sie nicht mehr hier gewesen, und das sah man auch. Alles war staubig und wirkte nicht sehr einladend. Ihr kleines Paradies bestand aus drei einzelnen Räumen: einem Wohnbereich mit einer winzigen offenen Küchenzeile, einem Bad und so etwas wie einem Schlafzimmer. Im Wohnzimmer gab es einen wunderschönen alten Kamin, einen Tisch und eine alte Couch. Normalerweise hatte Julie das Haus regelmäßig gereinigt, weil sie oft Zeit in der Hütte verbrachte. Zeit, die sie zum Nachdenken oder Schreiben nutzte, doch als sie nach Paris ging, geriet das Häuschen in Vergessenheit.

»Normalerweise ist es hier schöner. Als ich noch in Saint-Suliac lebte, bin ich nach Zoés Tod regelmäßig hierhergekommen und habe die Hütte irgendwie sauber gehalten. Es war wirklich schön hier. Ich habe hier gern geschrieben oder einfach nur eine Auszeit gesucht«, erklärte Julie und drehte sich zu Jean. Er wirkte angespannt.

»Ich werde kurz deine Mutter anrufen, damit sie weiß, dass ich dich gefunden habe. Und dann suche ich gleich noch ein wenig Holz, damit wir es wenigstens warm haben.«

Julie nickte. »Und ich schaue nach, ob die Decken einigermaßen sauber sind.« Julie verschwand in dem Schlafzimmer, in welchem nur noch der große Holzkleiderschrank stand. Es gab kein Bett, keine Nachtschränkchen und auch sonst nichts, das darauf schließen ließ, dass hier mal ein Mensch gelebt haben musste.

Sobald das Wetter es zuließ, würde Julie die Hütte wieder auf Vordermann bringen. Das kleine Häuschen, das niemandem im Dorf gehören wollte, hatte für sie immer einen Rettungsanker dargestellt, so viele gute Ideen waren hier entstanden, so idyllisch war es im Sommer, so romantisch im Winter. Julie öffnete die Schranktüren und entdeckte drei Decken, die sie einst für kühle Sommerabende im Schrank deponiert hatte. Sie nahm die erste vom Stapel und schüttelte sie aus. Sie war vielleicht nicht mehr ganz sauber, aber doch ganz annehmbar. Für eine Nacht musste es gehen. Mit den drei Decken kehrte Julie ins Wohnzimmer zurück und klopfte grob den Staub vom Sofa. Auch das sollte für eine Nacht gehen. Sie legte zwei Decken über die Couch und platzierte die dritte einfach darauf.

Wenige Sekunden später öffnete Jean die Tür, in seiner Hand hielt er etwas Holz. Er warf es in den Kamin und überreichte Julie ihr Handy.

»Deine Mutter ist beruhigt, dass ich dich gefunden habe. Sie hat gefragt, ob sie deinen Vater losschicken soll, um uns zu holen. Ich habe das abgelehnt, weil ich glaube, dass die Nacht unsere Beziehung vielleicht irgendwie klärt.«

»Ich dachte, wir haben keine Beziehung, Jean«, zischte Julie. »Nur weil ich dich ohne Widerspruch in meine Hütte gelassen habe, heißt das noch lange nicht, dass ich vergesse, was du gesagt hast. Wir sind ja noch nicht einmal Freunde. Eigentlich haben nur Freunde Zugang zu meiner Hütte.« Julie verschränkte abwehrend die Arme vor der Brust.

»Julie.« Jeans Stimme klang flehend.

»Nein«, sagte sie leise und wich seinem Blick aus, um auf den Holzstapel im Kamin zu schauen. Jean verstand, dass sie einen kurzen Moment für sich brauchte, und schickte sich an, das Feuer zu entfachen.

»Es sieht aus, als würdest du zum ersten Mal ein Feuer machen.« Julies kleiner Scherz verpuffte in der Stille, denn Jean erwiderte nichts, brachte stattdessen das Holz endlich zum Brennen und holte von draußen noch etwas Material zum Nachlegen herein.

Julie seufzte und schloss die Augen, um einen Moment die Wärme zu genießen, die ihren Körper umhüllte. Nachdem sie die Augen wieder geöffnet hatte, wickelte sie sich in die Decke und richtete den Blick in den Kamin. Unbemerkt setzte Jean sich neben sie und musterte sie forschend.

»Ist es dir warm genug, oder soll ich noch etwas Holz nachlegen?«, fragte er.

»Du musst nicht noch mehr nachlegen.« Julie wich Jeans Blick aus. Die Situation war merkwürdig. Aus irgendeinem Grund wollte sie unter keinen Umständen eine ganze Nacht mit Jean allein verbringen, und trotzdem war sie froh darüber, dass er sie gefunden hatte.

»Julie, können wir jetzt in Ruhe über alles sprechen?«

»Ich weiß nicht, worüber du noch sprechen willst. Du hast mir unmissverständlich klargemacht, was du über dich und mich denkst. Vielleicht gibt es einfach nichts mehr zu sagen.«

»Doch, Julie, es gibt noch so viel zu sagen. Die Sache mit meiner Schwester ist ein heikles Thema, und ich will mit dir darüber sprechen, aber ich kann es einfach nicht.«

»Ich will es überhaupt nicht mehr wissen, Jean.«

»Wir mussten damals viel tun, damit die Geschichte nicht

an die Öffentlichkeit kam. Wir haben Journalisten mit Geld bestochen, damit keiner auch nur auf die Idee kam, Recherchen anzustellen. Wir haben den Ärzten mit Klage gedroht, wenn sie auch nur ein Wort darüber verloren. Nach dem Tod meiner Schwester hat mein Vater mir die Firma überschrieben und ist mit meiner Mutter verschwunden. Sie haben mich mit der Trauer, diesem verdammten Unternehmen und dem Gefühl, nicht richtig auf sie aufgepasst zu haben, zurückgelassen. Ich war innerhalb einer Sekunde völlig auf mich allein gestellt.«

»Ich will es nicht wissen«, flüsterte Julie wieder und kämpfte gegen die Tränen, die in ihren Augen brannten.

»Doch, du musst es jetzt wissen. Ich will, dass du mich verstehst, dass du mich kennenlernst mit allen Seiten, mit meinen negativen und meinen positiven Eigenschaften.«

»Ich will nichts über dich wissen, damit du mir nicht unterstellen kannst, dass ich etwas für meinen Vorteil verwenden würde. Und wenn ich nichts weiß, kannst du mir auch nicht wehtun.« Julie wischte sich die Tränen weg, während die Wärme des Feuers sich in ihre Wangen brannte und sie leicht rötete.

»Ich werde dir nie wieder wehtun, Julie, das verspreche ich dir.«

»Ich glaube dir nicht.« Julie drehte sich leicht von Jean weg, winkelte die Beine an und umklammerte sie fest. Nein, sie glaubte ihm kein Wort, nicht das geringste. Julie ließ sich leicht zur Seite kippen und legte ihren Kopf an die Lehne der Couch, den Rücken Jean zugewandt. Fast geräuschlos rutschte er etwas dichter an sie heran und legte ihr eine Hand auf die Schulter. Als sich die Wärme von seiner Hand in ihrem Körper verteilte, zuckte sie leicht zusammen, und ihr Herz begann zu rasen. Da er keinen Widerstand spürte, legte er beide Arme um Julies zierlichen Körper und zog sie behutsam an seine Brust. Im ersten Moment dachte sie daran, sich zu lösen, sich von ihm wegzudrücken, doch dann ließ sie es zu. Jeans Wärme ging in ihren Körper über, und das erste Mal seit Stunden hatte sie das Gefühl, endlich nicht mehr zu frieren.

»Sie hat versucht, sich umzubringen.« Jeans Stimme war so leise, dass Julie ihn beinahe nicht gehört hätte.

»Du musst nicht«, versuchte sie entgegenzusetzen.

»Doch, ich muss. Béatrice und ich haben Silvester zusammen gefeiert und waren in einer kleinen Bar mit ein paar Freunden. Sie wirkte so glücklich, als wäre alles in Ordnung.« Jean verstummte für eine Sekunde. Er erinnerte sich an den Tag, als sei es gestern gewesen. »Irgendwann ist sie verschwunden, aber ich habe mir dabei keine Gedanken gemacht. Sie war schließlich alt genug, und ich konnte ihr vertrauen. Plötzlich schrien Leute, Rettungssanitäter stürmten in Richtung der Toiletten, und die Gäste riefen wild durcheinander, was geschehen sei. Im ersten Moment wusste ich nicht, ob ich nachsehen sollte, doch dann begann ich in der Bar nach Bea Ausschau zu halten, und ich fand sie nicht.« Ohne es zu realisieren, zog Jean Julie fest an sich. »Sie hatte sich irgendwelche Pillen eingeworfen, die Wahnvorstellungen hervorriefen und sie in einen Zustand versetzten, der dem von schweren Depressionen gleichkam. Dabei hat sie versucht, sich die Pulsadern aufzuschneiden. Man schaffte sie ins Krankenhaus, aber es war zu spät. Ihr Herz war bereits zu geschwächt.«

»Es tut mir so leid.« Julie wischte sich die Tränen aus den Augen und schwieg. Ihr war flau im Magen.

»Es muss dir nicht leidtun. Diese Geschichte hat meine komplette Familie zerstört, und wenn ich nur einen Augenblick besser auf sie geachtet hätte …«

»Du hättest es nicht ändern können. Auch ich habe mir diese Frage in den letzten Jahren so oft gestellt. Ich bin nie zu einer akzeptablen Antwort gekommen. Danke, dass du es mir erzählt hast.«

»Es ist eine Lüge, dass man sich besser fühlt, wenn man darüber redet.«

»Ich weiß, es tut immer mehr weh. – Also, was meinst du, bekommen wir den Abend hier irgendwie rum und können irgendwie gemeinsam auf dieser wirklich winzigen Couch schlafen?«

»Natürlich.« Ein sanftmütiges Lächeln zog über Jeans Lippen. »Ich geh noch ein bisschen Holz von draußen holen.«

Julie lehnte sich nachdenklich zurück und ließ im Kopf Revue passieren, was Jean ihr gerade erzählt hatte. Mal wieder verhielt er sich völlig widersprüchlich. Vor ein paar Stunden hatte er Élise noch gesagt, Julie sei nicht einmal eine Freundin für ihn, und nur wenig später offenbarte er doch seine Geschichte. Es machte keinen Sinn.

»Alles in Ordnung?«, erkundigte sich Jean, als er noch etwas Holz in das Feuer legte und Julies angespannten Ausdruck sah. Er richtete sich auf und setzte sich erneut neben Julie, die ihm gleich Platz machte.

»Du handelst widersprüchlich, Jean. In dem einen Moment erzählst du Élise irgendetwas von unserer Nichtfreundschaft und von Gefühlen, die du nicht haben kannst, und im nächsten Moment fasst du endlich das Vertrauen, mir zu erzählen, was dir passiert ist. Auf der einen Seite bist du liebevoll, auf der anderen Seite fährst du deine Mauer wieder hoch und lässt niemanden mehr an dich heran.« Etwas ängstlich sah Julie auf.

»Ich weiß, was du meinst«, seufzte er. »Manchmal reicht ein Wort aus, dass ich mich an diese schreckliche Nacht erinnere und mich dann verschließe. Ich möchte niemanden zu nahe an mich heranlassen, weil ich Angst habe, ihn nicht beschützen zu können.« Er sah Julie direkt in die Augen und griff nach ihrer Hand. »Ich habe Angst, dich nicht beschützen zu können. Ich habe in den letzten Tagen viel nachgedacht. Es war nicht meine

Absicht, dich zu verletzen. Ich dachte, wenn ich dich ignoriere, hältst du mich für einen kompletten Vollidioten, und der Abschied würde uns leichtfallen. Ich habe Élise irgendwelche Lügen aufgetischt, damit sie dich trösten kann und damit du mich vergisst. Ich wusste nicht, dass du uns zuhörst.«

»Das ist das Dümmste, das ich in meinem ganzen Leben je gehört habe«, flüsterte sie.

»Ich weiß, wie es klingen muss. Julie, versprichst du mir etwas?«

»Das kommt darauf an, was es ist.«

»Wenn ich morgen Abend zurück nach Paris fahre, versprich mir, dass du nicht aufgibst, egal, was passiert. Versprich mir, dass wir uns bald wiedersehen. Versprich mir, dass du dieses kleine Häuschen wieder wohnlich machst, und versprich mir, dass du auf dich achtgibst.«

Julie nickte. »Diese Versprechen kann ich erfüllen.«

»Und versprich mir, dass dieser Kuss immer etwas Besonderes in deinen Erinnerungen bleibt.« Jean legte Julie eine Hand auf die Wange und zog sie behutsam zu sich. Als seine Lippen die ihren umschlossen, verschwamm die Welt um sie herum. Julie verlor sich in dem Kuss, der ihr mit einem Mal die ganze Anspannung der letzten Tage nahm. Sie schmiegte sich fester an Jean, grub sich in seine wirren Haare und drückte ihn nach hinten. Leidenschaftlich liebkosten sich ihre Zungen, und Julie biss ihm verspielt auf die Lippe. Ein tiefes Knurren drang aus seiner Kehle, als er Julie plötzlich leicht von sich schob und sie schwer atmend ansah.

»Julie, wenn wir jetzt weitermachen, kann ich für nichts garantieren.«

»Du musst für nichts garantieren. Genieße den Moment, hat mein Vater mir mal beigebracht«, sagte sie mit kokettem Grinsen und hatte sich bereits ihren Pullover über den Kopf gezogen.

»Ein sehr schlauer Mann«, erwiderte Jean und zog Julie gierig zu sich, um ihr eilig die Jeans aufzuknöpfen.

*D*ie kleine Hütte lag im sanften Morgenlicht, die Sonne schien in die Fenster und kündigte einen wunderschönen Wintertag an. Als Julie zu sich kam, schwelgte sie in Erinnerungen. Ihr ganzer Körper kribbelte noch von Jeans weichen Händen, die über ihren Rücken geglitten waren. Sie fühlte noch, wie er durch ihre Haare gefahren war und wie er sie leidenschaftlich geliebt hatte. In ihrem ganzen Körper hatte ein Feuerwerk der Gefühle getobt. Gefühle, die sie in ihrem ganzen Leben noch nie gespürt hatte.

Mit einem glücklichen Lächeln auf den Lippen schlug sie die Augen auf. Jean hatte sich leicht über sie gebeugt und sah sie an.

»Guten Morgen.«

»Du hast im Schlaf gelächelt«, flüsterte Jean und strich ihr behutsam eine Haarsträhne aus dem Gesicht.

»Ich bin glücklich. Ich würde gern noch hierbleiben, um der Realität für ein paar weitere Stunden zu entfliehen.«

»Ich auch, aber wir müssen zurück. Deine Mutter macht sich sicher noch immer Sorgen.«

»Ich weiß«, seufzte Julie.

* * *

*J*e näher der Moment rückte, der Jeans Abschied bedeutete, desto stiller wurde Julie. In einem günstigen Moment nach dem Abendessen verschwand sie unbemerkt aus dem Wohnzimmer, zog sich Jacke und Schuhe an und ging in den Garten. Sie setzte sich im Dunkeln auf die Hollywoodschaukel und sah in den klaren Himmel. Ihr Stern funkelte hell und begrüßte sie verspielt. Ein sanftes Lächeln huschte ihr über die Lippen, obwohl ihr flau im Magen war. In nicht einmal einer Stunde würde Jean Saint-Suliac verlassen. Die Nähe, die sie in der kleinen Hütte zueinander aufgebaut hatten, würde dann auf die Probe gestellt sein. Doch hatte diese Nähe überhaupt etwas zu bedeuten? Sie wusste es nicht.

»Julie?«, riss sie plötzlich genau die Stimme aus den Gedanken, die sie in diesem Moment eigentlich nicht hören wollte. Sie wollte über sich und Jean nachdenken, doch wie sollte sie das in seiner Gegenwart tun? Jean schloss die Schiebetür und setzte sich neben Julie auf die Hollywoodschaukel. »Alles in Ordnung bei dir?«

»Ja, ich brauchte nur mal eine Minute für mich. Ich bin es nicht mehr gewohnt, ständig von meiner Familie umgeben zu sein«, log sie.

»Soll ich dich lieber wieder allein lassen?«

Julies Magen rebellierte. »Nein, du ... du kannst gern hierbleiben.«

»Was ist los mit dir? Ich merke genau, dass etwas nicht stimmt? Ist es wegen letzter Nacht?« Jean spürte ihre Unsicherheit, und auch der traurige Ausdruck in ihren Augen entging ihm nicht.

»Nein, es ist nicht wegen letzter Nacht«, antwortete sie etwas zu schnell.

»Julie, sei ehrlich, was ist los?« Er griff nach ihrer Hand.

»Ich weiß einfach nicht, wie ich mit der Situation umgehen soll, dass du zurück nach Paris gehst. Ich ... ich bin verwirrt wegen gestern Abend.« Sie hatte den Blick gesenkt und sah auf die schneebedeckte Terrasse.

»Gestern war wunderschön, es gibt keinen Grund, verwirrt zu sein.« Sanft legte er ihr eine Hand auf die Wange und zwang sie damit, ihn anzusehen. »Ich habe diese Nacht mit dir sehr genossen.« Sie schluckte schwer. Der Ausdruck in seinen wunderschönen Augen war voller Gefühl und Respekt.

»Ich will dich noch nicht gehen lassen«, gestand Julie letztendlich, und heiße Tränen brannten in ihren Augen. Sie wusste, dass sie ihr Schweigen brechen musste, um ihm zu sagen, was sie empfand. »Du hast dich in den letzten Tagen wie das größte Arschloch des ganzen Planeten benommen, und du hast es mit einem einzigen Kuss wieder wettgemacht. Jean, ich weiß nicht, was das zwischen uns ist, aber meinst du nicht, wir müssen es herausfinden? Wie sollen wir das machen, wenn ich hier bin und du in …«

Ohne Vorwarnung presste Jean seine Lippen auf die ihren. Er küsste sie so leidenschaftlich und intensiv, wie er noch nie eine Frau geküsst hatte. Fordernd fuhr er ihr durch die Haare und biss ihr liebevoll auf die Lippe.

Von der Leidenschaft gepackt, schwang Julie sich auf seinen Schoß, umklammerte seinen Kopf und genoss das prickelnde Gefühl seiner Lippen auf ihrem Gesicht und Hals. All die Gefühle, die schon am Abend zuvor aufgekommen waren, kehrten zurück und verstärkten sich noch einmal. Schwer atmend schob Julie Jean leicht von sich. Die Hände noch in seinen Haaren vergraben, sah sie ihn an.

»Was machst du denn?«, fragte sie benommen und fixierte seine grünblauen Augen.

»Ich … ich weiß es nicht«, antwortete er ebenso verwirrt. »Julie, vertraust du mir?« Sein Blick war plötzlich nachdenklich.

»Ja, ich vertraue dir.«

»Ich werde mir jetzt ein Taxi rufen, das mich nach Paris bringt. Ich werde in Paris alles klären, was ich klären muss, und dann hole ich dich zu mir, hörst du? Du bist die erste Frau, der ich mein gesamtes Leben offenbaren würde, und das will ich auch. Ich will, dass du mich so kennenlernst, wie ich wirklich bin, wie ich früher war, bevor … bevor all die schrecklichen Dinge geschehen sind. Ich möchte dich zum Lachen bringen, ich will dich trösten, wenn es dir schlechtgeht. Du sollst abends neben mir einschlafen und morgens neben mir aufwachen. Alles, was ich dafür brauche, sind dein Vertrauen und das Versprechen, dass du jetzt nicht weinst, okay?« Julie nickte unsicher. »Danke«, hauchte er und gab ihr einen letzten, flüchtigen Kuss.

* * *

Je mehr Abstand zwischen Jean und Julie entstand, desto entschlossener war Jean. In Paris warteten noch so viele offene Baustellen, die er bereinigen musste, doch dann stand ihm nichts mehr im Weg.

Glücklich blickte er aus dem Fenster und sah in der Dunkelheit die Landschaft an sich vorbeiziehen. Er erinnerte sich an die Nacht in der Hütte, die Gefühle in ihm hervorgerufen hat, die er noch nie gespürt hatte. Sie waren so intensiv und ehrlich, so sinnlich und doch leidenschaftlich. Julie tat ihm gut, sie kitzelte das hervor, was er so lange versucht hatte zu verbergen.

»Ich kenne Sie irgendwoher«, bemerkte der Taxifahrer bei einem Blick in den Spiegel. Jean sah seine angespannten Gesichtszüge, die ihm signalisierten, dass er nachdachte. »Jean-Alain Voltaire, jetzt habe ich es.« Jean nickte nur abwesend. »Ich gratuliere Ihnen recht herzlich.«

»Wozu, wenn ich fragen darf?«

»Sie sind ein Witzbold«, lachte der Taxifahrer kehlig und konzentrierte sich wieder auf die Straße.

Sichtlich verwirrt nahm Jean sein Telefon. Die Nachricht, die er als Erstes las, ließ ihm das Blut in den Adern gefrieren.

»Nein, das darf nicht wahr sein«, stammelte er und landete auf dem harten Boden der Realität.

Zwanzig

Es vergingen zwei Tage, in denen Julie versuchte so zu tun, als würde es ihr gut gehen. In Wirklichkeit fühlte sie sich allein gelassen und hilflos. Niemals hätte sie gedacht, dass es ihr so schwerfallen würde, Jean gehen zu lassen. Es war die Hölle gewesen, mit ansehen zu müssen, wie das Taxi sich weiter und weiter entfernte, bis es letztendlich abbog und aus ihrem Sichtfeld verschwand. Das Abenteuer war vorerst vorbei.

In diesen zwei Tagen legte Julie eine Hundertachtzig-Grad-Drehung hin. Sie ließ sich hängen, schlief schlecht, trank nur noch Kaffee und aß ausschließlich Schokolade. Wenn sie in den Spiegel sah, blickte ihr ein trauriges, blasses Mädchen entgegen, das dunkle, tiefe Ringe unter den Augen hatte.

Vergeblich hatte Julie in den letzten achtundvierzig Stunden immer wieder auf ihr Handy gesehen, doch Jean meldete sich nicht. Kein Anruf, keine Nachricht, kein gar nichts.

»Kindchen, komm etwas essen!«, rief Jané, als sie über den Gang ging.

»Ich habe keinen Hunger.«

Jané hatte Julie noch nie so trostlos erlebt. Sie musste dringend auf andere Gedanken kommen, und ihre Mutter wusste auch ganz genau, wie.

In ihrem Schlafzimmer zog Jané ein kleines Buch aus dem Bücherregal, musterte einen Moment den abgegriffenen Einband mit einem Lächeln und drückte es dann an ihre Brust. Sie ging zu Julies Zimmertür und klopfte zaghaft. Als von drinnen keine Antwort kam, öffnete Jané sie einfach und fand ihre Tochter mit einer großen Tasse Kaffee, Nougatpralinen und einem Mount Everest aus Taschentüchern auf ihrem Bett vor.

»Kann ich reinkommen? Ich würde dir gern etwas zeigen.«

Julie nickte, wischte sich die Tränen weg und kaute lustlos auf einer Praline herum.

Jané schloss die Tür, legte das Buch auf Julies Schreibtisch und beseitigte die leere Konfektschachtel und den Taschentücherberg. »Wie geht es dir?«, fragte sie und setzte sich zu Julie auf das Bett.

»Ich bin aufgekratzt vom Koffein, habe sicher schon fünf Kilo wegen der ganzen Schokolade zugenommen, und du hast soeben meinen mühsam gebauten Berg zerstört. Mir geht es ganz großartig, danke der Nachfrage.«

»Liebes, Jean wird sich bald bei dir melden. Lass den Kopf nicht hängen, es gibt keinen Grund dafür.«

Julie zuckte mit den Schultern und senkte den Kopf. »Ich habe einfach kein gutes Gefühl.«

»Ach, Kleine.«

»Also, was wolltest du mir zeigen?« Julie sah ihre Mutter an, auf deren Lippen ein glückliches Lächeln aufleuchtete.

»Dieses Buch.« Sie gab es Julie in die Hand. Sanft strich sie mit ihren Fingern über den Einband und fuhr die Buchstaben des Titels nach.

»*Ein Winter in Paris*«, las sie vor. »Was ist das für ein Buch?«

»Sieh es dir in Ruhe an, und wenn du Fragen hast oder einfach nur darüber reden möchtest, dann komm zu mir.« Jané küsste Julie auf die Stirn. »Immer wenn ich traurig bin oder ein bisschen Hoffnung brauche, lese ich darin.« Dann verließ sie das Zimmer und ließ ihre Tochter mit ihrem größten Schatz zurück.

Nachdenklich begann Julie zu blättern und stolperte sofort über den Namen der Autorin.

Aurélie Roché.

»Großmutter«, flüsterte Julie erstaunt und suchte nach der Autoreninformation. Als sie diese grob überflog, stellte sie fest, dass das Buch wirklich ihre Großmutter geschrieben hatte: »Mit Charme und Witz erzählt Aurélie Roché ihre tragische und zugleich romantische Lebensgeschichte.«

Völlig verwirrt schlug Julie wahllos eine Seite auf und begann zu lesen.

Ich hatte nie an Schicksal geglaubt. Meistens war es nur ein Zufall, den niemand beweisen konnte. Nicht mehr und nicht weniger.

Ich war der festen Überzeugung, dass das Leben einen vor-geschriebenen Weg verfolgte. Wir konnten es nicht beeinflussen, weder positiv noch negativ. Ich hatte mich nicht aufgegeben, aber ich blies Trübsal und verschwand verzweifelt nach draußen, wo die Kälte mich jeden Abend aufs Neue betäubte.

Julie blätterte weiter, überflog das nächste kleine Stück.

»Niemand sollte an so einem schönen Abend allein sein«, riss eine fremde und zugleich bezaubernde Stimme mich aus meinen Gedanken. Erschrocken sah ich mich um und landete in den aus-drucksstarken Augen eines jungen Mannes. »Warum bist du allein?«

Je mehr Seiten Julie zufällig aufschlug und immer einen klei-nen Abschnitt las, desto klarer wurde ihr, was sie in den Hän-den hielt.

Eilig sprang sie auf, das Buch fest umklammert, und rannte die Treppe nach unten. Ihre Mutter saß im Wohnzimmer und blätterte eine Zeitung durch.

»Das ging schnell«, bemerkte sie, und ihre Augen strahlten, als Julie sich ihr gegenüber auf die Couch setzte.

»Maman«, brachte Julie atemlos hervor. »Das ist… Mamie

ist Aurélie *die* Aurélie? Ich... wie konntest du mir das nur so lange vorenthalten?«

»Ich wollte dich eigentlich selbst dahinterkommen lassen, aber als ich dich so hilflos durch die Gänge huschen sah, da wusste ich, dass ich nicht länger warten konnte.«

»Das ist wirklich unglaublich. Sie hat einen wahren Mythos geschaffen.« Julie senkte ihren Blick leicht, und der Enthusiasmus verschwand aus ihrer Stimme. »Ich fühle mich, als hätte ich sie auch enttäuscht.«

»Das ist Quatsch, Julie. Ich bin mir sicher, dass sie da, wo sie jetzt ist, verdammt stolz auf dich ist. Du hast niemanden enttäuscht.« Jané stand auf und setzte sich zu Julie auf die Couch. Sie schloss ihre Jüngste fest in die Arme und drückte sie an sich. »Ich habe dir das Buch gegeben, damit du verstehst, dass, selbst wenn eine Situation ausweglos erscheint, es immer noch irgendwo einen Funken Hoffnung gibt. Deine Großmutter hat ihr Glück in Paris gefunden, und du wirst das auch, wenn vielleicht auch nicht jetzt in diesem Augenblick. Aber das zählt nicht, Julie. Es ist völlig egal, wann. Und selbst wenn Jean nicht der Richtige für dich ist und auch wenn er sich nicht meldet, ist das kein Weltuntergang. Du bist eine Kämpferin, und du wirst deinen Weg gehen, ob nun mit Jean oder ohne ihn. Hör auf, dich zu verkriechen und diese Schokolade in dich hineinzustopfen. Es gibt doch keinen Grund.«

»Ich weiß, dass es albern ist, aber kennst du dieses Gefühl, wenn du glaubst, dass ein Stück von dir fehlt?«

»Ja, das ist Liebe, Julie. Nimm dir die Zeit, das Buch zu lesen. Dein Talent hast du übrigens von deiner Großmutter geerbt. Du bist ihr sehr ähnlich.« Jané küsste Julie auf die Wange und ließ sie allein im Wohnzimmer zurück.

*S*chneller als gedacht hatte Julie die ersten hundert Seiten des Buches gelesen, auf welchen ihre Großmutter bis ins Detail ihre ausweglose Situation beschrieb. Es musste schrecklich gewesen sein, sich völlig ohne Familie durchschlagen zu müssen. Niemand war da, der ihr Halt geben konnte, niemand, mit dem sie über Probleme sprechen konnte. Das Gefühl, sich einsam und allein in einer so großen Stadt wie Paris zu fühlen, kannte Julie nur zu gut. Man fühlte sich hilflos, nicht angekommen und nicht gewollt.

Julie schlug die nächste Seite auf, fest entschlossen, das Buch noch am heutigen Tag fertig zu lesen, als plötzlich ihr Handy klingelte. Sie legte das Buch beiseite und zog es aus der Hosentasche. Geraldine. Mit einem Lächeln auf den Lippen nahm Julie das Telefon und meldete sich: »Hallo, beste Freundin.«

»Du hast gute Laune?«, fragte Geraldine und klang sichtlich verwirrt.

»Ist das so abwegig?« Geraldine überlegte kurz, und Julie merkte sofort, dass irgendetwas nicht stimmte.

»Nein, es ist nur, hast du heute schon mal in die Zeitung geschaut?«

»Nein.«

»Hast du den Fernseher heute schon mal angehabt?«

»Nein?«

»Internet?«

»Nein! Sollte ich?«, kreischte Julie.

Einundzwanzig

»Geraldine, was ist jetzt?«, drängelte Julie die verstummte Freundin.

»Besser nicht«, murmelte diese nachdenklich. »Ist Jean noch bei dir?«

»Schon seit zwei Tagen nicht mehr. Ich vermisse ihn.«

»Hm. Wie war es mit ihm?«

»Wir hatten ein paar kleine Differenzen, aber wir konnten alles klären. Eigentlich war es gar nicht so übel. Wir konnten offen über alles reden und... und wir sind uns nähergekommen. Aber ich glaube nicht, dass es irgendwohin führt, schließlich sitze ich noch immer hier fest, und er ist wieder in Paris. Wir haben keine Chance, uns endlich richtig kennenzulernen.«

»Seid ihr im Bett gelandet?«

»Geraldine!«, schrie Julie entsetzt. »Nein, sind wir nicht... okay... es war kein Bett, es war die Couch und...«

»Merde! Du hast dich in ihn verliebt, oder?«, schnitt Geraldine ihrer Freundin das Wort ab.

»Ich weiß es nicht. Irgendetwas ist da, aber...«

»Nein, nein, nein...«, murmelte sie und seufzte laut.

»Geraldine, was ist eigentlich los?«

»Schau in die Zeitung, schalte den Fernseher an, oder geh ins Internet, du findest es überall. Ruf mich wieder an.«

Julie legte ihr Handy auf den Couchtisch und sah einen Moment stumm darauf. Was würde sie erwarten, wenn sie die Zeitung aufschlug? War Jean etwas passiert, oder warum hatte Geraldine so irritierend auf die Neuigkeiten reagiert? Ein schlechtes Gefühl machte sich in ihrem Magen breit, und ihr Herz schlug viel zu schnell. Als Julie aufstand und in die Küche ging, um nach der Tageszeitung zu suchen, wurden ihre Knie weich wie Pudding. Sie fühlte immer deutlicher, dass etwas nicht stimmen konnte. Julie riss die Zeitung vom Küchentisch und drehte sich zur Arbeitsfläche.

»Julie, was suchst du?«, fragte Jané und stellte sich hinter ihre Tochter.

Julie blätterte und blätterte und fand nichts. Übersah sie etwas? Hektisch ging sie ins Wohnzimmer, nahm die Fernbedienung und schaltete alle Kanäle durch. Filme, Serie, Nachrichten, Dokumentationen. Aber nichts, was ihr weiterhelfen würde. Rein gar nichts.

»Was macht sie?«, fragte Claude, der mit der neuen *Élémentaire* in der Hand im Wohnzimmer auftauchte.

»Ich weiß es nicht«, antwortete Jané ängstlich. Sie nahm ihrem Mann das Magazin aus der Hand und erstarrte, als sie die Nachrichten der Titelseite überflog. Erschüttert drehte sie ihren Kopf zu ihrem Mann, der nur kopfschüttelnd davonging.

Währenddessen stürmte Julie zurück in die Küche und machte sich wieder über die Tageszeitung her. Mit jeder Sekunde, in der sie nichts fand, wurde ihre Panik größer. Wenn Jean etwas geschehen war, würde sie sich das niemals verzeihen. Sie wusste, dass sie ihn niemals hätte fahren lassen dürfen.

Jané seufzte leise, ging zu ihrer Tochter und nahm ihr die Zeitung aus der Hand, in der sie hektisch suchte. Sie schlug eine bestimmte Seite in der *Élémentaire* auf und legte sie Julie auf den Tisch. »Es tut mir so leid, Liebling«, murmelte Jané und legte ihrer Tochter die Hand auf die Schulter. Julie scannte die Seite ab, und dann sah sie es. Ihr Herz machte einen Aussetzer, und ihr ganzer Körper begann zu zittern. Alles war eine Lüge. Eine schreckliche, dumme Lüge, auf die sie hereingefallen war. Julie griff sich das Magazin, rannte völlig verwirrt die Treppe wieder nach oben und schloss sich in ihrem Zimmer ein. Sie setzte sich auf ihr Bett, breitete den Artikel vor sich aus und begann zu lesen.

Paris' begehrtester Junggeselle endgültig vom Markt?

Ganz Paris hält den Atem an. Jean-Alain Voltaire, Chef der Marketingfirma Sourire und Paris' begehrtester Single, wird heiraten.
    Schon lange kursierte das Gerücht, er hätte sich verliebt. Auftritte mit bekannten Models waren an der Tagesordnung, doch nur eine schaffte es, sein Herz zu erobern. Jetzt endlich spricht das französische Supermodel Paulette Chevallier: »Ja, wir lieben uns. Jean und ich haben uns vor einigen Jahren auf der Premiere eines Werbespots kennengelernt, und er bot mir sofort einen Job an.« Es dauerte nicht lang, bis die ersten Gefühle aufkamen, so das Model. »Jean war wirklich bezaubernd, er hat mich oft zum Essen eingeladen oder zu einem Spaziergang zum Eiffelturm. Habe ich erwähnt, dass ich diesen Platz liebe? Er musste wirklich um mich kämpfen, aber irgendwann war ich bereit, nachzugeben.« Seit zwei Jahren ist das Paar nun zusammen und ist sich sicher: »Ja, wir werden heiraten.« Der Termin für die Hochzeit ist noch nicht bekannt, aber laut dem Supermodel sollen noch dieses Jahr die Hochzeitsglocken läuten.

Exklusiv in der nächsten Ausgabe: Brautmoden-Shooting mit Paulette Chevallier. Ein Model lüftet ihre Geheimnisse.

Während Julie den Artikel las, brannten heiße Tränen in ihren Augen. Wütend versuchte sie das Magazin zu zerreißen und warf es mit einem lauten Schluchzer quer durch den Raum. Er hatte mit ihr gespielt, hatte sie belogen und sie ausgenutzt. Sie hätte es wissen müssen. Es hätte ihr von Anfang an klar sein müssen.

Julie sprang auf, weinte so heftig, wie sie es noch nie wegen eines Mannes getan hatte, und räumte mit einer gezielten Bewegung ihren ganzen Schreibtisch ab. Donnernd fielen die Sachen zu Boden, während Julie mit voller Wucht gegen ihren halb leeren Kleiderschrank trat. Nachdem sie nahezu ihr ganzes Zimmer in seine Einzelteile zerlegt hatte, sank sie weinend zwischen ihren Sachen zusammen und stützte den Kopf in die Hände. Wie konnte sie nur so töricht gewesen sein? Wie konnte sie jemandem vertrauen, den sie kaum kannte? Wie hatte sie mit ihm schlafen und ihm damit das letzte bisschen Vertrauen schenken können, das sie besaß?

Es dauerte nicht lang, dann klingelte ihr Handy erneut. Wie erwartet, war es Geraldine. Julie nahm den Anruf entgegen, sagte aber nichts.

»Julie, bist du dran?«, fragte Geraldine irritiert.

»Ja.« Man hörte ihr an, dass sie weinte. Ihre Stimme war brüchig und schwach.

»Du hast es gesehen?«

»Ich habe mein Zimmer verwüstet«, antwortete sie und sah sich das Resultat ihres Wutausbruches an. Ihr Zimmer glich einem Schlachtfeld, entstanden in ein paar wenigen Minuten.

»Vergiss den Idioten einfach.«

»Nein.«

»Julie, quäl dich nicht selbst. So wie es aussieht, hat er dich von vorn bis hinten verarscht. Schließ es ab. Lass dich nicht auf sein Niveau hinunter.«

»Nein, das werde ich nicht. Ich weiß genau, was ich machen werde.« Mit diesen Worten legte Julie auf, schaltete ihr Handy aus und fing an, das Chaos in ihrem Zimmer wieder zu beseitigen. Derartige Gefühlsausbrüche kannte sie von sich selbst nicht, und sie wusste, dass dieser kein gutes Zeichen war. Sie musste es sich wohl oder übel eingestehen. Sie hatte eindeutig Gefühle für Jean, während er diese mit Füßen trat.

Eilig verließ Julie ihr Zimmer, kochte sich in der Küche einen viel zu starken Kaffee, bewaffnete sich mit Schokolade und schloss sich in ihrem Zimmer ein.

* * *

*J*ean rieb sich seine schmerzende Stirn und massierte sich die Schläfen. Er hatte die letzten Nächte nicht geschlafen, denn es war alles aus dem Ruder gelaufen.

Immer wieder nahm er sein Telefon und wählte Julies Nummer, doch er traute sich nicht, sie anzurufen. Die Angst vor den Worten, die sie ihm sagen würde, war zu groß. Er würde ihre Wut und Enttäuschung nicht ertragen können. Er würde ihr nie wieder in die Augen sehen können. Er würde sie verlieren.

»Jean, wir müssen reden.« Paulette Chevallier war eine Erscheinung. Sie war gertenschlank, hatte endlos lange Beine, trug ausschließlich wertvolle Designerkleidung. Ihr schmales Gesicht war das eines Engels. Ihre großen blauen Augen leuchteten, ihre langen blonden Haare fielen in seidig glänzenden Locken über ihre geraden Schultern, und ihre Lippen waren voll und sinnlich. Paulette Chevallier kannte ihre Reize, und doch stieß sie gelegentlich an ihre Grenzen.

»Ich habe mit dir nichts mehr zu reden«, zischte Jean und funkelte das Model mit wildem Blick an.

»Du musst es mich erklären lassen.«

»Ich lasse dich überhaupt nichts erklären, hast du verstanden? Nimm alles, was dir gehört, und bring es endlich aus dieser gottverdammten Wohnung, wie du es schon vor Wochen hättest machen sollen.«

»Du kannst mich nicht rauswerfen. Erinnerst du dich nicht, was du mir Heiligabend erzählt hast? Du willst die Hochzeit genauso wie ich.« Sie ging einige Schritte auf ihn zu.

»Oh, das weiß ich noch sehr gut. Ich sagte, ich werde heiraten, wenn ich die richtige Frau gefunden habe.«

»Und das hast du«, sagte sie und zauberte ein verführerisch glückliches Lächeln auf ihr Gesicht.

»Ja, aber du bist es nicht! Verdammt, Paulette, was hast du dir nur dabei gedacht?« Jean schlug die Hände auf den Tisch und fuhr wütend hoch.

»Ich werde nicht aufgeben, egal, was du jetzt sagst. Ich werde um dich kämpfen, weil ich dich liebe und weil ich weiß, dass wir zusammengehören. Du musst endlich ehrlich zu dir selbst sein.«

»Oh, Paulette, das bin ich. Ich weiß nicht, was du dir in deinem Kopf zusammengereimt hast, aber du wirst die Sache richtigstellen, und mir ist egal, wie du das anstellst, sonst verklage ich dich, bis du alles, was dir lieb und heilig ist, verloren hast«, knurrte Jean.

»Liebling…«

»Verschwinde!«, schrie er sie heftig an, und das Model zuckte zusammen. Mit gesenktem Blick und zitternden Knien verließ sie Jeans Wohnung. Sie war vielleicht noch nicht am Ziel, aber sie war auf einem guten Weg.

Erschöpft ließ Jean sich zurück auf seinen Bürostuhl fallen und nahm das Telefon in die Hand. Er wählte die Nummer des Haustelefons der Familie Renouard und wartete. Sein Herz schlug ihm bis zum Hals, dann meldete sich plötzlich eine männliche Stimme.

»Renouard.«

»Monsieur Renouard, hier ist Jean.« Am anderen Ende war Stille. »Ich … kann ich bitte mit Julie sprechen.«

»Dass Sie sich überhaupt trauen, hier anzurufen. Wagen

Sie es nicht, mit meiner Tochter in Verbindung zu treten, oder ich werde Ihnen jeden Knochen einzeln brechen. Leben Sie Ihr Leben, und lassen Sie unsere Familie in Ruhe!« Dann war die Leitung tot.

Zweiundzwanzig

Schreiben gilt allgemein als Therapie, zum Beispiel um sich etwas von der Seele zu schreiben, doch auf Julie hatte dies nie zugetroffen. Wenn sie schrieb, dann, weil sie sich in eine neue Welt versetzen oder weil sie etwas mit den Menschen teilen wollte. Sie schrieb nicht, um einige Dinge klarer zu sehen oder damit zu einer Erkenntnis zu gelangen. Schreiben war für sie immer Spaß gewesen, eine Art erholsames Hobby, aus dem sie eine Berufung machte.

Doch jetzt, als sie auch noch die letzte Verbindung zu Paris verloren hatte, die ihr etwas bedeutete, saß Julie vor dem Computer und schrieb ohne Sinn und Verstand mehrere Kurzgeschichten, die jedes ihrer Gefühle widerspiegelten. Sie schrieb die ganze Nacht, ohne auch nur eine Sekunde zu schlafen. Als der Rest ihrer Familie sich schlafen legte, ging sie in die Küche und kochte sich gleich zwei Kannen Kaffee und stockte ihren Vorrat an zuckerhaltigen Lebensmitteln auf. Nur an den Taschentüchern ging sie vorbei, denn sie hatte sich fest vorgenommen, nicht die kleinste Träne mehr zu weinen.

Wo vor Kurzem noch ein heftiger Starkregen an Gefühlen sein Unwesen getrieben hatte, waren nun eiskalte Schneemauern. Das zutiefst schmerzende Gefühl, benutzt worden zu sein, hatte sie mit voller Wucht getroffen und Konsequenzen mit sich gezogen.

Julie ließ die Hände von der Tastatur gleiten und starrte auf die Zeilen, die wie im Rausch innerhalb kürzester Zeit entstanden waren. Die Worte waren förmlich aus ihr herausgesprudelt, während sie sich völlig in ihrer Welt verloren hatte. Sie war von einem Sturm ergriffen worden, der ihr den Boden unter den Füßen weggerissen hatte. Noch besaß sie genug Kraft, um nicht von der Klippe der Gefühle zu springen. Doch was würde geschehen, wenn die Stille erst Einzug hielt?

Sie wusste es nicht.

In Gedanken versunken, schickte sie den Druckauftrag und lauschte dem leisen Rattern des Druckers. Seufzend zog sie die fertigen Seiten heraus, legte sie vor sich und begann ihre Texte noch einmal zu lesen.

Zufrieden mit sich selbst stand Julie auf, räumte den Platz auf und warf einen Blick auf die Uhr. 5.39 Uhr. Sie nahm ihre Zettel und packte eine kleine Tasche mit den wichtigsten Sachen. Im Badezimmer machte sie sich kurz frisch, putzte Zähne und band ihre Haare zu einem lockeren Knoten nach oben.

Mit ihren wenigen Sachen ging sie die Treppe langsam wieder nach unten. Sie wollte ihre Familie nicht wecken, und vor allem wollte sie den lästigen emotionalen Verabschiedungen aus dem Weg gehen. Stattdessen kochte sie sich einen letzten Kaffee, nahm einen Zettel und einen Stift und schrieb einige Zeilen, die sie ihrer Familie so hätte niemals sagen können:

Wenn Ihr diesen Zettel lest, bin ich sicher schon eine Stunde unterwegs. Es tut mir leid, dass ich nicht gewartet habe, bis Ihr aufwacht, aber ich bin kein Fan von großen Abschieden, das wisst Ihr.

Ich muss nach Paris zurückkehren, um einige Dinge zu regeln und um das Leben zu leben, das ich immer wollte. Auch wenn es nicht einfach wird, muss ich versuchen, so schnell wie möglich einen neuen Job zu finden, und mich der Situation stellen. Ich habe viel zu schnell aufgegeben. Ich habe mich von Marie-Claire einschüchtern lassen. Irgendwie werde ich es schaffen, solange Ihr an mich glaubt und solange ich selbst an mich glaube.

Und auch die Angelegenheit mit Jean muss ich klären, um für mich damit abschließen zu können. Ich weiß, Ihr habt ihn alle in Euer Herz geschlossen, aber ich wünschte, ich hätte ihn nie mitgebracht.

Ich melde mich, sobald ich in Paris angekommen bin, und ich verspreche Euch, so schnell wie möglich wieder zu Besuch zu kommen.

Ich liebe Euch so sehr, und meine überstürzte Abreise hat nichts mit Euch zu tun. So viele Dinge sind falsch gelaufen und müssen wieder in die richtige Bahn gelenkt werden. Danke, dass Ihr für mich da gewesen seid, als ich Euch am meisten gebraucht habe.

Und Maman, danke für das Buch. Es ist schön, endlich alles zu verstehen. Ich glaube, Großmutter und ich waren gar nicht so verschieden.

Merci, Maman.

In Liebe,

Julie

Julie legte den Stift quer über den Zettel, goss den frisch gekochten Kaffee in einen Thermosbecher und verschwand still und heimlich aus ihrem Elternhaus.

In den vier Stunden Autofahrt dachte Julie viel nach, hauptsächlich darüber, ob sie bereit war, Jean unter die Augen zu treten. Es war erst wenige Tage her, als er Saint-Suliac verlassen hatte. Sie fragte sich, ob er damit rechnete, dass sie auftauchen würde, oder ob er sie bereits ad acta gelegt hatte. Julie kam sich schrecklich billig vor. Sie fühlte sich wie ein nutzloses Gratisspielzeug, mit dem Kinder einmal spielen und es dann für immer vergessen.

Sie nutzte die Zeit auch, um sich bei ihrer Vermieterin zu melden und ihr die neue Situation zu erklären.

»Bonjour«, meldete sich die alte Dame, und in Julies Herz breitete sich sofort ein warmes Gefühl aus.

»Bonjour, Madame Milet.«

»Julie, bist du das?« Man hörte ihre Überraschung.

»Oui, Madame.«

»Wie geht es dir?«

»Es geht mir... ich weiß nicht. Madame Milet, die Situation hat sich etwas geändert. Ich möchte nicht mehr ausziehen.«

»Julie, das ist wunderbar. Ich hätte mir auch nicht vorstellen können, für dich einen Ersatz zu finden. Du bist wirklich meine liebste Mieterin.«

»Danke, Madame. Ich werde mir so schnell wie möglich einen Job suchen, damit das mit der nächsten Miete in Ordnung geht.«

»Julie, bitte mach dir keinen Stress. Die Miete für diesen Monat hast du bezahlt, und ich bin gerne bereit, dir für den nächsten Monat mehr Zeit zu geben, solange du mir versprichst, endlich etwas aus deinem Talent zu machen. Du bist mir noch einen Roman schuldig, Kindchen.«

»Ich verspreche es Ihnen«, sagte Julie vielleicht etwas zu überschwänglich.

»Wann kommst du nach Paris zurück?«

»Heute noch. Ich sitze gerade im Auto.«

»Das ist ja wunderbar. Du musst mir noch etwas versprechen. Am 15. März musst du unbedingt zu meiner Geburtstagsfeier kommen. Ich würde mich sehr darüber freuen.«

»Sehr gern, Madame Milet, ein bisschen gute Gesellschaft kann mir nicht schaden.« Sie war noch nie so dankbar über eine Einladung wie in dieser Sekunde. Bei Madame Milet hatte Julie immer angenehme Stunden verbracht, in denen sie den stressigen Alltag auch mal vergessen konnte.

»Sehr schön. Ich melde mich noch einmal bei dir. Mein Sohn wird auch da sein, er will dich endlich kennenlernen.«

»Oh«, lächelte Julie. »Was haben Sie wieder erzählt?« Seit Julie in Paris angekommen war und sie ihre quirlige ältere Vermieterin kennengelernt hatte, versuchte diese, ihren Sohn anzupreisen. Doch Julie hatte ihn bisher nie getroffen und fand auch immer eine Möglichkeit, dem zu entgehen.

»Rein gar nichts, ich bin nur nach wie vor der Ansicht, dass du und Élias perfekt zusammenpassen würdet. Ich werde es dir schon beweisen, meine Liebe«, erwiderte die alte Dame glücklich, und Julie musste lachen. Madame Milet strahlte immer vor Optimismus, es war berauschend. »Ich habe jetzt noch etwas zu erledigen, aber ich freue mich, dich bald wiederzusehen, Julie. Au revoir.«

»Au revoir.« Julie legte auf und lächelte immerhin ein zaghaftes Lächeln. Solange Madame Milet ihr eine Schonfrist gewährte, würde sie Paris nie wieder den Rücken zukehren.

Als Julie ihren Wagen in der Rue Saint-Dominique parkte, durchzog sie ein ungutes Gefühl. Sie stellte den Motor ab und stieg aus. Stumm atmete sie die kühle Stadtluft ein, warf die Fahrertür zu und holte ihre kleine Tasche aus dem Kofferraum. Sie verriegelte den Wagen und blickte mit nachdenklichem Blick auf das Café Le Dôme. Immerhin gab es zwei Leute, die sich darüber freuten, dass sie zurück war, und sie hoffte, beide genau hier zu finden.

Kaum hatte Julie die Tür des Lokals aufgeschoben, schlugen ihr die warme, nach Kaffee und frischen Croissants duftende Luft und das Stimmengewirr der Menschen entgegen. Am Tresen entdeckte sie Geraldine, die jedem Schritt von Jacques mit verträumtem Blick folgte. Julie musste schmunzeln. Wenigstens schienen die beiden ihr Glück in der Stadt der Liebe zu finden.

Fast gleichzeitig sahen Jacques und Geraldine ihre Freundin an der Eingangstür stehen und machten annähernd den gleichen geschockten Gesichtsausdruck. Geraldine sprang auf, stürmte auf sie zu und schloss sie fest in die Arme.

»Julie, verdammt, warum hast du nicht Bescheid gegeben?«, fragte Geraldine und küsste sie auf die Wange. »Du siehst nicht gut aus.«

Julie löste sich von ihrer Freundin und schloss auch Jacques in die Arme.

»Du siehst wirklich schlecht aus, so habe ich dich nicht gehen lassen«, murmelte dieser und löste sich wieder.

»Ich habe fast vierundzwanzig Stunden nicht geschlafen. Ich hätte überhaupt nicht ins Auto steigen dürfen.« Julie rieb sich die müden Augen.

»Sollen wir nach oben gehen und über alles sprechen?« Geraldine sah besorgt aus und legte Julie schützend eine Hand auf die Schulter.

»Nein ... ich werde meine Eltern anrufen und dann erst einmal schlafen. Ich weiß noch nicht so recht, was ich jetzt machen soll«, stammelte sie verwirrt. »Ich melde mich bei euch.« Dann ging sie und ließ ihre Freunde mit einem flauen Gefühl in der Magengegend zurück.

* * *

$\mathcal{J}$ean saß vor seinem geöffneten E-Mail-Programm und starrte die leere Seite an. Immer wenn er ein paar Worte getippt hatte, kam er sich schlecht vor und löschte sie schnell wieder. Verwirrt griff er zu seinem Telefon und wählte Julies Handynummer, doch im letzten Moment brach er den Anruf ab und sah wieder auf seinen Bildschirm.

Jean wusste nicht, wo er anfangen sollte. Für sein Verhalten gab es keine richtige Entschuldigung, auch wenn er das Missverständnis mit wenigen Worten aufklären könnte. Ein weiteres Mal griff er nach seinem Handy und wählte Julies Nummer. Mit jeder Sekunde schlug sein Herz schneller. Er durfte nicht länger warten, denn er hatte schon viel zu viel Zeit damit verschwendet. Jeder Freizeichenton, der erklang, quälte ihn.

Dann plötzlich ein leises Knacken ...

... und Stille.

Jean lauschte Julies unruhigem Atmen, dem einzigen Beweis, dass sie seinen Anruf entgegengenommen hatte.

»Julie«, sagte er endlich mit schwacher Stimme, doch sie reagierte nicht. »Gib mir eine Chance, mich zu erklären. Bitte.« Stille. »Es handelt sich um ein schreckliches Missverständnis. Wenn es nur eine Chance gibt, dich zu sehen und dir alles erklären zu können ...«

»Ich bin hier«, flüsterte sie plötzlich.

Jeans Herz zog sich schmerzlich zusammen, als er ihre leise Stimme hörte. Sie klang gefährlich dünn.

»Wo bist du, Julie? In Paris?« Jeans Hoffnung wuchs. Gab es vielleicht doch noch eine Chance, mit ihr zu sprechen?

»Ja, seit zwei Tagen. Aber ich kann dich noch nicht wiedersehen. Ich ... ich muss erst nachdenken.« Dann legte sie auf und ließ Jean allein in der Leitung zurück.

Enttäuscht nahm er das Handy vom Ohr und legte es auf seinen Schreibtisch. Sein Blick schweifte über die leere E-Mail. Plötzlich wusste er, was er schreiben musste.

Von: Jean-Alain Voltaire
An: Julie Renouard

Betreff: Entschuldigung

Liebe Julie,
kein einziges Wort kann das ausdrücken, was ich in diesem Moment fühle. Deine Stimme am Telefon zu hören, die so ver-

letzt und dünn klang, hat mir einen Stich ins Herz versetzt, und ich fühle mich so schuldig, weil dieses Missverständnis nicht auf-gekommen wäre, wenn ich von Anfang an ehrlich zu Dir gewesen wäre.

Ich verstehe, dass Du Zeit brauchst, aber Du musst mir glau-ben, dass ich alles Erdenkliche tun werde, damit Du mir verzeihst. Natürlich weiß ich, dass ich schrecklich viel von Dir verlange, aber es gibt für alles eine logische Erklärung.

Julie, Du bedeutest mir zu viel, als dass ich Dich kampflos aufgeben würde. Was zwischen uns geschehen ist, war das Schönste in meinem ganzen Leben. Das musst Du mir glauben. Du bist meine Hoffnung in dunklen Stunden. Du rufst Seiten an mir her-vor, die ich längst vergessen hatte.

Ich gebe Dich nicht auf.

Jean

Julie schluckte schwer, als sie die E-Mail las, und löschte sie, ohne nachzudenken. Sie warf ihr Smartphone an das andere Bettende und zog die Decke über ihren Kopf.

Er hatte sie angerufen, doch an seiner Ehrlichkeit zweifelte sie nach wie vor. Wenn es ihm so wichtig war, ihr alles zu erklä-ren, warum meldete er sich dann erst jetzt? So viele Tage waren seit dem Artikel bereits vergangen, und erst jetzt wollte er sich ihr erklären? Es ergab keinen Sinn.

Von einem Ansturm der Wut gepackt, griff sie nach den Kurzgeschichten, die sie in Saint-Suliac geschrieben hatte, steckte sie in einen Umschlag und griff nach einem Stück Papier und einem Stift.

Du fühlst nicht einmal ansatzweise, welche Qualen Du mit die-sem Artikel in mir hervorgerufen hast. Es hat in diesem Moment keine Rolle gespielt, ob Du davon wusstest oder nicht oder ob es sich um ein Missverständnis handelt. Zu gern hätte ich Dir alles, was ich in diesem einzigen Moment erlebt und gefühlt habe, ins Gesicht geschrien, doch ich fürchte mich vor dem Augenblick, Dir in die Augen sehen zu müssen. Ich bin nicht stark genug, nach dieser Enttäuschung auch noch feststellen zu müssen, dass alles, was wir hatten, für Dich nur ein Abenteuer war.

Und doch sollst Du fühlen, was ich gefühlt habe. Du sollst die gleichen Tode sterben wie ich in dieser einen Sekunde, als Deine Verlobte mir von der Titelseite der Élémentaire *entgegengrinste.*

Ich wünsche Dir für Dein restliches Leben nur das Beste.

Sie steckte den Brief in den Umschlag und klebte ihn zu. Julie fühlte sich nicht leichter oder besser, aber den Kontakt zu Jean abzubrechen war die einzige sinnvolle Lösung, um sich selbst zu schützen.

* * *

Von: Jean-Alain Voltaire
An: Julie Renouard

Betreff: der Brief

Julie,
mittlerweile ist fast eine Woche seit unserem Telefonat vergangen.

Ich habe Deinen Brief erhalten, doch ich kann ihn nicht öffnen. Die Angst, dass Du mir damit sagst, dass alles zwischen uns ein riesiger Fehler war, ist zu groß. Ich würde es nicht verkraften, denn was wir hatten, war so viel mehr.

Ich mache mir Sorgen um Dich.

Ich kann verstehen, dass Du mich nach wie vor nicht sehen möchtest, aber es ist mir wichtig, dass Du die Wahrheit erfährst. Es ist nicht so, wie es scheint.

Bitte melde dich!

Jean

* * *

Julie trank einen Schluck starken Kaffee und sah aus ihrem Fenster. In Paris war der Schnee bereits geschmolzen, und die Sonne zeigte sich immer öfter. Es machte den Eindruck, als wollte der Frühling pünktlich im März Einzug halten.

In den letzten Tagen hatte Julie angestrengt darüber nachgedacht, wie es für sie weitergehen sollte, jetzt, wo sie sich von ihrer größten Last befreit hatte.

Kurz hatte sie überlegt, einen neuen Blog zu erstellen, doch das Bloggen hatte seinen Reiz für sie völlig verloren. Sie überlegte, ob sie zu Jacques gehen sollte, um ihn doch nach einer Festanstellung im Café Le Dôme zu fragen, aber dann erinnerte sie sich an Madame Milets Worte.

Du bist mir noch einen Roman schuldig, Kindchen.

Aber Julie fand keinen Anfang. Sie wusste nicht einmal, ob sie überhaupt einen Roman schreiben wollte, geschweige denn, ob sie die Ausdauer dafür hatte. Immer, wenn sie auf die erste Seite ihres Notizheftes sah, herrschte in ihrem Kopf völlige Leere. Worüber sollte sie überhaupt schreiben? Über die Liebe, wie es jeder tat? Über ein Verbrechen und dunkle Geheimnisse, obwohl sie in ihrem Leben nicht einen einzigen Krimi oder Thriller gelesen hatte?

Julie stellte die Kaffeetasse auf ihrem Couchtisch ab und stand auf, als sich wieder eine E-Mail mit einem leisen Ping ankündigte.

Von: Jean-Alain Voltaire
An: Julie Renouard

Betreff: Auf der Klippe

Julie,

es ist so viel Zeit vergangen, und ich mache mir wirklich Sorgen um Dich.

Nachdem ich feststellen musste, dass dieser Brief das einzige Zeichen von Dir sein würde, habe ich ihn geöffnet.

Und Du hattest recht. Ich habe es verdient, jeden einzelnen Deiner Tode zu sterben.

Du hast mich mit Dir auf die Klippe genommen, und ich fühle mich noch immer hilflos, seit ich diese Geschichte beendet habe. Mir war nie klar, dass Du so empfindest, und ich möchte mich dafür bei Dir entschuldigen.

Ich war zu schwach, um Dich zu retten, und habe Dich stattdessen mit meinen eigenen Händen von der Klippe gestoßen.

Und zum ersten Mal muss ich Dir recht geben, vielleicht ist es besser, wenn unsere Wege sich trennen. Vielleicht waren wir von Anfang an nicht dazu bestimmt, uns näherzukommen, obwohl jede Sekunde mit Dir eine der schönsten Sekunden der letzten Jahre war. Du hast mein Herz berührt, Julie, und ich habe achtlos mit Deinem gespielt. Wenn ich nun etwas verstanden habe, dann, dass Du jedes Recht hast, Dich vor mir zu schützen.

Ich wünsche Dir viel Glück.

Jean

Julie schloss das E-Mail-Programm und nippte ein weiteres Mal an ihrem Kaffee. Wahrscheinlich war es das Beste, dachte sie und stand auf. Mit leicht verschränkten Armen stellte sie sich an ihr Fenster und sah nach draußen. Paris lag bereits im Erwachen und zeigte sich von einer seiner schönsten Seiten.

Ein sanftes Lächeln breitete sich auf Julies Lippen aus. Ihr Jahr hatte turbulent begonnen, doch mit den wachsenden Frühlingsblüten und der immer kräftiger werdenden Morgensonne würde auch Julie immer stärker werden. Vor ihr lag noch so viel, das es zu entdecken galt, und sie war bereit, sich auf ein neues Abenteuer einzulassen.

Dreiundzwanzig

Ein Blick auf die Uhr verriet Julie, dass sie mal wieder viel zu spät dran war. Sie wollte unter keinen Umständen unpünktlich zu Madame Milets Geburtstagsfeier kommen. Die ältere Dame hatte Julie in den letzten Wochen so liebevoll unterstützt und ihr nebenbei schamlos ihren Sohn angepriesen. Julie hatte es mit Humor genommen, schließlich hatte sie nichts zu verlieren.

Schnell schlüpfte sie in ein blaues One-Shoulder-Kleid, zog eine nudefarbene Blazerjacke darüber und legte Armreifen und Ohrringe an. Seit sie keinen Kontakt mehr zu Jean hatte, hatte sie sich wieder mehr Zeit für sich genommen. Sie sah erholt und frisch aus, von verweinten Augen und dunklen Ringen darunter gab es nicht mehr die geringste Spur. Sie fühlte sich gut, und das sollte auch noch eine Weile so bleiben.

Julie schlüpfte in die hellen High Heels und griff nach dem Geschenk für Madame Milet, einem Präsentkorb mit den verschiedensten Sachen, darunter auch eine romantische kleine Kurzgeschichte, die sie eigens für ihre Vermieterin geschrieben hatte.

Eilig machte Julie sich auf den Weg und kam bereits zehn Minuten später vor dem Haus ihrer Vermieterin an.

»Julie, komm nach oben!«, rief die alte Dame begeistert in die Sprechanlage. Julie drückte die Tür auf, ging die Treppenstufen in den zweiten Stock nach oben, wo Madame Milet schon an der Tür auf sie wartete. »Wie schön, dass du da bist.«

»Bon anniversaire, Madame Milet«, gratulierte Julie freudig und schloss sie fest in die Arme, dann überreichte sie ihr Geschenk und folgte Madame Milet in die Wohnung.

»Geh doch schon mal ins Wohnzimmer, Julie, ich komme sofort nach.«

Unsicher trat sie dem Stimmengewirr entgegen, das aus dem Raum drang. Julie hatte bisher niemanden der Familie kennengelernt, aber so wie sie ihre Vermieterin einschätzte, wussten ihre Kinder genau, wer sie war.

»Bonjour!« Julie begrüßte Madame Milets Töchter, Clarise und Anne, deren Männer Mathis und Robert sowie ihre Enkelkinder, Charleen und Maybel, Annes zickige Teenagertöchter.

»Sie müssen Julie Renouard sein«, sagte Clarise lächelnd, als sie Julie in die Arme schloss. »Meine Mutter spricht die ganze Zeit von Ihnen.«

»Ich habe Ihre Artikel gelesen. Großartige Arbeiten«, integrierte Robert sich mit in das Gespräch. »Was planen Sie als Nächstes?«

»Ich arbeite nicht mehr für *Élémentaire*.« Julie schluckte, es fiel ihr noch immer schwer, darüber zu sprechen.

»Sie sollte sowieso besser Romane schreiben. Wo bleibt Élias eigentlich?« Dankbar lächelte Julie Madame Milet zu, die geschickt das Thema wechselte und nun heftig begann, über ihren Sohn zu schimpfen. »Wann will dieser Junge eigentlich Pünktlichkeit lernen? Ich weiß nicht, von wem er das hat, dieser unverschämte Bengel!«, donnerte sie drauflos und wurde prompt von der Türklingel unterbrochen.

Wenige Sekunden später stand ein attraktiver junger Mann im Zimmer. Er schien maximal dreißig Jahre alt zu sein und war offensichtlich das Jüngste der Geschwister. Während Élias seine Familie begrüßte, betrachtete Julie ihn genauer. Er war groß, schlank und hatte dunkelblondes Haar. Sein Gesicht war markant und männlich, doch seine Züge wirkten freundlich und weich. Als er endlich vor Julie stand, erkannte sie seine ausdrucksstarken dunklen Augen, die sie sofort ins Visier nahmen.

»Dann sind Sie Julie. Meine Mutter spricht ständig von Ihnen, schön, Sie endlich persönlich kennenzulernen. Ich hatte nie das Vergnügen, in Ihrer Wohnung etwas zu reparieren.« Julie lächelte verlegen und war dankbar, als Madame Milet endlich zum Kaffee rief.

*N*ach dem Kaffeetrinken bat Julie Madame Milet ihre Hilfe bei den Vorbereitungen für das Abendessen an. Aber Madame Milet wies Julies Angebot dankend ab und schickte sie zurück zu den anderen.

Einen Moment der Ruhe suchend, ließ Julie sich auf dem Balkon der Wohnung nieder und zog ihre Jacke etwas dichter an ihren Körper. Für das Wetter trug sie mal wieder viel zu wenig Stoff. Obwohl es bereits Mitte März war, wurden die Abende noch immer empfindlich kalt.

»Also, was hat der Mann angestellt?« Élias' Stimme ließ sie aufschrecken. Nachdenklich betrachtete der junge Mann Julie, setzte sich neben sie und reichte ihr eine Decke. »Meine Mutter hat Angst, dass Sie sich den Tod holen. Ich übrigens auch, obwohl Sie zweifelsfrei umwerfend aussehen.«

»Danke«, murmelte Julie und legte die Decke über ihre nackten Beine. »Und es gibt keinen Mann in meinem Leben.«

»Sie leugnen es, weil sie nicht darüber sprechen wollen, oder?«

»Ich will es einfach nur vergessen. Manchmal sollte man sich von dem fernhalten, von dem man keine Ahnung hat.«

»Es steht einer bildhübschen Frau wie Ihnen nicht, traurig zu sein.«

»Ja, das mag sein, aber ich möchte wirklich nicht darüber sprechen. Ich habe den Kopf voller anderer Sachen. Ich benötige dringend einen Job, und Ihre Mutter will, dass ich einen

Roman schreibe, was zugegeben ziemlich verrückt ist. Sie sehen also, ich habe keine Zeit, mir Gedanken um irgendwelche Männer zu machen.«

»Ich glaube nicht, dass Sie der Typ Frau sind, der dafür gemacht ist, allein zu sein«, flüsterte Élias und suchte Julies braune Augen. »Ich bin mir sicher, Sie waren bereit, diesem Mann eine Chance zu geben, auch wenn viel schiefgelaufen ist.«

»Es hat keine Bedeutung mehr.«

»Hören Sie auf damit, Julie. Es lässt Sie nicht so kalt, wie Sie tun.«

»Und wer sind Sie, dass Sie glauben, das zu wissen?« Élias' gezielte Frage bereitete Julie Bauchschmerzen.

»Ich weiß mehr, als Sie denken.«

Julie stand auf, gab Élias die Decke zurück und ging ohne ein weiteres Wort wieder nach drinnen. Jetzt brauchte sie wirklich eine Aufgabe oder zumindest ein Glas Wein. Auch wenn Madame Milet weiterhin jede Hilfe verweigerte, so ließ Julie sich nicht davon abbringen, ihr beim Schneiden des Gemüses für den Salat zu helfen. Nach fünf Minuten nahm Madame Milet es, ohne weiter zu widersprechen, hin.

Der restliche Abend verging beinahe im Flug, auch wenn Julie sich nach dem Gespräch mit Élias in sich zurückgezogen hatte.

»Ich werde mich dann langsam auf den Weg machen.« Julie stand auf, verabschiedete sich von den Familienmitgliedern und umarmte Madame Milet.

»Das ist sehr schade, Julie.«

»Danke für die Einladung. Es war ein wirklich schöner Abend.«

»Élias, bring Julie nach Hause«, ordnete die ältere Dame an, und Julie blieb das Lächeln im Hals stecken.

»Das ist nicht nötig«, stammelte sie.

»Keine Widerrede, Julie. Es sind unsichere Zeiten. Danke, dass du da warst. Ich hoffe, wir sehen uns bald wieder.« Damit wandte Madame Milet sich ab und ließ Julie mit ihrem Sohn allein im Flur zurück.

»Sie werden mich nicht nach Hause bringen«, flüsterte Julie und öffnete die Wohnungstür.

»Tut mir leid, meine Mutter würde mir den Kopf abreißen, wenn ich Sie allein nach Hause gehen lassen würde.«

»Meine Wohnung liegt nur zehn Minuten entfernt.«

»Zehn Minuten, in denen jemand Ihnen auflauern könnte.«

»Sie haben wirklich eine blühende Fantasie, dabei dachte ich, ich wäre die Schriftstellerin.« Wütend lief Julie aus der Wohnung.

Élias folgte ihr. »Es tut mir leid, wenn ich vorhin etwas gesagt habe, das unangemessen war.«

»Wenn ich sage, dass ich über eine Sache nicht sprechen möchte, dann meine ich es meistens ernst.«

»Entschuldigen Sie.« Élias ließ den Kopf hängen, setzte einen unechten, enttäuschten Blick auf und sah dann mit einem Lachen auf, weil er hoffte, so könne er Julie besänftigen. Fehlanzeige.

»Versuchen Sie gar nicht erst, mich mit Ihren großen, dunklen Augen herumzubekommen, ich weiß genau, was Sie vorhaben«, machte sie ihm unmissverständlich klar.

»Jean war ein Idiot, Sie gehen zu lassen.« Élias ging zwei Schritte auf Julie zu und küsste sie sanft auf die Wange. »Ich hoffe, wir sehen uns bald wieder. Bonsoir, Julie«, flüsterte er und wandte sich von Julie ab, die ihm irritiert nachsah.

»Warten Sie!«, rief Julie, und Élias stoppte. »Woher kennen Sie Jean?«

»Spielt das wirklich eine Rolle? In Wirklichkeit wollen Sie

doch nur wissen, ob er über Sie gesprochen hat.« Julie fühlte sich ertappt. »Lassen Sie ihn alles erklären, Julie«, sagte Élias und ging endgültig.

Stumm setzte sich Julie auf ihre Couch und dachte an Élias' Worte. Es war nicht so leicht, positiv nach vorn zu sehen, wenn die negativen Dinge ständig wieder ans Licht kamen. Jean hatte zugestimmt, den Kontakt abzubrechen. Jetzt wollte Julie nicht länger auch nur einen einzigen Gedanken daran verschwenden. Jean gehörte der Vergangenheit an, genauso wie ihre Arbeit als Journalistin.

Und auch Madame Milets absurder Gedanke, Julie sollte ein Buch schreiben, kreiste ihr nach wie vor durch den Kopf, doch ihr fehlte es an Zeit und Nerven, sich damit auseinanderzusetzen. Egal, wie viel Zeit ihre Vermieterin ihr auch einräumen würde, Julie benötigte dringend Geld, um die nächste Miete zu zahlen. Gleich am nächsten Tag würde sie Jacques um eine Festanstellung und ein paar Extraschichten im Restaurant bitten. Er war ihre einzige Anlaufstelle, und ihr war egal, ob es die anderen gut fanden oder ob sie dachten, dass sie ihre Zeit verschwendete.

Paris war ein hartes Pflaster. Härter, als Julie während ihrer Studienzeit geglaubt hatte, und auch wenn sie vielleicht im ersten Anlauf gescheitert war, so würde sie unter keinen Umständen ein zweites Mal aufgeben. Sie hatte Jacques und Geraldine, die sie unterstützten. Sie hatte Madame Milet, die ihr Aufschub gewährte. Sie hatte ihre Familie in Saint-Suliac, die sie ohne Probleme wieder aufnehmen würden, sollte sie Paris endgültig den Rücken zudrehen wollen. Und, was am wichtigsten war, sie hatte das Buch ihrer Großmutter, das ihr Kraft spenden und sie trösten würde, wenn sie in einem schweren Moment nicht weiterwusste. Doch Julie versprach sich selbst, dass dieser Sommer ihr Sommer werden würde und dass sie sich von nichts und niemandem mehr in die Knie zwingen lassen würde.

Paris war ihr Traum, und sie würde ihn sich erfüllen. Für sich selbst.

Für Zoé.

Und auch für ihre Großmutter.

Vierundzwanzig

Der Mai war in vollem Gange. Die Sonne wärmte die Stadt mit jedem Tag mehr auf. Sie schien vom Himmel wie eine Erlöserin und lockte die Leute in Scharen wieder aus ihren Häusern.

Die Straßen und Plätze der Stadt füllten sich mit gut gelaunten Menschen, die das Licht und die Wärme nach dem schneereichen und eisigen Winter genussvoll in sich aufsogen.

In den Parks blühten die Blumen und schickten ihre lieblichen Düfte durch die Luft. Die Knospen der Bäume platzten auf, und ihre zarten Blüten entfalteten eine Pracht, an der man sich nicht sattsehen konnte. Die Stadt leuchtete in immer kräftigeren Grün- und einer Vielfalt an Rosatönen und machte die Menschen sichtbar glücklich.

Die Cafés in den kleinen Gassen füllten sich schon in den frühen Morgenstunden mit Parisern und Touristen, die in den Strahlen der Morgensonne ihr Frühstück einnahmen. Überall roch es nach frischem Kaffee und warmen Croissants. Vergessen war die erdrückende Stille, die der Schnee mit sich gebracht hatte. Vergessen der eisige Wind, der die Menschen durch die Straßen gehetzt und in ihre Wohnungen gesperrt hatte. Ein buntes Stimmengemisch durchdrang die Luft. Gelächter und die Klänge leichter, fröhlicher Musik tänzelten um die Köpfe der Menschen. Die Metropole war erwacht und strotzte vor Lebensfreude.

*J*ean saß an seinem Schreibtisch und blickte auf die Zettel in seiner Hand. Die Buchstaben reihten sich aneinander und ergaben ein wunderschönes, aber anklagendes Muster. Seit beinahe zwei Monaten trug er sie bei sich, um mindestens einmal täglich einen Blick darauf zu werfen und darüber nachzudenken, was er tun konnte.

Ein leises Klopfen ließ Jean aufsehen, dann steckte seine Assistentin Adriana den Kopf durch die Bürotür.

»Monsieur Voltaire, Madame Garette ist jetzt da.«

»Danke, Adriana. Bringen Sie sie her.«

Adriana nickte, und kurz darauf betrat eine kräftige Frau mittleren Alters Jeans Büro. Sie hatte kurze brünette Haare, ein rundliches Gesicht und freundliche braune Augen.

»Madame Garette, ich freue mich, Sie zu sehen«, begrüßte Jean sie freundlich, stand auf und schüttelte ihr energisch die Hand. »Setzen Sie sich doch bitte.«

»Danke.« Madame Garette nahm ihm gegenüber Platz, während Jean schnell die Zettel beiseitelegte und seinen Schreibtisch freiräumte. »Alles in Ordnung bei Ihnen, Monsieur Voltaire? Als ich Sie das letzte Mal getroffen habe, hatten Sie diese Sorgenfalte noch nicht.« Mit einem mütterlich besorgten Ausdruck deutete sie auf seine Stirn.

Er winkte lächelnd ab. »Haben wir nicht alle ein Problem, das uns belastet?«

»Oh ja, das haben wir vermutlich. Ich freue mich jedenfalls, dass Sie doch so schnell Zeit für mich gefunden haben. Nach unserer letzten Zusammenarbeit war für mich klar, dass ab sofort nur noch Sie die Werbung für meinen Verlag übernehmen. Unsere Verkaufszahlen sind durch die Decke gegangen. Können Sie sich vorstellen, dass namhafte Verlage meine Autoren abwerben wollten? Autoren, denen sie zuvor eine Absage erteilt haben.«

»Ich freue mich natürlich über so viel positive Resonanz. Wofür sollen wir nun werben? Haben Sie einen potenziellen Bestsellerautor entdeckt?«

Madame Garette seufzte kaum hörbar. »Wissen Sie, genau das ist das Problem. Ich bin auf der Suche nach einem neuen Talent. Ich vertrete Krimiautoren, Thrillerautoren, Historiker, aber wo sind die großen Liebesgeschichten? Manchmal glaube ich, die heutigen Schriftsteller interessieren sich überhaupt nicht mehr für das Thema Liebe. Es wird gelogen, betrogen und gemordet. Vielleicht wissen Sie, was ich meine?«

»Ja, leider weiß ich zu gut, was Sie meinen«, seufzte Jean und rieb sich kurz das Gesicht.

»Warum schauen Sie so missmutig drein, ist vor Kurzem nicht erst Ihre Verlobung bekannt gegeben worden?« Auf den Lippen der Verlegerin zeichnete sich ein Lächeln ab.

»Würden Sie jemanden heiraten, den Sie nicht lieben, während Sie wissen, dass da draußen jemand anderes ist, dem Sie ihr Herz geschenkt haben und den Sie mit einem Missverständnis so verletzt haben, dass ...« Jean schüttelte nur mit dem Kopf und reichte Madame Garette die Zettel. »Ach, lesen Sie selbst.«

»Mon Dieu, das ist großartig. Wer hat das geschrieben?« Erst in dieser Sekunde wurde Jean bewusst, was er getan hatte. Madame Garette sah ihn mit großen Augen an und wartete auf eine Antwort.

»Julie Renouard, Madame.«

»Die Julie Renouard, die für *Élémentaire* geschrieben hat? Aus irgendeinem Grund gab es in den letzten Monaten keine Kolumne von ihr.« Madame Garette sah noch einmal über eine der Kurzgeschichten.

»Das liegt daran, dass meine ...«, er malte Gänsefüßchen in die Luft, »... ›Verlobte‹ in einem Wahn von Besitzanspruch dafür gesorgt hat, dass Julie ihre Stelle verliert.«

»Und Sie kennen Madame Renouard persönlich?«

»Unsere Geschichte würde für ein Buch reichen«, antwortete Jean und fuhr sich durch die Haare.

»Das ist perfekt. Sie schickt der Himmel. Wäre es möglich, dass ich ihre Kontaktdaten bekomme. Sie muss für mich schreiben.« Jean sah Florance Garette mit großen Augen an.

»Sie meinen das ernst, oder?«

»Ja, natürlich. Ich habe noch nie Scherze gemacht, wenn es um das Geschäftliche geht.« Jean nahm sofort einen Zettel und schrieb Julies Telefonnummer darauf.

»Unter dieser Nummer müssten Sie sie erreichen.«

»Danke, Monsieur Voltaire. Sagen Sie, was macht Madame Renouard im Moment beruflich? Wissen Sie, ob sie schon wieder für eine andere Zeitung schreibt?«

»Um ehrlich zu sein, habe ich die Befürchtung, dass sie aktuell im Café Le Dôme kellnert und ihr Talent verschwendet. Als ich sie das letzte Mal gesprochen habe, wollte sie in eine völlig neue Richtung gehen. Aber wie ich sehe, müssen Sie mir recht geben, dass es mehr als schade wäre, wenn niemand mehr etwas von ihr zu lesen bekäme.«

»Darin sind wir absolut einer Meinung, Monsieur. Vielleicht sehe ich einfach direkt im Le Dôme vorbei.«

»Sollten Sie sie dort nicht antreffen, ihre Wohnung liegt im selben Haus über dem Restaurant.«

»Das ist gut zu wissen. Jetzt lassen Sie uns noch über meine Verlagswerbung sprechen. Deswegen bin ich ja schließlich hier«, sagte Madame Garette lachend und zog eine Mappe aus ihrer Tasche.

* * *

Je strahlender und länger die Tage wurden, desto mehr fand Julie sich mit ihrer neuen Situation ab. Der Job im Café Le Dôme machte sie zwar nicht glücklich, aber sie lebte immerhin noch in der Stadt, in der sie leben wollte, und hatte wertvolle Freunde, mit denen sie den Großteil ihres Tages verbringen konnte. Alles in allem war sie glücklich.

»Julie, kannst du eben draußen abkassieren?«, fragte Jacques und machte einen Kaffee für Geraldine.

»Ja, klar.« Julie ging nach draußen und atmete tief durch. Sie genoss die warmen Strahlen auf ihrer Haut und das sanfte Kitzeln der Frühjahrsblüher in ihrer Nase.

»Bitte, Ihre Rechnung.« Julie legte dem älteren Ehepaar den Beleg auf den Tisch.

Der Mann betrachtete den Betrag, zückte seine Geldbörse und reichte Julie einen Geldschein. »Das stimmt so«, sagte er freundlich, und Julie bedankte sich mit einem ebenso freundlichen Lächeln. Vor einigen Monaten hatte sie sich noch über eine gute Geschichte gefreut, jetzt freute sie sich über vier Euro Trinkgeld.

»Sind Sie Julie Renouard?«, fragte plötzlich eine weibliche Stimme hinter ihr, und sie drehte sich überrascht um. Vor Julie stand eine Frau mittleren Alters mit kurzen brünetten Haaren.

»Ja, das bin ich.«

»Hallo, mein Name ist Florance Garette. Ob ich vielleicht kurz mit Ihnen sprechen könnte?« Madame Garette schüttelte Julie energisch die Hand.

Julie nickte verwirrt. »Möchten Sie etwas trinken?«, erkundigte sie sich.

»Nein, nein.« Julie nickte erneut, und die beiden Frauen setzten sich an einen leeren Tisch vor dem Restaurant. »Weswegen ich mit Ihnen sprechen möchte: Ich habe einen kleinen Verlag, der in den letzten Jahren einige erfolgreiche Romane auf den Markt gebracht hat. Heute Morgen hatte ich einen Termin bei Monsieur Voltaire, und mir sind zufällig Ihre Kurzgeschichten in die Hände gefallen. Sie haben einen besonderen

Stil, Julie. Ich habe Ihre Artikel geliebt. Haben Sie schon einmal daran gedacht, einen Roman zu schreiben?«

Julies Augen weiteten sich überrascht. »Einen Roman… ehrlich gesagt, meine Vermieterin liegt mir seit Monaten damit in den Ohren, aber…«

»Eine sehr kluge Frau, Ihre Vermieterin.«

»Aber ernsthaft habe ich es nie in Betracht gezogen.«

»Dann werden Sie jetzt damit anfangen. Mein Angebot ist einfach, Julie: Wir werden zunächst Ihre Kurzgeschichten veröffentlichen. Das wird ein kleines, aber feines E-Book. Und dann schreiben Sie mir einen wunderschönen, aber hoch emotionalen Liebesroman. Hängen Sie die Kellnerschürze an den Nagel, setzen Sie sich vor Ihren Laptop, und schreiben Sie, wie Sie noch nie in Ihrem Leben geschrieben haben.«

Julies Gesichtszüge froren ein. Sie konnte nicht glauben, was sie da hörte. »Aber… ich kann es mir nicht leisten, den Job hier zu kündigen. Ich muss meine Miete zahlen und von irgendetwas leben. So ein Buch ist nicht innerhalb von zwei Tagen geschrieben. Wenn ich in Paris bleiben will, muss ich arbeiten.«

»Liebes, ich verstehe Ihren Konflikt, aber Sie wissen genauso gut wie ich, dass Sie hier nur Ihre Zeit verschwenden.«

Julie wich dem eindringlichen Blick von Madame Garette aus. Die Frau war direkt – aber sie sprach die Wahrheit. Mit jedem Tag, den Julie sich im Restaurant die Füße wund lief, vermisste sie das Schreiben mehr.

»Okay«, sagte Julie plötzlich und sah entschlossen auf. »Ich mache es.« Sie musste träumen. Das war zu unwirklich und zu verrückt, um wahr zu sein.

»Ich wusste, Sie würden nicht Nein sagen. Dann treffen wir uns in zwei Wochen wieder hier. Ich bringe einen Vertrag mit und Sie mir eine perfekt durchdachte Geschichte. Am besten gleich zwei.«

Madame Garette stand auf, schüttelte Julie noch einmal kräftig die Hand und wollte gehen, als Julie sie noch einmal aufhielt: »Madame Garette, was sagten Sie, wie Sie von meinen Geschichten erfahren haben?«

»Monsieur Voltaire hatte sie auf seinem Schreibtisch liegen.«

Julie nickte. »Danke«, flüsterte sie und ging in das Restaurant, wo Jacques und Geraldines neugierige Blicke schon auf ihr ruhten.

»Jean hat meine Kurzgeschichten einer Verlegerin gezeigt.« Julies Stimme war leise und nachdenklich. »Ich soll einen verdammten Roman schreiben, und ich habe keine Ahnung, wie. Und ich muss Jean anrufen. Geraldine, kann ich kurz dein Handy haben? Verdammt, ich kenne seine Nummer nicht. Ich ...«

»Hey, Julie«, sagte Geraldine mit ruhiger Stimme und schloss ihre Freundin erst einmal in den Arm. »Beruhige dich. Du atmest jetzt erst einmal ganz tief durch. Dann freust du dich, dass du so eine großartige Gelegenheit bekommst. Und jetzt stoßen wir darauf an.« Ein sanftes Lächeln huschte über Julies Lippen, dann löste sie sich von Geraldine.

*A*m Abend saß Julie allein in ihrer Wohnung. Ihre Fußsohlen brannten von dem langen Tag im Restaurant, und sie konnte noch immer nicht glauben, dass man ihr einfach so die Möglichkeit gab, ihr Talent unter Beweis zu stellen.

Im Schneidersitz saß sie auf ihrer Couch und starrte auf das Handy auf dem kleinen Tischchen vor ihr. Bis jetzt hatte sie Jean noch nicht angerufen, doch sie wusste, dass es das Mindeste war, sich zu bedanken.

Tief in ihrem Inneren vermisste sie ihn schrecklich, auch wenn sie es sich nicht eingestehen wollte. Dass er ihr aber nun ohne Aufforderung geholfen hatte, machte Julie nachdenklich.

Wenn er die Geschichte mit sich in seinem Büro hatte, selbst jetzt, wo sie seit beinahe zwei Monaten keinen Kontakt mehr hatten, bedeutete das vielleicht, dass er sie noch immer nicht vergessen hatte. Julie wusste es nicht, und es gab nur eine Möglichkeit, es herauszufinden.

»Okay, dann mal los«, redete sie sich gut zu, griff zum Telefon und wählte Jeans Nummer. Der Freizeichenton drang quälend an ihr Ohr, dann hörte sie ein bekanntes Knacken und eine schmerzlich vertraute Stimme.

»Voltaire?« Er hatte wohl ihre Nummer gelöscht.

»Jean, hier ist Julie«, sagte sie mit erschreckend schwacher Stimme.

»Julie.« Er klang überrascht.

»Wir müssen uns sehen. Hast du morgen Abend Zeit?«

»Ja, natürlich. Wo sollen wir uns treffen?«

»Wäre dir zwanzig Uhr am Eiffelturm recht?« Julie schlug das Herz bis zum Hals, und nicht nur ihre Stimme zitterte, sondern auch ihre Hände.

»Ja, ich werde da sein.«

»Bis morgen«, flüsterte Julie und legte eilig auf.

Fünfundzwanzig

Nachdenklich hatte Jean einen Platz auf einer der Park-
bänke eingenommen und blickte zum Eiffelturm. Auf dem
Gelände um das Wahrzeichen wimmelte es noch vor Touristen.

Die Sonne senkte sich bereits zum Horizont an diesem letzten Tag im Mai, der wunderschön warm und sonnig gewesen
war. Der Sommer kam mit unaufhaltsamen Schritten und
weckte in den Herzen der Menschen ein Gefühl von Sorglosig-
und Leichtigkeit.

Auch Jean fühlte sich leicht, als er auf Julie wartete. Seit
er vor ungefähr zwei Monaten in jener Mail zugestimmt hatte,
den Kontakt zu ihr abzubrechen, hatte er sich schwer und
unausgeglichen gefühlt. Es war nie seine Absicht gewesen, und
doch war es in diesem Moment die einzig sinnvolle Entscheidung. Julie hatte ihm nie die Chance gegeben, das Missverständnis mit Paulette zu erklären, also glaubte er, dass ihr die
gemeinsame Zeit nicht so wichtig gewesen war wie ihm.

Umso überraschter war er gewesen, als plötzlich sein
Telefon klingelte und Julie ihn um ein Treffen bat. Er wusste,
dass sie ihn nur sehen wollte, weil er ihre Geschichten Madame
Garette zugespielt hatte, doch irgendetwas in ihrer Stimme
hatte ihn irritiert. Sie war seltsam leise und unsicher gewesen,
beinahe verletzlich. Sosehr er sich auch an die Sicherheit des
Gedankens klammern wollte, dass Julie ihn hasste, ihr Anruf
schien genau das Gegenteil zu bedeuten.

Jean wandte seinen Blick ab und sah Julie in der Ferne kommen. Sie sah bezaubernd aus in ihrem sonnengelben Sommerkleid, dem schwarzen Jäckchen und den ebenfalls schwarzen Ballerinas. Ihr braunes Haar hatte sie zu einem lockeren Zopf nach hinten gebunden. Jean bemerkte, wie blass sie war und dass sie einige Kilos abgenommen haben musste.

Und auch ihren Augen fehlte das Funkeln, das er in Saint-Suliac lieben gelernt hatte.

»Julie«, sagte er leise.

Sie blieb vor ihm stehen. »Danke, dass du gekommen bist.«

»Aber natürlich.« Jean setzte sich wieder auf die Bank, und Julie tat es ihm gleich. Ihr Blick war gesenkt, und sie hielt krampfhaft ihre Hände fest.

»Ich wollte dich sehen, um mich bei dir zu bedanken.« Sie sah Jean in die Augen. »Madame Garette war gestern bei mir im Restaurant. Sie möchte meine Kurzgeschichten veröffentlichen und danach einen Roman. Ich weiß, dass ich dir das zu verdanken habe. Und um ehrlich zu sein, weiß ich nicht, wie ich mich revanchieren soll.«

»Das musst du nicht, Julie. Du hast Talent, und Madame Garette hat es erkannt.«

»Ich möchte mich aber gern revanchieren.«

Ein sanftes Lächeln zuckte über Jeans Lippen. Natürlich gab sie nicht so schnell auf, und natürlich glaubte sie, jetzt in seiner Schuld zu stehen. Doch das tat sie nicht. Zum ersten Mal seit Langem wollte Jean keine Gegenleistung verlangen. Es tat ihm gut, geholfen zu haben. Und doch brannte ihm etwas auf der Seele. Etwas, wofür Julie seit zwei Monaten nicht bereit war. Die Wahrheit.

»Wenn du dich unbedingt revanchieren möchtest, dann lass mich dir endlich alles erklären. Du hast mir nie eine Chance gegeben, dir die Wahrheit zu sagen.« Jean sah sie hoffnungsvoll an.

»Jean, ich bin mir nicht sicher, ob ich noch darüber sprechen möchte. Ich habe meinen Frieden damit gemacht.«

»Aber ich nicht, Julie. Ich frage mich jeden Tag, ob es nicht besser gewesen wäre, wenn ich dir diese E-Mail niemals geschrieben hätte, weil sie für dich vielleicht wie ein Schuldeingeständnis aussah. Ich denke jeden gottverdammten Tag an dich. Bitte.«

Julie senkte ihren Blick und starrte auf ihre Schuhe. Sie wollte keine Erklärungen hören, auch wenn es eine Lüge war, dass sie mit der Sache abgeschlossen hatte. Jean hatte sie verletzt, und jetzt war es eindeutig zu spät für Erklärungen. Julie wusste aber auch, dass sie ihm nun etwas schuldig war, nicht weil er ihre Geschichten Madame Garette gezeigt hatte, sondern weil er es uneigennützig getan hatte.

»Okay, ich werde dir zuhören.«

»Danke, Julie«, sagte Jean. »Ich weiß nicht, an welchem Punkt der Geschichte ich am besten anfange. Paulette und ich haben uns durch meine Firma kennengelernt. Sie war Model für einige meiner Kampagnen, aber sie hat nie wirklich aus der Masse herausgestochen. Mir war relativ schnell klar, dass sie an mir interessiert war, oder besser gesagt an meinem Geld, und ich habe die Situation, zugegeben, ausgenutzt. Wir sind ein paarmal essen gegangen, und in ihrem Kopf hat sich langsam die Vorstellung entwickelt, wir könnten so etwas wie ein Paar werden. Ich bin sie kaum noch losgeworden. Sie wollte ständig Zeit mit mir verbringen und irgendetwas unternehmen. Ich habe dem Druck irgendwann nicht mehr widerstanden, also habe ich sie zu Events mitgenommen und mit einigen Leuten bekannt gemacht. Ich dachte, wenn schon nicht die Richtige um die Ecke kommt, habe ich wenigstens jemanden an meiner Seite, der sich in meiner Welt zurechtfindet. Seit ich Paulette kenne, hatte ich nicht einmal den Anflug eines Gefühls, dass sie die Frau sein könnte, mit der ich den Rest meines Lebens verbringen will. Wenn ich ehrlich sein soll, war sie ein Püppchen an meiner Seite, mit dem ich manchmal geschlafen habe, wenn ich mich allein fühlte. Ich weiß, wie das für dich klingen muss, und ich schäme mich dafür, aber ich hatte überhaupt nie die Zeit und auch nicht die Lust, mir ernsthaft eine Partnerin zu suchen.«

»Du hast ihr das offensichtlich nie klargemacht«, flüsterte Julie, die Jeans Beichte nicht wirklich schockierte.

»Nein, und das ist mein Verhängnis geworden. Als wir Weihnachten mit Freunden essen waren und du plötzlich in meine Arme gefallen bist, wusste ich nicht, was mit mir passiert. Du warst auf einmal da und mit dir ein Gefühl, das ich überhaupt nicht kannte. Ich wollte dich beschützen, auf dich aufpassen und dich noch tausend weitere Male auffangen, wenn es sein musste. Du hast gestrahlt, Julie. Ich habe noch am gleichen Abend mit Paulette geredet und ihr klargemacht, dass es wohl besser ist, wenn wir etwas auf Abstand gehen, auch wenn ich zu diesem Zeitpunkt überhaupt nicht wusste, ob wir uns wiedersehen würden. Zugegeben habe ich Paulette unterschätzt. Sie hat einfach nicht locker gelassen und hat meine Sachen durchwühlt. So muss sie von dir erfahren haben. Es war für sie ein Leichtes, Marie-Claire zu bestechen, damit du deinen Job verlierst. Sie dachte, so verlierst du den Kontakt zu mir.«

Erschrocken sah Julie auf. »Das war sie?«

Jean nickte und griff mutig nach Julies Hand.

Kurz überlegte sie, sich aus dem Griff zu lösen, doch als seine weichen Finger ihre Haut berührten, kamen all die Erinnerungen und Empfindungen zurück.

»Ja, und ich fühle mich dafür verantwortlich. Ich hätte etwas unternehmen müssen.«

»Du kannst nichts dafür.«

»Julie, du musst mir glauben, dass ich nie mit Paulette über

Hochzeit oder Ähnliches gesprochen habe. Als sie Marie-Claire bestochen hat, muss sie ihr auch die Rechte für die Geschichte versprochen haben. Sie hat nur auf den richtigen Moment gewartet, die Bombe platzen zu lassen.«

»Der Moment war da, als sie mitbekommen hat, dass du bei mir in Saint-Suliac bist.«

»Ja, ich habe mitbekommen, dass sie sich die Überwachungsbänder angesehen hat. Sie wusste, dass wir zusammen sind, also musste sie dafür sorgen, dass etwas zwischen uns steht.«

Julies Augen begannen zu brennen. Sie konnte nicht glauben, was sie da hörte. »Als du sagtest, du möchtest nach Paris zurück, um einige Dinge zu klären …« Julies Stimme zitterte.

»… meinte ich, dass ich Paulette endgültig klarmachen wollte, dass es mir mit dir ernst ist. Als ich mitbekommen hatte, was sie getan hat, hatte ich Angst. Ich habe bei euch zu Hause angerufen, aber dein Vater hat mir unmissverständlich klargemacht, dass ich mich unter keinen Umständen bei dir melden soll.«

»Er hat mir nichts von deinem Anruf erzählt.«

»Das dachte ich mir.« Jean atmete lange aus. Jetzt war es raus. Alles. Und dennoch fühlte er sich nicht freier. Er hatte noch immer einen Kloß im Hals, und auf seiner Brust lastete ein zentnerschwerer Druck.

»Es war alles nur ein Missverständnis«, flüsterte Julie und sah sich hilflos in der Gegend um.

»Ich hätte von Anfang an ehrlich zu dir sein müssen. Ich hätte dir die Sache mit Paulette niemals verschweigen dürfen.«

»Aber es ist passiert, Jean. Vielleicht war das unser Zeichen, dass wir doch nicht so ein gutes Team zusammen sind. Wenn wir schon an so einem Missverständnis scheitern, was soll dann erst bei einem richtigen Problem passieren?« Julie sah zum Eiffelturm.

»Was möchtest du damit sagen?« Jean schluckte, denn er kannte Julies Antwort eigentlich schon.

»Ich hatte in den letzten Monaten viel Zeit zum Nachdenken genauso wie du. Vielleicht haben wir überstürzt gehandelt. Vielleicht haben wir uns Gefühle eingeredet, die überhaupt nicht da waren. Wir haben eine schöne Nacht zusammen in der Hütte verbracht, das will ich auf keinen Fall leugnen, aber ich bin mir ziemlich sicher, dass wir uns zu schnell aufeinander eingelassen haben. Ich denke, als Freunde kommen wir vielleicht besser miteinander aus.«

Kaum war der Satz ausgesprochen, den Jean unter keinen Umständen hören wollte, fühlte er sich auch schon, als hätte man ihm direkt ins Gesicht geschlagen. »Ja... vielleicht hast du... recht«, stammelte er und sah zu Boden.

»Also ist zwischen uns jetzt alles geklärt?«, fragte Julie und fühlte sich frei. Freundschaft. Etwas, das in ihren Augen funktionieren würde. So konnte keiner von ihnen vom anderen verletzt werden, auch wenn Julie im ersten Moment dabei hauptsächlich an ihre eigenen Gefühle dachte.

»Ja«, stimmte Jean zu und brachte ein unechtes Lächeln über die Lippen. »Dann sind wir jetzt wohl so was wie Freunde. Gemeinsam Kaffee trinken, über Gott und die Welt sprechen, abends mal einen Wein trinken gehen.«

Jeans Stimme klang gequält, doch Julie versuchte, es zu überhören, stattdessen nickte sie.

»Ich werde jetzt auch wieder nach Hause gehen. Jacques und Geraldine wollen morgen anfangen, meine Wohnung zu renovieren. Eine veränderte Umgebung würde die Kreativität steigern, meinten sie, außerdem wollen sie in meine Zukunft investieren.« Julie stand auf und strich sich ihr Kleid glatt. »Manchmal frage ich mich, ob die beiden verrückt sind.«

»Das klingt nach tollen Freunden. Du musst sie mir unbedingt vorstellen.« Jean hatte sich neben sie gestellt und legte ihr behutsam eine Hand auf die Schulter.

»Komm doch die Tage einfach mal im Café Le Dôme vorbei. So gern ich würde, aber ich kann den Kellnerjob noch nicht ganz aufgeben. Die Rechnungen bezahlen sich leider nicht von allein.«

»Das stimmt«, seufzte Jean. »Solange dir nur nebenbei Zeit bleibt, an deinem Roman zu arbeiten.«

»Die Zeit nehme ich mir. Ich werde dann mal …« Julie deutete unsicher an, dass sie gehen würde.

»Ja, pass auf dich auf.« Jean zog sie, ohne nachzudenken, zu sich und umarmte sie. »Du hast mir gefehlt, Julie.« Er löste sich leicht und küsste sie auf die Wange. »Bis bald.« Dann ging er und ließ sie zurück.

Jean schlenderte in seine Gedanken versunken durch die Straßen von Paris. Er war mit dem Taxi zum Eiffelturm gekommen und lief nun ziellos durch die Stadt. Er fühlte sich miserabel, auch wenn er froh war, sich mit Julie vertragen zu haben. Aber ihre Worte gingen ihm nicht mehr aus dem Kopf.

Freunde bleiben.

Diese beiden Worte hatten ihn in Paulettes schlechten Liebesfilmen regelmäßig wütend gemacht, und jetzt hatte er sie selbst hören müssen. Jean war es leid, seine Gefühle für Julie zu leugnen. Er wollte dazu stehen, es am liebsten in die ganze Welt hinausschreien. Doch er war ausgebremst worden von zwei so lächerlichen Worten wie: Freunde bleiben.

Ohne nach links und nach rechts zu sehen, überquerte Jean eine Straße und nahm das aufgeregte Hupen nur im Unterbewusstsein wahr. Er war so aufgewühlt und innerlich aufgebracht, dass seine Umwelt kaum zu ihm durchdrang. Das Hupen wurde alarmierender, und ein ohrenbetäubendes Quietschen erfüllte die Umgebung. Jean hob erschrocken den Kopf, und für den Bruchteil einer Sekunde begriff er. Doch es war zu spät. Der rote Sportwagen erfasste ihn bereits und schleuderte ihn durch die Luft.

Tränen rannen aus seinen Augen, als er Julie vor sich sah, die sich sanft zu ihm beugte und küsste. Er war im Himmel. In seinem eigenen Paradies, in dem er glücklich und zufrieden das Leben leben konnte, das er sich immer gewünscht hatte.

Ein schmerzhaftes Knacken zog durch seinen Körper, als er auf den harten Asphalt knallte. Dann verschluckte ihn eine lieblose Dunkelheit.

Sechsundzwanzig

»Verdammt, kannst du auch mal nicht auftauchen wie die Modegöttin persönlich?«, schüttelte Julie den Kopf und begrüßte Geraldine mit einem Küsschen auf die Wange. Ihre Freundin sah wie immer umwerfend aus. Selbst ein Maleranzug kleidete sie, als wäre es ein überteuertes Chanel-Kostüm.

»Ich habe auch einen für dich.« Geraldine warf Julie den weißen Maleroverall entgegen, den sie sofort über ihre Sachen zog. »Jacques kommt nach seiner Schicht im Restaurant. Er hat gesagt, streichen könnten wir auch allein. Die Farben hat er dir gestern vor die Tür gestellt, oder?«

»Ja, ich habe allein vom Farbeimerschleppen schon Muskelkater in den Armen«, seufzte Julie. »Ich habe auch in allen Zimmern etwas Platz gemacht. Möchtest du etwas trinken?«

Geraldine nickte dankbar.

Wenige Minuten später kam Julie zurück und entdeckte Geraldine in ihrem Schlafzimmer dabei, wie sie einen Plan skizzierte. Julie sah ihr über die Schulter.

»Ich dachte, wir fangen im Schlafzimmer an, falls du überraschend deinen Traummann kennenlernst und eine Spielwiese brauchst«, scherzte Geraldine. »Wir streichen erst einmal alle Wände altrosa.«

* * *

*W*ieder einmal stand Paulette Chevallier in einer leeren Wohnung. Skeptisch sah sich um, doch von Jean schien es nirgendwo eine Spur zu geben.

»Jean, bist du da?«, rief sie und erhielt keine Antwort. Paulette kontrollierte jedes Zimmer, doch sie fand nichts außer Jeans Handy in seinem Arbeitszimmer.

Noch einmal sah sie sich unsicher um, dann griff sie danach und kontrollierte zunächst seine Nachrichten und E-Mails. Sie fand nichts außer der letzten Nachricht an Julie Renouard, in der er ihr mitteilte, dass es besser sei, wenn sie nichts mehr miteinander zu tun hätten.

Ein triumphierendes Lächeln huschte über die Lippen des Models, doch als sie die Anrufliste öffnete, blieb ihr das Lachen im Hals stecken. Jean hatte vor zwei Tagen mit Julie telefoniert. Wie konnte das sein, wenn er doch keinen Kontakt mehr zu ihr hatte?

Irritiert warf Paulette das Handy auf den Schreibtisch und wählte mit ihrem eigenen die Nummer von Marie-Claire Bonnet. Ihr Bauchgefühl verriet ihr, dass Jean und diese einfältige Journalistin wieder Kontakt hatten und dass sie der Grund war, warum er nicht zu Hause war.

Wut und Eifersucht kochten in Paulette hoch, und sie wusste genau, was zu tun war. Sie hatte sich bereits vor Monaten einen Notfallplan überlegt, falls ihr Verlobungsartikel scheitern sollte.

»Bonnet, bonjour?«

»Madame Bonnet, wir haben uns lange nicht mehr gesprochen. Wie geht es Ihnen?«

»Dass ich von Ihnen noch einmal höre, hätte ich nicht gedacht. Ihre Geschichte hat eingeschlagen wie eine Bombe, die Klage von Monsieur Voltaire allerdings auch.« Marie-Claires Stimme klang wütend.

»Sie müssen mir mal wieder helfen, meine Teuerste. Ich benötige die Adresse von Julie Renouard.«

»Ich werde meine ehemalige Mitarbeiterin nicht ein weiteres Mal derart verraten. Ich weiß nicht, welche Obsession Sie haben, aber lassen Sie Julie in Ruhe!«, fauchte Marie.

»Geben Sie mir die Adresse, und ich verrate Ihnen ein Geheimnis.«

* * *

»Ich drehe völlig durch, wenn ich diese ekelhaften Farbdämpfe noch länger einatmen muss«, seufzte Julie und drückte die Farbrolle lieblos an ihre Wand. »Wenn ich diejenigen erwische, die auf die dumme Idee gekommen sind, meine Wohnung zu renovieren...«

»Hör auf zu jammern.« Geraldine stemmte die Hände in die Hüften und schaute grimmig. »Du bekommst eine schöne neue Wohnung für lau und meckerst nur rum!« Geraldines Gesichtszüge entspannten sich, und ein Lächeln umspielte ihre Lippen. »Da Jacques und ich uns das aber schon dachten, habe ich mir etwas einfallen lassen, das die Stimmung um einige Grade heben wird.«

In diesem Augenblick klingelte es an der Tür. Skeptisch sah Julie zur grinsenden Geraldine.

»Du kannst dich später bei mir bedanken.«

Julie zog die Stirn kraus, ging zur Tür und öffnete sie. Überrascht weiteten sich ihre Augen, dann fiel sie ihren Schwestern um den Hals.

»Oh mein Gott«, kreischte sie und löste sich nur leicht von Madlaine und Élise.

»Manchmal habe ich Angst, dass du uns irgendwann erdrückst«, sagte Madlaine, küsste Julie auf die Wange und befreite sich behutsam von ihr.

»Vielleicht spiele ich mit dem Gedanken«, scherzte Julie. »Wenn ich euch beide aus dem Weg räume, streiche ich das gesamte Erbe ein.« Julie schloss die Tür hinter ihren Schwestern und klatschte erfreut in die Hände.

»Was habe ich dir gesagt, Élise. Ich wusste, dass sie so was plant.«

»Wie lange bleibt ihr?«

»Bis deine Wohnung fertig renoviert ist«, erklärte Élise und warf einen Blick ins Schlafzimmer, wo Madlaine bereits Geraldine begrüßte.

»Mädels, die Malerklamotten liegen im Wohnzimmer«, sagte Geraldine und zwinkerte.

»Erst das Sektchen, dann die Arbeit.« Madlaine zog eine Flasche Schaumwein aus ihrer Tasche und sorgte für einen kurzen Arbeitsstopp.

Als es das zweite Mal klingelte, sah Julie irritiert zu Geraldine, die allerdings nur unwissend mit den Schultern zuckte.

Kaum hatte sie die Tür geöffnet, hätte sie diese am liebsten wieder zugeschlagen. Julie wusste genau, wer die Frau mit dem perfekten Gesicht war, die vor ihr stand. Ihre Augen waren eiskalt, ihre Lippen zu einem geraden Strich verzogen. Paulette Chevallier sah aus wie eine unnahbare Wachsfigur bei Madame Tussaud.

»Woher haben Sie meine Adresse?«, flüsterte Julie und schluckte schwer.

»Das tut nichts zur Sache. Kann ich mich mit Ihnen unterhalten?«

»Ich …«

»Es ist wichtig«, sagte Paulette mit Nachdruck, und Julie ließ sie in die Wohnung. Als sie Paulette in die Küche führte, warf Julie Geraldine und ihren Schwestern einen hilflosen Blick zu, dann schloss sie die Küchentür.

»Was wollen Sie?« Julie verschränkte die Arme vor der Brust, während Paulette zum Fenster ging und nach draußen blickte.

»Ich möchte, dass Sie meine Gefühle verstehen, Julie. Ich bin nicht skeptisch geworden, als Jean plötzlich die ganze Zeit von Ihnen sprach. Er hat Ihre Artikel schon immer bewundert, und ich habe ihm gut zugeredet, dem Interview mit Ihnen zuzustimmen. Ich hätte das nicht tun sollen, oder?« Julie reagierte nicht, sie ahnte nicht einmal, worauf Paulette hinauswollte. »Ich habe mir schreckliche Sorgen gemacht, als er einfach verschwunden war. Er hat mich nicht einmal angerufen und mir Bescheid gegeben. Ich dachte, es sei etwas passiert. Und dann tauchte er plötzlich wieder auf und sagte, er sei bei Ihnen gewesen. Wir haben den ganzen Tag gestritten, ich hätte ihn am liebsten umgebracht.« Julie schluckte. Hatte er Paulette möglicherweise die Wahrheit erzählt? Wusste sie alles, was zwischen ihnen passiert war? Und stimmte die Geschichte, die er ihr gestern erzählt hatte, oder war auch das wieder nur die halbe Wahrheit? »Ich war so wütend auf ihn. Jean wollte sich nie richtig festlegen, er hat nie zu mir gestanden, hatte immer Ausreden gesucht, warum es noch nicht gut ist, der Öffentlichkeit von unserer Beziehung zu erzählen.«

»Warum erzählen Sie mir das alles?«

»Ich weiß nicht, ob Sie sich in meine Lage versetzen können, aber ich liebe diesen Mann. Ich weiß, dass Sie ihn angerufen haben. Beantworten Sie mir bitte ehrlich eine Frage: Haben Sie sich auch wieder getroffen?«

»Ja.«

»Ich war in seiner Wohnung, und er war nicht da. Wenn ich ehrlich bin, habe ich ihn hier vermutet.«

»Ich habe ihn seit gestern Abend nicht mehr gesehen.«

»Vielleicht ist es auch besser, dass wir allein sind. Es gibt noch einen Grund, warum ich unbedingt mit Ihnen sprechen wollte. Ich habe die Hoffnung, dass Sie verstehen, warum ich Sie darum bitte, den Kontakt zu Jean abzubrechen und sich nie wieder bei ihm zu melden. Ich weiß es selbst erst seit Kurzem, aber ich bin schwanger, und dieses Kind verändert alles. Ich möchte, dass es mit einem Vater aufwächst.«

Julie schluckte, und jede Farbe wich ihr aus dem Gesicht. Ein Kind veränderte die Situation wirklich komplett. Doch war Paulette überhaupt vertrauenswürdig, oder saugte sie sich wieder nur eine Geschichte aus den Fingern, um Julie von Jean fernzuhalten?

»Ich bin nicht in Jean verliebt«, sagte sie mit leiser Stimme. »Ich kann verstehen, dass Sie Angst haben nach allem, was geschehen ist, aber Sie können mir glauben, dass ich …«

Paulettes Handy klingelte schrill, und sie zog es aus der Tasche. Irritiert sah sie auf die Nummer und meldete sich mit einem überraschtem Oui. Stumm lauschte sie, was ihr erzählt wurde. Julie entging nicht, wie auch Paulette plötzlich mit jeder Sekunde blasser und unsicherer wurde.

»Ich komme sofort, danke.« Paulette steckte das Handy ganz langsam in ihre Tasche und stützte sich für einen Moment auf der Küchenzeile ab.

»Ist alles in Ordnung?« Julie ging auf das Model zu und legte ihr vorsichtig eine Hand auf die Schulter.

»Ich … ich muss ins Krankenhaus. Jean …« Sie sah Julie direkt in die Augen, und ihre starre Maske bröckelte.

»Was ist mit ihm?« Julies Herzschlag beschleunigte sich.

»Er hatte einen Unfall.«

Siebenundzwanzig

Der Geruch von Desinfektionsmitteln und Krankheit schlug Julie entgegen und raubte ihr für einen kurzen Moment den Atem. Die typische Krankenhausatmosphäre machte sie unsicher, und sie fühlte sich wacklig auf den Beinen.

Julie folgte Paulette, die eilig durch die Gänge lief und nach der Intensivstation Ausschau hielt. Als Paulette nicht fündig wurde, stürmte sie panisch auf eine der Schwestern zu.

»Wo finde ich Monsieur Voltaire? Ich muss einen Arzt sprechen!«, rief sie hektisch, und die kräftig gebaute Schwester sah sie durch ihre große Brille skeptisch an.

»Und wer sind Sie, wenn ich fragen darf?« Ihre Stirn war in Falten gelegt.

»Mein Name ist Paulette Chevallier. Ich bin kontaktiert worden, weil mein Verlobter Jean-Alain Voltaire einen Unfall hatte. Ich würde ihn jetzt gern sehen und danach einen Arzt sprechen.« Paulettes Stimmlage hob sich gefährlich, während Julie nur stumm und teilnahmslos hinter ihr stand. Die Situation überforderte sie. Das letzte Mal war sie in einem Krankenhaus, nachdem sie von Zoés Tod erfahren hatte und zusammengebrochen war. Seitdem mied sie die Einrichtungen wie eine lebensgefährliche Stelle an einem Baggersee.

»Einen Moment, bitte, ich rufe den diensthabenden Arzt.«

»Danke.« Paulette drehte sich erleichtert zu Julie und betrachtete sie einige Sekunden. »Danke, dass Sie mich so schnell hergefahren haben. Ich komme dann allein nach Hause.«

»Ich möchte zu ihm, bitte.« Julies Stimme klang schwach und zerbrechlich. Ihr Herz war schwer geworden, als Paulette sagte, Jean hätte einen Unfall gehabt. Dieser unerträgliche Druck haftete seit beinahe einer halben Stunde auf ihr, und er schien nicht leichter zu werden.

»Julie, ich denke, ich habe mich vorhin deutlich ausgedrückt. Ich möchte nicht, dass Sie Kontakt zum Vater meines Kindes haben. Ich danke Ihnen von ganzem Herzen, dass sie mich hergefahren haben, aber das ist auch alles.«

Julie schluckte, sie spürte das Brennen in ihren Augen. »Jean und ich sind Freunde, bitte lassen Sie mich zu ihm. Ich will doch nur wissen, ob es ihm gut geht.« Julies Anspannung löste sich, als die Tränen aus ihr hervorbrachen.

»Nein, Sie sind keine Freunde. Sie haben mit einem gebundenen Mann geschlafen, der bald Vater wird. Auch wenn ich unsere Verlobung vorgetäuscht habe, handelt es sich bei dieser Situation nun um eine völlig andere. Sie werden weder in die Nähe meines Mannes noch meines ungeborenen Kindes kommen. Sie haben bereits genug Unheil angerichtet«, sagte Paulette leise, aber drohend.

Sie wandte sie sich an eine der Schwestern im Stationszimmer: »Entschuldigen Sie, ich möchte, dass diese Dame hier nicht in die Nähe meines Verlobten kommt. Madame Renouard ist Journalistin und wittert eine Geschichte. Geben Sie bitte auch dem Empfang und dem Sicherheitsdienst Bescheid!«

Die Schwester nickte und griff bereits zum Telefon.

»Schon in Ordnung«, sagte Julie leise. Ihr Blick ruhte auf Paulette, über deren Lippen ein triumphierender Ausdruck huschte. Dann ging sie.

Julie fühlte sich verraten und erniedrigt. Paulette hatte sie im Krankenhaus bloßgestellt, obwohl sie ihr so schnell Hilfe angeboten hatte.

Sie befand sich in einem wahr gewordenen Albtraum, doch es war weniger Paulettes Verrat, der sie schmerzte, sondern vor allem die Ungewissheit.

*M*it tränennassem Gesicht schloss Julie ihre Wohnungstür auf. Von drinnen hörte sie Musik und das aufgeregte Geplapper der drei Frauen. Als sie die Tür ins Schloss fallen hörten, verstummten sie augenblicklich.

Élise tauchte im Flur auf. »Hey, Kleine, alles in Ordnung?«

»Ist Jacques schon da? Und hat er viel Wein mitgebracht?« Julie zog kraftlos ihre Schuhe aus und hängte ihre dünne Stickjacke an die Garderobe.

»Ja, er ist schon da, aber ich glaube nicht, dass Alkohol deine Probleme löst.« Élise schloss Julie fest in die Arme und strich ihr behutsam über den Rücken, dann löste sie sich wieder.

»Wie geht es Jean?«, erkundigte sich Geraldine, als Julie das Wohnzimmer betrat, das auch schon zur Hälfte gestrichen war.

Geschwächt sank Julie auf ihre Couch, die mitsamt ihrem Schrank mitten im Raum stand, und zog die Beine dicht an ihren Körper. Links und rechts von ihr platzierten sich ihre Schwestern, Geraldine und Jacques setzten sich ihr gegenüber auf den stabilen Couchtisch.

»Ich weiß nicht, wie es ihm geht.«

»Konntest du ihn nicht sehen?« Jacques' Stirn legte sich in Falten. Julie streckte vorsichtig ihren Arm nach seinem Weinglas aus, und er goss ihr schnell ein eigenes ein.

»Nein, er liegt auf der Intensivstation, und ich durfte nicht zu ihm ... um genau zu sein, hat Paulette es mir verboten. Sie hat den Schwestern erzählt, ich wäre eine Journalistin, die nur auf eine Story aus ist. Ich hätte das Miststück hier stehen lassen und allein zum Krankenhaus fahren sollen.« Julie setzte das Weinglas an und trank einen kräftigen Schluck.

»Und du weißt überhaupt nicht, was passiert ist?«

Julie schüttelte den Kopf und rieb sich mit der freien Hand die Stirn.

»Sie hat mich weggeschickt, bevor sie mit dem Arzt gesprochen hat. Ich weiß überhaupt nichts, und ich habe auch nicht die kleinste Möglichkeit, etwas zu erfahren.« Julie war angespannt. Sie hatte keine Chance. Sie stand sprichwörtlich mit dem Rücken zur Wand und konnte weder vor noch zurück.

»Das ist keine gute Ausgangsposition«, bemerkte Jacques.

»Wenn du jemand anderes kennen würdest, der dich zu ihm mitnehmen könnte«, überlegte Madlaine laut.

»Seine Eltern leben im Süden, seine Schwester ist tot, und ansonsten wüsste ich nicht einmal, wer ihn noch kennt, geschweige denn, wen Paulette zu ihm lassen würde. Als sein Notfallkontakt hat sie leider im Moment jede Freiheit«, seufzte Julie und leerte das Weinglas.

»Ob seine Eltern von dem Unfall erfahren haben?« Julie sah Geraldine an und schien plötzlich eine Lösung vor sich zu haben.

»Jean hat kaum noch Kontakt zu seinen Eltern. Wenn ich sie finde und ihnen Bescheid gebe, kommen sie vielleicht nach Paris.«

»Worauf wartest du noch? Mach dich sofort an die Recherche, und wir renovieren weiter«, sagte Élise.

»Das ist vermutlich die einzige Chance, die ich habe.«

*E*s nahm zwei Tage in Anspruch, bis Julie endlich alle Kontaktdaten, die sie brauchte, in Erfahrung gebracht hatte. Sie hatte das Internet durchforstet und war schließlich auf eine Wohltätigkeitsorganisation gestoßen, die Jeans Mutter Louise leitete.

Sofort hatte sie die angegebene Telefonnummer gewählt. Auch wenn die Chance gering war, direkt mit Louise Voltaire zu sprechen, bestand dennoch eine kleine Hoffnung, an sie heranzukommen.

Wie Julie schon vermutet hatte, meldete sich nur ihre persönliche Assistentin.

»Entschuldigen Sie, wäre es vielleicht möglich, mit Louise Voltaire zu sprechen? Es geht um ihren Sohn Jean.« Julie wartete und wunderte sich über das lange Schweigen am anderen Ende der Leitung. »Sind Sie noch dran? Ich muss dringend mit Madame Voltaire sprechen.«

»Madame Voltaire ist gerade in einer Besprechung.«

Julie wusste sofort, dass irgendetwas nicht stimmte. »Sagen Sie ihr, dass Jean einen Unfall hatte und auf der Intensivstation liegt. Ich weiß nicht, ob die Familie informiert wurde.«

Plötzlich hörte Julie ein Knacken und ein Rascheln, dann das aufgeregte Atmen einer Frau. »Was sagen Sie da? Wie geht es ihm?« Louise Voltaire Stimme klang aufgeregt und viel zu hoch.

»Ich kann es Ihnen nicht sagen. Seine angebliche Verlobte lässt mich nicht zu ihm. Ich wusste nicht, ob man Sie informiert hat, deswegen …«

»Ich danke Ihnen. Ich werde sofort nach Paris kommen.«

»Wäre es möglich, dass Sie mich dann informieren, wie es ihm geht? Ich mache mir wirklich Sorgen.«

»Natürlich, sagen Sie, wie war Ihr Name noch gleich?«

»Julie Renouard, Madame.«

»Ich habe Ihre Nummer auf dem Display. Ich melde mich bei Ihnen, sobald ich in Paris gelandet bin. Vielen Dank.«

Erleichtert legte Julie ihr Handy zur Seite und atmete langsam aus. Sie konnte kaum glauben, dass es funktioniert hatte. Julie fühlte sich, als wäre der tonnenschwere Druck, der seit Tagen auf ihrer Brust lastete, mit einem Schlag verschwunden. Auch wenn sie wusste, dass sie Jean vielleicht nicht sehen würde, so würde sie immerhin erfahren, ob es ihm gut ging und was geschehen war.

Louise Voltaire meldete sich bereits am nächsten Tag und bat Julie, direkt zum Krankenhaus zu kommen. Julie hatte ein flaues Gefühl in der Magengegend und war unsicher, was geschehen würde, wenn sie wieder auf Paulette treffen würde. Es machte sie weit weniger nervös, Jeans Mutter kennenzulernen, als sich wieder seiner verrückten Scheinverlobten ausgesetzt zu sehen.

Vor dem Haupteingang des Krankenhauses stand eine schlanke Frau mit blonden Locken und sonnengebräuntem Teint. Sie wirkte blass und müde, ihre grünblauen Augen hatten einen traurigen und trostlosen Ausdruck. Julie war sofort klar, dass es sich um Louise Voltaire handeln musste.

»Madame Voltaire?«, fragte Julie schüchtern und zog ihre Strickjacke etwas enger um ihren Körper.

Louise nickte. »Julie, danke, dass Sie mich so schnell verständigt haben und hierherkommen konnten. Wenn Sie mir nicht Bescheid gegeben hätten, hätten wir vermutlich nie von diesem schrecklichen Unfall erfahren.«

»Es war das Mindeste.«

»Ich konnte schon mit den Ärzten sprechen. Jean ist von einem Auto erfasst worden, als er wohl unachtsam über eine Straße gegangen ist. Seine inneren Verletzungen sind schwer, er hat sich auch einige Knochenbrüche zugezogen, deswegen haben sie ihn ruhiggestellt und in ein künstliches Koma versetzt. Er schwebt nicht in Lebensgefahr, aber endgültige Aussagen möchten die Ärzte noch nicht treffen.« Julie schluckte schwer. »Lassen Sie uns hineingehen.« Julie folgte Louise Voltaire in die Eingangshalle und wurde bereits hier wieder vom typischen Krankenhausgeruch erschlagen.

»Wo haben Sie und Jean sich kennengelernt?« Louises plötzliche Frage wirkte nicht neugierig, sondern freundlich.

»An Heiligabend in einem Restaurant. Er hat mich beim Stolpern aufgefangen und mich davor bewahrt, dass ich mich vor den ganzen Leuten blamierte.« Julie lächelte bei dem Gedanken daran. »Und dann wollte es der Zufall, dass ich einen Artikel über ihn schreibe. Einen Artikel, den es nie gegeben hat.«

»Davon müssen Sie mir unbedingt mehr erzählen. Und Sie müssen mir erklären, was es mit dieser Verlobten auf sich hat. Jean scheint Ihnen sehr wichtig zu sein.«

»Wir sind Freunde«, antwortete Julie kaum hörbar, und Louise entging ihr niedergeschlagener Blick nicht. Die junge Frau und ihr Sohn schienen eine ganz besondere Beziehung zueinander zu haben.

In der Station angekommen, in die man Julie als Begleitung von Jeans Mutter widerspruchslos eingelassen hatte, öffnete Madame Voltaire die Tür zum Zimmer ihres Sohnes. Er hatte das Glück, in einem Einzelzimmer zu liegen, in dem er über Monitore durchgängig unter Beobachtung stand. Julie betrachtete ihn, und ihr Magen zog sich schmerzhaft zusammen, weil er so hilflos wirkte. Überall hingen Schläuche, die ihr eine höllische Angst einjagten und das flaue Gefühl in ihrem Magen noch verstärkten. Mit langsamen Schritten ging sie auf ihn zu und blieb an seinem Bett stehen.

Jean war kreidebleich, und obgleich er schlief, wirkte er nicht ausgeruht. Seine linke Gesichtshälfte war mit Kratzern übersät. Er sah so ausgeliefert aus, so gequält. Behutsam nahm Julie Jeans kühle Hand in ihre und drückte sie sanft, während die Tränen sich ihren Weg suchten. Sie wusste nicht, was sie nun tun sollte, ob sie etwas sagen oder doch lieber schweigen sollte.

»Er sieht so schrecklich schwach aus«, flüsterte seine Mutter und legte eine Hand auf Julies Schulter.

»Dabei ist er alles andere als schwach.«

»Nein, schwach war er noch nie. Wenn er doch nur die Augen aufschlagen würde, damit ich weiß, ob es ihm gut geht.«

Achtundzwanzig

Gemeinsam mit Madame Voltaire saß Julie auch am nächsten Tag treu an Jeans Bett und beobachtete ihn. Ihr war nicht entgangen, dass Jean den Unfall hatte, kurz nachdem sie sich verabschiedet hatten. Aus irgendeinem Grund fühlte sie sich verantwortlich dafür, auch wenn sie wusste, dass sie keine Schuld daran trug. Es tat ihr weh, ihn so schwach und hilflos im Bett liegen zu sehen, überwacht von Maschinen, die leise signalisierten, dass er noch lebte.

»Julie, lassen Sie uns in die Cafeteria gehen. Ich muss Sie um einen Gefallen bitten.« Julie nickte stumm und stand auf. Zusammen gingen die beiden Frauen aus dem Zimmer, kauften einen Kaffee und setzten sich an einen Tisch am Fenster.

»Wissen Sie, Julie, ich habe in den letzten Jahren nicht viel vom Leben meines Sohnes mitbekommen. Wir hatten eine familiäre Krise, die…«

»Madame Voltaire, Jean hat mir von Béatrice erzählt«, flüsterte Julie. Ihr entging der überraschte Ausdruck in Madame Voltaires Augen nicht.

»Tatsächlich?«, fragte sie. »Er hat nie mit jemandem darüber gesprochen. Der Tod seiner Schwester war seine persönliche Strafe. Er hat nie das Vertrauen aufbringen können, mit jemandem darüber zu reden. Er muss Sie sehr schätzen.«

»Ich habe vor drei Jahren meine beste Freundin verloren. Deswegen verstehe ich seine Gefühle. Ich kämpfe noch heute mit der Situation.«

»Béatrices Tod hat ein großes Loch in unsere Herzen gerissen – und die Trauer um sie hat unsere Familie zerstört. Jeans nicht enden wollende Selbstvorwürfe haben uns verunsichert, und irgendwann hat mein Mann einen unüberlegten Ausspruch getan, der alles kaputt gemacht hat. Er sagte zu Jean: ›Ja, du hättest besser auf sie aufpassen können, dann müssten wir uns jetzt deine Selbstvorwürfe nicht anhören.‹ Wenn mein Mann etwas in seinem Leben bereut, dann diesen unseligen Satz. Kurz darauf brach zwischen den beiden so ein Streit los, dass ich die Notbremse gezogen und darauf bestanden habe, nach Grimaud zu ziehen. Julie, was ich jetzt von Ihnen verlange, ist so groß, dass ich ewig in Ihrer Schuld stehen werde.«

Louise machte eine kurze Pause und rührte ihren Kaffee um. »Wenn das hier überstanden ist, besuchen Sie und Jean uns in Grimaud. Ich ertrage es nicht länger, dass mein Sohn nichts mit uns zu tun haben will. Es gibt so viele Missverständnisse, die geklärt werden müssen, und ich weiß nicht, wo ich anfangen soll. Sie scheinen eine besondere Beziehung zu ihm zu haben, sonst hätte er nicht mit Ihnen über Béatrice gesprochen. Auf Sie wird er hören.«

»Ich … ich weiß nicht …«

»Bitte, Julie. Ich muss heute Abend zurück nach Grimaud fliegen. Versprechen Sie mir, dass Sie uns besuchen kommen, sobald es ihm besser geht. Ich ertrage es nicht mehr.«

»Ich verspreche es.«

»Danke, dafür räume ich Ihnen jetzt auch diese Pseudoverlobte aus dem Weg. Ich kann dieses Mädchen überhaupt nicht leiden.«

»Es wäre eine Lüge, wenn ich sagen würde, dass ich das nicht gut finde.« Julie lächelte.

»Ich weiß. Sehen Sie, wenn man vom Teufel spricht.« Louise deutete zum Krankenhauseingang, wo Paulette gerade durch die Schiebetür trat. »Ich werde sofort mit ihr sprechen. Ich bin gleich zurück.«

Julie beobachtete, wie Louise Paulette zur Seite nahm und offensichtlich sehr nüchtern auf sie einredete. Doch mit jedem Wort, das Louise zu sagen schien, verhärteten sich Paulettes Gesichtszüge. Sie kochte vor Wut und explodierte wahrscheinlich auch gleich. Überraschenderweise blieb sie ruhig und ging dann, ohne ein Wort zu sagen. Doch aus irgendeinem Grund wurde Julie das Gefühl nicht los, dass Paulette diese Niederlage nicht auf sich sitzen lassen würde.

* * *

$\mathcal{D}$ie Tage vergingen wie im Flug, und Julie wich Jean nicht von der Seite. Fast zwei Wochen war der Unfall jetzt her, und ihr Leben stand still. Julie hatte weder einen Kopf für ihre wöchentlichen Treffen mit Jean noch für den Romanentwurf, den sie Madame Garette liefern sollte. Sie dachte oft darüber nach, wie es zu dem Unfall kommen konnte, und kam zu keiner Lösung.

»Sobald du die Augen aufmachst, mach ich dich kalt, Voltaire«, flüsterte Julie und strich Jean über seine verletzte Wange. »Was hast du dir nur dabei gedacht, vor dieses Auto zu laufen?« Julie stand auf und lief einige Runden durch das Zimmer. Der Arzt hatte gesagt, Jeans Verletzungen würden gut heilen, und man habe bereits eingeleitet, ihn aus dem Koma zu holen. Doch besaß er wirklich die Kraft dazu?

Julie spielte in Gedanken immer wieder die Möglichkeit durch, was geschehen würde, wenn es nicht funktionierte, er nicht aufwachte, weil sein Körper zu schwach war und er die Ruhe genoss. Julie schluckte und flüsterte mit angeschlagener Stimme: »Und wenn du die Augen nicht mehr aufmachst, dann kümmere ich mich höchstpersönlich darum, dass du im nächsten Leben eine Frauenhandtasche wirst.«

Sie blickte aus dem Fenster auf den kleinen Park des Krankenhauses, wo Familien mit ihren kranken Angehörigen spazieren gingen, die ihnen erzählten, es würde ihnen gut gehen, obwohl sie sich schlechter fühlten. Julie hasste alles, was mit Krankenhäusern zusammenhing. Sogar deren Umgebungen verunsicherten sie. Sie war keiner der Menschen, die mit Krankheit und Tod gut umgehen konnte. Seit Zoés Tod noch mehr als zuvor. Es machte ihr Angst, Jean an diese Maschinerie gefesselt zu sehen. Langsam wandte sie sich vom Fenster ab und ging in kleinen Schritten wieder auf das Bett zu. Sie setzte sich, griff erneut nach seiner Hand und sagte dann: »Wenn du mich wirklich mögen würdest, dann hättest du mir das nie angetan. Ich hasse Krankenhäuser. Dieser Geruch, wirklich, Jean, das ist nicht fair. Ich verkrafte es nicht, nach Zoé jetzt auch noch dich zu verlieren, hörst du? Auch wenn du dich manchmal wie der größte Idiot auf dem Erdball benimmst, bist du mir wichtig geworden. Ob du das glaubst oder nicht.« Julie senkte ihren Kopf und drückte Jeans Hand fester.

Die Nacht brach bereits an, und während Julie neben Jean ausharrte, kam auch die Stadt zur Ruhe. Die Touristen gingen in ihre Hotels zurück und nahmen noch einen Drink an der Hotelbar oder verbrachten den restlichen Abend in einer Cocktailbar. Die kleinen Cafés schlossen. Geraldine wirbelte geschäftig durch Julies Wohnung, während ihre Schwestern bereits wieder abgereist waren. Währenddessen spielte Coco, die mittlerweile ganz schön gewachsen war, mit der letzten Malerplane, die noch übrig geblieben war. Jacques hatte gerade das Café Le Dôme geschlossen und verschwand nebenan im Hauseingang, um Geraldine dabei zu helfen, die Möbel an ihren neuen Platz zu rücken.

Auf den Straßen wurde es zunehmend ruhiger, und irgendwann sank Paris in einen friedlichen Schlaf. Nur Julie blieb bis in die frühen Morgenstunden wach. Sie wollte nicht einschlafen aus Angst, wenn sie wieder aufwachte, wäre Jean weg. Sie wollte sein leises Atmen hören, wollte spüren, wie sein Brustkorb sich unter ihrer Hand hob und wieder senkte. Sie wollte das gleichmäßige leise Piepen des Apparates hören, nur um sicher zu sein, dass wirklich alles stimmte. Doch gegen vier Uhr morgens, als sie sich auf einen Stuhl vor das Fenster setzte, verlor sie den Kampf und gab sich einem unruhigen Schlaf hin.

*A*ls Julie langsam zu sich kam, spürte sie sofort, dass irgendetwas nicht stimmte. Es war zu still und zu kalt.

Warum war es so still? Wo war das sanfte, gleichmäßige Piepen der Maschine? Wo war das Geräusch von Jeans sanftem Atmen?

Ruckartig setzte sie sich auf und fand ein leeres Bett vor. Julies Herzschlag schnellte hoch, die Panik durchzog ihren Körper, während heiße Tränen ganz automatisch ihren Weg suchten. Wo um alles in der Welt war er? Julie fuhr mit den Fingern über die Decke, das Bett war völlig kalt. Es musste ein schrecklicher Traum sein. Sie hätte niemals einschlafen dürfen. Sie hätte ihn niemals auch nur eine Sekunde aus den Augen lassen dürfen.

Neunundzwanzig

Jean fühlte sich frei und leicht. Ein Gefühl, das er seit langer Zeit nicht mehr gespürt hatte. All die Probleme waren unwichtig. Alles, womit er sich herumschlagen musste, verlor an Bedeutung. Er genoss die Ruhe, doch sie umhüllte ihn schon viel zu lange. Irgendetwas stimmte nicht. Etwas lief nicht nach Plan. Warum wurde er nicht wach? Warum wusste er nicht mehr, was als Letztes geschehen war? Woher kam diese leise, so vertraute Stimme, die immer wieder zu ihm sprach?

Ein Licht blendete ihn, forderte ihn auf näher zu treten, doch Jean blieb wie angewurzelt stehen. Für einen kurzen Moment dachte er darüber nach, zu gehen, setzte vorsichtig einen Fuß vor den anderen und stoppte dann doch. Da war sie wieder diese vertraute, liebliche Stimme.

»Und wenn du die Augen nicht mehr aufmachst, dann kümmere ich mich höchstpersönlich darum, dass du im nächsten Leben eine Frauenhandtasche wirst.«

Jean lächelte leise in sich hinein. Er wusste sofort, wer da zu ihm sprach. Das Licht verlor mehr und mehr an Intensität, bis es letztendlich ganz erlosch. Jean drehte sich um und ging einige Schritte zurück. Er fühlte sich noch immer schrecklich schwach und kraftlos, wie eine leere Hülle, die in einer Zwischenwelt umherschwebt und nicht weiß, wo sie hingehört.

In dieser Welt spielte Zeit keine Rolle. Entweder stürzte man in ein schwarzes Loch, oder das Licht versuchte einen zu verführen. Jean entging dieser Versuchung wieder und wieder, so sollte es nicht enden. Er musste endlich wieder zu sich kommen und dieser verrückten Zwischenwelt entfliehen. Das Leben hatte ihm noch so viel zu bieten. Sie hatte ihm noch so viel zu bieten. Immer wieder beschwor er sich gleich einem Mantra, die Augen zu öffnen, zu sagen, es ginge ihm gut. Doch er musste sich eingestehen, dass er zu schwach war.

Und dann war es so weit, dass er es schaffte.

Benommen kam Jean zu sich, und ein grelles Licht drang durch seine Lider. Er versuchte sich zu orientieren, überlegte, wo er war und was er zuletzt gemacht hatte. Als er schließlich die Augen aufschlug, fand er sich im Krankenzimmer wieder, und auch die Bilder des Unfalls kehrten in seine Erinnerung zurück. Jean fühlte sich schwach und benommen, und auch die Augen konnte er nur schwer aufhalten. Seit wann war er hier?

Blinzelnd sah er zur Seite und stellte überrascht fest, dass er nicht allein war. Friedlich schlafend lag Julie mit dem Oberkörper auf seinem Bett, und er konnte ein sanftes Lächeln nicht zurückhalten. Ganz behutsam schob er ihre Hand ein wenig zur Seite und drückte den Knopf, um eine Schwester zu rufen.

Es dauerte nicht lang, dann stand ein Aufgebot von Ärzten und Schwestern in seinem Zimmer.

»Bitte seien Sie still und lassen Sie sie schlafen«, murmelte Jean leise und deutete auf Julie.

»Wie fühlen Sie sich, Monsieur Voltaire?«

»Den Umständen entsprechend gut.« Jean strich Julie behutsam eine Haarsträhne aus dem Gesicht und sah dann wieder zum Oberarzt.

»Wir würden Sie gern untersuchen, aber das geht nicht, solange Madame Renouard schlafend neben Ihnen liegt.«

»Dann müssen wir eben woanders hingehen«, sagte Jean. »Ich möchte, dass sie weiterschläft.«

»Mit Ihren Verletzungen können und dürfen Sie auf keinen Fall irgendwelche belastenden Bewegungen machen, bevor Sie nicht genau untersucht wurden. Bitte bleiben Sie liegen, bis Sie von den Geräten befreit sind. Ein Pfleger holt bereits ein Bett, in dem sie aus dem Zimmer gebracht werden.«

*I*nnerhalb einer Sekunde hatte Julies Welt aufgehört, sich zu drehen. Starr vor Schreck stand sie vor dem leeren Krankenbett und hielt den Atem an. Was war mit Jean?

Heiße Tränen rannen ihr über die Wangen, und ein bleischwerer Druck lastete auf ihrem Herzen, während sie fieberhaft überlegte, was als Nächstes zu tun war.

Sie bemerkte nicht, dass hinter ihr die Tür aufging. Ihre gesamte Konzentration richtete sich auf das leere Bett. Das Bett, an dem sie noch vor wenigen Stunden neben ihm geschlafen hatte.

Als Jean Julie hilflos und weinend im Zimmer stehen sah, setzte sein Herz kurz aus. In diesem Augenblick bereute er zutiefst, sie nicht geweckt zu haben. Was musste sie jetzt nur denken?

»Julie?«, flüsterte er heißer, doch sie reagierte nicht. »Julie.« Am liebsten wäre er zu ihr hingelaufen und hätte sie berührt, doch das war nicht möglich, weil er noch an den Rollstuhl gefesselt war. Deshalb rief er ihren Namen diesmal so laut, dass es seine Stimmbänder fast schmerzte.

Erschrocken blickte sie sich um. Ihre Augen weiteten sich, dann begann sie zu realisieren, dass Jean nicht tot, sondern einfach und endlich nur aus dem Tiefschlaf aufgewacht war.

»Jean!«, rief sie aus und fiel ihm erleichtert um den Hals. Sie drückte ihn fest an sich und schluchzte, ohne sich Gedanken darüber zu machen, ob sie ihm damit vielleicht wehtat oder was die Schwester, die ihn hereingebracht hatte, von ihr denken würde. »Ich habe mir Vorwürfe gemacht, weil der Unfall direkt nach unserem Treffen passiert ist. Ich dachte, wenn ich nicht gewesen wäre, dann …«

»Julie, beruhige dich, es ist alles in Ordnung, und du trägst nicht die geringste Schuld.« Jean löste sich vorsichtig aus ihrer Umarmung, und die Schwester fuhr ihn zu seinem Bett. Julie zog er behutsam neben sich her. »Ich war in Gedanken und habe nicht auf meine Umgebung geachtet. Ich bin selbst schuld.«

»Mach das nie wieder, hörst du«, flüsterte Julie und wischte sich mit dem Handrücken die Tränen aus den Augen. »Auch wenn wir einige Missverständnisse hatten, heißt das nicht, dass ich mir keine Sorgen um dich mache.«

»Ich weiß.« Er zog sie zu sich und hauchte ihr einen Kuss in die Haare.

* * *

Julie lenkte den Wagen in eine freie Parklücke vor dem Café Le Dôme, atmete tief durch und stieg aus. Zuallererst brauchte sie ausgiebige Dusche und frische Kleidung, danach ein langes, erholsames Nickerchen. Julie schloss ihren Wagen ab, ging in das Haus und fuhr mit dem Fahrstuhl nach oben. Herzhaft gähnend schloss sie ihre Tür auf, während sie von drinnen merkwürdige Geräusche hörte. Sie zog die Augenbrauen nach oben, schloss leise die Tür und ging langsam in Richtung Wohnzimmer, wo sie die Geräusche, die wie eine Mischung aus Grunzen und Kreischen klangen, vermutete. Auf dem Weg schnappte sie sich einen Kerzenständer, um einen möglichen Einbrecher direkt niederzuschlagen. Ganz vorsichtig schob sie mit dem Zeigefinger ihre Wohnzimmertür auf und sog erschrocken die Luft ein. Ihre Einbrecher waren nicht gefährlich, nur schrecklich dreist und mutig.

Es waren Jacques und Geraldine, die auf Julies Couch wie wilde Tiere übereinander herfielen. Julie beobachtete das Treiben einige Sekunden, bis es auch ihr zu heiß wurde und sie sich ein Kichern nicht mehr verkneifen konnte.

»Ich habe es gewusst! Wie oft habt ihr das schon gemacht?«

Hektisch sprang Geraldine von Jacques und fischte nach ihrem Shirt. Schnell zog sie es über und versuchte zu verbergen, dass ihre Wangen sich peinlich berührt zartrosa färbten.

»Es ist nicht das, wonach es aussieht«, stammelte Geraldine, und Julie schüttelte nur lachend mit dem Kopf.

»Da ihr meine Wohnung ganz offensichtlich fertig renoviert habt, dürft ihr auch einmal Fastsex auf meiner Couch haben. Aber kein zweites Mal, und wenn es schon einmal passiert ist, behaltet es bitte für euch!« Julie blickte sich in ihrem Wohnzimmer um, das Geraldine liebevoll dekoriert hatte. Ihre Wohnung wirkte völlig verändert. Kaum noch eintönig und zusammengewürfelt. Sie war jetzt viel heller, viel freundlicher, viel kreativer. »Ich weiß nicht, wie ich euch danken soll, obwohl... Ihr hattet Fastaex auf meiner Couch, ich habe euch schon gedankt.« Ein glückliches Lächeln huschte über ihre Lippen.

»Was machst du eigentlich hier?«, fragte Geraldine verwundert.

»Jean ist aufgewacht, es scheint ihm gut zu gehen.«

»Gott sei Dank! Aber wieso bist du dann trotzdem hier und nicht bei ihm?«

»Er hat mich nach Hause geschickt, damit ich schlafen kann. Auch wenn er so tut, als würde ihm kaum noch etwas fehlen, er ist schwach und hat Schmerzen. Ich fühle das. So einen Unfall übersteht man nicht von heute auf morgen. Sein Arzt meinte, er muss noch mindestens vier Wochen im Krankenhaus bleiben.«

»Das ist eine lange Zeit.«

»Und danach wird es nicht einfacher für ihn.« Julie erzählte von der Bitte seiner Mutter und ließ auch die Bombe mit Paulettes Schwangerschaft platzen. »Um ehrlich zu sein, weiß ich nicht, was ich davon halten soll. Ich weiß nicht, ob ich ihr glauben kann und ob Jean davon weiß. Ich weiß nicht einmal, ob es richtig war, dass seine Mutter Paulette von ihm ferngehalten hat, oder ob ich mit ihm nach Grimaud fliegen soll. Ob ich besser Paulette in das Flugzeug setzen sollte?«

»Das klingt nach einem brisanten Frauengespräch. Ich bin im Restaurant, wenn ihr mich sucht«, schmunzelte Jacques und küsste Geraldine. Es gab für die beiden keinen Grund mehr, ihre Beziehung geheim zu halten.

»Genau, geh du Kaffee machen, du Couchausnutzer, und lass die Finger von meiner Frau«, sagte Julie lachend und wollte sich auf ihre Couch fallen lassen, als sie stoppte. »Gott, ich brauche eine neue Couch. Wer weiß, was ihr damit sonst noch angestellt habt.«

»Wirst du Jean von Paulettes Schwangerschaft erzählen?«

»Um ehrlich zu sein, weiß ich überhaupt nicht, was ich machen soll. In erster Linie muss er wieder völlig gesund werden.« Julie knetete nervös ihre Finger. »Als ich Madame Voltaire von Paulettes angeblicher Schwangerschaft erzählt habe, hat sie nur gelacht und gemeint, es wäre eine billige Masche, einen Mann zu halten, den Frau schon verloren hat. Ich weiß es nicht …«

»Lass uns mal in Ruhe nachdenken. Punkt eins, Paulette ist vielleicht schwanger. Das bedeutet für dich, wenn du Jean davon erzählst, besteht die Möglichkeit, dass er sich Paulettes Vorgaben unterwirft und den Kontakt zu dir abbricht.«

Julie nickte. Auch wenn sie sich ihrer Gefühle nach wie vor unsicher war, war das der schlimmste Fall, der eintreten konnte. Sie mochte Jean als guten Freund und Vertrauten. Sie mochte die Art, wie er mit ihr umging, wenn sie nicht stritten. Sie mochte die Gespräche mit ihm. »Wenn das passiert, egal weswegen, dann war es das. Dann will das Schicksal einfach nicht, dass wir etwas miteinander zu tun haben. Egal, ob als Freunde oder was weiß ich was.«

»Hör auf, alles so schwarz zu sehen. Nach dem, was du über Jean erzählt hast und was ich von deinen Schwestern gehört habe, mag er dich sehr. Vielleicht ein bisschen mehr, als du sehen willst. Punkt zwei auf der Liste?«

»Jeans Familie. Sie haben seit Jahren kaum noch Kontakt. Jean ist wütend auf seinen Vater, weil er im Streit einen Satz gesagt hat, den er ebenso lange bereut. Aber er ist auch zu stolz, um einen Schritt auf seinen Sohn zuzumachen.«

»Das heißt, entweder freut Jean sich riesig, wenn er erfährt, dass seine Mutter hier war und dass ihr sie in Grimaud besuchen sollt, oder...«

»... oder er flippt völlig aus, weil er noch wütend ist. So oder so, eine der beiden Angelegenheiten wird schiefgehen«, seufzte Julie und rieb sich die Stirn. »Sei mir nicht böse, aber ich werde jetzt duschen und mich dann hinlegen. Mir hängen die letzten Wochen nach. Außerdem wartet Madame Garette noch auf das Exposé für meinen Roman. Damit muss ich morgen unbedingt beginnen.«

»Natürlich, Süße.« Die beiden Frauen standen auf und nahmen sich in den Arm. »Alles wird gut, auch wenn es vielleicht gerade nicht danach aussieht. Wichtig ist, dass es ihm gut geht, alles Weitere wird sich klären.«

»Danke.« Geraldine küsste Julie auf die Wange und wollte dann gehen, doch Julie rief sie noch einmal zurück.

»Übrigens seid ihr ein süßes Paar. Ich wusste von Anfang an, dass du und Jacques einen Blick aufeinander geworfen habt.«

»Es hat sich entwickelt, als du bei deinen Eltern warst. Wir wussten nicht, wie wir es dir sagen sollen.«

»Schick mir nachträglich einen Präsentkorb. Die Trauer über meinen Abschied hat euch schließlich zusammengebracht.« Julie zwinkerte, und Geraldine schüttelte lachend den Kopf.

»Das hättest du wohl gern.«

Dreißig

Unruhig lief Paulette in ihrer Wohnung auf und ab. Das tat sie schon die letzten Wochen, immer und immer wieder. Jeden Tag etwas missmutiger und wütender.

»Cleverer Schachzug, wirklich, cleverer Schachzug, dir seine Mutter an die Seite zu stellen«, knurrte sie und räumte in einer wütenden Bewegung ihren Schminktisch ab. Nagellackfläschchen, Puderdosen und Pinsel fielen krachend zu Boden und verteilten sich über die gesamte Fläche. Paulette schlug die geballten Fäuste auf den stabilen Holztisch und stieß einen spitzen Schrei aus.

»Du hast dich mit der Falschen angelegt, Julie Renouard«, flüsterte sie kampflustig, während sie sich im Spiegel beobachtete. Ihr Blick war vernichtend. Ihre Augen funkelten wie die einer Raubkatze, die bereit ist, die größte Beute ihres Lebens zu jagen und mit Genuss zu erlegen.

Ja, Paulette würde sie erlegen, und sie wusste auch schon genau, wie. Schnell griff sie zu ihrem Telefon und wählte die Nummer eines bekannten Arztes.

»Pierre, ich brauche deine Hilfe.«

»Paulette, Paulette, wie immer stürmisch. Was kann ich für dich tun, meine Liebe?«

»Ich muss schwanger werden«, sagte sie entschlossen und hörte das Staunen am anderen Ende förmlich.

»Oh, es ehrt mich, dass du dabei an mich denkst, aber ich bin seit einer Weile verhei…«

»Pierre, verdammt, ich brauche ein Ultraschallbild, nicht mehr und nicht weniger.« Sie verdrehte die Augen und lief in ihrer Wohnung wieder auf und ab.

»Paulette, ich kann nicht einfach …«

»Wie viel willst du haben?«

»Es geht mir nicht um Geld. Ich kann meine Lizenz verlieren.«

»Pierre, sind zweitausend Euro genug?« Sie deutete sein Schweigen als Ja. »Ich überweise das Geld direkt. Morgen möchte ich das Bild in meinem Briefkasten.« Dann legte sie auf.

Sobald sie das Bild in den Händen halten würde, hatte sie ein Druckmittel. Jean war verantwortungsbewusst, er würde zu seinem Kind stehen, und er würde ihrer Forderung, den Kontakt zu Julie abzubrechen, zustimmen. Wenn sie nun noch eine Möglichkeit fand, dass Julie gezwungenermaßen aus Paris weggehen musste, wäre sie am Ziel.

Ein diabolisches Lachen zog über Paulettes Lippen, dann setzte sie sich an ihren PC und versuchte herauszufinden, wer Julies Wohnung vermietete.

Es dauerte nicht lang, bis Paulette fündig wurde und Madame Milets Adresse und Telefonnummer herausbekam.

Was für ein Glück, dass in diesem Haus gerade eine Wohnung frei geworden ist, lachte Paulette in sich hinein und wählte rasch die angegebene Nummer.

»Milet, bonjour«, meldete sich die ältere Dame.

»Bonjour, Madame Milet, hier spricht Paulette Chevallier. Ich melde mich wegen der freien Wohnung über dem Café Le Dôme.«

»Oh, Liebes, hören Sie, die Wohnung ist leider schon wieder vermietet. Darum hat sich mein Sohn gekümmert.«

»Oh, das ist aber schade. Wissen Sie, eine gute Freundin von mir wohnt in dem Haus. Julie Renouard.«

»Sie kennen Julie?« Die alte Dame klang sichtlich überrascht.

»Ja, wir haben uns vor einiger Zeit bei einer ihrer Wohnungspartys kennengelernt. Es gab einige Probleme mit der Polizei und den anderen Anwohnern. Ich hoffe, Julie hat keine Probleme deswegen bekommen?«

»Sind Sie sicher, dass wir von der gleichen Person sprechen?«

»Julie Renouard, die Journalistin.«

Am anderen Ende war Stille. Dann knackte es und raschelte. Leise Stimmen murmelten etwas Unverständliches.

»Paulette?« Élias Milets tiefe Stimme ertönte. »Ich weiß nicht, welche Eifersuchtsaktion du hier gerade planst, aber wenn du nicht auf der Stelle aufhörst, meine Mutter zu belästigen und Julie schlechtzumachen, dann werden wir andere Saiten aufziehen.«

»Oh, Élias, Jeans Ohr und rechte Hand. Steigt dir dein Erfolg als Souries Firmenanwalt zu Kopf? Willst du mir jetzt drohen?«

»Oh ja, Paulette, und zwar tatsächlich mit rechtlichen Schritten. Ich weiß von Jean, dass du Julie bereits um ihren Job gebracht hast, und dein Artikel in der *Élémentaire* war das Lächerlichste, das ich in meinem ganzen Leben je gelesen habe. Wenn du auch nur ein bisschen Anstand in den Knochen hast, lässt du Jean seine eigenen Entscheidungen treffen und versuchst nicht, ihm die Frau zu nehmen, die er offensichtlich mehr mag als dich. Und die bei Weitem auch besser für ihn wäre, als du es je sein könntest.«

»Und du kennst Julie so gut, dass du dir eine Meinung darüber bilden kannst, ob sie gut für Jean ist?«

»Vermutlich kenne ich sie besser als du«, zischte Élias und legte auf.

Mit einem wütenden Schrei warf Paulette ihr Telefon in

die Zimmerecke. Hatte diese Person jeden in ihrem Umfeld um den kleinen Finger gewickelt?

Paulettes Hass auf Julie stieg mit jeder Sekunde mehr.

»Was bildet diese Person sich eigentlich ein. Nimmt mir meinen Mann weg, bezirzt seine Mutter und jeden anderen in seinem Umfeld. Das wirst du bereuen.«

*D*urch einen Anruf vom Krankenhaus erfuhr Paulette, dass Jean aufgewacht war und es ihm besser ging, also nutzte sie die Chance und beschloss, ihn noch am selben Tag aufzusuchen. Sie machte sich spät am Abend auf den Weg und erreichte das Krankenhaus kurz vor Ende der regulären Besuchszeit. Sie wusste nicht, ob Julie da sein würde oder jemand anderes, der sich ihr möglicherweise in der letzten Sekunde in den Weg stellen würde, doch sie musste versuchen, mit ihm zu sprechen.

Als sie durch die langen Gänge lief, stellte sie erleichtert fest, dass kaum jemand anwesend war. Die Schwestern machten sich für den Schichtwechsel bereit und waren zu abgelenkt, um sie daran zu erinnern, dass eigentlich niemand mehr Besuch empfangen dürfte.

Vorsichtig klopfte sie gegen seine Tür und hörte ein leises »Herein«. Paulette schob die Tür auf und stellte zu ihrer Zufriedenheit fest, dass Jean allein war.

»Jean?«, sagte sie in leisem Tonfall und trat an sein Bett. Er lag mit einem Buch in der Hand auf seinem Bett und sah sie irritiert an.

»Was willst du?«, fragte er und legte die Stirn in kleine Falten.

»Ich habe mir Sorgen um dich gemacht. Kannst du dir das nicht vorstellen?« Paulette setzte sich auf die Bettkante und sah Jean direkt in die Augen.

»Nein, ehrlich gesagt kann ich mir das nicht vorstellen, weil wir einen Schlussstrich unter uns gezogen haben.«

»Du hast das getan, Jean, aber du hast mich nie gefragt, ob ich das überhaupt will. Du bist losmarschiert und hast dir Julie gesucht.«

»Ich habe sie mir nicht gesucht«, erwiderte er und schüttelte den Kopf. »Sie war einfach da.«

»Deswegen hast du mich dennoch hintergangen.«

»Du wusstest, dass aus uns nie ein richtiges Paar werden würde.«

»Und trotzdem hast du mit mir geschlafen.«

»Paulette…« Jeans Stimme klang verzweifelt, vielleicht auch eine Nuance gereizt.

»Nein, Jean, wenn ich mit einem Mann schlafe, dann habe ich Gefühle für ihn. Und ja, verdammt, ich habe Gefühle für dich. Ich liebe dich, ob es dir passt oder nicht. Ich bin nicht bereit, dich aufzugeben, nur weil plötzlich eine Tussi vorbeikommt, die dir für fünf Sekunden den Kopf verdreht. Ich kämpfe für dich, und am Ende wird nur eine Frau an deiner Seite stehen – und das wird nicht Julie Renouard sein.«

»Paulette, du steigerst dich in etwas hinein. Du kannst einen Menschen nicht zwingen, Gefühle für dich zu entwickeln.«

»Nein, aber ich kann an diesen Menschen appellieren.« Sie zog das gefälschte Ultraschallbild aus ihrer Tasche und reichte es Jean. Seine Augen weiteten sich gefährlich, dann sah er Paulette genau in die Augen. Doch sein Blick war anders, als sie sich erhofft hatte. Er war eiskalt und undurchdringlich.

»Paulette, das ändert überhaupt nichts. Ich werde dich finanziell unterstützen, wenn es mein Kind ist, und ich werde es auch sehen wollen, aber mehr wird nicht passieren.«

Paulette schluckte. Mit dieser kurzen, nüchternen Antwort hatte sie nicht gerechnet. »Aber ich will nicht, dass mein Kind ohne Vater aufwächst.«

»Ich würde dir gern glauben, Paulette, aber du hast in der

letzten Zeit so oft gelogen, dass ich dir nicht mehr vertrauen kann. Ich weiß überhaupt nicht mehr, wer du überhaupt bist oder was aus der netten jungen Frau geworden ist, die ich vor so langer Zeit kennengelernt habe. Eifersucht macht Menschen hässlich, du solltest aufpassen, dein Gesicht beginnt schon, sich grün zu färben.«

»Das ist nicht fair, Jean, und das weißt du auch.« Verletzt und enttäuscht stand Paulette auf und verließ sein Zimmer. Er glaubte ihr nicht, also musste sie härtere Geschütze auffahren. Jean und Julie würde kein Paar werden. Nur über ihre Leiche!

Einunddreißig

Die Wochen vergingen wie im Flug. Während Jean sich langsam von seinem Unfall erholte, plante Julie die Reise nach Grimaud zu seinen Eltern. Sie hatte es noch nicht übers Herz gebracht, ihm davon zu erzählen, weil sie seine Reaktion nach wie vor nicht einschätzen konnte. Auch von Paulettes angeblicher Schwangerschaft hatte sie ihm noch nicht erzählt, doch sie war fest entschlossen, es in den nächsten Tagen zu tun.

Julie klickte sich durch verschiedene Internetseiten und versuchte sich ein Bild von dem kleinen Örtchen im Süden Frankreichs zu machen. Schwärmend betrachtete sie die weißen Strände und das türkisblaue Wasser. Für einen kurzen Moment schloss sie die Augen und träumte sich an die Cote d'Azur. Sie hörte das Rauschen des Meeres, das sanfte Wehen des Windes und die Bäume, die sich in ihm schwenkten.

Das schrille Klingeln ihres Handys unterbrach ihren kurzen Tagtraum schneller, als es ihr lieb war. Madame Garette.

»Madame Garette?«, meldete sich Julie.

»Julie, gut, dass ich Sie gleich erreichte. Wie geht es Ihnen? Macht Monsieur Voltaire Fortschritte?«

»Mir geht es gut und ihm auch. Heute Nachmittag wird er bereits entlassen.«

»Das sind gute Neuigkeiten. Warum ich anrufe: Ich habe mir Ihr Exposé angesehen und bin begeistert. Ein magisches Buch, das Liebende zusammenführt. Es ist ganz nach meinem

Geschmack. Was denken Sie, wie lange werden Sie für diesen Roman brauchen?«

Julie überlegte kurz und zog sich ihren Ordner zurate. Sie blätterte die Seiten mit ihrer Planung durch. Niemals hätte sie gedacht, wie schnell sich eine kleine Idee in ihrem Kopf zu einem magischen großen Roman entwickeln würde. Nachdem Jean aufgewacht war, sie sich ausgeruht hatte und nach einem weiteren Besuch bei ihm erleichtert nach Hause zurückgekehrt war, hatte sie das Buch ihrer Großmutter in die Hand genommen. Es dauerte keine zwei Sekunden, dann wusste sie, worüber sie schreiben wollte. Es war wie eine Eingebung, als hätte ihre Großmutter im Himmel gesessen und ihr die Idee heimlich auf einem Stück Papier in die Wohnung schweben lassen.

»Bis Ende des Jahres bin ich fertig.«

»Meinen Sie, Sie schaffen es auch bis Ende November? Wenn wir dieses Buch zum Weihnachtsgeschäft in den Läden stehen haben, können wir sicher mit ein paar guten Verkaufszahlen rechnen.«

»Ich werde es versuchen.«

»Sehr gut, Julie, dann wünsche ich Ihnen eine kreative Zeit, und wenn Sie Fragen haben, rufen Sie mich an.«

»Das mache ich, Madame.«

Am frühen Nachmittag machte sich Julie auf den Weg zum Krankenhaus. Jean hatte sie gebeten, ihn abzuholen. Doch auch ohne seine Bitte hätte sie es getan, weil sie ihm gleich im Anschluss alles beichten wollte. Sie wollte gemeinsam mit ihm zu seiner Wohnung fahren, ein paar Sachen packen und ihn mit zu sich nehmen, damit sie am nächsten Tag gemeinsam und ganz ohne Stress zum Flughafen fahren konnten. Julie hatte alles genau durchdacht.

Jean stand am Fenster und sah nach draußen in den Krankenhauspark. Seit Paulette ihn besucht hatte, drehten sich seine

Gedanken nur um das Ultraschallfoto und die Möglichkeit, dass er vielleicht ein Kind mit einer Frau, die er nicht liebte, gezeugt haben könnte. Sein Bauchgefühl rebellierte heftig. War Paulette wirklich schwanger, oder war es wieder nur einer ihrer Tricks, um ihn zu binden?

Zudem wusste er nicht, wie er mit Julie darüber sprechen sollte. In den letzten Wochen war sie immer wieder bei ihm gewesen und hatte sich um ihn gekümmert. Sie hatten lange gesprochen und waren zu der Erkenntnis gekommen, dass jede Freundschaft besser sei als eine Beziehung, die noch nie unter einem guten Stern gestanden hatte. Auch wenn Jean sich seiner Gefühle für Julie sicher war, so wusste er ebenso, dass sie es nicht war. Er spürte ihre Distanz und Unsicherheit. Es hatte sie zutiefst verletzt, dass er nicht offen zu ihr war, und er wollte nicht riskieren, sie noch einmal so zu hintergehen und dann vielleicht endgültig gehen lassen zu müssen. Also akzeptierte er das Freundschaftsangebot und schob das Kribbeln in seinem Magen, das er jedes Mal spürte, wenn er sie sah, zurück.

Jean bemerkte nicht, dass im nächsten Moment die Tür vorsichtig geöffnet wurde und Julie den Raum betrat. Sie musterte ihn einige Sekunden und registrierte, wie er sich am Fensterrahmen abstützte. Jeans Haar war noch immer wirr, sein Gesicht, das sie im Profil sah, wirkte blass und schmal. Er trug neuerdings einen gepflegten Dreitagebart und sah noch immer so verletzlich aus, so nachdenklich und orientierungslos, dass Julie sich für eine kurze Sekunde fragte, ob sie ihm mit der Reise nicht zu viel zumuten würde.

»Jean«, sagte sie leise, und er drehte sich zu ihr.

»Hey«, erwiderte er und ging auf sie zu. Er umarmte Julie und löste sich gleich darauf wieder. »Danke, dass du mich abholst.«

»Vielleicht nimmst du den Dank zurück, wenn ich dir sage,

was ich mit dir vorhabe. Wie fühlst du dich?« Ihr Blick war nach wie vor besorgt.

»Es geht mir gut, wirklich.«

»Dann lass uns zu dir fahren. Ich muss dringend mit dir über zwei Dinge sprechen.«

»Das klingt ernst«, bemerkte er und nahm seine fertig gepackte Tasche.

»Nun ja, vielleicht ist es das«, seufzte Julie, packte bei dem Gepäck mit an und verließ mit Jean das Krankenhaus.

*J*ulie kam gut durch den Verkehr, und sie erreichten schon wenig später Jeans Wohnung. Die beiden gingen hinein, holten sich etwas zu trinken und setzten sich auf Jeans Dachterrasse.

»Ich wusste gar nicht, dass deine Wohnung auch noch eine Dachterrasse hat. Du bist ein Angeber«, scherzte Julie und trank einen Schluck Wasser. Sie lehnte sich in ihrem Liegestuhl zurück und genoss die Sonnenstrahlen des warmen Augusttages. Aus dem Park drangen bunte Stimmen zu ihnen herüber, Kinderlachen und fröhliches Vogelgezwitscher. Es wehte eine sanfte Brise, die die beginnende Sommerhitze etwas erträglicher machte.

»Das ist tausend Mal besser als dieses verfluchte Krankenhausbett.«

»Ich weiß.« Julie sah zu Jean und lächelte sanftmütig. Er sollte nicht mitbekommen, dass ihr das Herz fast aus der Brust sprang. Sie wusste, dass sie endlich mit ihm sprechen musste.

»Du wolltest mit mir über irgendetwas reden?« Jean nahm einen Schluck aus seinem Glas.

»Ich weiß nicht so recht, wo ich anfangen soll.« Sie rieb sich die Stirn.

»Am Anfang?« Jean legte die Stirn in Falten.

»Okay … An dem Tag, als wir mit Renovieren angefangen haben, stand Paulette plötzlich vor meiner Tür.« Julie schluckte. »Sie wollte mit mir sprechen.«

»Sie kam einige Zeit, nachdem ich aufgewacht bin, ins Krankenhaus und hat mir alles erzählt.«

»Sie hat dir von der Schwangerschaft erzählt?« Julies Augen weiteten sich.

»Ja, aber ich weiß nicht, ob ich ihr glauben kann. Wenn ich wirklich der Vater bin, müsste sie jetzt bereits im achten Monat sein. Ich habe im Dezember das letzte Mal mit ihr geschlafen.«

»Manchen Frauen sieht man es nicht an. Und Paulette hat an diesem Tag auch weite Sachen getragen. Es kann schon sein«, flüsterte Julie.

»Im Krankenhaus war sie auch sehr leger gekleidet, aber trotzdem habe ich das Gefühl, dass irgendetwas nicht stimmt. Sollte sie wirklich von mir schwanger sein, werde ich sie natürlich finanziell unterstützen, aber ich werde mit ihr nicht auf glückliche Familie machen.«

Julie nickte. »Nachdem sie mir davon erzählt hatte, wurde sie noch in meiner Gegenwart benachrichtigt, dass du im Krankenhaus liegst. Ich habe sie sofort hingefahren – und sie hat mich dort weggeschickt und veranlasst, dass ich dich weder sehen darf noch erfahren, wie es dir geht. Ich wusste nicht, wie ich an Informationen kommen sollte, und habe mich auf die Suche nach deinen Eltern gemacht. Ich habe gehofft, über sie Auskunft zu erhalten, und dachte außerdem, sie hätten ein Recht darauf, zu erfahren, dass du einen Unfall hattest.« Julie brach ab, weil Jean die Luft scharf einzog.

»Du hast *was*?« Seine Stimme hob sich gefährlich.

»Wenn ich deine Mutter wäre, würde ich es unbedingt wissen wollen, wenn mein Kind einen Unfall hatte, auch wenn wir uns nicht gut verstehen«, brachte sie zur Verteidigung hervor.

»Lass mich raten: Niemand hat sich die Mühe gemacht, herzukommen?« Jeans Züge waren verhärtet.

Julie wusste, dass er wütend war und dass er kurz davor stand, sich zu verschließen. Mittlerweile kannte sie ihn gut, und sie verstand die Signale, die sein Körper sendete, wenn es ihm zu viel wurde. Doch Julie musste es ihm sagen.

»Doch, deine Mutter ist sofort nach Paris geflogen. Dank ihr hatte ich überhaupt erst die Möglichkeit, dich sehen zu dürfen. Sie wollte wissen, was es mit Paulette auf sich hat, und hat sie weggeschickt, nachdem ich ihr erzählt habe, was vorgefallen ist. Und wir haben über dich gesprochen.«

»Du hast kein Recht, mit meiner Mutter über mich zu sprechen«, knurrte er.

Julies Herz machte einen Aussetzer. Sie durfte jetzt keine Angst haben. »Sie hat mir erzählt, was dein Vater zu dir gesagt hat, und auch, dass er es bitter bereut. Deinen Eltern liegt wirklich viel an dir, Jean, auch wenn das vielleicht in den letzten Jahren nicht den Anschein hatte.«

»Es ist mir egal.«

»Deine Mutter hat mich um etwas gebeten, kurz bevor sie zurückgeflogen ist.«

»Ich will es nicht wissen.« Jean stand auf und stützte sich auf dem Geländer der Terrasse ab.

Julie stellte sich hinter ihn und legte ihm behutsam eine Hand auf die Schultern. »Ich weiß, dass du mich hassen wirst, aber ich muss es riskieren. Deine Mutter hat mich sehr darum gebeten, dass wir sie in Grimaud besuchen kommen, sobald du das Krankenhaus verlassen hast.« Jean fuhr herum und sah Julie in die Augen. »Unser Flug geht morgen Mittag.«

Es kehrte Stille ein. Jean sah Julie vorwurfsvoll an, doch sie blieb stark und erwiderte seinen direkten Blick. Sie wusste, dass es für ihn an der Zeit war, sich mit seinen Eltern auszusprechen. Béatrices Tod war schlimm für die Familie, doch er hätte sie enger zusammenschweißen müssen, anstatt sie zu trennen.

»Es wäre gut, wenn du genügend Sachen packst. Ich habe noch keinen Rückflug gebucht. Sobald du fertig bist, fahren wir zu mir, damit du keinen Rückzieher machen kannst.«

»Du bist unmöglich.«

»Aber dafür magst du mich«, flüsterte sie.

»Ich hoffe, du hast gutes Essen im Haus. Ich habe Hunger!«

»Du widersprichst nicht?« Er schüttelte den Kopf. »Dann gehen wir im Le Dôme essen. Es wird Zeit, dass du Geraldine und Jacques kennenlernst«, zwinkerte sie, und von ihrer Brust fiel eine riesige Last. »Danke, dass du mir den Kopf nicht abreißt.«

»Du hast nur Glück, weil du einen so verdammt hübschen Kopf hast.« Jeans Lippen verzogen sich zu einem Lächeln.

»Hör auf, mit mir zu flirten, danach passieren immer schreckliche Dinge«, seufzte Julie und schickte Jean in die Wohnung, um seine Sachen zu packen.

»Es ist alles gut gegangen«, dachte sie erleichtert und sah blinzelnd Richtung Sonne. Vielleicht hatte sie mal wieder zu zeitig alles schwarzgesehen.

* * *

»Du hattest recht, das Essen ist wirklich ausgezeichnet.« Jean legte das Besteck auf den leeren Teller, und auch Julie verspeiste den letzten Bissen ihres Fisches.

»Jacques liegt viel an seinem Restaurant. Er und Geraldine müssten jeden Moment hier sein.«

Kaum hatte Julie es ausgesprochen, betraten die beiden Frischverliebten auch schon das Restaurant.

Julie hob kurz die Hand, und die beiden traten an den Tisch.

»Jacques, Geraldine, das ist Jean.«

»Freut mich, euch kennenzulernen«, sagte Jean und stand auf. Er schüttelte Jacques förmlich die Hand und begrüßte Geraldine mit einem Küsschen links und rechts.

»Es freut uns auch«, erwiderte Geraldine freundlich und setzte sich neben Julie. »Wir haben schon wahnsinnig viel von dir gehört.«

»Oh, das kann ich mir vorstellen.« Jean sah zu Julie, die unschuldig mit den Schultern zuckte.

»Nichts Schlechtes.«

»Wie sieht es aus? Was wollt ihr trinken?«

»Rotwein«, antworteten Jean und Julie wie aus der Pistole geschossen. Sie sahen sich an und lächelten.

»Das scheint ein spannender Abend zu werden«, sagte Jacques mit einem belustigten Lachen und holte vier Gläser und eine Flasche Rotwein.

»Ich habe gehört, ihr wollt Urlaub machen?« Geraldine setzte ein zuckersüßes Lächeln auf.

»Von Urlaub kann keine Rede sein. Julie zwingt mich dazu, weil sie, während ich im Koma mit meinen Verletzungen gekämpft habe, sich mit meiner Mutter verbündet hat.«

»Deine Mutter ist eine großartige Frau. Den Abend vor ihrer Abreise war sie hier«, verriet Geraldine.

»Noch schlimmer. Ihr trinkt hier Wein, während ich im künstlichen Tiefschlaf liege und um mein Leben ringe.«

»Du dramatisierst es«, konterte Julie.

Der Abend verging wie im Flug, und nicht nur Julie war dankbar für die Ablenkung. Auch Jean fühlte sich in der Gegenwart von Julies Freunden wohl. Sie waren ganz anders als seine eigenen Freunde. Es ging weder um das Geschäft noch um das Geld. Sie scherzten, manchmal verteilten sie auch liebevolle Spitzen, aber was Jean am meisten beeindruckte, war, dass sie sich wirklich füreinander interessierten. Sie halfen einander, und sie vertrauten einander. Julie, Jacques und Geraldine waren wie eine kleine Familie, und Jean wurde das Gefühl in seiner Brust nicht los, auch dazugehören zu wollen.

Zweiunddreißig

»Bonjour«, begrüßte Julie den Taxifahrer freundlich. »Können Sie uns nach Grimaud bringen?« Eineinhalb Stunden Flug lagen hinter Jean und Julie, die gut in Nizza gelandet waren.

»Sehr gern, Madame«, nickte der Fahrer freundlich, öffnete den Kofferraum und räumte ihre Koffer hinein. Sie setzten sich beide auf die Rückbank und sahen schweigend zum Fenster hinaus. Auch die Fahrt von Nizza nach Grimaud, einer kleinen Gemeinde an der Côte d'Azur, in der Jeans Eltern sich nach dem tragischen Unfall ihrer Tochter niedergelassen hatten, würde annähernd eineinhalb Stunden dauern.

Julie hatte bemerkt, wie still Jean geworden war, je näher sie dem Wohnort seiner Eltern kamen. Sie spürte, dass er sich unwohl fühlte und keine Lust zum Reden hatte.

Immer wieder beobachtete der Taxifahrer die beiden jungen Leute über den Rückspiegel und schüttelte nur leise seufzend mit dem Kopf. Irgendwann konnte der ältere Mann seine Gedanken nicht mehr für sich behalten.

»Wie lange sind Sie schon verheiratet?«, fragte er, und Julie prustete erschrocken beinahe ihren Orangensaft durch das Taxi.

»Wie kommen Sie darauf, dass wir verheiratet sind?«, fragte sie und drehte die Flasche schnell zu, bevor ein weiterer Anlass eintrat, alles im Taxi zu verteilen.

»Sie sprechen nicht miteinander und sehen sich immer wieder mit diesem besonderen Blick an. Monsieur, Ihren Blick könnte man als vorwurfsvoll deuten, und Madame, Sie scheinen sich entschuldigen zu wollen. Also, was ist passiert, das Sie aus dem Fenster starren lässt, obwohl Sie sich offensichtlich lieben und viel zu besprechen hätten?« Ertappt und etwas verlegen guckten Jean und Julie jeweils auf ihre Beine, während die Worte des Taxifahrers jedem noch einmal durch den Kopf gingen.

»Wir sind nicht verheiratet«, murmelte Jean.

»Und wir lieben uns auch nicht!«, platzte es aus Julie heraus. »Wir sind nur Freunde!« Und da fiel er wieder. Der Satz, der Jean noch immer Magenschmerzen bereitete. Der Satz, der ihn alles um sich herum vergessen ließ und ihn schon fast einmal das Leben gekostet hatte. Der Satz, der ihm seinen gesamten Mut nahm.

*A*m späten Nachmittag stoppte der Taxifahrer den Wagen vor einer luxuriösen Villa. Fasziniert starrte Julie das imposante Haus an, öffnete die Wagentür und stieg aus.

»Der Monsieur zahlt«, murmelte sie und schlug die Tür zu.

»Sie liebt sie, darauf würde ich meinen gesamten Besitz verwetten«, sagte der Taxifahrer, während Jean ihm das Geld in die Hand drückte.

»Das ist meine letzte Chance, sie überhaupt bei mir zu halten, und ich habe keine Ahnung, wie ich das weiterhin anstellen soll. Sie redet sich so vehement ein, dass wir nur Freunde sind, dass mir bald schwindlig wird.«

»Überraschen Sie sie. Kennen Sie die Burgruine von Grimaud?«

»Ich war noch nie hier.«

»Bringen Sie sie bei Nacht dorthin, genießen Sie den Sternenhimmel und die Aussicht. Als ich in Ihrem Alter war, habe ich so jede Frau bekommen«, sagte der Taxifahrer und lachte kehlig. Er und Jean stiegen aus und hoben das Gepäck auf die Straße.

»Au revoir«, verabschiedete sich der Taxifahrer, und Jean nickte ihm zu, während Julie nach wie vor fasziniert die Umgebung betrachtete. Sie war noch nie an der Côte d'Azur gewesen, geschweige denn, dass sie vor einer so prunkvollen Villa gestanden hatte. Julie legte eigentlich nicht viel Wert auf Geld und die Besitztümer anderer Menschen, doch dieses Haus sah genauso aus wie das Haus in Mauritius, das sie sich in ihrer Fantasie als ihr eigenes ausmalte.

»Es ist wunderschön hier«, sagte sie verträumt, nahm ihren Koffer und ging die Einfahrt nach oben.

Jean folgte ihr stumm. Wenn sie wüsste, wie schlecht er sich fühlte. Sein Magen rebellierte, und Angst stieg in ihm auf.

»Du hast keine Ahnung, in welche Situation du mich bringst«, flüsterte Jean.

»Und du hast keine Ahnung, in welche Situationen du mich schon gebracht hast«, erwiderte Julie unbeeindruckt. »Und jetzt klingle.«

»Wie sieht dein Plan aus, wenn sie uns nicht hierhaben wollen?«

»Deine Mutter hat mich darum gebeten, dass wir nach Grimaud kommen. Klingle!«

»Aber sie weiß nicht, dass wir heute kommen.«

»Wenn du so weiterzeterst, werden sie dich hören, bevor du geklingelt hast.« Julie schüttelte den Kopf und klingelte schließlich selbst. Erschrocken sah er sie an, hatte jedoch keine Zeit, etwas zu erwidern.

Es dauerte nur wenige Sekunden, bis Louise die Tür öffnete und sie die beiden überrascht ansah. »Jean«, flüsterte sie atemlos und klammerte sich am Türrahmen fest, während sich brennende Tränen in ihren Augen sammelten.

»Maman«, flüsterte er.

Louise Voltaire löste sich von der Tür, wusste nicht so

recht, ob sie einen Schritt auf ihren Sohn zu machen oder ob sie abwarten sollte.

»Können wir nach drinnen kommen und miteinander sprechen?« Julie hatte Jean noch nie so unsicher gesehen. Er wirkte ihr gegenüber meist stark und unerschütterlich. Vor seiner Mutter dagegen stand er wie ein schüchterner Schuljunge. Und auch Louise schien sichtlich nervös.

»Ja, aber natürlich.« Louise gab den Eingangsbereich frei, wo Jean die Koffer abstellte und seiner Mutter ins Wohnzimmer folgte. Julie stand im Türrahmen und beobachtete den verkrampften Umgang zwischen Mutter und Sohn. »Ich kann nicht glauben, dass ihr wirklich hier seid. Julie, Sie wissen gar nicht, wie dankbar ich Ihnen bin.«

»Es war das Mindeste.«

Ein Lächeln huschte über Louises Lippen, dann wandte sie sich ihrem Sohn zu. »Jean, du musst unbedingt wissen, dass dir niemand Vorwürfe wegen Béatrices Tod macht. Was dein Vater damals gesagt hat, bereut er zutiefst. Er hat es sich bis heute nicht verziehen.«

»Warum muss erst etwas passieren, damit ihr mir das sagt?« Jeans Stimme war kalt, doch Julie hörte auch die Verletzung, die sich in seinem Inneren festgesetzt hatte.

»Wir wollten es schon viel eher tun, aber …«

»Nein, nichts aber. Ich habe darauf gewartet, dass ihr einen Schritt auf mich zugeht. Aber nichts ist passiert.«

»Wir hatten Angst vor deiner Reaktion. Wir wussten, dass du wütend auf uns sein würdest, dass du genau die Dinge sagen würdest, die du gerade sagst. Was hättest du in unserer Situation gemacht?«

»Du bist auch nicht direkt auf mich zugekommen, als du einen Fehler gemacht hast«, meldete Julie sich leise zu Wort und tauschte einen bedeutungsschweren Blick mit Jean. Er hatte auch nicht alles getan, um ihr das Missverständnis um Paulette zu erklären. »Sei nicht so streng zu deinen Eltern. Wenn es jemandem leidtut, muss man bereit sein, zu verzeihen.«

Jean wusste, dass Julie recht hatte, auch wenn sein Stolz etwas anderes sprach. Louise sah ihren Jungen hoffnungsvoll an, doch er blieb wie erstarrt an seinem Platz stehen.

»Jean, ihr habt schon zu viel Zeit verschwendet«, sagte Julie und schob ihn behutsam ein Stück auf seine Mutter zu. Louise näherte sich ihrem Jungen, zögerte aber, ihn einfach zu umarmen. »Jean, bitte. Es tut ihr leid.«

»Aber als ich sie gebraucht habe, war sie nicht da.« Jean drehte sich leicht zu Julie, die schwer schluckte, als sie sah, wie Tränen in seinen Augen aufstiegen.

»Glaubst du nicht, dass ich es bereue? Ich erfahre alles, was dich betrifft, nur aus der Zeitung, und das sind dann eigentlich immer nur Dinge, die das Geschäft betreffen, noch nicht einmal private Sachen. Ich wusste nicht, was ich glauben sollte, als ich von deiner Verlobung gelesen habe und kurz danach das Dementi. Ich hätte nicht einmal von deinem Unfall erfahren, hätte Julie mich nicht angerufen. Das war der Augenblick, in dem mir klar geworden ist, dass es so nicht weitergehen kann. Jean, ich habe dich nie um viel gebeten, aber ich bitte dich nicht nur für mich, sondern auch für deinen Vater aufrichtig um Verzeihung.« Jean tauschte wieder einen Blick mit Julie, die ihm aufmunternd zunickte, dann brachen alle Dämme. Heiße Tränen rannen über Jeans Wangen, während er seine Mutter umarmte und sich fest an sie presste. »Wir waren für dich nie die Eltern, die du verdient hättest, aber wir können dir versprechen, es jetzt besser zu machen.«

»Wann kommt Papa?«, fragte Jean leise und löste sich von seiner Mutter.

»Zum Abendessen.« Louise strich ihrem Sohn über die Schulter. »Danke, Julie«, murmelte sie und wischte sich unauffällig die Tränen aus den Augen.

Julie nickte ihr zu, dann schloss sie Jean in die Arme.

»Ich mache euch rasch zwei Gästezimmer fertig und kümmere mich um das Abendessen. Wisst ihr schon, wie lange ihr bleiben wollt?«

»Ich habe noch keine Rückflüge gebucht«, sagte Julie und zwinkerte.

»Das klingt gut.«

*J*ulie fühlte sich auf Anhieb wohl in Grimaud. Louise war genauso herzlich, wie Julie sie in Paris kennengelernt hatte. Sie genoss es, sich mit Jean auszusprechen und ihn in ihrer Nähe zu haben. Und auch Jeans Nervosität war beinahe gänzlich verschwunden. Doch ein kleiner Funke war übrig geblieben, denn auch wenn seine Mutter ihm bestätigte, dass sein Vater bereute, was er vor Jahren gesagt hatte, blieben in Jean einige Zweifel zurück. Vielleicht sagte seine Mutter es nur, damit er sich beruhigte.

»Können wir Ihnen irgendetwas helfen?«, fragte Julie und schenkte Louise ein freundliches Lächeln.

»Nein, es gibt nicht viel zu machen. Nehmt euch etwas zu trinken und geht schon einmal in den Garten. Und Julie, nenn mich bitte endlich Louise.«

Julie nickte lächelnd.

»Louise, haben wir Besuch?«, brummte plötzlich eine tiefe Stimme durch das Haus. Hinter Julie stand ein schlanker Mann, Mitte fünfzig, der sich für sein Alter sehr gut gehalten hatte. Er hatte Jeans Gesichtszüge, seine Haare, sein Auftreten. Als Jeans Vater das Wohnzimmer betrat, stoppte er überrascht und sah seinen Sohn ungläubig an.

»Was zum … das darf nicht wahr sein.«

»Hallo, Papa«, flüsterte Jean und verzog schüchtern die Mundwinkel zu einem Lächeln.

»Jean, ich … als deine Mutter mir von deinem Unfall

erzählt hat…« Berthe Voltaires Stimme brach. »Ich dachte, ich würde dich vielleicht nie wiedersehen. Wenn du wüsstest, wie leid mir alles tut, was zwischen uns vorgefallen ist. Ich habe mir so oft gewünscht, ich könnte die Zeit zurückdrehen. Mir war damals einfach nicht klar, was für einen Unsinn ich sage, und dass ich damit nicht nur meine Tochter verloren habe, sondern auch meinen Sohn.«

Berthe trat auf Jean zu und umarmte ihn, ohne zu zögern. »Kannst du mir verzeihen?«

»Das habe ich bereits.« Jean löste sich von seinem Vater.

»Und ich bin stolz auf dich. Du hast die Firma weit gebracht.«

»Nur um dir zu zeigen, dass ich nicht völlig nutzlos bin.« Jean verzog die Mundwinkel zu einem stolzen Lachen.

»Das warst du nie.« Berthe klopfte Jean auf die Schulter und warf einen Blick auf Julie. »Hallo, du musst Julie sein. Meine Frau spricht die ganze Zeit von dir, seit sie zurück ist. Ich bin Berthe.«

»Ich freue mich, Sie… dich kennenzulernen«, erwiderte Julie unsicher.

»Sie hat nicht übertrieben, du bist wirklich ein bildhübsches Mädchen.«

»Danke.« Julie war sichtlich verlegen, doch sie fühlte sich auf Anhieb aufgenommen.

»So, nehmt etwas zu trinken und geht nach draußen. Ich werde das Essen holen.« Louise tänzelte zurück in die Küche.

»Kann ich dir helfen?«, rief Julie ihr nach.

Doch Jeans Mutter winkte nur ab und rief: »Setz dich, Kind!«

Kurz darauf deckte Louise den Tisch im Garten mit den verschiedensten Speisen. Von Salat, Oliven bis zu Hühnchen, verschiedenem Gemüse und Brot war alles dabei.

»Du hättest dir nicht so viel Mühe machen müssen«, flüsterte Julie, als sie sich an den Tisch setzte und sah, was Louise alles auffuhr.

»Du glaubst doch nicht ernsthaft, meine Frau hat das alles selbst zubereitet? Die Mühe hatte Claudelle, unsere Köchin«, sagte Berthe schmunzelnd, und Louise zuckte ertappt mit den Schultern.

»Meine Mutter war eine großartige Köchin, aber sie hat ihr Talent leider nicht an mich weitergegeben. Kochst du gerne selbst?«, erklärte sie.

»Ab und zu ist es eine schöne Ablenkung, aber ich gestehe, dass ich es auch genieße, mich bekochen zu lasse.«

»Julie wohnt in Paris direkt über einem Restaurant. Und wie der liebe Zufall es will, ist sie natürlich auch mit dem Besitzer befreundet.«

»Beneidenswert«, antwortete Berthe und lachte laut.

»Julie, möchtest du ein Glas Wein?«, fragte Louise und hielt eine Flasche guten und erkennbar teuren Rotwein nach oben.

»Ja, schenk ihr etwas ein.« Jean grinste breit. Julie nickte, und Louise füllte die Gläser, während die anderen bereits bei den Speisen zulangten.

»Julie, darf ich fragen, was du beruflich machst?« Berthe nahm sich ein paar Oliven und einige Scheiben Baguette.

»Ich war als Journalistin für die *Élémentaire* tätig und ... nein, ich verspreche mir keinen Artikel von diesem Besuch hier. Ich habe vor einer Weile ein Angebot von einem Verlag bekommen und arbeite aktuell an meinen ersten Roman.«

»Hast du schon eine Idee?« Louise reichte Julie das Hühnchen.

»Ja, die Idee steht. Der Roman ist komplett durchgeplant, aber mit dem Schreiben habe ich noch nicht begonnen. Um ehrlich zu sein, weiß ich gar nicht, wie und wo ich anfangen soll. Es klingt immer so leicht, aber das ist es bei Weitem nicht. Außerdem macht meine Verlegerin Druck. Sie möchte den

Roman gern pünktlich zum Weihnachtsgeschäft veröffentlichen. Das wird nicht leicht.«

»Da muss ich dir recht geben, aber ich bin mir sicher, du wirst es meistern. Ich werde mir dein Buch auf jeden Fall kaufen.« Auch Louise lud sich den Teller mit den köstlichen Speisen voll.

»Was habt ihr für die Tage hier geplant?«, wollte Berthe wissen und biss von seinem Baguette ab.

»Morgen werde ich euch Voltaires auf jeden Fall ein bisschen Zeit für euch lassen. Ich möchte Grimaud unsicher machen«, sagte Julie und lächelte.

»Oh, dann gebe ich dir auf jeden Fall ein paar Tipps«, zwinkerte Louise, und Julie nickte glücklich.

* * *

Julie fand sich in Grimaud schnell zurecht und gelangte innerhalb weniger Minuten direkt in den Ortskern. Kleine Geschäfte, Boutiquen und Cafés reihten sich aneinander. Touristen spazierten gemütlich durch die kleinen Gassen, tranken Kaffee, aßen nationale Spezialitäten und betrachteten die bunt geschmückten Schaufenster.

Julie atmete die frische Meeresluft tief ein, schloss einen Moment die Augen und ließ sich von der sanften Sonne die Nase kitzeln. Es war ein traumhaft schöner, warmer Tag. Die Wärme hatte Julies Körper umhüllt und ihr ein gutes Gefühl durch den Körper geschickt, das sie schon seit einiger Zeit nicht mehr gespürt hatte. Vergessen waren die Probleme, die in Paris noch so aktuell gewesen waren. Vergessen waren Paulette und ihre Intrigen. Vergessen waren Jeans Unfall und die Tatsache, dass er vielleicht Vater werden würde. Und auch der Druck, einen guten Roman innerhalb kürzester Zeit zu schreiben, verschwand mit jeder sanften Brise, die vom Meer hereinwehte.

Julie schlenderte durch die Straßen, als sie auf eine Frau aufmerksam wurde, die sie schon einmal gesehen hatte.

»Das darf doch nicht wahr sein!«

Wenige Meter von ihr entfernt stand die Frau mit den roten Locken, die sie Heiligabend zum Eiffelturm geführt hatte. Sie winkte Julie fröhlich zu, strich sich eine Locke aus dem Gesicht und bedeutete Julie, ihr zu folgen. Doch Julie blieb wie angewurzelt stehen. Auch bei Tageslicht sah die Frau aus wie ihre Großmutter auf ihrem Hochzeitsfoto. Ihre Großmutter, die ein Buch geschrieben hat, das nicht nur ihr den Weg gezeigt hatte, sondern damit Tausende Mädchen an dem Märchen teilhaben ließ.

Als die Unbekannte merkte, dass Julie ihr nicht folgte, blieb sie stehen und sah Julie aus sicherer Entfernung in die Augen.

»Wirst du mir sagen, wer du bist?«

Die Rothaarige schüttelte den Kopf, als hätte sie verstanden, was Julie in Gedanken gefragt hatte.

»Du weißt es längst«, wehte melodisch eine Antwort zu ihr herüber. »Bitte folge mir, ich möchte dir etwas zeigen, womit du deine Mutter überraschen kannst, Liebling.«

Julie folgte ihrer Großmutter – oder zumindest glaubte sie, sie wäre es – in eine kleine Gasse bis vor einen Buchladen. Die Frau mit den roten Locken nickte Julie zu und ging weiter, doch Julie wusste, dass sie am Ziel war. Was auch immer sie ihr zeigen wollte, es befand sich in diesem Buchladen. Aus irgendeinem Grund wurde Julie das Gefühl nicht los, dass es sich bei der Überraschung vielleicht um das Buch ihrer Großmutter handeln könnte.

Als sie die Ladentür öffnete, strömte ihr der Geruch neuer und alter Bücher entgegen. Sie trat ein, schloss die Tür behutsam wieder und sah sich auf der Suche nach dem Besitzer oder der Besitzerin um.

»Hallo?«, rief Julie, und kurz darauf kam eine kleine ältere Dame zwischen den Regalen hervor.

»Guten Tag, Madame«, sagte sie freundlich. »Wie kann ich Ihnen helfen?«

»Ich suche ein Buch von Aurélie Roché. Es heißt *Ein Winter in Paris*. Vermutlich haben Sie es aber nicht mehr vorrätig, es ist schon etwas älter.«

»Ein ganz fantastisches Buch. Vor einigen Jahrzehnten hat es in Paris einen großen Hype ausgelöst.« Die Frau ging einmal quer durch ihren Laden zu einem Regal und zog zielsicher ein Buch heraus. Sanft strich sie über den Einband, drehte sich dann zu Julie und gab es ihr.

»Sie haben es da«, flüsterte Julie gerührt und schlug sofort die ersten Seiten auf, wo sie einen kleinen Schriftzug und ein Foto entdeckte. Sofort brannten heiße Freudentränen in ihren Augen.

»Das ist eine Sonderausgabe des Werkes. Davon gab es nur fünfhundert Exemplare, ich konnte zwei für meinen Laden bekommen. Es hat sich schon lange niemand mehr für den Titel interessiert. Sie aber scheinen eine besondere Verbindung zu dieser Geschichte zu haben?« Die beiden Frauen gingen zum Kassentresen, und Julie zeigte der Frau, welche Verbindung sie zu dem Roman hatte.

»›Für meine Tochter Jané und meine bezaubernden Enkeltöchter Élise, Madlaine und Julie.‹ Diese Widmung ist nachträglich hinzugefügt worden. In der Ausgabe, die meine Mutter besitzt, existiert sie nicht. Sehen Sie das Bild?« Das Foto zeigte Aurélie mit ihrer Tochter und den drei Enkelkindern: Élise vier Jahre alt, Madlaine zwei Jahre und Julie selbst mit wenigen Monaten. »Dieses Bild ist im Garten unseres Hauses in Saint-Suliac entstanden. Aurélie Roché ist meine Großmutter.«

Die Lippen der Verkäuferin umspielte ein sanftes Lächeln. »Welches der drei Mädchen sind Sie?«

»Julie, die Kleinste«, lächelte sie, deutete auf sich im Arm ihrer Mutter. Mit dem Handrücken wischte sich Julie die Tränen aus den Augen.

»Ich hatte das Glück, Ihre Großmutter für eine Lesung in meinem Buchladen zu haben. Eine ganz wunderbare Frau.«

»Ich konnte sie nicht mehr besser kennenlernen, sie starb, als ich gerade ein Jahr alt war.«

»Das tut mir leid.«

»Meine Mutter hat mir die Geschichte immer zu Weihnachten erzählt. Ich wusste bis vor ein paar Monaten nicht, dass meine Großmutter überhaupt ein Buch geschrieben hat, geschweige denn, dass ich wusste, wer Aurélie wirklich war. Umso dringender brauche ich es jetzt. Wie viel möchten Sie für das Buch haben?« Die ältere Dame winkte ab.

»Ich möchte es Ihnen schenken, Julie. Ihre Großmutter hat mir die beiden Exemplare damals gegeben, ohne etwas dafür zu berechnen. Sie hätte gewollt, das Sie es bekommen.«

»Vielen Dank«, sagte Julie, und die Tränen stiegen wieder auf. Sie schloss die Buchhändlerin fest in die Arme.

»Sie scheinen viel von ihr in sich zu haben.« Julie löste sich, und die Dame packte das Buch ein. »Vielleicht kommen Sie mich noch einmal besuchen.«

»Bevor ich wieder nach Hause fahre, auf jeden Fall. Ich bin leider nur im Urlaub hier.«

»Lassen Sie mich raten, Sie leben in Paris?« Julie nickte. »Dann genießen Sie die Zeit in Grimaud, Paris ist hektisch genug.«

»Bis bald«, lächelte Julie und verließ mit dem Buch und einem guten Gefühl den Laden. Sie konnte es kaum erwarten, Jean davon zu erzählen.

Dreiunddreißig

Als Julie zur Villa der Familie Voltaire zurückkehrte, drang ihr schon das ausgelassene Lachen entgegen. Es war bereits Abend geworden. Nachdem Julie die Sonderausgabe des Buches ihrer Großmutter entdeckt hatte, war sie noch in einige Boutiquen gegangen und hatte einen Kaffee getrunken.

Jean saß mit seinen Eltern im Garten, sie redeten und tranken kühles Wasser. Sie sahen aus wie eine ganz normale Familie, nicht wie drei Menschen, die jahrelang nicht mehr miteinander gesprochen hatten. Es zauberte Julie ein Lächeln auf die Lippen.

»Oh, Julie, da bist du ja wieder«, sagte Louise. »Möchtest du etwas trinken?«

»Oh nein, sie hat keine Zeit dafür. Ich habe noch eine Überraschung«, mischte sich Jean ein.

»Das hätte ich fast vergessen.« Louise zwinkerte ihrem Sohn zu, der aufstand und Julie direkt ins Haus führte.

»Was führst du im Schilde?«, erkundigte sie sich, doch Jean schwieg und zuckte mit den Schultern.

»Kleines Geheimnis. Auf jeden Fall machen wir etwas, das ich als Kind geliebt habe. Ich dachte mir, wir brauchen vielleicht ein bisschen Zeit zum Reden.«

»Ja, das stimmt allerdings. Ich muss dir auch dringend etwas zeigen.«

»Das klingt spannend. Ziehst du dir schnell etwas Wärmeres an, damit wir uns auf den Weg machen können?«

Julie nickte und kehrte zwei Minuten später aus dem Gästezimmer zurück. Sie hatte ihr luftiges Sommerkleid gegen eine Jeans und einen dünnen Pullover getauscht und hielt eine Lederjacke unter dem Arm, zusammen mit einem Buch.

»Ich habe schon alles vorbereitet, wir müssen uns nur noch auf den Weg machen.« Jean schob Julie behutsam aus der Vordertür und führte sie vom Haus seiner Eltern weg.

»Sagst du mir jetzt, was wir vorhaben?« Julie sah zu Jean, und er schenkte ihr ein mysteriöses Lächeln. Es entging ihr nicht, wie glücklich und erholt er wirkte.

»Meine Mutter hat alles mit großer Freude geregelt. Ich glaube, wenn sie so weitermacht, hat sie bald das ganze Dorf unter sich. Sie mischt sich in alle Angelegenheiten ein. Allein gestern und heute hat sie mit dem Rathaus gesprochen, mit einigen Restaurants und verschiedenen Läden telefoniert, weil ihr irgendwas nicht gepasst hat oder sie irgendwelche Angelegenheiten klären musste. An meiner Mutter ist eine Politikerin verloren gegangen. Jedenfalls werden wir auf dem Gelände einer Burgruine zelten.«

»Du legst es drauf an, mich zu quälen, oder? Das machst du doch mit Absicht. Ich habe als Kind schon nicht gern gezeltet, weil ich immer diese ekelhaften Mückenstiche bekomme. Als würden die Mücken nur nach mir Ausschau halten. Bitte nicht«, sagte sie flehend, doch Jean ließ sich nicht erweichen.

»Nein, nein, hör auf so zu gucken, wir machen das definitiv. Während du in der Stadt warst, habe ich alles aufgebaut. Dieses verdammte Zelt hätte mich fast in den Wahnsinn getrieben, du wirst diese Arbeit jetzt würdigen«, befahl er lachend und lief langsam weiter in Richtung der Ruine, die über der Stadt thronte. »Siehst du die Treppenstufen dort? Da müssen wir hin, und dann sind wir schon da.«

»Und dort möchtest du die ganze Nacht bleiben?« Julie schluckte, ohne dass Jean es bemerkte.

»Ja.« Seine Augen begannen vor Freunde zu leuchten.

»Die letzte Stufe«, sagte Julie erleichtert und betrat das Gelände der Burgruine, das ihr sofort die Sprache verschlug. Es war trotz der Zerstörung wunderschön, hatte seinen ganz eigenen Charme. In der Dämmerung ließ sich nicht mehr alles erkennen, doch im Sonnenschein ragten die steinernen Mauern, die von dem prächtigen Gebäude übrig geblieben waren, ehrfürchtig aus dem satten Grün der Natur.

Als Julie Jeans Vorbereitungen entdeckte, stockte ihr einen Moment der Atem. Das Zelt stand auf der grünen Wiese vor einer der erhaltenen Mauern. Vor den Zelteingang hatte Jean eine große Decke gelegt, um die Decke waren Fackeln mit sicherem Abstand in die Erde gesteckt. Als er diese anzündete, entdeckte Julie den reichlich gefüllten Picknickkorb. Julie wurde das Gefühl nicht los, dass es sich hier um eine besonders romantische Überraschung handelte, und das flaue Gefühl in ihrem Magen wurde wieder präsent.

»Gefällt es dir?«, fragte Jean, und Julie schluckte. Sie war noch niemals so überrascht worden.

»Ja, es ist … wunderschön. So etwas hat noch nie jemand für mich gemacht.«

»Ist das alles, was es braucht, um die unerschütterliche Julie Renouard aus der Fassung zu bringen?«

»Ja, vermutlich schon«, erwiderte sie leise und lächelte glücklich.

Die beiden setzten sich auf die Decke, und Jean öffnete den Wein.

»Wenn ich ehrlich bin, hat der Taxifahrer mir den Tipp gegeben. Er sagte, man könne hier ganz wunderbar die Sterne beobachten.«

»Das möchte ich glauben.«

Jean goss zwei Gläser Rotwein ein und reichte eines davon Julie. Klirrend stießen sie die Gläser zusammen.

»Was hat es mit dem Buch auf sich?« Jean stellte sein Glas beiseite, und Julie tat es ihm gleich.

»Darüber wollte ich mit dir reden. Es hat sich noch nicht der richtige Moment dafür ergeben. Nachdem du aus Saint-Suliac abgereist bist, hat meine Mutter mir ein Geheimnis anvertraut. Erinnerst du dich noch an die Geschichte von Aurélie?«

»Wie könnte ich sie vergessen?«

»Aurélie war meine Großmutter.« Julie schlug ihr Buch auf und zeigte Jean die Widmung und das Foto. »Das Baby auf dem Arm meiner Mutter bin ich. Das Buch habe ich heute hier in einer kleinen Buchhandlung gefunden.«

Jean nahm das Buch behutsam in die Hand und betrachtete es wie einen wertvollen Schatz. »Das ist unglaublich.«

»Meine Mutter hat sich die Geschichte nicht ausgedacht. Sie geht zurück auf meine Großmutter, sie hat alles aufgeschrieben. Ihre schwere Zeit, die Begegnung mit meinem Großvater am Eiffelturm und die Zeit danach. All das ist in diesem Buch überliefert. Ich wusste nicht, dass meine Familie in so enger Verbindung zu der Geschichte steht. Es sollte mir Mut machen.«

»Und hat es dir Mut gemacht?«

»Ja, das hat es.«

Jean blätterte weiter, überflog einen kurzen Abschnitt und sah sich das Foto noch einmal an. »Ihr seht euch alle so ähnlich. Deine Großmutter hat die gleichen Gesichtszüge wie du, und diesen Ausdruck in ihren Augen sehe ich bei dir auch manchmal.«

»Ich wünschte, ich hätte sie kennenlernen können«, flüsterte Julie traurig. Jean sah mitfühlend zu ihr und griff nach ihrer Hand. »Meine Mutter hat immer gesagt, ich wäre ihr sehr ähnlich.«

»Sie war sicher eine wunderbare Frau.«

Julie nickte und kämpfte gegen die brennenden Tränen, die sich in ihren Augen sammelten.

»Das Buch und die Geschichte sind das Einzige, was ich von ihr habe. Ich habe das Gefühl, alle hatten die Chance, sie kennenzulernen, nur ich nicht. Meine Großmutter hat in dem Laden, wo ich es gefunden habe, damals eine Lesung gehalten. Die Besitzerin konnte sich genau an sie erinnern und hat mir das Buch geschenkt.«

Jean klappte es zu, legte es neben sich und zog Julie behutsam zu sich. »Wann ist sie gestorben?«

»Ich war gerade ein Jahr alt. Es war ein schrecklicher Unfall, bei dem auch mein Großvater ums Leben gekommen ist. Ich konnte beide nie richtig kennenlernen.«

»Dafür hatten sie die Chance, dich kennenzulernen. Ich bin mir ziemlich sicher, dass sie dich sehr geliebt haben«, sagte Jean leise und versuchte Julie mit seinen Worten zu beruhigen.

Traurig lächelnd wischte sie sich die Augen trocken. »Ich konnte sie nicht kennenlernen, aber ich vermisse sie so schrecklich.«

»Das glaube ich dir«, hauchte Jean und strich ihr sanft über den Arm. Sie legte ihren Kopf in die Kuhle zwischen seinem Schulterblatt und seinem Hals und ließ sich einen Moment fallen.

»Möchtest du mir etwas aus dem Buch deiner Großmutter vorlesen?«, fragte Jean.

»Gern. Von Anfang an? Ich habe es selbst noch nicht fertig gelesen.«

»Nein, lies ruhig dort weiter, wo du aufgehört hast.«

Julie blätterte in dem Buch und strich über die Seite, die sie zuletzt gelesen hatte. »Ich bin gerade an der Stelle, wo sie ihre

Situation beschrieben hat, die, wie du weißt, nicht gerade die glücklichste war.«

»Ja, das hat deine Mutter grob erzählt.«

»Sie macht sich nun auf den Weg zum Eiffelturm.«

»Ich bin gespannt«, sagte Jean lächelnd.

Und Julie las:

»Ich hatte nie an Schicksal geglaubt. Meistens war es nur ein Zufall, den niemand beweisen konnte. Nicht mehr und nicht weniger. Ich war der festen Überzeugung, dass das Leben einen vorgeschriebenen Weg verfolgte. Wir konnten es nicht beeinflussen, weder positiv noch negativ. Ich hatte mich nicht aufgegeben, aber ich blies Trübsal und ging in meiner Verzweiflung nach draußen, wo die Kälte mich jeden Abend aufs Neue betäubte.«

Julie atmete aus. Sie kannte die Situation nur zu gut.

»Kaum hatte ich einen Fuß auf die Straße gesetzt, wehte der frische Dezemberwind mir die Haare aus dem Gesicht und jagte mir einen Schauer über den Körper. Ich zog den Reißverschluss meiner Jacke nach oben, während ich aus der Wohnung meiner Nachbarin lautes Gelächter vernahm. Ellá, eine etwas kräftigere Frau mittleren Alters, hatte vermutlich alle Leute um sich geschart, die sie kannte, und veranstaltete nun ein überdimensionales Weihnachtsessen. Beinahe jedes Wochenende lud Ellá die verschiedensten Leute ein und arrangierte ihre legendären Partys. Geld spielte dabei keine Rolle, seit sie vor zwei Jahren einen reichen Geschäftsmann geheiratet hatte. Wenn ich sie im Hausflur traf, schien es mir immer, als würde sie mich gar nicht wahrnehmen, als wäre ich Luft oder nicht würdig, überhaupt bemerkt zu werden. Ich wandte mich von dem Haus ab, in dem ich wohnte, und ließ das schrille Gelächter meiner Nachbarin hinter mir, während ich mein Ziel in der Ferne entdeckte. Groß und wunderschön: der Eiffelturm. Ich hatte die negativen Stimmen nie verstanden, die während seines Baus laut wurden. Natürlich leitete der Turm architektonisch eine neue Zeit ein, aber warum die Menschen diese Zeit nicht begrüßten, konnte ich nie nachvollziehen. Vielleicht war er zur damaligen Zeit nicht unbedingt ein Glanzstück, doch wenn ich mir das Gelände nun betrachtete, etwas mehr als ein halbes Jahrhundert später, begannen meine Augen zu strahlen, und ich fühlte mich wohl, entspannt, aber vor allem angekommen.«

»Ich habe auch nie verstanden, warum die Leute damals so über den Bau geschimpft haben«, flüsterte Jean. »Paris ohne den Eiffelturm wäre heutzutage einfach nicht Paris.«

»Das stimmt. Aber sehen wir mal, was sie noch schreibt.«

Julie blätterte um, überflog den Anfang und las weiter:

»Je mehr Straßen ich in Paris überquerte, desto klarer wurde mir, dass ich wohl die Einzige war, die an diesem besonderen Abend und zu dieser Uhrzeit durch Paris wanderte. Die Straßen waren wie ausgestorben, leer und unfreundlich. In den Fenstern der Wohnhäuser brannte Licht, und ich konnte mir nur zu gut vorstellen, was die Menschen dahinter machten. Ich blieb einen Moment stehen und blickte in eines der Fenster. Die Silhouette eines Körpers huschte hinter dem zugezogenen Vorhang vorbei, eine zweite folgte, dann standen die beiden Schatten in Nähe des Fensters und küssten sich. Als hätten sie mich gesehen und müssten mir zeigen, wie groß ihre Liebe ist. Traurig wandte ich mich ab und setzte meinen Weg fort. Gerade einmal zwei Menschen begegneten mir auf meinem vierzigminütigen Spaziergang durch die Stadt. Auch um den Eiffelturm, wo sich sonst die Touristen in Scharen tummelten, herrschte gähnende Leere. Ich war allein. Mit bedächtigen Schritten trat ich vor das Stahlkonstrukt und sah blinzelnd nach oben, überwältigt von der Größe und Erhabenheit.«

Julie seufzte leise.

»Was ist?«, erkundigte sich Jean.

»Ich habe das Gefühl, ich erlebe mein Weihnachten noch einmal. Als hätte meine Großmutter vor Jahren das Gleiche erlebt wie ich.«

»Du warst an Weihnachten allein? Aber ich habe dich doch mit Geraldine gesehen.«

»Ich habe Geraldine am Eiffelturm kennengelernt, als es unversehens meiner Großmutter nacheiferte.«

Julie lächelte sanft und fuhr fort:

»Ich riss meinen Blick los und sah mich noch einmal auf dem Gelände rund um den Turm um. Wie konnte es sein, dass eine Stadt wie Paris so menschenleer sein konnte? Wenn man allein unterwegs war, wirkte Paris immer besonders groß und hektisch. Wenn Paris leer war, wirkte es einsam und traurig. Ich wandte mich wieder dem Turm zu, fixierte ihn geradezu mit meinem Blick und hoffte so nah an diesem Wahrzeichen auf ein Wunder.

›Niemand sollte an so einem schönen Abend allein sein‹, riss mich eine fremde und zugleich bezaubernde Stimme aus meinen Gedanken. Erschrocken sah ich mich um und blickte in die ausdrucksstarken Augen eines jungen Mannes. ›Warum bist du allein?‹

›Glaubst du mir, wenn ich dir sage, dass mein Soufflé angebrannt ist und ich aus Scham vor meiner Familie geflüchtet bin?‹, erwiderte ich und versuchte witzig zu sein.

›Kein Wort.‹

›Und warum bist du allein?‹

›Mein Weihnachtsbaum hat Feuer gefangen. Meine ganze Wohnung brennt, aber immerhin konnte ich mich retten‹, sagte der Fremde und brachte mich damit zum Lachen. Das erste Mal seit Monaten lachte ich wieder.

›Das heißt, da geht gerade ein Haus in Flammen auf, und anstatt die Feuerwehr zu rufen, spazierst du lieber durch Paris?‹

›Sag bloß, du würdest das nicht auch vorziehen?‹ Der

Fremde sah mich gespielt schockiert an, und ich konnte nicht anders, als herzlich loszulachen.

›Verrätst du mir, wie du heißt, damit ich der Polizei all ihre Fragen beantworten kann, wenn sie nach dir fahnden?‹

›Je suis Nicolas‹, stellte er sich vor.

›Aurélie‹, antwortete ich.«

Julie klappte das Buch zu und sah in glitzernden Himmel. Als sie ihren Stern entdeckte, breitete sich ein warmes Gefühl in ihr aus. Er passte auch hier auf sie auf.

»Als ich Weihnachten zum Eiffelturm gegangen bin, wusste ich eigentlich vorher schon, dass ich niemanden kennenlernen würde. Auch wenn meine Großmutter aus ihrer Geschichte ein Märchen gemacht hat, dem Millionen junger Mädchen nacheifern, ist einem genau genommen schon vorher klar, dass so etwas aller Wahrscheinlichkeit nach nur einmal passiert.«

»Solange man an etwas glaubt, ist es auch möglich. Meinst du, diese Geschichte hätte so groß werden können, wenn sich nicht doch einige Paare mehr auf diese Weise kennengelernt haben?«

»Vielleicht hast du recht.«

»Natürlich habe ich recht«, sagte Jean lachend und nippte an seinem Wein.

*E*twas später lagen Julie und Jean nebeneinander auf der Decke und sahen in den Sternenhimmel über Grimaud.

»Ist es nicht eine wunderschöne Nacht?«, flüsterte Julie. Ein sanfter Wind wehte, und die Nacht war angenehm lau.

»Sie ist wunderschön, weil ich mit dir hier sein kann«, gestand Jean und versuchte das Klopfen seines Herzens zu ignorieren.

»Es ist *doch* ein Date, oder?« Julie richtete sich auf und stützte sich auf ihrem Ellenbogen ab.

»Nein!« Jeans Stimme machte einen entsetzten Sprung, der seine wahren Absichten verriet.

Julie legte sich wieder auf den Rücken und begann die kleinen funkelnden Sterne zu zählen. Ihr war klar, dass Jean sie zu einem Date eingeladen hatte, doch sie wollte ihn nicht quälen, indem sie ihn mit spitzen Sprüchen folterte.

»Möchtest du mir vielleicht von den Idee für deinen Roman erzählen?«, unterbrach Jean die kurze Stille und versuchte die Situation zu retten.

»Eigentlich nicht, aber ich kann dir grob skizzieren, worum es gehen soll. Mich hat das Buch meiner Großmutter inspiriert. Ich möchte eine Geschichte um ein magisches Buch stricken, das Paare zusammenbringt. Ich habe einen konkreten Plan, aber ich möchte erst einmal anfangen zu schreiben, bevor ich jemandem genau davon erzähle.«

»Du Geheimniskrämerin, wahrscheinlich ist deine männliche Hauptperson das perfekte Abbild von mir.«

»Du hast mir auch genug Stoff geboten«, alberte sie zurück.

»Ich werde mir Prozente an deinem Roman sichern, wenn du versuchst, mit mir als Vorlage Millionen zu verdienen.«

»Völlig ausgeschlossen. Lass uns ins Zelt gehen, dann kannst du mir noch ein bisschen von deinen Eltern erzählen.«

»Sie mögen dich.«

»Ich mag sie auch.«

»Ich glaube, sie mögen dich mehr, als du vielleicht annimmst.«

Jean warf einen Blick in den Himmel und seufzte leise. Seinen Eltern ging es genau wie ihm. Sie hatte sich wie er auf Anhieb in Julie verliebt, doch solange sie das mit der Freundschaft predigte, wusste Jean, dass er keine Chance hatte.

Vierunddreißig

Mit erstarrtem Gesicht fixierte Paulette das fremde Ultraschallbild eines Kindes, das im Bauch irgendeiner anderen Frau in der Stadt heranwuchs. Immer und immer wieder ließ sie Revue passieren, was Jean im Krankenhaus zu ihr gesagt hatte. Seine Worte gingen ihr nicht mehr aus dem Kopf, und auch sein eiskalter und gleichgültiger Blick hatte sich in ihre Erinnerungen gebrannt. Auch wenn sie in Wirklichkeit nicht schwanger war, hatte es sie verletzt.

Wenn nicht einmal ein unschuldiges Kind seine Gefühle zu beeinflussen vermochte, was konnte es dann? Seit Wochen dachte Paulette an nichts anderes und versuchte die Möglichkeiten, die ihr noch blieben, in Gedanken gut zu sortieren. Sie musste Jean an dem Punkt treffen, wo er am meisten verwundbar war. Sie musste an seine Gefühle und sein Gewissen appellieren. Doch wie sollte sie das anstellen? Was war es, das Jean am meisten verletzen würde?

* * *

»Was hältst du davon, wenn wir uns einen schönen Tag am Strand machen?«, fragte Jean einige Tage nach ihrem Zeltabend. Die beiden saßen im Garten der Familie Voltaire und sonnten sich.

»Ich war lange nicht mehr am Strand. In Saint-Suliac ist das Wasser meistens eisig kalt.«

»Dann zieh deine Badesachen an, und ich packe derweil ein paar Decken und etwas zu essen ein.«

»Oh, Badesachen, ja … jetzt haben wir, glaube ich, ein Problem. Ich habe keinen Bikini eingepackt.« Julie kratzte sich unsicher am Kopf und lächelte verlegen.

Jean kniff belustigt die Lippen zusammen, um nicht laut loszulachen.

»Hallo, ihr Lieben!« Louise kam durch die hintere Tür in den Garten und setzte sich zu ihrem Sohn und Julie. »Was stellt ihr mit diesem wunderschönen Tag an?«

»Wir wollen an den Strand. Aber wir müssen erst einmal einen Bikini kaufen«, antwortete Jean und grinste verwegen in Julies Richtung.

»Ich habe einfach nicht an diesen verdammten Bikini gedacht. Das kann jedem passieren.«

»Julie, ich glaube, ich habe da etwas für dich.« Julie folgte Louise in die Villa, die Treppe nach oben in eines der Zimmer. »Ich habe in dem Zimmer noch einige Sachen von Béatrice. Ich habe es einfach noch nicht hinbekommen, es wegzuräumen.« Das Zimmer, das sie betreten hatten, war mit Kartons und leeren Möbeln vollgestellt. Die Wände waren in warmen Farben gestrichen, in der hinteren Ecke stand ein unbenutztes Bett. Louise stellte einen Karton beiseite und zog einen nagelneuen Bikini aus der Kiste darunter. »Den hatte sie noch nicht einmal an. Ich denke, der sollte dir passen.«

»Danke schön.« Julie nahm den Bikini und hielt ihn unsicher in der Hand. »Wie geht es dir, Louise?« Julie sah, wie sie mit den Tränen kämpfte, und legte ihr eine Hand auf die Schulter. Sie konnte nur erahnen, dass das Zimmer, in dem sie hier standen, Béatrice gewidmet war.

»Ich will dich damit nicht belasten. Ich möchte nicht, dass du einen falschen Eindruck von mir bekommst.«

»Ich weiß, wir kennen uns kaum, aber …«

»Das ist es nicht, ich würde dir alles anvertrauen. Ich weiß, was Jean an dir so faszinierend findet. Du bist liebevoll und ehrlich, man vertraut dir auf Anhieb.« Louise sank auf einen Karton, der randvoll mit Büchern gefüllt war. »Du erinnerst mich so schrecklich an sie. Du siehst aus wie Béatrice, und du lachst wie sie. Ich will dich ständig mit ihr vergleichen, und dann muss ich mir ins Gedächtnis rufen, dass du nicht sie bist und dass es auch keinen Grund gibt, euch zu vergleichen.«

Julie ging neben Louise in die Hocke, stützte sich leicht auf ihren Knien ab und nahm sie in den Arm. »Ich weiß nicht, was ich sagen soll…«

»Nein, du musst nichts sagen. Du solltest nur wissen, dass Jean dich nicht deshalb mag, weil du Ähnlichkeit mit seiner Schwester hast. Ich bin mir sogar ziemlich sicher, dass er es überhaupt nicht sieht.« Für einen kurzen Moment entriss sich Louise Julies Blick und sprach dann ganz langsam weiter: »Berthe konnte anfangs viel schwerer mit Béatrices Tod umgehen. Die beiden waren immer ein Herz und eine Seele. Wenn Béatrice Probleme hatte, ist sie viel lieber zu meinem Mann gegangen anstatt zu mir. Als sie gestorben ist, musste ich für uns beide stark sein. Berthe hat sich völlig aufgegeben. Er konnte sich für nichts mehr begeistern, kümmerte sich weder um die Firma noch um sich selbst. Ich habe Jean nie die Schuld an der ganzen Sache gegeben, Berthe dagegen umso mehr. Ich kümmerte mich heimlich um das Haus hier, veranlasste die Überschreibung der Firma und verschwand mit meinem Mann aus Paris. Ich hatte keine Zeit zum Trauern.«

Julie schluckte schwer. Ihr gingen Louises Gefühle näher, als sie geglaubt hatte. Auch ihr brannten Tränen in den Augen, während sie versuchte, Jeans Mutter Halt zu geben.

»Versprich mir, dass du gut auf ihn aufpasst«, bat Louise und löste sich leicht.

»Versprochen«, lächelte Julie sanftmütig und wischte ihr behutsam eine Träne von der Wange.

»Vielleicht gehen wir jetzt besser zurück. Jean soll sich keine Gedanken machen.« Hektisch wischte sie sich die Tränen mit dem Handrücken aus den Augen. Julie stand auf, und Louise tat es ihr gleich. Die beiden Frauen strichen ihre Kleider glatt und nahmen sich noch einmal in die Arme. »Bei Gelegenheit revanchiere ich mich, versprochen.« Louise küsste Julie auf die Wange und wischte sich die letzte Träne weg. »Lass uns gehen, Liebes.« Auch Julie rieb sich die Augen trocken und folgte ihr.

Jean wartete bereits ungeduldig in der Küche.

»Ich wünsche euch viel Spaß am Strand«, rief Louise und zog sich in ihren Garten zurück.

Julie blieb einige Sekunden im Türrahmen stehen und musterte Jean. Seine Haare standen wild in alle Richtungen, seine Augen zeigten diesen verträumten Blick, den sie noch nie bei ihm gesehen hatte, und seine Züge wirkten sanft. In der kurzen Hose und dem weißen Shirt sah er aus wie ein ganz normaler junger Mann, nicht wie jemand, auf den an einem anderen Ort so viele Probleme warteten.

»Woran denkst du?« Julie trat in die Küche und lehnte sich neben Jean an die Kochinsel.

»Nicht so wichtig«, lächelte er sanft. »Hast du einen Bikini?«

»Ja.«

»Dann können wir uns ja gleich auf den Weg machen.«

»Ich geh ihn nur noch schnell anziehen.«

Während Julie im Badezimmer den Bikini anzog, ging Jean, der seine Badesachen bereits angezogen hatte, zu seiner Mutter in den Garten.

»Können wir uns eure Fahrräder leihen?«, fragte Jean.

Louise richtete sich auf. »Aber natürlich. Du weißt, wo sie stehen?«

»Ja«, nickte Jean. »Danke.« Er ging zu dem kleinen Schuppen, stellte die beiden Fahrräder nach draußen und packte alles in die Körbe auf den Gepäckträgern. Es dauerte nicht lang, dann tauchte Julie hinter ihm auf.

»Eine Fahrradtour?«, fragte sie. »Hab ich ewig nicht mehr gemacht.«

»Port Grimaud liegt ungefähr fünf Kilometer entfernt. Ich dachte, du hast vielleicht keine Lust zu laufen.«

»Radfahren ist ganz wunderbar. Sie sind immer für eine Überraschung gut, Monsieur Voltaire«, lobte Julie.

»Ja, ich wollte dein Bild von mir noch ein bisschen mehr durcheinanderbringen. Können wir?«

* * *

Als Paulette bei einem Besuch in Jeans Firma die Nachricht erhielt, dass Jean sich bei seinen Eltern in Grimaud befand, konnte sie eins und eins zusammenzählen. Sie wusste genau, dass Julie das eingefädelt haben musste, um ihn von ihr wegzubringen.

»Paulette, ich weiß nicht, wie ich dir helfen kann«, knurrte Pascal, der überhaupt keine Lust hatte, sich das Gejammer des Models anzuhören.

»Hörst du mir überhaupt zu? Ich sagte, er ist mit dem Flittchen bei seinen Eltern.«

»Ja, das ist schön, und was soll ich da jetzt machen?«

Paulette war rasend vor Eifersucht. »Du kennst ihn von uns allen am besten. Was ist seine Schwachstelle?«

»Wenn du das nicht weißt, Paulette…« Pascal war kurz davor, den Hörer einfach aufzulegen, doch sie hielt ihn in der letzten Sekunde zurück.

»Komm, ich weiß, dass er mir irgendetwas verheimlicht, seit wir uns kennen. Was ist das dunkle Geheimnis?«

Pascal atmete geräuschvoll aus. »Seine Schwester Béatrice«, zischte er unwillig. »Paulette, lass es einfach gut sein. Jean war lange nicht glücklich, und wenn er es jetzt mit dieser Julie ist, dann stehe ich hinter ihm. Gib ihn endlich frei. Was du machst, ist gefährlich. Nicht nur für ihn, sondern vor allem für dich.«

Ohne etwas zu entgegnen, legte nun Paulette einfach auf und begann sofort mit der Internetrecherche. Auch wenn es dauerte, bis sie fündig würde, bekam sie alle Informationen, die sie wissen musste. Je länger sie über Jean und seine Schwester nachdachte, desto klarer wurde ihr, womit sie Jean an sich binden konnte. Ihr Plan war riskant, und sie kalkulierte auch die Möglichkeit mit ein, zu scheitern, doch dieses Mal wusste sie, dass das Schicksal auf ihrer Seite stehen würde.

Aus ihrem Medizinschrank im Bad holte sie eine Pillenschachtel mit Schlaftabletten und legte sie auf den Waschbeckenrand. Aus der Küche hatte sie eine Flasche Rotwein mitgebracht, den sie neben die Tabletten stellte. Stumm betrachtete sich Paulette im Spiegel. Sie war wütend, so wütend wie noch nie zuvor in ihrem Leben. Ihre Augen funkelten bei jedem Gedanken an Jean ein bisschen mehr. Bald würde er ihr allein gehören, und sie musste nicht einmal viel dafür tun. Sie wusste, welchen Schalter sie bewegen musste …

Julie würde keine Chance haben.

Julie …

Paulettes Ausdruck verhärtete sich, und all die schlechten Gefühle stiegen in ihr nach oben. Sie hasste sie. Sie hasste ihr perfektes und hinreißendes Aussehen. Sie hasste ihre freundliche Art, ihr Lächeln und ihre starken Augen. Sie hasste alles, was diese Widersacherin erreicht hatte. Paulette hasste Julie dafür, dass sie Jeans Mutter um den kleinen Finger gewickelt hatte. Wahrscheinlich würde sie auch noch dafür sorgen, dass Jean sich mit seinen Eltern aussprach. Ihr Hass war grenzenlos und so stark, dass es Paulette beinahe selbst anwiderte. Mit einem irren Schrei hob sie die Faust und schlug sie mit voller Wucht in den Badezimmerspiegel. Das splitternde Glas bohrte sich in ihre dünne, blasse Haut, und Blut rann ihr über die Fingerknöchel. Doch sie fühlte sich freier und nahm eine Scherbe aus dem Waschbecken. Paulette hielt sie vor ihr Gesicht und betrachtete die das Licht reflektierenden scharfen Kanten. Nun hatte sie alles, was sie brauchte.

Fünfunddreißig

Die Fahrt nach Port Grimaud dauerte nicht lang, doch sie bot einen wunderbaren Einblick in das Leben des kleinen Ortes. Die Straßen waren gut gefüllt mit Touristen und Einheimischen, die ihr Leben in vollen Zügen zu genießen schienen. Fröhlichkeit und Leichtigkeit lagen in der Luft. Wo man hinsah, blühte und strahlte es in allen möglichen Farben.

»Ist es nicht wunderschön hier?«, fragte Julie und konzentrierte sich weniger auf den Weg als auf die wunderbare Landschaft, die sie mit ihren Rädern passierten. Kein Wölkchen trübte den blauen Himmel, und die Felder ringsum leuchtenden goldgelb hindurch. Aus der Ferne wehte der Duft von Lavendel herüber.

Als Jean und Julie am Meer ankamen, schlossen sie die Fahrräder an einem der Zäune an und stiegen einen schmalen Pfad zu einem der vielen Strandabschnitte von Port Grimaud hinab. Das Gefühl von Sand unter ihren Füßen hatte Julie schon lange nicht mehr gespürt. Schnell zog sie ihre Schuhe aus, tauchte mit den Füßen in den Sand und genoss in der hellen, warmen Sonne den Augenblick.

»Wo sollen wir uns hinlegen?« Julie und Jean sahen sich um.

»Vielleicht dort?« Julie zeigte auf die linke Seite, wo sie zwischen den vielen Besuchern eine kleine Lücke erspäht hatte. »Wir können fragen, ob wir uns daneben legen dürfen.«

»Gute Idee.« Mit schnellen Schritten gingen die beiden auf

ein Pärchen zu, das entspannt unter der Hälfte eines Sonnenschirms lag.

»Bonjour«, begrüßte Julie den Mann und die Frau, die sie auf etwas fünfunddreißig bis vierzig Jahre schätzte. Die Frau hob ihren brünetten Lockenkopf und musterte Julie einige Sekunden.

»Sorry, wir wollen nichts kaufen«, säuselte sie in freundlichem Englisch.

»Oh nein, wir wollen ihnen nichts verkaufen. Wir wollten fragen, ob wir unsere Sachen vielleicht mit zu Ihnen legen könnten. Es ist kaum noch Platz am Strand«, erwiderte Julie zuckersüß, und nun sah auch der Mann auf. Für einen kurzen Moment musterte er Julie von Kopf bis Fuß, lächelte anzüglich, schreckte jedoch sofort zurück, als er Jeans leicht drohenden Blick sah. Die Frau hingegen schien ihr Augenmerk auf Jean gelegt zu haben und erhellte ihre Miene plötzlich noch um eine Nuance.

»Aber natürlich, lassen Sie sich doch bitte nieder.«

»Danke schön«, nickten Julie und Jean synchron und legten ihre Handtücher auf den Sand.

»Ich bin übrigens Carla, das ist mein Mann Lucas, wir kommen aus England.«

»Ich bin Julie, das ist Jean. Wir wohnen eigentlich in Paris.« Julie und Jean setzten sich auf ihre Handtücher.

»Oh, Paris, eine wunderbare Stadt«, antwortete Carla in bester Plauderstimmung. »Ihr seid ein wunderbares Paar, ganz bezaubernd.«

»Nun ja, wir sind k…«

»Oh danke, wir sind noch nicht lange zusammen, aber wir harmonieren einfach«, schnitt Julie Jean das Wort ab und rutschte etwas näher zu ihm. Julie griff nach Jeans Hand und drückte sie liebevoll.

Dieser blickte sie skeptisch an, spielte aber sofort mit. »Ich habe noch nie jemanden so geliebt wie diese Frau.« Jean presste seine Lippen auf Julies Wange und strich ihr behutsam durch die Haare. Aus irgendeinem Grund störte es Julie nicht einmal, Jean so nahe zu sein. Es war ein kurzer Moment, der die beiden zwar ein bisschen näher zusammenbrachte, die nötige Distanz aber immer noch gewahrt blieb.

»Ein ganz bezauberndes Pärchen«, nickte Carla ganz begeistert, während der Blick ihres Mannes wieder forschend über Julies Körper wanderte.

Als Jean dies bemerkte, sagte er sofort freundlich: »Schatz, sollen wir schwimmen gehen? Könnt ihr auf unsere Sachen aufpassen?«

»Ja, geht nur«, stimmte Carla nickend zu.

Jean zog Julie behutsam auf die Beine, zog sich bis auf die Schwimmkleidung aus, und Julie tat es ihm gleich. Als sie Lucas' Blick spürte, wurde ihr sofort unwohl. Sie packte Jean am Arm und zog ihn rasch in Richtung Meer.

»Also mir gefällt deine spontane Art wirklich gut, auch wenn ich sie zugegebenermaßen nicht verstehe.« Jean löste sich skeptisch von Julie.

»Die beiden sind das typische Swingerklubpärchen. Hast du gesehen, wie dieser Widerling mich angesehen hat? Ich bekomme gleich eine Gänsehaut.« Julie rieb sich über die Arme, als würde sie frieren. »Ich brauchte irgendeine Ausflucht.«

»Es ehrt mich, dein Rettungsziel sein zu dürfen. Der Typ wird dir nicht zu nahe kommen, dafür sorge ich.«

»Du hast gegen den doch gar keine Chance. Der faltet dich zusammen wie ein Handtuch«, schmunzelte Julie frech.

»Mach nie den Fehler, mich zu unterschätzen. Ich gewinne immer.«

»Das würde mir nie einfallen«, prustete sie. Eine Welle schwappte über ihre Füße, während sie sich gedankenverloren in die Augen sahen. Jean wusste genau, dass Julies Freundefassade zu bröckeln begann. »Wollen wir nicht ins Wasser gehen?«, lenkte Julie ab und deutete in Richtung Meer. Noch bevor sie mit einer Reaktion rechnen konnte, hatte Jean sie gepackt und über seine Schulter geworfen.

»Lass mich runter!« Julie kreischte aus vollem Hals und piekste Jean wieder und wieder mit ihren Fingernägeln in den Rücken. »Wow, netter Hintern, Monsieur Voltaire«, verkündete sie anzüglich, und binnen einer Sekunde stand sie wieder auf ihren Beinen.

»Du findest meinen Hintern *nett*?« Jeans Hände lagen auf Julies Hüfte, was ihr eine Gänsehaut am ganzen Körper bescherte. In diesem Moment war es ihr doch unangenehm, ihm so nah zu sein.

»Ich werde mich dazu nicht äußern.« Schnell suchte Julie eine Möglichkeit, sich aus der verfahrenen Situation zu befreien, und entschied sich dafür, Jean eine kräftige Ladung Wasser ins Gesicht zu spritzen.

»Wenn ich dich erwische, bist du fällig«, lachte Jean ausgelassen, doch Julie war ihm immer einen Schritt voraus.

»Dazu müsstest du mich erst mal erwischen.«

»Weißt du, ich habe keine Lust mehr«, tat Jean seine Resignation kund, er blieb stehen und verschränkte die Arme vor der Brust.

Auch Julie stoppte und musterte ihn aus sicherem Abstand. »Warum? Weil du verlierst?« Julie ging einige Schritte auf ihn zu.

»Ja, du hast gewonnen«, gab er sich geschlagen und kratzte sich unsicher am Hinterkopf.

Julie setzte einen Fuß vor den anderen und näherte sich ihm Zentimeter um Zentimeter. »Du gibst auf?« Sie runzelte skeptisch die Stirn, wurde aber dennoch nicht misstrauisch.

»Ja, ich gebe auf. Ich wollte dir auch mal die Chance geben, zu gewinnen.« Er zuckte mit den Schultern.

»Hm«, überlegte Julie und entschied sich, ihm zu glauben.

Ein fataler Fehler. Kaum war Julie in Jeans Reichweite, schnappte er sie und hob sie hoch.

»Erstens, Jean-Alain Voltaire gibt nie einfach so auf, und zweitens verliere ich auch nicht gern. Unterschätz mich nicht, Julie«, hauchte Jean. »Du hast zwei Möglichkeiten. Du ka...«

Doch Julie ließ Jean nicht ausreden. Heftig strampelnd versuchte sie sich zu befreien und brachte Jean dabei um sein Gleichgewicht. Er kippte nach hinten, zog Julie mit sich, und beide stürzten in die lauwarmen Fluten. Prustend tauchten sie auf und rieben sich die Gesichter.

»Ich verliere auch nicht gern«, konterte sie frech, und Jean schüttelte den Kopf.

»Dann deklarieren wir das als unentschieden?« Sie nickte. »Sollen wir ein Eis essen?«

»Sehr gern.« Jean und Julie gingen aus dem Wasser. »Lass uns unsere Sachen gleich mitnehmen und von den Verrückten verschwinden.«

Carla und Lucas schienen schon ungeduldig auf die beiden zu warten. »Sagt, ihr Lieben, habt ihr heute Abend schon etwas vor?«, fragte Carla ganz aufgeregt.

Julie warf Jean einen Blick zu, der zum Glück sofort eine Ausrede parat hatte.

»Oh ja. Schatz, ich möchte dich heute Abend ganz fein zum Essen einladen. Eigentlich sollte es eine Überraschung werden.«

»Oje. Entschuldige, ich wollte dir die Überraschung nicht kaputt machen.« Carla sah Jean entschuldigend an.

»Schon in Ordnung.«

»Wir gehen ein Eis essen«, verkündete Julie. »Wir nehmen unsere Sachen mit, damit ihr nicht zum Hierbleiben gezwungen seid, nur weil ihr versprochen habt, darauf achtzugeben.« Julie bückte sich, legte die beiden Handtücher zusammen und packte sie ein.

»Ich hoffe, wir sehen uns dann noch einmal?«

»Aber natürlich«, versicherte Jean. Eine kleine Höflichkeitslüge, die ihm niemand übel nehmen würde. »Bis später.«

Julie drückte ihm ihre Tasche in die Hand, während sie die anderen Sachen nahm, dann gingen sie.

»Das sollte bestimmt eine Einladung zu einer Privatparty in ihrem Hotelzimmer werden«, verzog Julie angewidert das Gesicht und atmete erleichtert aus, je mehr Abstand sie zwischen sich und die merkwürdigen Engländer brachte.

»Der Gedanke gefällt dir doch in Wirklichkeit.« Jean lachte amüsiert.

»Das heißt, du fandest Carla scharf? Ekelhaft, Jean, echt ekelhaft.«

»Dieser aufreizende Leopardenbikini hätte an dir sicher auch ganz großartig ausgesehen.«

»Und dann toupier ich mir die Haare wie Peggy Bundy. Jean, in welcher Welt lebst du eigentlich?«, seufzte Julie und versetzte ihm einen leichten Schlag auf den Oberarm.

»Sollen wir uns dort drüben ein Eis holen?« Jean deutete auf einen Eisverkäufer mitten am Strand.

»Ja, gerne.«

Bewaffnet mit zwei Eistüten, machten Julie und Jean sich auf die Suche nach einem ruhigeren Strandabschnitt. Schweigend liefen die beiden nebeneinander her.

»Was wollen wir heute Abend eigentlich wirklich machen?«, erkundigte sie sich nach einer kurzen Pause.

»Wenn du so fragst, werde ich dich wohl wirklich zum Essen einladen.«

»Oh.«

»Aber nur, wenn du das billigste Leokleid, das du findest, anziehst und dir einen Turm aus Haaren baust«, scherzte Jean und brach in schallendes Gelächter aus.

»Darf ich von deinem Eis kosten?«, bat Julie ungerührt, als

hätte sie seinen Kommentar überhört, und ließ sich von ihm die Waffel mit Erdbeereis geben. »Und darf ich dir jetzt sagen, was ich von deiner Idee halte?«

»Ich bitte darum.« Julie drückte ihm lachend das Eis auf die Nase und gab Jean seine leicht demolierte Eistüte zurück.

»Ich hoffe, du schlägst dir jetzt nach dieser Abkühlung deine merkwürdige Idee aus dem Kopf.«

»Schon geschehen.« Jean wischte sich das Eis von der Nase und ging langsam weiter. »Ich lade dich trotzdem zum Essen ein, auch wenn du so frech bist.«

»Du bist ja so gut zu mir.« Julie biss von ihrer Waffel ab und grinste schief. »Schau mal, sollen wir uns dort hinsetzen?« Sie deutete auf einen Strandteil, an den sich nur wenige Leute verirrt hatten.

»Ja, das sieht gut aus«, stimmte Jean zu, und die beiden setzten ihren Weg fort. Dieser Strand war von den anderen Stränden durch eine steile Klippe auf der einen Seite und von mediterranen Bäumen auf der anderen abgetrennt. Hier bekam man die Ruhe, die man sich vorstellte. Das Meer schlug in kleinen Wellen auf den Strand, während die Sonne das seichte Wasser mehr und mehr aufwärmte. Für Julie war dieser Ort so etwas wie das Paradies, für Jean ein wunderschöner Traum, aus dem er nie aufwachen wollte.

In Windeseile breiteten die beiden ihre Handtücher aus und setzten sich darauf.

»Ich habe dich noch nie so entspannt gesehen«, murmelte Julie gerade so laut, dass Jean sie verstehen konnte.

»Ich bin gern am Meer. Es ist so weit, tiefgründig und bietet so viel Ruhe. Ich habe meine Geschäftsreisen in den letzten Jahren genossen, weil ich immer irgendwo in Meernähe gelandet bin. Dort konnte ich mich auch mal zurückziehen und einfach über das Wasser schauen, ohne dass mich jemand fragte, warum ich das tue. Warte kurz hier«, hauchte Jean und stand auf. Julie beobachtete jeden seiner Schritte genau. Er ging zum Wasser, wo er etwas zu suchen schien, das er dann aufhob. »Schließ die Augen«, sagte er, als er zurückkam. Sie schloss die Augen, und Jean hielt ihr eine marmorfarbene Muschel ans Ohr. »Was stellst du dir vor, wenn du das hörst?«

Julie konzentrierte sich genau auf das sanfte Rauschen, das aus der Muschel zu ihr drang, und beschrieb dann, was sie vor ihrem inneren Auge sah: »Ich denke an ein kleines Strandhaus an einer Klippe, bei dem die Ziegel klappern, wenn ein heftiger Wind weht. Ich habe den salzigen Geruch des Meeres in der Nase, den Duft frisch gemähten Grases, und ich höre unruhige Möwen.«

Auch Jean schloss die Augen und lehnte sich sanft an Julie, während er ihr die Muschel weiter ans Ohr hielt. »Du stellst dir das Haus aus deiner Klippengeschichte vor.«

»Ja. Woran denkst du, wenn du das Rauschen hörst?«

»Ich sehe eine kleine Insel, auf der nur wenige Menschen leben, an leuchtende und duftende Blumenfelder, von denen ich meiner wunderschönen Frau immer einen frisch gepflückten Strauß mitbringen kann. Ich stelle mir laue Abende in meinem atemberaubenden Garten vor, das Meer dahinter und einen einsamen kleinen Strandabschnitt, der zum Haus gehört, an dem ich Zeit verbringen kann, ohne an die Arbeit zu denken. Und ich spüre die Ruhe, von der mein neues Leben umgeben wäre.«

»Deine Vorstellung klingt schön.« Julie öffnete verträumt die Augen, ebenso Jean. Er ließ seinen Arm sinken und legte die Muschel in den Sand.

»Meinst du, dass wir unser Paradies schon gefunden haben?« Jeans Stimme war bedächtig und ruhig.

»Nein, ich glaube, wir haben es noch nicht gefunden, aber das hier kommt dem schon ziemlich nahe.« Julie drehte den Kopf leicht in Jeans Richtung und griff zaghaft nach seiner

Hand. Jean fing ihre braunen Augen mit den seinen ein und versuchte zu realisieren, dass sie sich wieder nähergekommen waren.

»Hast du schon mal überlegt, wie lange wir in Grimaud bleiben wollen?« Julie sah ihm blinzelnd in die Augen und brachte damit wieder ein bisschen Abstand zwischen sich und Jean.

»Im Moment möchte ich eigentlich überhaupt nicht daran denken, dass wir irgendwann zurück nach Paris müssen. In Paris warten so viele Probleme, und hier ist alles so leicht.«

*D*ie Zeit am Strand verging wie im Flug.

Jean und Julie sprachen über ihre Träume und Wünsche. Sie sprachen darüber, wie ihr Leben einmal aussehen sollte und was sie glücklich machen würde, ohne jedoch genau darauf einzugehen, dass sie diese Zukunft zusammen aufbauen könnten.

Jeder, der sie betrachtete, ging mit einem Lächeln weiter. Sie waren umgeben von einem Schein, einer Magie, die sie selbst gar nicht registrierten. Wie von einer Glocke umgeben, hatten die beiden nur Augen füreinander. Dass sich in ihrer Umgebung gerade ein älteres Ehepaar mit den wüstesten Schimpfwörtern betitelte, bekamen die beiden genauso wenig mit wie die Tatsache, dass ein kleines Kind im selben Augenblick von einer Welle an den Strand gekegelt wurde und eine unangenehme Mischung aus Salzwasser und Sand zu schlucken bekam.

Doch das Idyll fand sein jähes Ende, als ihre Handys in kurzem Abstand nacheinander zu klingeln begannen. Als Julie die Nachricht las, die sie erhalten hatte, drehte sich ihr der Magen um.

Das hatte sie nicht gewollt.

Sechsunddreißig

Paulette Chevallier

Jean, so viel ist zwischen uns geschehen. Wir haben gestritten, aber wir haben uns auch geliebt. Du kannst es nicht abstreiten.

Ich habe Dich immer zutiefst bewundert für alles, was Du in Deinem Leben erreicht hast. Vielleicht habe ich Dich ein bisschen zu sehr bewundert, denn nun erkennen zu müssen, dass Du nie der warst, für den ich Dich gehalten habe, schmerzt. Doch ich möchte Dir keine Vorwürfe machen, denn mittlerweile glaube ich, dass einfach noch nicht der richtige Zeitpunkt für mich und mein Kind ist, um auf dieser Welt glücklich zu werden. Ich wünsche Dir von Herzen alles Gute. Danke, dass ich Dich kennenlernen durfte.

In Liebe
Paulette

»Jean?«, erklang Julies ängstliche Stimme, doch er achtete nicht auf sie. Panisch sprang er auf, wählte Paulettes Handynummer und wartete. Sie hob nicht ab. In ihm kochte eine gefährliche Mischung aus Angst, Erinnerungen und unbändiger Wut.

»Verdammt!«, schrie er sich die angestauten Gefühle von der Seele und wählte aufgeregt die Nummer des Notrufs. »Fahren Sie zur Wohnung meiner Exfreundin. Sie will sich umbringen!… Weil sie mir eine Nachricht geschrieben hat… Es ist mir egal, ob Ihnen das zu vage ist. Sie werden der Sache nachgehen, sonst verklage ich Sie auf den letzten Cent. Diese Frau ist offenbar psychisch labil, und wenn sie versucht, sich in ihrer

Wohnung das Leben zu nehmen, werden Sie augenblicklich einen Einsatzwagen zu ihr schicken und dafür sorgen, dass sie überlebt. Verstanden!? Benachrichtigen Sie mich sofort, wenn Sie Genaueres wissen.« In Sekundenschnelle begann Jean seine Sachen zu packen, während Julie ihn nur ängstlich dabei beobachtete.

»Jean«, sagte sie wieder, doch er sah sie nicht einmal an. Er nahm die Tasche und lief los.

Hilflos und geschockt sah Julie dabei zu, wie er sich immer weiter von ihr entfernte, sich auf das Fahrrad schwang und ohne ein Wort davonfuhr. Für einen Augenblick wusste sie nicht, was sie tun sollte. Noch einmal nahm sie ihr Handy und las die Nachricht, die sie bekommen hatte.

Unbekannt
Ich bin Dir nicht böse, weil Du mir so viel genommen hast. Ich bin vielleicht enttäuscht, weil Dich nicht einmal ein unschuldiges Kind davon abgehalten hat. Du erst hast mir gezeigt, dass dieses Leben wohl nicht das richtige für mich ist. Wenigstens habe ich das eingesehen, bevor mein Kind das Licht der Welt erblickt.
Paulette

Julie ließ das Handy in der Hand nach unten sinken. Die Stille um sie herum erdrückte sie beinahe, denn sie wusste, dass Paulette zu ihrem finalen Schlag ausgeholt hatte. Ein Schlag, der so verletzend und so wirksam sein würde, dass Jean nichts anderes übrig blieb, als Paulette zur Seite zu stehen und ihre Entscheidungen zu akzeptieren.

Wenn sie und das Kind überlebten …

Julie rieb sich die spannende Stirn und massierte ihre Schläfen. Nach dem Tod seiner Schwester würde er nicht zulassen, dass ein weiterer Mensch in seinem Umfeld sterben würde. Paulette spielte die vernichtendste Karte aus, die sie noch in ihrem Repertoire hatte. Selbstmord war für Jean ein rotes Tuch. Er würde alles dafür tun, nicht noch wegen eines weiteren Suizids von Schuldgefühlen zerfressen zu werden. Und wenn das bedeutete, Paulette zur Seite zu stehen und möglicherweise auch den Kontakt zu Julie abzubrechen, dann würde er das tun.

Resigniert packte Julie ihre Sachen zusammen, wischte den Sand von ihrem Handydisplay und schüttelte das Handtuch aus. Wenige Minuten nach Jean verließ sie den Strand, schwang sich auf das Rad und fuhr zurück zur Villa der Familie Voltaire. Ihre Gefühle waren völlig hinuntergefahren. Sie war nicht wütend auf Paulette oder enttäuscht. Sie fühlte nur Mitleid für sich selbst und für die Frau, die nichts weiter tat, als zu versuchen, ihre große Liebe an sich zu binden. Vielleicht versuchte Julie, ihr Innerstes mit kühlem Verstand zu schützen, vielleicht hatte sie aber auch schon zu viele Tränen wegen Jean und Paulette vergossen. Das Model war wie ein Wirbelsturm durch ihr Leben gewütet und hatte alles verwüstet, was ihr lieb und heilig war. Und doch hegte sie keinen Hass für sie. Denn wenn Julie während der vergangenen Jahre eine Sache gelernt hatte, dann die, dass man ihr etwas Wichtiges nicht nehmen konnte – und das waren ihre Familie und ihre Freunde. Ein Halt, den Paulette nicht zu haben schien, denn sonst würde sie sich nicht so verzweifelt an Jean klammern.

Als Julie das Haus der Voltaires erreichte, bot sich ihr die Szene, die sie erwartet hatte. Louise redete wie wild auf ihren Sohn ein, während Jean, ohne sich beirren zu lassen, seine Sachen in den Kofferraum des Taxis packte.

»Verdammt, Jean, endlich hast du eine junge Frau kennengelernt, die Herz und Verstand hat und die du offensichtlich sehr magst. Sei doch nicht so dumm!«, schrie Louise.

»Halt dich aus meinem Leben raus, es hat dich so viele Jahre lang nicht interessiert.«

Julie zuckte bei Jeans aggressiver Stimme zusammen.

In seinem Blick glitzerten Hass und Wut, doch wem diese Gefühle galten, wusste Julie nicht.

»Und was denkst du, wie es weitergehen soll? Du fliegst zurück nach Paris, spielst den großen Retter für diese Person…«

»Paulette, sie heißt Paulette!!«

»Es ist mir egal, wie sie heißt!« Louise war außer sich vor Ärger. »Also, was machst du dann? Spielst den liebevollen Vater für ein Kind, das es meiner Meinung nach überhaupt nicht gibt? Oder noch besser, du hörst die rührselige Geschichte, wie es das Kind durch ihren Selbstmordversuch nicht geschafft hat. Du fühlst dich schuldig und oh… genau, sie hat das erreicht, was sie will.«

Julie war vom Rad abgestiegen und schob es nun ganz langsam in Richtung Taxi.

Als Louise sie entdeckte, kam sie sofort auf sie zugelaufen. Ihre hohen Absätze klickten nervös auf dem Asphalt. »Julie.« Louise presste sie fest an sich und löste sich danach leicht. »Sag doch bitte etwas.«

»Nein, Louise«, flüsterte Julie und schüttelte unmerklich mit dem Kopf. Sie sah Jean direkt in die Augen. Er sah sie entschuldigend an, doch ihr Blick war eiskalt und gleichgültig. »Es gibt Momente, in denen hat man nichts zu sagen. Darf ich noch ein paar Tage hierbleiben? Ich glaube, ich habe hier die richtige Atmosphäre, um meinen Roman zu beginnen.« Louise nickte. Julie wandte ihren Blick von Jean ab, stellte das Fahrrad ab und ging mit ihren Sachen ins Haus.

»Ich hoffe, du wirst glücklich«, zischte seine Mutter ihm zu und folgte Julie.

* * *

*G*erade als Jean den Pariser Flughafen verließ, klingelte sein Handy. Genervt zog er es aus der Tasche und blickte auf die unbekannte Nummer. Während des zweistündigen Flugs war seine Laune in den Keller gesunken. Er hasste es, was Paulette ihm antat, und noch mehr hasste er sie, weil er wegen ihr Julie ein weiteres Mal verletzt hatte. Doch es war für Jean keine Option, noch jemanden sterben zu sehen.

»Voltaire«, bellte Jean in sein Handy.

»Hôpital Lariboisière, Monsieur Voltaire?«

»Ja?«

»Wir haben Madame Chevallier in ihrer Wohnung gefunden. Sie liegt jetzt in unserem Krankenhaus und wird nach den besten Möglichkeiten von uns behandelt. Auch wenn sie geschwächt ist, ist ihr Zustand nicht lebensgefährlich.«

»Vielen Dank. Ich bin gerade in Paris gelandet und komme sofort zum Krankenhaus, um mit Madame Chevallier zu sprechen.« Jean gab sich keine Mühe, freundlich zu klingen.

»Aber, Monsieur Voltaire, unsere Besuchszeiten enden um siebzehn Uhr«, versuchte die Schwester, das drohende Unheil abzuwenden.

»Mir ist völlig egal, wann ihre Besuchszeit endet. Ich muss mit Madame Chevallier sprechen, und ich werde mit ihr sprechen, ganz gleich, ob sie mir etwas anderes sagen. Guten Abend.«

Jean rief ein Taxi und machte sich sofort auf den Weg zum Krankenhaus.

Das Hôpital Lariboisière wirkte wie eine weiße Festung. Jean bezahlte eilig den Taxifahrer und bat ihn mit einem entsprechenden Aufschlag, vor dem Krankenhaus zu warten, bis er zurückkam. Mit jeder Minute kochte Jean mehr vor Wut. Er war sich zu hundert Prozent sicher, dass Paulette ihren Selbstmord nur vorgetäuscht hatte.

»Guten Abend, ich will zu Madame Chevallier.«

»Unsere Besuchszeit ist leider vorüber«, sagte die Empfangsdame.

Jean stützte sich auf den Empfangstresen. »Hören Sie, ich habe bereits mit dem behandelnden Arzt gesprochen und seine Genehmigung bekommen, sie zu sehen«, log Jean. »Also, würden Sie mir bitte sagen, wo ich Madame Chevallier finden kann?«

»Entschuldigung, Monsieur. Melden Sie sich im dritten Stock wieder«, gab die Frau nach.

Jean passierte die Notaufnahme und fuhr mit dem Fahrstuhl in den dritten Stock und sah sich dort wenige Sekunden prüfend um. Die Gänge waren menschenleer, nur eine Krankenschwester ging ihrer Tätigkeit nach.

»Entschuldigen Sie, ich suche das Zimmer von Madame Chevallier.«

»Monsieur Voltaire?«

Er nickte. »Ich bin, so schnell es ging, aus dem Urlaub zurückgekommen. Ich möchte nur kurz nachsehen, ob es ihr gut geht, und dann bin ich auch sofort wieder verschwunden.«

Die Krankenschwester überlegte kurz, konnte Jeans ausdrucksstarken Augen jedoch nicht widerstehen.

»Zimmer 314, aber bitte machen Sie es kurz. Madame Chevallier braucht vor allem Ruhe.« Die Schwester widmete sich wieder ihrer Arbeit.

Es dauerte nur ein paar Augenblicke, dann fand er Paulettes Zimmer und klopfte. Vorsichtig öffnete er die Tür und schloss sie hinter sich wieder.

»Jean!« In Paulettes Augen flackerte es kurz auf, als er das Zimmer betrat. »Ich wusste, du würdest kommen.«

Jean erschrak, als er seine Exfreundin sah. Sie sah blass aus, und ihr blondes Haar war wirr. Unter ihren Augen zeichneten sich dunkle Ringe ab, und ihre Wangen wirkten eingefallen und grau. Paulettes Arme waren verbunden, sie hatte also versucht, sich die Pulsadern aufzuschneiden. Während der gesamten Zeit, die sie sich nun kannten, hatte Jean Paulette noch nie so schwach und hilflos gesehen, und in diesem Moment kam ihm zum ersten Mal der Gedanke, dass es ihr vielleicht wirklich schlecht ging.

Ohne ein Wort zu sagen, setzte er sich neben sie auf die Bettkante und sah ihr genau in die Augen.

»Ich stelle dir diese Frage nur einmal, Paulette, und ich möchte, dass du sie mir ehrlich und aufrichtig beantwortest.«

Paulette bemerkte den unsicheren Ausdruck, der über Jeans Gesicht huschte, und griff nach seiner Hand. Sie drückte sie sanft. »Was möchtest du wissen?«, flüsterte sie mit belegter Stimme.

»Hast du diesen Selbstmordversuch vorgetäuscht, um mich von Julie zu trennen?«

»Jean...« Paulettes Stimme klang verletzt. »Ich weiß, dass ich in der Vergangenheit viele Fehler gemacht habe, aber so etwas...« Ihre Stimme brach, und sie senkte den Blick. »Ich wusste einfach nicht mehr weiter. Als ich allein in meiner Wohnung saß und über alles nachgedacht habe, was in den letzten Monaten geschehen ist, habe ich einfach den Verstand verloren. Ich musste daran denken, dass mein Kind, dass unser Kind ohne seinen Vater aufwachsen würde, und daran, dass ich zumindest eine Zeit lang nicht arbeiten könnte. Ich wusste nicht, wie ich das finanziell schaffen würde oder wie ich überhaupt für ein Kind sorgen soll.« Tränen sammelten sich in Paulettes Augen und liefen in kleinen Flüssen über ihre Wange. »Ich habe mich so erbärmlich gefühlt, dass ich einfach nicht mehr leben wollte. Ich kann keinem Kind so eine Existenz zumuten. Ein Leben, in dem ich ihm nichts bieten könnte und in dem es nicht geliebt wird. Ich war so einsam und habe mich so hilflos gefühlt, dass es für mich leicht war, die Tabletten zu schlucken, und, na ja...« Sie blickte auf ihre verbundenen Arme. »Es tut mir leid.«

»Was ist mit dem Kind, Paulette?«

Sie schluckte schwer, und die Tränen rannen schneller über ihr Gesicht.

»Es war zu viel … es ist …« Sie konnte es nicht aussprechen. Ihr Körper wurde von einem heftigen Weinen erfasst, das sogar Jean Tränen in die Augen trieb. Sie hatte es nicht vorgespielt. Paulette war am Ende. Sie hatte wirklich versucht, sich umzubringen, und sie hatte dadurch ihr gemeinsames Kind verloren.

Jean rutschte ein Stück an Paulette heran und legte behutsam seine Arme um sie.

»Du weißt gar nicht, wie ich mich fühle«, fuhr sie fort. »Ich bin so dumm und töricht und habe geglaubt, wenn ich dem ein Ende setze, bin ich alle Probleme los. Aber es ist eine naive Vorstellung. Jetzt habe ich gar nichts. Ich bin in einem Leben gefangen, in dem ich niemanden habe, der mir Halt geben kann, und ich habe das Einzige verloren, das mir Liebe geschenkt hätte. Durch mein Verhalten habe ich mir alles kaputt gemacht. Ich weiß, dass du mir das vermutlich nie verzeihen kannst, aber ich möchte, dass du weißt, dass es mir von ganzem Herzen leidtut.«

»Ich verzeihe dir, Paulette«, flüsterte Jean und strich ihr immer wieder beruhigend über den Rücken. »Ich verstehe, warum du all das getan hast, und auch ich habe viel wiedergutzumachen. Ich möchte nicht, dass du jemals wieder so fühlen musst.«

»Was soll das bedeuten?« Paulette sah hoffnungsvoll auf.

»Das heißt, dass ich weiß, was ich zu tun habe.«

Siebenunddreißig

Zwei Wochen, nachdem Jean überraschend aus Grimaud abgereist war, packte Julie mit einem unguten Gefühl in der Magengegend ihre Tasche. Sie hatte die beiden genutzt, um sich über ihre Gedanken und Gefühle klar zu werden, und wieder einmal mehr hatte sich für sie bestätigt, dass Jean und sie niemals eine gemeinsame Zukunft haben könnten. Sie mochte ihn, und sie war auch gern in seiner Nähe, aber nach allem, was vorgefallen war, würde sie ihm nie wieder vertrauen können. Je länger sie darüber nachdachte, dass er ohne mit der Wimper zu zucken allein abgereist war und sie erneut aus seinem Leben ausgeschlossen hatte, desto mehr glaubte sie, dass ihre gesamte Beziehung – ob freundschaftlich oder leidenschaftlich – nur eine unendliche Farce war.

Julie hatte Angst davor, was in Paris auf sie wartete, obwohl sie eigentlich schon ahnte, was geschehen würde.

Seufzend legte Julie ihre Kosmetiktasche in den Koffer und verschloss ihn. Auch wenn sie und Jean sich wieder einmal auf eine Klippe zu bewegten, so war sie ihm auch dankbar.

Und sie hatte die zwei Wochen zum Schreiben genutzt. Die Worte waren fast von allein auf dem Laptop erschienen, den Louise ihr geborgt hatte. Julies Geschichte wuchs und wurde mit jedem Wort emotionaler und persönlicher. Sie schuf sich eine Welt, in die sie selbst gern abtauchen würde und die ihr helfen sollte, zu verstehen, was in den letzten Monaten geschehen war. Julie schrieb sich die Seele frei.

»Oh, Julie, gibt es etwas, womit ich dich hier halten kann?«, scherzte Louise und schloss sie fest in die Arme.

»In Paris gibt es noch viele Dinge zu klären, und das Problem, dass ich meine Miete nicht zahlen kann, ist nur das geringste.«

»Es war schön, wieder Leben im Haus zu haben, auch wenn mein Sohn so ein schrecklicher Idiot ist.«

»Er ist abgereist, weil ihn die Situation an seine Schwester erinnert hat. Ich glaube, ich kann es ihm nicht einmal übel nehmen.«

»Das solltest du aber, immerhin hat er nicht einmal Anstalten gemacht, dich zu fragen, wie du darüber denkst und ob du mitkommen willst. Julie, egal, was zwischen Jean und dir vorfällt, du sollst wissen, dass du hier jederzeit herzlich willkommen bist.«

»Danke, Louise. Sag Berthe noch einmal liebe Grüße. Ich hoffe, wir sehen uns bald wieder.«

»Alles Gute, Liebling.«

Julie löste sich von Louise und stieg mit einem Lächeln in das Taxi, das sie zum Flughafen bringen sollte.

Als Julie in Paris landete, wurden ihre Magenschmerzen immer schlimmer. Sie hatte während des gesamten Flugs gegrübelt, ob sie sich bei Jean melden sollte oder ob sie besser auf ein Zeichen von ihm wartete. Sie entschied sich erst einmal für Letzteres.

Als Julie in der Rue Saint-Dominique ankam, schielte sie in das Café Le Dôme und entdeckte Geraldine und Jacques sofort. Sie betrat das Restaurant und zog ihren Koffer so leise wie möglich hinter sich her. Im ersten Moment bemerkten ihre Freunde sie überhaupt nicht, doch plötzlich hallte ein Freudenschrei durch das Lokal. Wie der Blitz sprang Geraldine auf, um Julie in die Arme zu schließen.

»Du hast nicht den geringsten Schimmer, wie sehr du mir gefehlt hast.« Geraldine küsste Julie auf die Wange und löste behutsam die Umarmung.

»Ihr habt mir auch gefehlt.« Julie stellte ihren Koffer beiseite und schloss auch Jacques in die Arme, dann setzte sie sich neben Geraldine an den Tresen.

»Wie war es in Grimaud?« Ohne fragen zu müssen, bereitete Jacques für Julie einen Caramel Macchiato zu.

»Es kam anders als gedacht. Jean ist bereits vor zwei Wochen nach Paris zurückgekehrt.« Dankbar lächelte Julie Jacques an und löffelte den Milchschaum von ihrem süßen Kaffee.

»Was ist passiert?« Geraldines Stirn legte sich in Falten.

»Paulette hat versucht, sich umzubringen.« Julie zuckte mit den Schultern. »Sie hat ihn an seiner empfindlichsten Stelle erwischt.« Julie senkte den Blick und zog die Luft scharf ein. »Er hat mich, ohne etwas zu sagen, am Strand sitzen gelassen und war weg. Also habe ich entschieden, zu machen, was ich will, und bin noch geblieben. Jeans Eltern sind wirklich wunderbare Mensch…« Julie verstummte, als ihr Telefon klingelte. Als sie den Namen auf dem Display las, wurde ihr übel.

Madame Milet.

Die Miete für diesen Monat war längst fällig gewesen, doch Julies Reserven waren beinahe gänzlich aufgebraucht.

»Verdammt«, murmelte sie, »ich muss da eben rangehen.«

Geraldine und Jacques nickten und tauschten einen besorgten Blick, als Julie das Restaurant verließ.

»Ich weiß nicht, was hier vor sich geht, aber wir müssen unbedingt etwas machen«, flüsterte Geraldine und sah ihrem Freund in die Augen.

»Wir müssen mit Jean sprechen. Dringend! Ich kenne diesen gleichgültigen Blick, mit dem sie uns davon erzählt hat. Sie fühlt sich zum Kotzen, aber will es nicht zeigen.«

»Ich weiß …«

Julie schloss die Restauranttür hinter sich und nahm den Anruf ihrer Vermieterin entgegen.

»Madame Milet?«, meldete sie sich schuldbewusst.

»Julie, ich muss dringend mit dir sprechen!« Madame Milets Stimme klang neutral.

»Wenn es wegen der Miete ist, ich …«

»Ist es möglich, dass du gleich zu mir kommst? Es ist wirklich dringend.«

Julies Herz schlug ihr bis zum Hals, denn Madame Milets Stimme klang plötzlich ernst. »Das war's«, dachte Julie und schloss gedanklich schon mit ihrer wunderschönen Wohnung ab.

»Ja, ich … ich bin in ein paar Minuten bei Ihnen.« Nachdem die Vermieterin, ohne sich zu verabschieden, das Gespräch beendet hatte, gab Julie kurz ihren Freunden Bescheid und bat sie, ihren Koffer in die Wohnung zu schaffen.

Keine zwanzig Minuten später traf Julie an Élodie Milets Wohnhaus ein. Mit zittrigen Fingern klingelte sie, und der Türsummer wurde betätigt. Nachdem Julie die wenigen Treppenstufen nach oben gestiegen war, öffnete ihr Anne Milet die Tür.

»Julie?«

»Ihre Mutter hat mich angerufen«, sagte Julie und atmete tief durch.

»Lass sie rein, Anne!«, rief Madame Milet aus der Wohnung, und ihre Tochter ließ Julie vorbei. »Ich bin im Wohnzimmer.«

Julie ging durch den Flur und sah Madame Milet auf der Couch sitzen. Sofort setzte sich Julie neben sie.

»Madame Milet, wenn sie mit mir über die Miete sprechen wollen, ich treibe das Geld auf.« Julie sah ängstlich auf. Erst jetzt bemerkte sie, dass irgendetwas nicht stimmte. Madame

Milet hatte dunkle Ringe unter den Augen, ein eingefallenes Gesicht, hängende Mundwinkel und einen traurigen Ausdruck auf den Gesichtszügen. Nicht das Bild, das Julie sonst von ihrer Vermieterin kannte. »Madame Milet, was ist passiert?«, fragte sie und realisierte, dass sie nicht wegen ihres Mietrückstands hier war.

»Mach dir keine Sorgen, mein Kind. Bitte, ich möchte erst einmal, dass du mich Élodie nennst.«

Julie lächelte sanft, machte sich aber noch immer Gedanken. »Können Sie... kannst du mir bitte sagen, was los ist?«

»Wie kommst du beruflich voran? Ich hoffe, du hast dir schon Gedanken über deinen Roman gemacht.«

Julie lächelte gequält. »Ich habe das Angebot von einem Verlag bekommen. Sie wollen meine Kurzgeschichten veröffentlichen und zusammen mit mir einen Roman erarbeiten. Die Idee steht, und ich habe bereits mit dem Schreiben begonnen. Er wird im Dezember erscheinen. Jetzt sag mir bitte, was los ist.«

»Das ist eine großartige Nachricht, Julie. Jetzt weiß ich, dass ich definitiv die richtige Entscheidung getroffen habe.«

Julie atmete laut aus. Sie wusste nicht, ob es gut war, dass Élodie sich so viel Zeit ließ, oder ob es bedeutete, dass etwas Schreckliches geschehen war.

»Bitte, sag mir was los ist«, flehte Julie.

Achtunddreißig

»Anne, kannst du uns bitte allein lassen?« Élodie wandte sich an ihre Tochter, die abwartend im Türrahmen stand und die Situation beobachtete.

»Ich geh einkaufen.« Anne räumte nicht gerade glücklich das Feld und ließ ihre Mutter mit Julie allein. Kaum war die Tür ins Schloss gefallen, sah Élodie wieder zu Julie und atmete noch einmal tief durch.

»Dann möchte ich dich nicht länger auf die Folter spannen. Ich habe wirklich lange über alles nachgedacht. Vor einigen Tagen bekam ich einen Anruf von meinem Neffen Théodore. Ich wusste sofort, dass irgendetwas nicht stimmen konnte. Normalerweise sehen wir uns nur zu wichtigen Geburtstagen. Théo ruft mich nicht ohne Grund an. Und ich sollte recht behalten.« Élodie schluckte und griff vorsichtshalber nach einem Taschentuch. »Meine Schwester … sie ist zusammengebrochen, mit einem Mal. Rosalyn ist vor Kurzem einundachtzig Jahre alt geworden, aber sie war immer aktiv wie eine Vierzigjährige. Von heute auf morgen hat sich plötzlich alles verändert, als hätte das Alter plötzlich zugeschlagen.«

Julie riss die Augen weit auf. »Das ist schrecklich«, flüsterte sie, den Tränen nahe. »Wie geht es Rosalyn?«

»Sie liegt im Krankenhaus, aber die Ärzte machen uns nicht mehr sehr viel Hoffnung. Wir werden morgen zu ihr fahren. Es ist vielleicht das letzte Mal, dass ich meine Schwester sehe.« Élodie tupfte sich brennende Tränen aus den Augenwinkeln. »Es kann so schnell vorbei sein, ohne dass man es will«, schluchzte die alte Dame. »Dieser Vorfall hat mich über mich selbst nachdenken lassen und darüber, was ich zurücklassen würde. Mir bleibt auch nicht mehr allzu viel Zeit.«

»Das ist Quatsch«, wehrte Julie kopfschüttelnd ab.

»Nein, Julie, ich bin zweiundsiebzig Jahre alt, meine Kinder sind erwachsen, und ich habe alles im Leben erreicht, was ich erreichen wollte. Ich habe mein Leben gelebt, währenddessen du deines noch vor dir hast. Ich habe mich entschieden, dich etwas zu unterstützen. Du warst für mich immer wie eine Enkeltochter. Dir war es nie eine Last, mit einer alten Frau wie mir Kaffee zu trinken und Kuchen zu essen. Du hast das völlig selbstlos – und, wie ich glaube, auch mit Freude – gemacht und bist nicht zu mir gekommen, weil du etwas wolltest. Julie, du bist eine ganz großartige junge Frau mit einem großen Talent. Ich möchte nicht, dass du dich länger mit der Frage quälst, wie du die Miete für den nächsten Monat aufbringen sollst. Es hat mir beinahe das Herz gebrochen, dich in diesem Café hart arbeiten zu sehen, obwohl du dich vor allem anderen deiner Leidenschaft zuwenden sollst. Ich möchte dir die Wohnung überschreiben, sozusagen als Startguthaben für einen neuen Lebensabschnitt.«

»Nein, das kann ich nicht annehmen.« Julie schüttelte ungläubig den Kopf.

»Julie, du wirst mich von meiner Entscheidung nicht abbringen können. Élias hat die Unterlagen bereits fertig gemacht, und wenn du nicht freiwillig unterschreibst, werde ich dich dazu zwingen.«

»Aber …« Julie sah auf die zusammengehefteten Zettel und den Stift vor ihr. »Das geht nicht.«

»Doch, das geht sehr wohl. Die Wohnung gehört dir, du kannst damit machen, was du willst, du musst nur unterschreiben. Und wenn du mir unbedingt etwas dafür geben willst, dann bring mir Freiexemplare deiner zukünftigen Bücher, und komm weiter regelmäßig zu einem Kaffeestündchen. Und jetzt unterschreib, bitte.« Élodie sah Julie hoffnungsvoll an. Sie hatte bereits damit gerechnet, dass ihre junge Mieterin sich dagegen wehren würde, alles andere hätte sie auch gewundert. Doch es war ihr ein Herzensanliegen, Julie zu unterstützen.

»Ich weiß das wirklich zu schätzen, aber ich kann es trotzdem nicht annehmen. Du kannst mir nicht einfach eine Wohnung schenken.«

»Doch, genau das kann ich, weil es meine Wohnung ist. Ich werde deine Unterschrift fälschen, wenn du nicht sofort den Stift in deine Hand nimmst und deine Unterschrift auf das Blatt bringst«, drohte Élodie, und Julie griff eingeschüchtert zum Stift.

»Das ist absolut nicht fair«, protestierte sie und schrieb ihren Namen nur widerwillig auf den Zettel. Damit gehörte die Wohnung ihr. »Danke.« Sie schloss Élodie fest in die Arme.

»Es ist das Mindeste, was ich tun kann.« Julie löste sich leicht von ihrer ehemaligen Vermieterin und bekam dabei nicht mit, wie Élias die Wohnungstür seiner Mutter aufschloss und in das Wohnzimmer trat.

»Und wie lange hat die Diskussion gedauert, Maman?« Élias setzte sich auf den freien Sessel und nickte Julie freundlich zu. »Hat sie schon unterschrieben?«

»Ja, alles erledigt«, antwortete Élodie zufrieden und gab ihrem Sohn den Vertrag. »Bevor sie es sich anders überlegt.«

»Ich schaff ihn schnell in meine Wohnung. Die würde sie nie freiwillig betreten«, scherzte Élias.

»Entschuldigung, würdet ihr bitte nicht von mir sprechen, als wäre ich nicht da?« Lächelnd und zugleich entsetzt schüttelte Julie den Kopf und verschränkte die Arme vor der Brust.

»Verzeihung, Liebes.« Élodie lächelte besänftigend. »Jetzt koche ich uns erst einmal einen Kaffee.«

Julie fühlte sich sorgenfrei wie schon lange nicht mehr. Sie hatte noch immer nicht ganz realisiert, was in den letzten zwei Stunden geschehen war. All ihre finanziellen Probleme hatten sich innerhalb einer Sekunde in Luft aufgelöst, indem Élodie ihr die Wohnung geschenkt hatte. Mit diesen relativ geringen Kosten würde sie noch eine Weile über die Runden kommen.

»Verrückt«, dachte Julie und musste leise auflachen. Trotz der verwirrenden Situation mit Jean und all den Missverständnissen, die noch zwischen ihnen standen, war Julie glücklich. Auch wenn ihr Leben in Sachen Männer eine absolute Vollkatastrophe war, so klappte wenigstens der Rest.

Mit einem zufriedenen Lächeln auf den Lippen kehrte sie in das Café Le Dôme zurück, wo Jacques hinter der Bar stand und Getränke fertig machte, während Geraldine ihren Skizzenblock aufgeschlagen hatte und zeichnete.

»Ich wollte nur schnell meinen Schlüssel holen.«

»Soll ich mit nach oben kommen, wollen wir noch einmal reden?«, fragte Geraldine und reichte Julie ihren Wohnungsschlüssel.

»Nein, ich … ich komme schon klar. Ich möchte ein bisschen an meinem Roman schreiben, vielleicht nehme ich meinen Laptop mit zum Eiffelturm. Das Wetter heute ist wunderschön.«

»Okay.«

»Lasst uns außerdem heute Abend lieber etwas zusammen trinken. Madame Milet hat mir soeben die Wohnung geschenkt, ich glaube, das ist ein Grund zum Feiern.«

»Ist ja irre, so eine Vermieterin möchte ich auch haben«, lachte Geraldine und stimmte dem gemeinsamen Abend zu.

* * *

Der August neigte sich langsam dem Ende zu, und Julie hatte noch immer nichts von Jean gehört. Auch wenn sie enttäuscht war, versuchte sie so wenig wie möglich darüber nachzudenken. Doch manchmal ließen sich die einsamen Momente einfach nicht verdrängen, in denen sie sich fragte, was er gerade machte. Sie fragte sich, wie es Paulette wohl ging und ob sie ihren Selbstmordversuch überlebt hatte. Wenn nicht, war das vielleicht der Grund, warum Jean sich abkapselte. Oder ging es ihr womöglich gut und Jean blieb jede Sekunde bei ihr, weil ihn Schuldgefühle plagten?

Jeans Mutter, Louise, hatte schon mehrfach bei Julie angerufen, weil sie Jean nicht erreichte. Sie schien sich schreckliche Sorgen um ihren Sohn zu machen, erfuhr aber in einem Gespräch mit seiner Sekretärin, wie sie später erzählte, dass er sich noch einige Wochen Auszeit genommen hatte, um sich von seinem Unfall zu erholen.

Wenn Julie die Gedanken an Jean erfolgreich weggedrängt und den Kopf frei hatte, tauchte sie in ihre Romanwelt ein und schickte ihre Protagonistin in romantische und leidenschaftliche Situationen, von denen sie selbst manchmal träumte. Als Madame Garette sich bei Julie nach dem aktuellen Stand der Geschichte erkundigte, war sie überrascht zu hören, dass innerhalb kürzester Zeit bereits die Hälfte des Romans geschrieben war.

»Das ist großartig, Julie«, hatte sie am Telefon gesagt. »Sie sollten sich schleunigst Gedanken für den zweiten Roman machen. Im Übrigen sind Ihre Kurzgeschichten seit einigen Tagen auf dem Markt. Sie haben schon bleibenden Eindruck hinterlassen.«

»Immerhin scheine ich meine Berufung gefunden zu haben«, hatte Julie traurig gedacht, nachdem sie das Gespräch mit Madame Garette beendet hatte.

Selbst Geraldine und Jacques erkundigten sich beinahe jeden zweiten Tag bei ihr, ob es ihr auch wirklich gut ging, und jeden Tag aufs Neue antwortete sie mit einem nicht überzeugenden Ja. In Wirklichkeit wusste sie es nicht. Augenscheinlich hatte sie alles, was es brauchte, um glücklich zu sein. Doch wenn sie ganz ehrlich zu sich war, musste sie zugeben, dass sie es nur bedingt war. Mit jedem weiteren Tag, der verging und an dem Jean sich nicht meldete, wurde Julie stiller und spielte mit dem Gedanken, ob sie an ihre Auszeit in Grimaud noch eine Auszeit in Saint-Suliac hängen sollte. Die Nähe zu ihrer Familie würde ihr guttun, und vielleicht hatten ihre Mutter und Großmutter einen Rat, den sie sich annehmen konnte.

»Hallo, Julie, was darf es heute sein?«, fragte Greta, die quirlige Besitzerin des kleinen Gemüseladens am Ende der Straße. Greta war Mitte dreißig und eine zierliche Person mit langen blonden Locken.

»Nur ein paar Pfirsiche für heute Abend. Ich werde wohl morgen zu meinen Eltern fahren.«

»Das klingt nach Entspannung. Wie viele Pfirsiche möchtest du haben?«

»Vier, danke. Ja, das wird es hoffentlich auch. Vielleicht ist mir Paris im Moment einfach zu hektisch«, lächelte Julie und bezahlte, bevor sie Greta die Tüte mit den Pfirsichen abnahm.

»Oh ja, Paris kann einen wahnsinnig machen. Dann wünsche ich dir die bestmögliche Erholung. Lass dich bald wieder sehen.«

»Danke.«

Als Julie von ihrem kleinen Einkauf zurückkehrte und die Tür des Wohnhauses aufschloss, stockte sie im Türrahmen. Das konnte nicht sein …

Neununddreißig

»Was machst du hier?«, sagte Julie mit belegter Stimme und schluckte schwer. Jean saß auf den Treppenstufen und stand sofort auf, als er Julie entdeckte.

»Ich wusste nicht, dass du schon so lange zurück bist. Wenn ich …«

»Was willst du?« Julie schloss die Tür hinter sich und sah Jean an. Er sah furchtbar aus, blass und erschöpft. Sein Gesicht wirkte schmaler als sonst, und unter seinen Augen lagen dunkle Ringe. Er trug eine schlichte Jeans und ein grünes Shirt.

»Ich möchte mit dir reden. Hätte ich gewusst, dass du zurück bist, wäre ich viel eher zu dir gekommen. Es ist so viel geschehen.«

»Dann sollten wir nach oben gehen.« Julie schritt an Jean vorbei und stieg die Stufen nach oben. Sie fühlte sich der Situation nicht gewachsen. Auch wenn sie sich insgeheim gewünscht hatte, dass er sich endlich melden würde, war sie sich nun nicht mehr sicher. Jeans Anblick jagte ihr Angst ein. Er wirkte verloren und rastlos.

Julie schloss ihre Wohnungstür auf, schlüpfte aus den Schuhen und brachte ihren Einkauf in die Küche. Jean zog die Tür hinter sich zu und folgte ihr.

»Möchtest du etwas trinken?«, fragte Julie, doch er schüttelte nur mit dem Kopf.

»Ich weiß nicht, wo ich anfangen soll. Ich habe seit Wochen nicht richtig geschlafen.«

»Das sieht man dir leider an.«

»Ich weiß.«

»Wie geht es Paulette?« Julie verschränkte die Arme abwehrend vor der Brust und lehnte sich an die Küchenzeile.

»Es geht ihr besser, aber manchmal hat sie Momente, in denen sie noch in Tränen ausbricht. Sie… hat das… unser Kind verloren. Es ist schwer für sie… und auch für mich…«

»Das tut mir leid.«

»Das ist also ihr Druckmittel«, dachte Julie und zog die Luft scharf ein.

»Ich möchte mich bei dir entschuldigen, dass ich einfach Hals über Kopf aus Grimaud abgereist bin, ohne auf dich zu achten. Ich war in diesem Moment nicht ich selbst. Ich musste die ganze Zeit an Béatrice denken und was ihr passiert ist. All die Erinnerungen waren wieder da, als Paulettes Nachricht kam. Wenn ihr Selbstmord geglückt wäre, hätte ich mir das niemals verziehen.«

»Es ist okay…«

»Als ich sie so hilflos im Krankenhaus gesehen habe, wusste ich, dass es ihr wirklich nicht gut ging. Paulette hat sehr unter der Situation gelitten, und egal, was sie in der Vergangenheit alles gemacht hat, sie hat es nicht verdient, so zu leiden. Natürlich ist es unentschuldbar, wie sie sich dir gegenüber verhalten hat, aber ich habe in den letzten Wochen zum ersten Mal die echte Paulette Chevallier kennengelernt.«

»Hmm…« Julie wusste, dass dieses Gespräch sich in eine Richtung entwickelte, die sie nicht für gut befand. Eine Richtung, die ein flaues Gefühl mit sich brachte und einen Gedanken, den sie nicht einmal ansatzweise zu denken wagte.

»Paulette und ich haben in den letzten Wochen und Tagen viel miteinander gesprochen, und ich fühle mich so schrecklich, weil ich ihr offenbar nie die Chance gegeben habe, sie wirklich kennenzulernen. Es ist, als hätte der Tod unseres Kindes uns erst erkennen lassen, wie verbunden wir wirklich sind. Ich liebe Paulette nicht, aber ich kann nicht länger leugnen, dass ich Gefühle für sie habe, die ich erst noch entschlüsseln muss.«

»Jean, was um alles in der Welt willst du mir eigentlich sagen?«, fuhr Julie aus der Haut.

»Ich muss wissen, was zwischen Paulette und mir ist, und das… das erfordert, dass du und ich uns nicht mehr sehen. Ich habe Paulette versprochen, dass ich den Kontakt zu dir gänzlich beenden werde. Ich bin es ihr einfach schuldig. Ich bin es unserem toten Kind schuldig.«

»Du weißt ja, wo die Tür ist«, flüsterte Julie, drehte sich von Jean ab und sah aus dem Fenster. Er sollte nicht sehen, dass Tränen in ihren Augen aufstiegen.

»Julie, sei bitte nicht böse auf mich.«

»Ich bin nicht böse«, brachte sie gequält hervor und ballte unbemerkt eine Faust.

»Doch.«

»Hör auf, so zu tun, als würdest du mich kennen.« Julies Stimme war leise, aber stark. »Es ist okay, und jetzt bitte ich dich, zu gehen. Ich muss noch meine Sachen packen.«

»Wo möchtest du hin?«

»Zu meinen Eltern. Du solltest dich bei deinen übrigens auch melden.« Julie schluckte und versuchte, gleichmäßig zu atmen.

»Julie, ich hoffe, du weißt, dass ich nichts bereue, was zwischen uns geschehen ist. Dass ich es niemals bereuen werde.«

»Es ist mir egal, Jean. Wir waren nur Freunde, und nun sind wir das eben nicht mehr.«

Jean schmerzte Julies gleichgültige Tonlage. Er hätte sich gewünscht, dass sie ihn anschrie oder weinte, doch sie wählte die für ihn schlimmste Form der Reaktion: Gleichgültigkeit.

»Julie, ich…«

»Leb wohl, Jean«, flüsterte sie und senkte den Blick.

Stumm starrte sie auf die Arbeitsplatte und ihre geballte Faust und wartete darauf, dass Jean endlich verschwand. Doch er stand wie angewurzelt an seinem Platz und rührte sich keinen Zentimeter.

»Sag mir, dass ich das Richtige tue«, durchbrach Jean die angespannte Stille.

Julie lachte verbittert auf. »Belüg dich nicht selbst, Jean. Geh jetzt...«

Die Luft im Raum war zum Zerreißen gespannt. Jean wurde erst jetzt wirklich bewusst, dass er Julie für immer verloren hatte. Er hatte einen Fehler gemacht, der auch Julies letztes bisschen Vertrauen gebrochen hatte. Ohne ein Wort zu sagen, verließ er ihre Wohnung – und bereute jedes einzelne Wort, das aus seinem Mund gekommen war.

»Leb wohl, Julie«, flüsterte er, während er die Tür hinter sich zuzog.

Als die Tür ins Schloss fiel, atmete Julie erleichtert aus, und ihr Körper gab schlagartig jegliche Anspannung auf. Die Tränen rannen ungehemmt über ihre Wangen, obgleich sie nicht die winzigste Träne für Jean verschwenden wollte. Sie konnte nicht glauben, was sie in den letzten Minuten gehört hatte, doch nun war es endgültig: Jean hatte den Kontakt für immer abgebrochen! Sie musste ihn nie mehr wiedersehen und nie wieder etwas von ihm hören!

Julie verließ die Küche und griff zum Telefon. Sie wählte die Nummer ihres Elternhauses.

»Julie?«, meldete sich ihre Mutter.

»Hallo, Maman, habt ihr ein Zimmer für mich frei? Ich würde gern mein Buch bei euch fertig schreiben. Ich habe die Nase voll von Paris, zumindest im Moment.«

* * *

*N*achdenklich saß Paulette in Jeans Wohnzimmer, die Knie an den Brustkorb gezogen. Sie umklammerte ihre Beine und seufzte kaum hörbar.

Er war bei ihr. In diesem Moment.

Jean hatte ihr versprochen, den Kontakt zu Julie abzubrechen, um sich seiner Gefühle klar zu werden. Paulette glaubte ihm, und trotzdem hatte sie ein schlechtes Gefühl in der Magengegend. Auch wenn sie eigentlich glücklich sein sollte, war ihr speiübel. Natürlich wusste sie es zu schätzen, dass Jean sich für sie aufopferte, doch ihre Beziehung basierte lediglich auf einem Haufen Lügen. Paulette erfand Geschichten, und sie intrigierte, um an ihr Ziel zu kommen, doch sie hatte keine Wahl.

Jean kehrte schneller zurück, als Paulette erwartet hatte. Er setzte sich neben sie auf die Couch und rieb sich das Gesicht. Seit Wochen hatte er Kopfschmerzen und war entsetzlich müde, doch jede einzelne Nacht wurde für ihn zur Qual. Paulettes Selbstmordversuch hatte die Bilder von Béatrices leblosem Körper wieder vor sein inneres Auge geholt, die ihn nun Nacht für Nacht verfolgten. Er wachte oft mit Albträumen auf und saß dann schweißgebadet in seinem Bett. Es war einfach zu viel.

»Ist alles in Ordnung?«, erkundigte sich Paulette und sah ihren Freund besorgt an.

»Ja«, log Jean, und ein gequältes Lächeln zog über sein Gesicht.

Paulette wusste, dass er ihr etwas vormachte, doch sie sagte nichts. Sie wollte keinen Streit vom Zaun brechen und entschied sich lieber zu schweigen, bevor sie mit einer dummen Bemerkung etwas kaputtmachen würde.

»Ich will noch ein Stück spazieren gehen. Möchtest du mitkommen?«, fragte sie stattdessen.

»Ja, die frische Luft wird uns guttun«, stimmte Jean zu.

Paulette stand auf und zog Jean behutsam nach oben. Ohne etwas zu sagen, schloss sie ihn in die Arme und klammerte sich an ihn.

Sie würden es schaffen, auch wenn es schwer werden würde. Die Liebe war ein Kampf, und Paulette war bereit, ihn bis zum Ende zu kämpfen.

Vierzig

Den gesamten September und Oktober verbrachte Julie in Saint-Suliac und arbeitete an ihrem Debütroman. Sie genoss die Ruhe, die ihr Heimatdorf verbreitete, obwohl sie seit einiger Zeit auch Jean mit dem kleinen Ort verband. Dennoch nutzte sie die Zeit, um nicht an Jean zu denken und all die verpassten Stunden mit ihren Lieben nachzuholen, die sich angesammelt hatten, seit sie nach Paris gegangen war.

Jané Renouard umsorgte Julie mit größter Freude. Sie las ihr jeden Wunsch von den Augen ab, versorgte sie beim Schreiben mit Kaffee und kleinen Naschereien und durfte auch als Erste das fertige Ergebnis lesen. Und sie war begeistert.

»Das Talent hast du eindeutig von deiner Großmutter. Sie wäre stolz auf dich«, hatte Jané gesagt und sanft über die ausgedruckten Zettel gestrichen. »Ich sehe in dir so viel von ihr. Ihr Lächeln, ihre Ausstrahlung. Sogar die Art, wie du die Dinge anpackst.«

»Wenn ich sie doch nur richtig kennengelernt hätte.«

Julie nutzte die beiden Monate auch, um mit ihren Schwestern die Gegend unsicher zu machen und im nächstgrößeren Ort auf Männerpirsch zu gehen. Nachdem Julie erzählt hatte, was mit Jean in den letzten Monaten geschehen war und welche Intrigen Paulette gesponnen hatte, hatte Madlaine inbrünstig verkündet: »Wer zum Teufel ist schon Jean-Alain Voltaire? Wenn er dir so ein Modelflittchen vorzieht, ist er sowieso nur ein ausgewachsener Idiot.« Julie hatte herzlich lachen müssen, und auffällig rasch klargestellt, dass sie nur freundschaftliche Gefühle für ihn gehegt hatte. Doch selbst diese waren nun nicht mehr erlaubt. »Wir finden deinen Mister Perfect schon noch. Außerdem ist auch bald wieder Weihnachten«, hatte Élise erwidert und gezwinkert.

»Was haltet ihr eigentlich davon, wenn wir Weihnachten alle in Paris verbringen? Maman, du warst doch auch schon lange nicht mehr in der Stadt. Außerdem ist Julies Wohnung wunderschön geworden.«

Diese Idee fand Julie, wenn sie ehrlich war, »gar nicht so schlecht«.

Wie immer ging die Zeit viel zu schnell vorbei. Julies Roman war fertig geschrieben, überarbeitet und wartete schon in Madame Garettes Postfach auf das Lektorat. Auch für Julie hieß es nun warten, gleichzeitig machte sie sich aber bereits Gedanken über einen zweiten Roman.

Im November musste Julie nach Paris zurückkehren, weil Madame Garette sie um einen Termin gebeten hatte, um noch ein paar Einzelheiten zu besprechen und über weitere Projekte nachzudenken. Der Abschied von Saint-Suliac fiel ihr schwer, doch Julie tröstete sich damit, dass ihre Familie tatsächlich zugestimmt hatte, dieses Weihnachten in Paris zu feiern.

Auch der November zog an Julie vorbei, ohne dass sie es richtig wahrnahm. Die bevorstehende Buchveröffentlichung spannte sie ein. Sie überarbeitete und schliff die letzten Kapitel, bevor der Verlag das Manuskript endgültig absegnete. Gemeinsam mit Madame Garette, die es liebte, an die Debütromane ihrer Schützlinge noch selbst Hand anzulegen, erarbeitete sie für die Erstausgabe ein wunderschönes Cover. Für das Coverbild war extra ein Fotoshooting veranstaltet worden. Die Frau, die das Cover zierte, hielt *Ein Winter in Paris*, den Roman von Julies Großmutter, in der Hand. Julie liebte die versteckte kleine Verbindung zu ihrer Familie.

»Ich liebe es«, hatte sie ehrfürchtig geflüstert, als der Entwurf komplett war.

Ehe Julie sich's versah, wurde es Dezember, und ihr Buch war erhältlich. Wortlos starrte Julie auf ihr eigenes Exemplar und wischte sich mit dem Handrücken die Freudentränen aus den Augen. Sie war glücklich. Vergessen war der Stress mit Marie-Claire und ihrem Blog, vergessen waren Paulette und vor allem Jean!

Sie hatte sich Zeit genommen, um neu anzufangen, und im Gegensatz zu allen anderen war sie diejenige, die als Gewinnerin aus dem ganzen Chaos hervorging.

* * *

Jean lief durch die Pariser Straßen. Es war in den letzten Wochen bitterkalt geworden, nicht nur in der Natur, auch in seinem Herzen. So viel Zeit war vergangen, seitdem er Julie gesagt hatte, dass sie keinen Kontakt mehr haben durften. Aber in diesem besonderen Fall heilte die Zeit – wie es immer so schön hieß – nicht alle Wunden. Auch wenn er sich nach wie vor bemühte, so behutsam wie möglich mit Paulette umzugehen, ließ sich nicht leugnen, dass sie ihn in den Wahnsinn trieb. Die beiden stritten seit Wochen beinahe täglich über nichtige Dinge. Paulette regte sich über jede Kleinigkeit auf und mimte noch immer die schwache Person, die versucht hatte, sich das Leben zu nehmen. Doch Jean konnte sie nicht länger mit Samthandschuhen anfassen. Mit jeder Minute, die er mit Paulette verbringen musste, wurde ihm klarer, dass er nur bei ihr geblieben war, weil ihn Schuldgefühle und die Erinnerungen an seine Schwester plagten. Er liebte Paulette nicht. Er hatte sie noch nie geliebt.

Jetzt, da die Schuldgefühle und die Erinnerungen verstummten, erwachte auch Jean aus dem Albtraum, in den er sich selbst gebracht hatte. Je klarer ihm wurde, dass er einen Fehler begangen hatte, desto schmerzlicher vermisste er Julie.

Jean vergrub die Hände in den Hosentaschen und kickte ein Steinchen vor sich her. Er wollte nicht zurück in seine Wohnung. Er wollte nicht zurück zu Paulette.

»Julie Renouard heißt die Autorin«, hörte Jean plötzlich eine Frau sagen und sah überrascht auf. Vor ihm kamen zwei Frauen aus einem Buchladen.

»Wie heißt das Buch?«, fragte die andere. Jean Herz machte einen Aussetzer.

»*La magie de l'amour.*« Die Magie der Liebe. »Weißt du, dass sie die Enkeltochter von Aurélie Roché ist? Sieh hier auf dem Cover. Das kleine Buch ist *Ein Winter in Paris.*«

»Nein, das habe ich nicht gewusst. Das ist ja unglaublich!«, antwortete die Frau mit aufgerissenen Augen. »Ohne Aurélies Geschichte hätte ich meinen Luce niemals getroffen.«

Jean wandte seinen Blick von den beiden Frauen ab und näherte sich dem Schaufenster des Buchladens. Julies Roman stand direkt neben dem Buch ihrer Großmutter. Mit heftig klopfendem Herzen betrat Jean das Geschäft und sah sich etwas verloren um.

»Guten Tag, Monsieur, kann ich Ihnen helfen?«, fragte die Verkäuferin, eine ältere Dame mit runder Brille auf der Nase.

»Ich hätte gern das Buch von Julie Renouard und das Buch ihrer Großmutter, bitte.«

»Sehr gern, Monsieur.« Die Dame ging zu einem Tisch in der Mitte des Raumes, auf dem ein ganzer Stapel von Julies Roman lag. »Soll ich es Ihnen als Geschenk einpacken?«

»Nein, danke, das ist nicht nötig. Lachen Sie nicht, aber ich kaufe die Bücher für mich selbst.«

Über die Lippen der Frau huschte ein sanftes Lächeln.

»Männer sollten viel öfter gute Liebesgeschichten lesen. Dann wüssten sie immerhin, was wir Frauen uns wirklich wünschen.« Die Dame packte die beiden Bücher in eine kleine Papiertüte und gab zwei Leseproben und ein Lesezeichen dazu. »Das macht bitte zweiunddreißig Euro.« Jean gab der Dame fünfunddreißig Euro und winkte ab, als sie ihm das Wechselgeld geben wollte.

»Danke, Monsieur. Genießen Sie die Lektüre.«

»Merci, Madame«, sagte er und lächelte freundlich. Eilig machte sich Jean auf den Weg nach Hause. Ihm war egal, ob Paulette bereits auf ihn wartete, um ihn mit neuen Vorhaltungen zu bombardieren. Er musste die beiden Bücher lesen und hoffte, dass er darin einen Weg finden würde, Julie um Verzeihung zu bitten.

* * *

*J*ean hatte an diesem Tag zeitig die Wohnung verlassen. Seit er wieder in der Firma arbeitete, bekam Paulette ihn kaum noch zu Gesicht. Sie wusste, dass etwas nicht stimmte und dass er versuchte, ihr aus dem Weg zu gehen.

Nachdenklich ging Paulette ins Schlafzimmer und entdeckte auf dem Boden neben seinem Bett die kleine Papiertüte, mit der er nach einem Streit vor einer Woche zurückgekehrt war. Auch wenn Paulette sich die ganze Zeit gefragt hatte, was wohl in der Tüte ist, hatte sie bislang keinen Blick riskiert. Sie wollte Jean nicht misstrauen und seine Privatsphäre achten, doch je stärker das ungute Gefühl in ihrem Magen wurde, desto neugieriger wurde sie.

»Ach verdammt«, schnaubte sie und griff nach der Tüte, die zu ihrem Erstaunen leer war. Irritiert sah sie hinein und fand darin nur zwei Leseproben und den Kassenzettel. Sie faltete den Beleg auseinander und traute ihren Augen nicht.

Seufzend las Paulette die Adresse des Buchladens, legte den Zettel zurück und zog sich schnell etwas Wärmeres an. Sie warf ihren Mantel über, schlüpfte in ihre flachen Stiefel und machte sich auf den Weg zur Buchhandlung.

Nach zehn Minuten Fußweg erreichte Paulette den kleinen Laden, der sich zwischen einem Café und einer Boutique befand. In dem liebevoll dekorierten Schaufenster entdeckte sie die beiden exponiert liegenden Bücher, die Jean gekauft hatte.

Paulette atmete noch einmal tief durch und betrat das Geschäft. Sofort schlug ihr der einzigartige Geruch neuer Bücher, vermischt mit dem von Duftkerzen, entgegen. Sie war nie ein Mensch gewesen, der viel las, doch dieser Buchladen gefiel ihr ausgesprochen gut. Er war zwar klein, aber romantisch eingerichtet. Neben hohen, dunklen Bücherregalen gab es kleine Tischchen, auf denen einzelne Titel noch einmal besser zur Geltung gebracht wurden.

»Bonjour, Madame«, wurde sie von der Verkäuferin begrüßt, die sie sofort an ihre Großmutter erinnerte. »Wie kann ich Ihnen helfen?«

»Ich suche die Bücher von Julie Renouard und Aurélie Roché.«

»Wie jeder im Moment«, lächelte die ältere Dame und griff zielsicher zu den beiden Romanen. »Wer hätte geglaubt, dass die Enkeltochter genauso einen Hype auslöst wie die Großmutter.«

»Julies Großmutter war ebenfalls Autorin?«, fragte Paulette ungläubig, und ihre Stirn legte sich in kleine Falten.

»Ja, hat Ihre Mutter Ihnen nie die Geschichte von Aurélie erzählt?« Paulette schüttelte mit dem Kopf. »Dann beginnen sie unbedingt mit *Ein Winter in Paris*. Dieses kleine Buch sorgt dafür, dass Mädchen aus ganz Frankreich an Heiligabend zum Eiffelturm gehen, um ihre wahre Liebe zu treffen. Danach werden sie Madame Renouards Buch noch ein bisschen besser verstehen.« Die ältere Dame zeigte Paulette das Buch auf dem Cover, das die junge Frau hielt.

»*Ein Winter in Paris*«, flüsterte Paulette und versuchte die Zusammenhänge in ihrem Kopf zu ordnen.

»Das wären dann bitte zweiunddreißig Euro.«

»Wäre es möglich, dass ich noch ein bisschen hierbleibe, um hineinzulesen? Sie scheinen die Geschichte gut zu kennen, vielleicht können Sie mir noch mehr darüber erzählen?«, fragte Paulette, während sie bezahlte.

»Aber natürlich gern, Liebes. Möchten Sie einen Tee trinken? Ich habe gerade frischen aufgesetzt.«

»Sehr gern.« Paulette nahm in einer der Leseecken Platz und schlug, wie die Buchhändlerin es ihr geraten hatte, als Erstes die Geschichte von Aurélie, Julies Großmutter, auf.

Wenige Minuten später gesellte sich die ältere Dame zu Paulette und ließ sich auf dem Sessel neben ihr nieder.

»Wissen Sie, Aurélie war meine Freundin. Wir haben uns hier im Laden kennengelernt.«

»Dafür kenne ich Julie, aber wir sind keine Freundinnen«, flüsterte Paulette. »Um ehrlich zu sein, habe ich ziemlich viele Dinge getan, damit sie mich hasst.«

Die alte Dame sah Paulette an. Ihr Blick war nicht verurteilend, sondern erstaunlicherweise weich und verständnisvoll.

»Lassen Sie mich raten, Liebes, Sie haben um einen Mann gebuhlt?«

»Sind Männer nicht immer der Grund für alles?« Paulette atmete laut aus.

»Die Liebe lässt uns seltsame Dinge tun.«

»Sie haben vorhin von Aurélies Geschichte gesprochen, können Sie mir genauer sagen, was es damit auf sich hat?«, wechselte Paulette das Thema. Die Alte nickte glücklich und begann, ihr das Märchen von Aurélie zu erzählen.

Einundvierzig

Das permanente Klingeln an ihrer Tür brachte Julie beinahe um den Verstand. Sie ließ ihren Kuli genervt auf ihr Notizheft fallen und stand auf. Sie hatte keine Idee, wer es sein konnte, aber dieser Jemand stand schon vor ihrer Tür und schien dringend mit ihr sprechen zu müssen. Dabei steckte Julie mitten in den Weihnachtsvorbereitungen und hatte Jacques und Geraldine extra gesagt, dass sie nicht gestört werden wollte.

Als Julie die Tür schwungvoll öffnete, staunte sie über ihren Besuch. Paulette Chevallier.

»Ich habe keinen Kontakt mehr zu Jean, das heißt, du musst mir nicht schon wieder irgendeine rührselige Geschichte auftischen, damit ich ihn nicht mehr sehe«, zischte sie wütend und machte sich gar nicht erst die Mühe, freundlich zu fragen, was Paulettes Besuch zu bedeuten hatte.

»Julie, ich weiß, dass du mich hasst, und du hast auch allen Grund dazu, aber ich möchte dich bitten, mir nur zehn Minuten zuzuhören.«

»Ich hasse dich nicht, Paulette, du tust mir nur unsagbar leid.« In Julies Blick kristallisierte sich die pure Verachtung heraus. »Aber bitte, auf zehn Minuten mehr oder weniger ruinierter Lebenszeit kommt es nun auch nicht mehr an.« Paulette trat an Julie vorbei und folgte ihr dann unsicher ins Wohnzimmer. »Setz dich.«

Etwas linkisch nahm Paulette auf die Couch Platz. »Ich möchte mich aufrichtig bei dir entschuldigen, Julie«, flüsterte Paulette und spielte nervös mit dem Ring an ihrem Finger. »Ich habe Marie-Claire bestochen, weil ich es nicht ertragen konnte, dass Jean den ganzen Tag von dir gesprochen hat. Ich habe ihr die Verlobungsgeschichte versprochen, damit sie dich rausschmeißt. Du musst wissen, Marie-Claire hat dich sehr geschätzt, aber sie konnte dem Geld, das ich ihr geboten habe, nicht widerstehen. Dass sie weiterhin an dem Interview festhält, hatte ich natürlich nicht geplant, aber als ich herausgefunden habe, dass du es gar nicht willst, war ich erleichtert.«

»Dafür hat Jean dir einen Strich durch die Rechnung gemacht«, schnaubte Julie.

»Ich habe dich von Anfang an als Konkurrentin gesehen, weil ich erkannt habe, was für einen Eindruck du auf Jean gemacht hast. Ich habe den Blick gesehen, den ihr an Heiligabend vor dem Restaurant getauscht habt. Als ich herausfand, wer du bist, wusste ich, dass ich etwas unternehmen muss, um euch voneinander fernzuhalten. Ich kämpfe schon so lange um Jean, aber er hat mich nie so angesehen wie dich an diesem einen Abend.« Paulette atmete langsam aus. »Als ich dann auch noch herausgefunden habe, dass er mit dir zu deinen Eltern gefahren ist, sind bei mir die Sicherungen durchgebrannt. Ich dachte, wenn Marie-Claire meine Geschichte veröffentlicht, hast du die Nase voll von ihm, denn wie ich es richtig vermutet hatte, hat er mich dir gegenüber mit keiner Silbe erwähnt.«

»In dem Augenblick habe ich ihn verabscheut.«

»Aber du hast ihm trotzdem verziehen.«

»Ja, weil es deine Intrige war und er überhaupt nichts dafür konnte«, erwiderte Julie mit erhobener Stimme und funkelte Paulette wütend an.

»Es tut mir leid. Auch, dass ich dich im Krankenhaus so schäbig behandelt habe. Ich wollte dich einfach nicht in seiner Nähe haben. Deswegen habe ich mir auch die Geschichte mit dem Baby ausgedacht. Ich habe einen befreundeten Arzt angerufen und mir ein Ultraschallbild fälschen lassen.«

»Ich wusste es.« Julie lachte verbittert auf. »Diese Masche ist so klischeehaft, dass ich sie dir eigentlich überhaupt nicht zugetraut habe.«

»Ich hatte keine andere Wahl. Als Jean dann trotzdem mit dir zu seinen Eltern gefahren ist, war ich ratlos. Und dann habe ich von dem Unglück seiner Schwester erfahren. Er selbst hat mir nie von ihr erzählt. Ich habe es aus Pascal herausgequetscht und habe dann alles darangesetzt, herauszubekommen, wie es geschehen ist. Danach wusste ich genau, dass ich ihn an mich binden kann, wenn ihn Schuldgefühle plagen.«

»Also hast du versucht, dir das Leben zu nehmen …«

»Nachdem ich die Nachrichten an euch geschrieben habe, habe ich eine geringe Menge an Schlaftabletten genommen. Sie hätten mich niemals umgebracht, ich habe mich vorher erkundigt. Ich bin nur in einen tiefen Schlaf gefallen. Meine Arme habe ich mir in die falsche Richtung aufgeschnitten und auch nicht tief, damit mir während des Schlafs nicht wirklich etwas passieren konnte. Ich habe sogar noch mitbekommen, wie meine Tür aufgebrochen wurde, dann bin ich eingeschlafen. Es war perfekt.« Paulette lachte traurig auf. »Und es hat funktioniert.«

»Das ist krank, Paulette.« Julie schüttelte den Kopf und stand angewidert auf.

»Das weiß ich jetzt auch«, erwiderte das Model kaum hörbar. »Ich werde heute Abend mit Jean über alles sprechen und bei ihm ausziehen. Ich schäme mich für das, was ich getan habe, das musst du mir glauben.«

»Woher kommt der plötzliche Sinneswandel?«

»Ich habe das Buch deiner Großmutter gelesen und im Anschluss deinen Roman. Mir ist dadurch klar geworden, dass ich Liebe nicht erzwingen kann, sondern dass das Schick-

sal entscheidet, wer unser Seelenverwandter ist. Deine Großmutter war wirklich eine bewundernswerte Frau, und weil ich
das Gefühl habe, dass du ihre Fähigkeiten und Wertvorstellun-
gen geerbt hast, hoffe ich, dass du mir irgendwann verzeihen
kannst.«

Paulette stand auf und tauschte einen letzten Blick mit
Julie, dann verließ sie schweigend die Wohnung. Langsam stieg
sie die Treppenstufen hinab und wusste, dass sie zum ersten
Mal das Richtige getan hatte. Gerade als sie die Tür nach draußen öffnen wollte, lief sie in eine blonde Frau, die sie schon einmal in Julies Wohnung gesehen hatte.

»Entschuldigung«, murmelte Paulette.

»Was machst du denn hier?«, platzte es Geraldine sofort
raus, ohne dabei Wert auf Förmlichkeiten zu legen.

»Du bist Julies Freundin, richtig?«

»Ja, aber ich wüsste nicht, warum dich das interessiert.«
Geraldine verschränkte die Arme abwehrend vor der Brust.

»Ist es vielleicht möglich, dass wir kurz miteinander spre-
chen? Ich brauche deine Hilfe.« Skeptisch musterte Geraldine
Paulette und stimmte letztendlich zu, sich kurz mit ihr im Café
Le Dôme zu unterhalten.

»Was war doch diese Scheinverlobte von Voltaire, oder?«,
fragte Jacques, nachdem Paulette das Restaurant verlassen
hatte.

»Ja, das war sie, und sie hat mir einige unglaubliche
Dinge erzählt.« Über Geraldines Gesicht huschte ein zufriedenes Lächeln. »Ich habe keine Ahnung, wie mir das entgehen
konnte.«

Jacques runzelte die Stirn. »Würdest du mich bitte aufklären?«

Geraldine küsste Jacques und zwinkerte geheimnisvoll.
»Du wirst es schon noch früh genug erfahren. Jetzt lass uns

Weihnachtsgeschenke kaufen, du hast schon seit einer Stunde Feierabend.«

»Als Chef hat man niemals Feierabend.«

* * *

*J*ean fühlte sich leer. Nachdem Paulette ihm die Wahrheit gesagt und mit ihren Sachen seine Wohnung für immer verlassen hatte, saß er Tag und Nacht auf seiner Couch und starrte auf den kleinen weißen Zettel vor ihm.

Er wusste nicht, worüber er sich mehr ärgerte. Über Paulettes intrigante Spielchen oder seine eigene Naivität, dass er ihr geglaubt hatte. Seit er erfahren hatte, dass Paulette nie wirklich in Lebensgefahr schwebte, verabscheute er sich dafür, Julie, ohne zu zögern, aus seinem Leben verbannt zu haben. Zwischen ihnen beiden schien ein unsichtbares Band zu bestehen, das sie zwar gelegentlich voneinander entfernte, aber in ihren Gedanken immer wieder zusammenbrachte. Schweigend sah er auf die Kette, die Julie bei ihrem ersten Interviewtermin bei ihm verloren hatte. Beinahe hatte er vergessen, dass er sie besaß, doch als Paulette ihm die Wahrheit erzählte und er noch einmal Revue passieren ließ, was geschehen war, traf es ihn wie ein Blitzschlag. Schnell war er zu der Kommode gerannt, in der er sie verstaut hatte, und hielt sie seitdem in den Händen.

»Was habe ich nur getan?«, flüsterte er und schlug die Hände vors Gesicht. Er rieb sich die Schläfen und versuchte, das Brennen in seinen Augen zu ignorieren.

»Es tut mir leid, dass ich dich und Julie so verletzt habe. Ich weiß, dass ich es niemals wiedergutmachen kann, aber ich will es zumindest versuchen. Und nicht einmal du kannst die Wahrheit ignorieren«, hatte Paulette gesagt und traurig gelächelt. »Ruf Geraldine an.«

Geraldines Nummer strahlte förmlich auf dem Zettel vor

ihm, und doch war er unsicher. Julie würde ihm niemals verzeihen, was geschehen war. Dieses Mal ni...

Das Klingeln seines Handys riss ihn aus seinen Gedanken. Ohne nachzusehen, wer ihn anrief, nahm er das Gespräch entgegen.

»Voltaire, ich habe dir zwei verdammte Tage Zeit gegeben, dich zu melden! Hier ist Geraldine«, knurrte Julies Freundin.

»Es tut mir leid, ich konnte noch nicht...«

»Dir läuft die Zeit davon, und du konntest nicht? Gib mir deine Adresse, ich komme zu dir. Wir müssen uns dringend unterhalten.«

»Sie wird mir nicht verzeihen«, seufzte Jean. »Ganz egal, was wir tun.«

»Sie wird dir vielleicht nicht verzeihen, aber dem Schicksal auf jeden Fall.«

Zweiundvierzig

»Julie?«, rief ihre Mutter aus der Küche.

Julie eilte zu ihr. »Ja, Maman?« Julie stellte sich in den Türrahmen ihrer Küche und musterte ihre Mutter, die sich gerade an der Ente für das Weihnachtsessen zu schaffen machte. Wie versprochen, verbrachte die Familie das diesjährige Weihnachtsfest bei Julie in Paris. Während ihre beiden Schwestern in ihrer Wohnung schliefen, hatten sich ihre Eltern und Großeltern für die Zeit über Weihnachten ein Hotel genommen. Nach den Feiertagen wollten sie gemeinsam nach Saint-Suliac fahren, um dort das neue Jahr zu begrüßen.

»Wo ist das Salz, Liebling?«

Julie öffnete eine kleine Schublade und offenbarte ihrer Mutter all ihre exotischen Gewürze. Sie nahm das Salz heraus und stellte es mit einem Lächeln auf die Arbeitsfläche.

»Voilà.«

»Merci.« Eifrig begann Jané, die Ente von außen zu würzen und anschließend die Füllung zu verfeinern. »Liebes, wir hatten noch gar keine Zeit, miteinander zu sprechen«, sagte Jané lächelnd.

»Ja, das stimmt leider.«

»Wie fühlt es sich an, wenn das eigene Buch in den Bestsellerlisten steht?«

Julie lachte auf. »Es ist wahnsinnig, aber ich glaube, ich realisiere es langsam.«

»Ich freue mich so für dich.«

»Ich habe es dir noch nicht gesagt, aber ich würde dich gern an meine Seite holen. Madame Garette hat eine Lesung organisiert, in der ich nicht nur aus meinem Buch vorlesen werde, sondern auch Großmutters Buch mit einbeziehen möchte. Möchtest du aus *Ein Winter in Paris* vorlesen?«

Jané riss die Augen weit auf.

»Natürlich, ich … ich kann es gar nicht glauben.«

»Ich wusste, du würdest Ja sagen.« Julie umarmte ihre Mutter dankbar. »Madame Garette wird sich freuen, es zu hören.«

»Julie?« Über die Züge ihrer Mutter huschte ein ernster Ausdruck. »Hast du noch mal etwas von Jean gehört?« Der Name brachte einen stechenden Schmerz mit sich.

Julie drehte ihrer Mutter den Rücken zu und blickte aus dem Fenster. Seit Paulettes Geständnis hatte sie sich immer wieder dabei erwischt, wie sie über Jean nachdachte. Sie ertappte sich dabei, wie sehr sie sich die gemeinsame Zeit zurückwünschte. Insgeheim hatte Julie gehofft, Jean würde sich melden oder zumindest ein Lebenszeichen oder eine Entschuldigung von sich geben. Doch er schwieg. Mit der Zeit begriff sie, dass er sich vermutlich nicht melden würde, und so kam es, dass Julie ihre zweite Romanidee komplett über den Haufen warf und stattdessen begann, die Zeit mit Jean bis ins kleinste Detail niederzuschreiben. Sie wollte sich nicht länger in Mitleid suhlen. Doch statt wie früher das Geschehene einfach nur zu verdrängen, wollte sie es bewusst verarbeiten und in einem Roman festhalten. Wenn schon alles so schrecklich schiefgelaufen war, dann sollte zumindest die ganze Welt erfahren, wie es nicht ging.

Als die Tage und Nächte noch kälter und deprimierender wurden, fühlte auch Julie sich zunehmend schlechter. Die Arbeit am Roman kostete sie Kraft, und auch wenn sie versuchte, ihren allabendlichen Spaziergang zum Eiffelturm wieder einzuführen, schmerzten die Erinnerungen doch zu sehr, und sie entschied sich, zu Hause zu bleiben.

»Nein.«

»Möchtest du darüber reden?«

»Nein. Ich verarbeite es in meinem neuen Buch.«

»Solange du das Buch schreibst, werden dich die Erinnerungen nicht auslassen. Julie, manchmal hilft es, wenn man mit einer unbeteiligten Person darüber spricht.«

»Du bist nicht unbeteiligt. Du hast Jean kennengelernt, und du liebst ihn. Was könntest du für eine objektive Meinung bilden?«

»Er hat dir wehgetan; denkst du, ich würde mich zu positiv über ihn äußern? Natürlich ist er ein reizender junger Mann, aber gutheißen, wie er mit dir umgegangen ist, das kann ich nicht. Julie, du bist ein gnadenloser Sturkopf. Ich will dir doch nur helfen. Weißt du, mein Schatz, dein Vater und ich waren anfangs auch wie Feuer und Wasser. Ich kann ungefähr nachfühlen, in welcher Situation du steckst. Natürlich war es bei uns damals ganz anders, aber ...«

»Maman, ich weiß dein Angebot zu schätzen, aber lass uns die Sache einfach mal vergessen und ein schönes Weihnachtsfest haben. Wenn es dir weiterhilft, spaziere ich heute Abend auch gern noch einmal zum Eiffelturm, aber wenn das dann auch nichts bringt, dann lass uns ›Mamies Geschichte‹ einfach als zauberhaftes Weihnachtswunder abtun.«

»Du willst zum Eiffelturm?«, ertönte plötzlich die Stimme ihrer besten Freundin. »Genüge ich dir etwa nicht?«

Julie drehte sich um, legte den Kopf schief und lachte herzlich. »Natürlich genügst du mir. Ich dachte nur, ich gebe der Sache eine letzte Chance, jetzt, wo du deine große Liebe doch schon gefunden hast.«

»Da hat sie recht«, stimmte Jacques zu, der plötzlich hinter seiner Freundin auftauchte.

»Maman, darf ich dir Geraldine und Jacques vorstellen?«

Julie machte die beiden mit ihrer Mutter bekannt, und Jané begrüßte sie mit einer herzlichen Umarmung.

Julie wollte sich vor dem Eintreffen der restlichen Familie noch eine kleine Auszeit gönnen und zog sich, mit der Ausrede, sie wolle sich umziehen, in ihr Zimmer zurück. Sie drehte den Schlüssel im Schloss und lehnte sich innen gegen die Tür.

Sosehr sie sich auf die gemeinsame Zeit mit ihrer Familie freute, so wusste sie auch, dass jeder Einzelne ihre wahren Gefühle sofort erkennen würde, Geraldine und Jacques eingeschlossen. Sosehr Julie sich auch bemühte, die Sache für sich selbst endlich abzuschließen und zu verstehen, so musste sie sich auch eingestehen, dass sie bisher dabei gehörig gescheitert war. Sie war einfach keine gute Schauspielerin.

Ja, sie konnte Jean nicht vergessen, wohingegen er sie allem Anschein nach erfolgreich aus seinem Leben gestrichen hatte. Ihre Leben hatten sich in zwei unterschiedliche Richtungen entwickelt. Es gab keinen Grund, länger zu hoffen, dass er zurückkommen würde. Denn das würde er nicht.

Das letzte Jahr hatte ihr eigentlich nur Probleme beschieden. Ständig gab es Stress, und wenn ein Problem geklärt schien, entwickelte sich kurz darauf eine neue Katastrophe daraus. Julie war es leid. Warum konnte nicht alles wieder seine gewohnte Bahn einnehmen und so laufen, wie sie es sich vorstellte? Möglicherweise war es vor einem Jahr noch nicht richtig, Paris den Rücken zuzukehren, aber vielleicht in diesem Jahr?

Es wäre einfach, nach Silvester in Saint-Suliac zu bleiben und von dort aus ihre Wohnung zu vermieten.

»Julie?«, sagte Geraldine und klopfte an die Tür. Julie schloss die Tür auf und ließ Geraldine ins Zimmer. »Du hast Tränen in den Augen«, bemerkte diese sofort, und Julie war es leid, zu leugnen.

»Seit Paulettes Geständnis warte ich darauf, dass Jean sich meldet…«, gestand Julie endlich.

Geraldine setzte sich neben Julie auf das Bett und schloss sie in die Arme. »Denkst du, das weiß ich nicht? Ich überlege Tag und Nacht, was ich machen kann und… ich habe auch mit ihm gesprochen, obwohl du es nicht wolltest«, beichtete sie.

»Wenn es gute Neuigkeiten gegeben hätte, dann hättest du sie mir gesagt. Ich will es nicht wissen, Geraldine.«

»Aber Julie…«

»Nein, bitte nicht.« Sie löste sich aus den Armen ihrer besten Freundin und öffnete ihren Kleiderschrank. »Hilf mir lieber dabei, was ich anziehen soll. Zu einer guten Schauspieleinlage gehört ein perfektes Outfit.« Hastig wischte sich Julie die Augenwinkel trocken.

»Nur wenn du mir versprichst, dass ich heute keine Tränen mehr sehen muss?« Julie nickte. »Gut, dann warte kurz. Was du an den Füßen trägst, weiß ich schon ganz genau.« Geraldine verließ kurz den Raum und kam mit einem eingepackten Karton wieder. »Ich muss es dir einfach jetzt schon geben, ich kann nicht mehr bis morgen warten.«

Julie nahm Geraldine den Karton ab und stellte ihn auf das Bett. Sie löste die Schleife und hob den Deckel ab. Julie traute ihren Augen nicht. »Geraldine, die müssen ein Vermögen gekostet haben.« Julie nahm die schwarzen High Heels aus dem Karton und betrachtete sie ehrfürchtig. »Sie sind wunderschön.«

»Dazu die schwarze Jeans, die gelbe Bluse und eine rote Blazerjacke.«

»Danke«, flüsterte Julie und schloss Geraldine in die Arme.

»Für die Schuhe oder die Sachenauswahl«, grinste Geraldine, und Julie verdrehte die Augen.

»Julie, wir haben so lange nichts von dir gehört«, bemerkte ihre Großmutter während des Essens.

»Die letzten Wochen waren ziemlich stressig«, antwortete Julie und quälte sich ein Lächeln ab, um allen ein gutes Gefühl zu bescheren. »Ich habe an meinem neuen Roman gearbeitet.«

»Sag, wie geht es Jean?«

Kaum hatte Laine den verbotenen Namen ausgesprochen, machte sich auch schon der Schmerz bemerkbar. Julie schluckte merklich und legte das Besteck auf ihren Teller. Unsicher zupfte sie an ihrer Bluse und rang um Worte. »Mamie, weißt du, Jean und ich…« Julie überlegte, wie sie es am besten ausdrücken sollte. »Wir stehen nicht länger in Kontakt.«

»Oh«, flüsterte Laine. »Das ist sehr schade.«

»Ich… hm… entschuldigt mich kurz. Ich muss…« Unsicher stand Julie auf, verließ die Tafel und eine Sekunde später den Raum. Ohne sich etwas Wärmendes überzuziehen, verschwand sie aus der Wohnung nach draußen. Die bloße Erwähnung seines Namens war schon zu viel gewesen.

Geraldine sprang auf und lief in den Flur, doch von Julie war nichts mehr zu sehen. Sie sah zur Familie ihrer besten Freundin und meinte resigniert: »Sie ist weg.«

»Es tut mir so leid, ich wusste ja nicht…«, übte Laine sich in Schadensbegrenzung.

»Es ist in Ordnung, Maman«, sagte Claude und legte seine Hand auf die Hand seiner Mutter.

»Machen Sie sich keine Gedanken«, sagte Geraldine und zückte ihr Handy.

Als Julies Großmutter Jeans Namen erwähnt hatte, waren alle Erinnerungen zurückgekehrt. Julie erinnerte sich an das letzte Weihnachten, den Kuss an Silvester, und auch die gemeinsame Nacht in der Hütte tauchte lebendig vor ihrem inneren Auge auf. Sie konnte nicht länger in der Wohnung bleiben. Sie musste raus, den Kopf frei bekommen, bevor irgendjemand wieder etwas Falsches sagen konnte.

Es war ein frischer Dezembertag. In diesem Winter hatte es noch keinen Schnee gegeben, die Straßen und Fußwege waren trocken. Ja, dieser Winteranfang schien genauso trostlos wie Julies Stimmung. Die Dunkelheit umhüllte Paris, nahm die Stadt und ihre Bewohner völlig in sich auf.

Kaum hatte sie die Tür ins Schloss gezogen, brachen die Tränen wieder heraus. Mit verschwommenem Blick rannte Julie die Treppe nach unten. Sie riss die Haustür auf und wurde augenblicklich von der kühlen Dezemberluft eingenommen. Schwer atmend lehnte sie sich einen Moment an die Hauswand und ließ all ihren Gefühlen freien Lauf. Warum war sie nur so dumm gewesen? Warum war sie in der Zwischenzeit nicht noch einmal zu ihm gegangen und hatte versucht, mit ihm zu sprechen. Sicher hätte sich alles klären lassen können.

Auf einmal traf es Julie wie ein Schlag. Hatte sie sich in den letzten Monaten nur etwas vorgemacht? Hatte sie überhaupt keine freundschaftlichen Gefühle für Jean? War das, was sie als Freundschaft erachtet hatte, doch Liebe? War ihre angebliche Freundschaft nur eine Schutzmauer, die sie errichtet hatte, um nicht wieder verletzt zu werden?

Julie rannte die ersten Meter, um möglichst viel Abstand zwischen sich und ihre Wohnung zu bringen, doch sie wurde schnell wieder langsamer, weil die neuen Schuhe ihre Fersen aufrieben. Mit jedem Schritt schmerzten ihre Füße in den High Heels mehr, doch im Vergleich zu dem Schmerz in ihrem Herzen waren diese erträglich. Mit jedem weiteren Meter, mit dem sie dem Eiffelturm näher kam, wurde ihr klarer, dass sie sich selbst belogen hatte.

Wie am Weihnachtsabend im letzten Jahr hatte Julie das Gefühl, völlig allein unterwegs zu sein. Paris war wie ausgestorben, die Menschen hielten sich in ihren warmen Wohnungen auf. Julie erzitterte, als ein kalter Windzug sie erfasste. Der Stoff ihrer Hose war dünn, und die Blazerjacke wärmte sie kein bisschen. So trostlos der Abend wirkte, so unberechenbar und eisig war er.

Aber Julies gesamter Körper erwärmte sich, als sie plötzlich in der Ferne ihr Ziel sah. Der Eiffelturm. Hell und noch schöner als im letzten Jahr. Die kleinen Lichter an der Stahlkonstruktion funkelten so erhaben, so atemberaubend. Schon das allein war ein Grund, der Stadt nicht den Rücken zuzukehren.

Es war so magisch, noch magischer als ein Jahr zuvor.

Julie nutzte den kurzen glücklichen Moment und beschleunigte ihren Schritt. Der Anblick des Eiffelturms war einfach ein Allheilmittel für jedes Problem. Er hatte ihr zur Seite gestanden, als sie allein und einsam war und als sie Paris verlassen musste. Und er tat es auch jetzt, wo sie Jean so schmerzlich vermisste. Sie lag gar nicht so falsch damit, dass sie insgeheim an den Zauber glaubte, von dem ihre Großmutter geschrieben hatte. Er hatte ihr zwar noch kein Glück gebracht, aber vermutlich würde er das irgendwann tun, wenn der richtige Zeitpunkt da war.

Außer Atem kam Julie vor dem imposanten Wahrzeichen an und verlangsamte ihren Schritt abermals.

Paris, die Stadt der Lichter und der Liebe!

Obgleich sie für Julie eher Stadt der Enttäuschung heißen musste, machte sie das nicht wütend. All das zählte nicht. Es war eine Erfahrung. Eine der Sorte, die sie in Zukunft weiterbringen würde. Jean war eine Erfahrung, genauso wie die Sache mit Marie-Claire oder die Auseinandersetzungen mit Paulette. Wenn Julie dieses Jahr auch beendete, ohne ihre große Liebe gefunden zu haben, so hatte sie doch an Persönlichkeit, Mut und Stärke gewonnen. Sie hatte sich gegen Marie-Claire durchgesetzt und gewonnen. Sie hatte Jean Paroli geboten und ihn kurzzeitig dazu gebracht, seine harte Schale fallen zu lassen. Sie hatte ihn mit seinen Eltern versöhnt und nebenbei ihr erstes Buch geschrieben. Selbst wenn so viel schiefgelaufen war, waren doch so viele richtige Dinge geschehen.

Aurélie brachte es an diesem Abend nicht übers Herz, ihre Enkeltochter unglücklich zu sehen. Sie war der Wind, der die Schneeflocken schickte, sie schickte Coco und wenige Sekunden später Geraldine. Und Aurélie hatte vor einem Jahr noch jemanden bemerkt, den ihre Enkeltochter nicht gesehen hatte …

Dreiundvierzig

»Niemand sollte an so einem schönen Abend allein sein«, flüsterte eine unsichere Stimme, die Julie aus Tausenden herausgekannt hätte. Langsam drehte sie sich um und wagte kaum zu atmen. »Warum bist du allein?«

Vorhin zu Hause Jeans Namen zu hören war eine Qual. Hier jedoch nach so vielen Monaten sein Gesicht zu sehen, seine Stimme zu hören, ihn berühren zu können, das alles löste in ihr etwas ganz anderes aus. Es quälte sie nicht, sondern vervollständigte sie.

»Glaubst du mir, wenn ich dir sage, dass mein Soufflee angebrannt ist und ich aus Scham vor meiner Familie geflüchtet bin?«, wiederholte Julie mit einem schüchternen Lächeln die Worte ihrer Großmutter.

»Kein Wort«, flüsterte Jean und griff unsicher nach Julies Händen.

»Warum bist du allein?« Julie sah ihn mit ihren großen braunen Augen an und legte den Kopf leicht schief.

»Weil es einen Menschen gibt, der unbedingt etwas Wichtiges erfahren muss.« Jeans Gesichtszüge versteinerten.

In Julie machte sich sofort ein ungutes Gefühl breit. »Ist etwas passiert?«, fragte sie.

»Erst einmal bist du viel zu dünn angezogen, und diese Schuhe… Hast du vor, dir das Genick zu brechen?« Jean schlüpfte ganz selbstverständlich aus seinem Mantel, legte ihn Julie um die Schultern und zog sie dabei ein Stück näher zu sich.

»Ein Vorweihnachtsgeschenk von Geraldine.« Jean lächelte sanft.

»Geraldine, natürlich.«

»Also, Jean, was muss ich erfahren?« Mit jeder Sekunde, die Jean seine Rede länger hinauszögerte, schlug Julies Herz schneller. Auch wenn sie ihn eigentlich schon verloren hatte, ließ die Angst, er könne für immer gehen, sie nicht los. Am liebsten wollte sie ihn einfach nur festhalten und nichts riskieren, was diesen kurzen Moment der Unbeschwertheit gefährden könnte.

»Ich möchte dir die Geschichte einer jungen Frau erzählen«, begann Jean geheimnisvoll. »Vor ungefähr einem Jahr bin ich von Paulette zu einem Spaziergang gezwungen worden. Ich war die ganze Zeit auf der Hut, dass uns niemand zusammen sieht. Was meinst du, wie groß ist die Chance, dass die Paparazzi an Weihnachten arbeiten?«

»Eigentlich nicht so gering«, flüsterte Julie.

»Also war meine Sorge berechtigt. ›Ich will vor dem Essen noch einmal zum Eiffelturm‹, hatte sie gesagt, und wir machten uns sofort auf den Weg. Wir liefen lange, und Paulette sprach die ganze Zeit über Gott und die Welt. Halte mich nicht für einen ignoranten Menschen, aber ich konnte ihr in dieser Stunde einfach nicht zuhören. In Gedanken saß ich mit meinen Freunden schon im Le Troquet bei einem schönen Glas Wein.«

Jean machte eine kleine Pause und dachte an ihren ersten Blickkontakt vor dem kleinen Restaurant, auch wenn er da noch nicht wusste, wer sie war und dass sie sein Leben völlig auf den Kopf stellen würde.

»Deine Freunde waren ziemlich …«

»… arbeitsbegeistert, ich weiß. Wir haben nicht sehr viel Kontakt, und – zugegebenermaßen – wirkliche Freunde sind sie auch nicht. Geschäftsbeziehungen trifft es wohl eher. Aber das ist auch nicht der Punkt, Julie. Wir sind noch nicht an dieser Stelle der Geschichte.«

»Dann sprich schnell weiter«, sagte sie und lächelte.

»Als ich da so stand und versuchte, Paulettes emotionales Gerede von wegen Hochzeit und Kindern zu überhören, ist mir ein Mädchen aufgefallen. Sie hatte wunderschönes brünettes Haar und war in einen warmen Wintermantel gehüllt. Dieses Mädchen hatte diesen unglaublich traurigen Blick, und ich fragte mich, was um alles in der Welt einen Menschen an Weihnachten so traurig machen konnte. Aber dann hatte ich das Gefühl, einen Funken Glück zu sehen, als sie plötzlich die Hand ausstreckte und sich eine Schneeflocke auf ihrem schwarzen Handschuh niederließ.«

»Schnee hat etwas Magisches, findest du nicht auch?«, hauchte Julie, und wie zur Bestätigung landete in diesem Moment eine Schneeflocke ganz friedlich und ganz leise auf ihrer Nase. Jean und Julie lachten im selben Augenblick leise auf, und er wischte die Flocke behutsam mit einem Finger weg. Gemeinsam blickten sie in den Himmel, wo aus einer Schneeflocke zwei wurden, dann drei und vier, bis ganz Paris von den kleinen Kristallen eingenommen wurde. »Die Zufälle meinen es ziemlich ernst heute.«

»Das sind keine Zufälle, Julie, das ist Schicksal. Als ich dich vor einem Jahr an der gleichen Stelle stehen sah, an der wir jetzt stehen, hat mich deine Stimmung zuerst traurig gemacht, aber nachdem du Geraldine kennengelernt hast, wusste ich sofort, dass du in guten Händen warst. Ich weiß nicht, ob du es bemerkt hast, aber als wir auch noch im selben Restaurant landeten, habe ich dich beobachtet. Geraldine hat dich zum Lachen gebracht. Sie tat dir gut, und meine Sorgen waren völlig ausgelöscht. Trotzdem habe ich dich nicht aus meinem Kopf bekommen. Wie hätte ich auch können, schließlich stehe ich unter dem Zauber deiner Großmutter«, erklärte Jean.

Und dann erkannte Julie, was Jean ihr in Wirklichkeit sagen wollte.

Das konnte nicht wahr sein!

Jean und Julie waren sich nicht das erste Mal vor dem Le Troquet begegnet. Nein, Jean hatte sie schon vor dem Eiffelturm gesehen, und auch wenn er sie nicht angesprochen hatte, so hatte er über sie nachgedacht. Ihre Wege kreuzten sich immer wieder. Doch Zufall war das nicht.

»Oh mein Gott«, flüsterte Julie und riss die Augen immer weiter auf.

Andächtig sahen die beiden in den Himmel; während die Schneeflocken langsam zur Erde sanken, klarte über dem Eiffelturm ein kleines Stück Himmel auf, und ein leuchtender Stern erschien.

»Das hast du ja geschickt eingefädelt«, dachte Julie und zwinkerte ihrem Stern zu.

»Glaubst du, sie sieht uns zu?«

»Wer?«, fragte Julie und folgte Jeans Blick.

»Deine Großmutter.«

»Oh ja, und sie lacht sich ins Fäustchen, weil ihr das so gut gelungen ist.«

»Julie, ich weiß, dass ich zu lange gebraucht habe, um zu merken, was hier eigentlich vor sich geht. Eigentlich habe ich es erst verstanden, nachdem ich das Buch deiner Großmutter gekauft und gelesen habe. Paulette scheint das Gleiche getan zu haben, denn nachdem sie mir die Wahrheit gestanden hatte, gab sie mir Geraldines Nummer. Nach zwei Tagen hat Geraldine mich wütend angerufen, weil ich mich nicht gemeldet habe. In der nächsten Sekunde stand sie vor meiner Tür und hat mir die Hölle heiß gemacht.«

»Das heißt, sie wusste die gesamte Zeit Bescheid?«

»Ja, wir haben uns das hier zusammmen überlegt. Nachdem du aus deiner Wohnung abgehauen bist, hat sie mich angerufen.« Julie schüttelte mit einem Lächeln auf den Lippen den Kopf. »Julie, du musst unbedingt wissen, wie leid mir alles tut. Nachdem ich den Kontakt zu dir abgebrochen hatte, habe ich mich gehasst. Ich wusste beinahe im selben Moment, dass ich den größten Fehler meines Lebens gemacht habe.«

»Jean, ich weiß, warum du es getan hast, und ich nehme es dir nicht übel. Ich war in diesem Moment nicht wütend auf dich, aber es hat mich verletzt, das muss ich zugeben. Lass es uns einfach nur vergessen, bitte.«

»Und wie soll es jetzt weitergehen?«, flüsterte Jean, der Julie ein wenig unsicher in den Arm nahm. Sie lehnte sich leicht zurück und sah ihm genau in die Augen, als er fortfuhr: »Du kennst meine Gefühle für dich, und ich kämpfe um dich, egal was es mich für Mühe kostet. Nur sag mir, dass du wenigstens ein bisschen fühlst wie ich. Als du sagtest, wir können nur Freunde sein...« Er brach ab.

»Das war der Tag, an dem du den Unfall hattest.«

»Was ich an diesem Tag gefühlt habe, will ich nie wieder fühlen.«

»Du wirst nie wieder so fühlen«, versprach Julie, dann lachte sie leise. »Tut mir leid, ich kann dich jetzt noch nicht küssen.«

Auf Jeans Lippen erschien ein erleichtertes Lächeln. »Das bedeutet, dass du...«

»Ja, ich habe Gefühle für dich. Lass uns gemeinsam herausfinden, was sie bedeuten.« Julie umarmte Jean und bemerkte erst jetzt, dass er leicht zitterte. »Ist dir kalt?«, erkundigte sie sich fürsorglich und schickte sich an, seine Jacke wieder auszuziehen, doch er hielt sie fest.

»Nein, ich bin nur so schrecklich aufgeregt«, gestand er kleinlaut, umfasste behutsam Julies Gesicht mit beiden Händen und hauchte ihr einen Kuss auf die Stirn. »Ich bin so froh, dass es noch nicht zu spät ist.«

»Das war es nie, Jean.« Julie erwiderte seinen liebevollen Blick, der sich so gut anfühlte. »Sind deine Eltern in der Stadt?«

»Nein, sie feiern in Grimaud. Du weißt doch, meine Mutter hat das ganze Dorf unter ihre Fittiche genommen, und natürlich findet ein großes Weihnachtsessen in unserem Haus statt, genauso wie an Silvester eine rauschende Party. Sie haben mich eingeladen, aber ich habe ihnen erklärt, dass ich etwas Wichtigeres zu erledigen hätte.«

»Wir sollten sie so schnell wie möglich wieder besuchen.«

»Unbedingt. Meine Mutter liebt dich.«

»Meine ganze Familie sitzt in meinem kleinen Wohnzimmer und fragt sich sicher, wo zum Teufel ich bleibe.«

»Nein, keine Sorge, ich denke, Geraldine hat es ihnen verraten.«

»Lass uns zu mir nach Hause gehen. Ich will nicht, dass du dir den Tod holst, und meine Familie wird sich freuen, dich endlich wiederzusehen.«

Aufgeregt schloss Julie die Tür ihrer Wohnung auf. Geraldine kam sofort aus dem Wohnzimmer in den Flur gerannt und strahlte, als sie Jean hinter Julie entdeckte.

»Oh, Gott sei Dank«, stieß sie erleichtert hervor und schloss beide gleichzeitig in die Arme.

»Das bedeutet Rache, liebe beste Freundin«, flüsterte Julie ihr ins Ohr, doch Geraldine zuckte nur unbeeindruckt mit den Schultern und ging überglücklich ins Wohnzimmer.

Julie drehte sich noch einmal zu Jean und griff nach seiner Hand. »Ein schöneres Weihnachten hätte ich nicht haben können. Es ist so viel besser als letztes Jahr.«

»Es ist noch nicht zu Ende«, lächelte Jean und strich ihr über die Wange.

Julie hielt Jeans Hand noch immer, als sie das Wohnzimmer betraten.

»Ich habe jemanden mitgebracht«, flüsterte Julie sanft und zog Jean behutsam zu sich. Jané und Laine machten große Augen und sprangen sofort auf, ebenso Julies Schwestern.

»Jean, was für eine Überraschung!« Jané drückte ihn fest an sich und gab ihn nur ungern für die übrigen Familienmitglieder frei.

»Fröhliche Weihnachten euch allen«, sagte er lächelnd.

Nachdem Madlaine und Élise Jean begrüßt hatten, stellten sie sich neben Julie und legten jeweils einen Arm um ihre kleinere Schwester.

»Ich habe schon nicht mehr an ein Happy End geglaubt.«

»Ich auch nicht«, gestand Julie.

»Jean, was machst du an Silvester?«, fragte Jané sofort.

»Ich bin mir sicher, du hast einen Plan für mich.«

»Allerdings. Geraldine und Jacques, für euch beide übrigens auch.«

Vierundvierzig

Die Silvesternacht war eine klare, angenehm kühle Nacht. Saint-Suliac lag friedlich unter dem Sternenhimmel, eingehüllt in eine wärmende Schneedecke.

»Und wisst ihr schon, wann ihr nach Grimaud fahren wollt?«, fragte Laine nach dem Abendessen, als die Familie zusammen mit Julies Freunden vor dem wärmenden Kamin saß und alle einen Drink zu sich nahmen.

»Vielleicht Ende Januar«, antwortete Jean.

»Übrigens, Maman, Jean und ich müssen dir noch etwas sagen«, begann Julie etwas verunsichert.

»Oh mein Gott, du bist schwanger«, warf ihr Vater geschockt ein, und die Familie begann zu lachen.

»Petite, wir finden eine Lösung.«

»Nein, das ist es nicht. Lass mich kurz etwas holen.« Julie stand auf und ging die Treppen nach oben in ihr Zimmer, wo sie die Sonderausgabe des Romans ihrer Großmutter holte, die sie ihrer Mutter noch nicht gezeigt hatte. Behutsam strich sie über den Einband des Buches, das ihr so viel Glück gebracht hatte.

»Bevor wir alles erklären, will ich dir das noch zeigen. Kennst du diese Ausgabe von Mamies Buch?« Julie gab es ihrer Mutter in die Hand, und Jané betrachtete es sofort genauer. Als sie die Seite mit dem Foto aufschlug, stiegen ihr Tränen in die Augen.

»Nein, ich kenne nur die Ausgabe, die ich habe. Das ist…

wo hast du es gefunden?« Jané sah mit tränenerfüllten Augen auf.

»In einem kleinen Buchladen in Grimaud. Mamie hat dort eine Lesung veranstaltet und der Besitzerin zwei Exemplare überlassen.«

»Es ist großartig. Warum hast du es mir nicht eher gezeigt?«

»Weil erst heute der perfekte Moment dafür ist.«

»Das Buch hat mir geholfen, etwas zu verstehen«, flüsterte Jean und griff nach Julies Hand.

Die gesamte Familie sah die beiden irritiert an. Geraldine und Jacques waren die Einzigen, die es verstanden.

»Maman, wenn wir es ganz genau nehmen, haben Jean und ich uns nicht vor einem Jahr im Le Troquet kennengelernt, sondern bereits eine Stunde zuvor am Eiffelturm«, flüsterte Julie.

Janés Augen weiteten sich überrascht. Sie konnte nicht glauben, was ihre Tochter ihr gerade versuchte zu sagen.

»Liebes, das heißt…«

»Ja, Mamies Geschichte hat sich wiederholt.«

»Ich wusste, dass euch eine besondere Aura umgibt«, sagte Jané überglücklich, stand auf und setzte sich zwischen ihre Tochter und deren Liebsten. Sie nahm beide gleichzeitig in den Arm und küsste sie nacheinander auf die Wange. »Darf ich eure Hochzeit planen?«, raunte sie den beiden zu, und beide schüttelten gleichzeitig abwehrend den Kopf.

»Untersteh dich«, zischte Julie. »Eh es so weit ist…«

»Komm, Julie, lassen wir deine Mutter einen Moment davon träumen. Ich habe noch etwas, was dir gehört. Lass uns kurz in den Garten gehen.« Julie nickte, und die beiden standen auf. Jean holte fürsorglich die Jacken aus dem Flur, und die beiden traten nach draußen auf die kleine Terrasse. Jean und Julie setzten sich in die Hollywoodschaukel und sahen unsicher in den Himmel über Saint-Suliac hinauf, an den sich einige Wolken verirrt hatten.

»Weißt du noch, Silvester vor einem Jahr?«, fragte Julie leise.

»Wie könnte ich das vergessen? Aber ich bin noch nicht am Ziel«, hauchte Jean. »Du verweigerst mir noch immer den erlösenden Kuss.«

Schmunzelnd sah Julie zu Boden. »Es soll doch perfekt sein, oder?«

»Ja«, stimmte Jean zu. »Aber ich wollte nicht in den Garten, um mit dir darüber zu sprechen, wann ich meinen Kuss bekomme. Als wir das Interview in meiner Wohnung geführt hatten, hast du etwas verloren.« Julie sah ihn fragend an, und Jean zog die Kette aus der Jackentasche.

»Das ist die Kette meiner Großmutter… ich …«

»Ich hatte fast vergessen, dass sie noch bei mir lag. Ich wollte sie dir schon viel eher geben, aber ich wusste nicht, wann der richtige Moment dafür ist.«

»Diese Kette war mein Halt. Immer wenn es mir wegen Zoé schlecht ging, habe ich sie in die Hand genommen und manchmal sogar gespürt, wie sie mir Kraft gibt. Seltsam, ich habe nicht einmal gemerkt, dass sie nicht mehr da ist.« Nachdenklich senkte Julie den Blick.

»Das bedeutet vielleicht, dass du sie nicht mehr brauchst.«

»Weil du jetzt in meinem Leben bist. Ich möchte, dass du sie behältst«, sagte Julie lächelnd.

»Ich wollte mit dir noch über etwas anderes sprechen. Ich habe in der letzten Zeit auch viel über meine Zukunft nachgedacht.«

»Das bedeutet?« Julie suchte unsicher seinen Blick.

»Ich möchte mich aus den Geschäften der Firma zurückziehen.«

»Du willst sie verkaufen?«, fragte Julie schockiert über diese Entscheidung.

»Nein, nicht verkaufen, nur das Tagesgeschäft jemand

anderen erledigen lassen. Henry Bernard ist derzeit mein stellvertretender Geschäftsführer. Er hat alles in die Hand genommen, als ich im Krankenhaus lag. Er wird den Posten bekommen, er leistet wirklich gute Arbeit. Ich bin jetzt achtundzwanzig Jahre alt und habe mich lange genug um etwas gekümmert, was mir keinen Spaß macht.«

»Was willst du jetzt stattdessen tun?«

»Also zuerst werde ich meiner großartigen Freundin die Sterne vom Himmel holen und mit ihr die Welt bereisen, nachdem wir bei meinen Eltern waren und ihnen den Rest der Geschichte erzählt haben. Und dann werde ich sie tatkräftig dabei unterstützen, ihren Roman zu veröffentlichen und …«

Julie boxte Jean sanft. »Hör auf. Ich meine, was willst du Sinnvolles tun?«

»Architektur studieren, wie ich es immer wollte.«

Julie nickte lächelnd. Sie stand voll hinter jeder seiner Entscheidungen. »Gut. Dann haben wir ja in Zukunft unheimlich viel zu tun. Wir sollten die freie Zeit nutzen, die uns bleibt.« Julie stand auf und zog Jean an seiner Hand behutsam mit nach oben. Einige Sekunden lang standen die beiden voreinander in dem sicheren Wissen, endlich angekommen zu sein. Julie hielt Jeans Hände fest in den ihren und ging noch einen kleinen Schritt auf ihn zu.

»Ist das jetzt der perfekte Moment, auf den du gewartet hast?« Jeans Stimme war nur ein leises Flüstern.

»Fast«, hauchte sie und trat noch näher an ihn heran. »Übrigens habe ich bereits begonnen, einen zweiten Roman zu schreiben. Er handelt von einem verschlossenen Geschäftsmann, der in Wirklichkeit ein unheimlich großes Herz hat.«

»Unsere Geschichte?«

»Ja, aber ich muss das Konzept noch einmal überarbeiten, das Ende hat sich verändert.«

»Könntest du mir erzählen, wie du dir das neue Ende vorstellst?«

»Nein, aber ich kann es dir zeigen«, lächelte Julie, legte ihre rechte Hand auf seine Wange und berührte seine Lippen. All die Anspannung, die sich im letzten Jahr auf die beiden gelegt hatte, löste sich in Luft auf. In ihnen tobte ein leidenschaftlicher Sturm angestauter Gefühle.

Jean fuhr Julie sanft durch die Haare und zog sie näher an sich. »Du hast keine Ahnung, wie sehr ich das vermisst habe«, raunte er ihr ins Ohr und lächelte sie verwegen an, bevor ihre Lippen sich zu einem leidenschaftlichen Kuss vereinigten.

»Wurde ja auch Zeit«, flüsterte Geraldine, die neugierig den Kopf aus der Schiebetür zur Terrasse steckte.

»Wie romantisch«, hauchte Laine.

»Endlich«, sagte Jacques.

»Wenn er ihr das Herz bricht...«, begann Julies Vater.

»... brechen wir ihm das Genick«, versprach Julies Großvater.

»Das wird er nicht, das Schicksal hat sie zusammengeführt.« Jané konnte die Augen nicht von den beiden lassen. Mamie hatte ganze Arbeit geleistet.

»Schwesterherz, haben wir nächstes Weihnachten ein Date mit dem Eiffelturm?«, fragte Madlaine.

»Definitiv«, nickte Élise. und die beiden ließen ihre Sektgläser aneinander klirren.

Epilog

Mit einem zufriedenen Lächeln auf den Lippen hielten Aurélie Roché und Béatrice Voltaire sich an den Händen.

»Ich bin ein bisschen traurig, dass es vorbei ist«, seufzte Béatrice.

»Ja, aber gleichzeitig fängt etwas Neues an. – Außerdem muss es nicht vorbei sein…« Mit breitem Grinsen betrachtete Aurélie ihre älteren Enkeltöchter.

»Hey, ihr da!«, ertönte plötzlich eine schrille Stimme, und Aurélie und Béatrice ließen erschrocken ihre Hände los. Hinter der Hecke, die das Grundstück der Familie Renouard umgrenzte, trat eine junge Frau mit lockigen blonden Haaren und fuchsteufelswilden Augen hervor. »Deswegen also die ganze Heimlichkeit. Ihr verkuppelt einfach meine beste Freundin und fragt mich nicht einmal, ob ich mitmachen will.«

»Zoé, Liebes, es tut mir schrecklich leid. Ich dachte, es ist vielleicht zu viel…«

»Nein, es ist nicht zu viel, solange Julie glücklich ist.« Ein sanfter Ausdruck huschte über Zoés Gesicht. »Also, was habt ihr als Nächstes vor? Ach, egal, ich will es gar nicht wissen. Ich bin dabei!«

Mit einem liebevollen Lächeln sah Zoé auf Julie und Jean. »Ich bin so froh, dass sie wieder lächeln kann.« Jean löste sich in diesem Moment von Julie, und auch er betrachtete sie liebevoll und beschützend.

»Wer nicht an das Schicksal glaubt, kennt meine Geschichte noch nicht«, sagte Aurélie mit einem glücklichen Seufzer und wischte sich eine Freudenträne aus dem Augenwinkel.

Zeitfracht Medien GmbH
Ferdinand-Jühlke-Straße 7
99095 Erfurt, Deutschland
produktsicherheit@kolibri360.de

Druck:
CPI Druckdienstleistungen GmbH
im Auftrag der
Zeitfracht Medien GmbH
Ein Unternehmen der Zeitfracht - Gruppe
Ferdinand-Jühlke-Str. 7
99095 Erfurt